Prix du Meilleur Polar des lecteurs de POINTS

Ce roman fait partie de la sélection 2012
du **Prix du Meilleur Polar
des lecteurs de Points**.

Un jury composé de professionnels
(libraires, journalistes, bibliothécaires, blogueurs…)
et de lecteurs passionnés récompensera
en décembre 2012 le roman policier,
le roman noir ou le thriller de son choix.
Il succédera à *Cotton Point* de Pete Dexter,
récompensé en 2011.

Pour tout savoir sur les livres sélectionnés,
donner votre avis sur ce livre et partager
vos coups de cœur avec d'autres mordus de polar,
rendez-vous sur

www.meilleurpolar.com

POINTS

Eric Miles Williamson est natif d'Oakland, la ville de Jack London qui fut, comme lui, ouvrier de chantier. Aujourd'hui professeur de littérature à l'université, il est auteur de romans noirs remarqués, dont *Noir Béton*. Il dénonce le rêve américain avec une poésie mêlée de rage qui n'est pas sans rappeler Céline, Henry Miller et Cormac McCarthy.

DU MÊME AUTEUR

Gris-Oakland
Gallimard, « La Noire », 2003

Noir Béton
Fayard, 2008

Eric Miles Williamson

BIENVENUE À OAKLAND

ROMAN

Traduit de l'anglais (États-Unis)
par Alexandre Thiltges

Fayard

TEXTE INTÉGRAL

TITRE ORIGINAL
Welcome to Oakland
ÉDITEUR ORIGINAL
Raw Dog Screaming Press, 2009

ISBN 978-2-7578-2893-9
(ISBN 978-2-213-65425-6, 1re publication)

In memoriam P.J. Rondinone

Personne ne peut blâmer cet homme.
Arthur Miller, *Mort d'un commis voyageur*

Rien ne me rend plus heureux que de vivre dans un trou, et je dois dire que j'ai vécu dans des sacrés trous de merde.

J'ai vécu dans des cabanons de jardin qui puaient l'engrais et la tondeuse à essence, dans des entrepôts de matériaux de construction où j'inhalais des gaz d'échappement à longueur de nuit, dans des box soi-disant aménagés mais qui en fait ne l'étaient pas, avec sol en béton et établis branlants contre les murs, dans des relents de pisse de chat et d'opossums crevés. Ou alors, quand je trouvais où me garer sans avoir à me soucier des flics, des voisins, des commerçants et des veilleurs de nuit, je pionçais à l'arrière de mon break.

Mais là, franchement, je suis le plus heureux des hommes.

Je vis dans un garage individuel, au milieu de nulle part, dans ce putain de Missouri. Warrensburg. Deux cents dollars par mois. Le sol en béton est taché d'huile parce que les précédents locataires étaient des Chevy et des Ford. On est en été, il fait quarante degrés et, si je mets la lumière la nuit, les insectes s'infiltrent par les murs et le plafond comme dans un film d'horreur. Le matin, je bois mon café dans une tasse avec un couvercle, sans ça j'avale les araignées, les cafards, les moucherons et les mouches qui nagent à la surface. Je me réveille avec des bestioles plein la bouche et les oreilles. Et je dors en jogging avec des élastiques à la taille *et* aux chevilles, parce qu'elles me grimpaient jusque dans le trouduc, ces saloperies.

Pour ce qui est de la douche, y a un tuyau d'arrosage branché sur le robinet à l'extérieur et pendu à un crochet au plafond. L'eau s'écoule par un trou à même le sol ; quand elle s'arrête de couler, eh ben, les bestioles remontent à la surface. De drôles de putains de bestioles, en plus. Aucune idée de ce que ça peut être. Créées exprès pour le Missouri, ça se trouve. L'hiver, je secoue bien la neige de mes pompes quand je rentre, mais elle reste là, elle fond pas et je suis obligé de la balayer pour m'en débarrasser. Quand je me douche, le sol se transforme en patinoire de merde.

Tu peux me croire, je vis pas ici par choix artistique ou *romantique*, comme ces écrivains qui frayent avec *le peuple* dans les bas-fonds parce qu'ils ont besoin d'un sujet intéressant, ces touristes au grand cœur des entrailles de l'humanité. Écoute-moi bien : je suis pas de la catégorie de ces tapettes bourrées de thunes qui font de l'art parce que c'est *sympa* de traîner avec « le peuple », qui lisent leur petit papier plein de compassion à la radio publique, le week-end, et qui cataloguent les habitants du ghetto d'étudiants où ils vivent pour prêcher la chrétienté artistique, avec des airs *touchés* et *compréhensifs*, aux snobs condescendants dans leur genre qui écoutent leurs conneries, alors qu'au fond ils se foutent royalement de la petite pute de quinze ans complètement défoncée qui pleurniche devant le journaliste remonté à bloc, plein de *compréhension* et de *compassion*. Moi, je suis pas de ces tapettes qui boivent du vin et mangent des sushis, qui se battent pour des causes dont ils ne savent absolument rien – ils se disent *féministes*, *bon Dieu !* – et portent des pompes de sécurité parce que c'est « branché », alors qu'elles ont jamais vu la couleur du béton ou du bitume brûlant, qui s'achètent des jeans délavés et déchirés ou boivent de la Bud parce que c'est *cool*, et pas parce que c'est tout ce qu'ils peuvent se payer. Rien à voir avec ces types dans les cafés, qui se donnent l'air d'avoir quelque chose d'important à écrire dans leurs *cahiers*, habillés tout en noir parce que ça les rend cool et pas parce que tes fringues de travail Ben Davis, si elles sont noires, c'est parce que les taches, sur le noir, ça se voit pas.

Ce livre ne raconte pas comment j'ai surmonté l'*adversité* ou lutté contre mon environnement, parce que j'*aime* et que j'ai toujours aimé mon milieu – sauf la fois où j'ai fait le snob en épousant une fille des quartiers résidentiels. Ce livre parle des gens qui *travaillent* pour gagner leur vie, les gens qui se salissent et ne seront jamais propres, les gens qui se lavent les mains à la térébenthine, au solvant ou à l'eau de Javel et se récurent tellement souvent la peau avec des produits chimiques qu'elle se dessèche et brille comme du cuir tanné – quand ils pèlent comme un serpent qui mue, en dessous il reste encore de la graisse, de l'huile et de la crasse, imprégnées jusqu'à l'os. Pour toi, ce sont des *personnages*, pour moi c'est la *famille*, ceux avec qui j'ai grandi. C'est mon père, qui a retapé des pneus de camion à coups de marteau jusqu'à en crever ; c'est mon frère, qui s'est fait tuer par un gang mexicain dans les rues d'Oakland ; c'est mon autre frère, mort, éclaté sur un lampadaire après une nuit de biture ; c'est les types avec qui je bossais sur les chantiers, morts par douzaines dans des accidents débiles dont ils n'étaient pas responsables ; c'est les Hell's Angels, qui m'ont élevé et m'ont fait une fiesta d'enfer à Oakland dans le bar-restau de chez Dick, après la parution de la première partie de cette histoire, avec un videur devant la porte pour empêcher les non-fumeurs d'entrer – ce jour-là, les mecs m'ont raconté des détails sordides que j'avais oubliés ou dont je n'avais jamais entendu parler, ou alors que j'avais négligé de coucher noir sur blanc de peur qu'ils ne s'en trouvent pas flattés, alors qu'en fait, si, ils l'auraient été.

Quand j'étais gamin, je vivais dans une caravane de six mètres de long, près de la station-service Mohawk où Pop travaillait, après quoi j'ai vécu dans les ghettos noirs d'Oakland où je me faisais péter la tronche au moins une fois par mois, puis j'ai été sans-abri alors que j'avais un boulot – je conduisais un camion-poubelle –, et tout ça parce que j'avais pas de quoi payer la caution d'un appart, plus le premier et le dernier mois de loyer. C'est là que j'ai commencé à perdre les pédales et à me dire que je voulais la belle vie, la vie peinard des banlieues *résidentielles*, vivre là où les gens tondent leur pelouse, lavent leurs caisses et boivent de l'eau sans dépôt de rouille au fond du verre.

Je voulais fonder une famille qui soit pas aussi déglinguée que la mienne. Une famille où le grand-père se serait pas enfilé sa fille et où les enfants sauraient qui étaient leurs parents. Une famille qui ne serait pas obligée de vivre dans une caravane et de déménager tous les ans parce qu'elle se serait fait expulser, une famille où tu n'aurais pas besoin de prendre un boulot de serveur au black en attendant que ton père ou ta mère sorte de taule ou de désintox. Je voulais des enfants qui n'aient pas à se coltiner plus d'une douzaine de beaux-parents et un nombre incalculable d'ex-frères et sœurs. Je voulais me marier avec une femme qui n'aurait pas le foutre d'un autre en train de lui couler le long des jambes quand je rentrerais d'une longue journée à me casser le cul au boulot, une femme qui ne ressemblerait pas à ma mère qui sautait par-dessus la barrière comme une garce de chatte en chaleur chaque fois qu'un homme de moins de trente ans passait dans un rayon de trois kilomètres ; une femme que ses enfants, en rentrant à la maison, ne trouveraient pas en train de baiser avec six ou sept types en même temps.

Je voulais une femme *gentille*, qui m'accueillerait avec le sourire, le soir, quand je franchirais la porte, qui prendrait mon blazer et me tendrait un verre de thé glacé en me demandant comment s'est passée ma journée. Je répondrais : « J'ai pas à me plaindre ! Que penserais-tu d'inviter tes parents à dîner ? » Elle dirait : « C'est déjà fait, ils ne devraient pas tarder ! » On contemplerait alors avec un air béat et d'un regard circulaire nos meubles propres dans les tons beige clair et notre épaisse moquette immaculée, vierge de toute tache de graisse, de gazole, d'huile de vidange ou de sang de la famille, d'amis ou d'ennemis. Je voulais tout : la maison, la voiture, les enfants, les beaux-parents, la caisse de retraite, la tondeuse, la machine à laver, le sèche-linge et le putain d'ouvre-boîtes électrique.

Je me suis marié. Je me suis lavé et je me suis habillé en costume-cravate, j'ai remisé mes marcels et je me suis mis à porter des chaussures de tarlouze marron à pompons, j'ai pris vingt-cinq kilos et je suis devenu aussi gros et mou que mes nouveaux voisins. La coche a viré végétarienne au bout de six mois de mariage à peine. *Tomates bio*. Shampoing *non testé sur les animaux*. Hot-dogs au *tofu*, bordel de merde. C'est quoi, ce délire ?

J'avais eu des petites copines des quartiers résidentiels avant ça, et leur puanteur épicée de végétariennes, avec leur parfum bio et leur déodorant aux plantes, ne me dérangeait pas. Je me les faisais quand elles venaient se dévergonder dans mon quartier, s'encanailler avec les mauvais garçons d'Oakland pour faire chier leurs parents ; je les ramenais chez elles après le couvre-feu, dans leurs maisons chicos aux pelouses entretenues et aux voitures bien garées à l'abri, avec leurs sales clebs dont la coupe devait coûter plus cher que ce qu'on avait jamais déboursé chez moi pour se faire tailler les tifs. Je les ai vues, ces lumières agressives s'allumer automatiquement, et les mamans et les papas s'avancer sur le seuil pour zieuter mon break et voir qui j'étais. Je me délectais de la terreur dans leurs yeux quand ils apercevaient mon sourire sans ambiguïté, sous-titré : « Ouais, j'ai baisé votre pisseuse. Elle est en train de procréer avec mon foutre, m'sieur-dame. »

Ils me donnaient la gerbe, tous ces futals-à-plis chaussures-à-pompons mocassins-de-marque chemises-en-alligator rasés-de-près centre-de-fitness American-Express 4 × 4 petite-pipe-au-club-de-strip-tease Starbucks BMW gros-verres-en-cristal cheminée-au-gaz eau-en-bouteille vin-avec-bouchon-de-liège Heineken spa pelouse-tondue système-hi-fi-et-vidéo matelas-à-eau petits-biscuits-à-prix-exorbitant coupe-de-cheveux-à-vingt-dollars shopping-au-centre-commercial chaussettes-noires ongles-coupés-poils-de-nez-taillés lentilles-de-contact catalogue-de-vente-par-correspondance musique-easy-listening descentes-à-ski Hawaï Holiday-Inn jardins-fleuris produits-de-marque légumes-frais et leurs garces accroupies comme des grosses dindes dans leurs McPalace-Deluxe, avec leurs caniches attardés et dégénérés en train de japper et de pisser sur leur carrelage en marbre italien. Ces petites merdes coulantes des quartiers résidentiels assurées contre tout : feu, inondations, tremblements de terre, blessures corporelles, mauvais maris et mauvaises femmes, progéniture ingrate. Ces assurances ont beau leur coûter les yeux de la tête, ça ne les empêchera jamais de flipper. Là d'où je viens, on n'a pas besoin d'assurance, parce qu'on touche constamment le fond. Tu veux me poursuivre en justice ? Vas-y, te gêne pas. Qu'est-ce que tu vas me prendre : ma collection de vieilles cassettes de Creedence, de Santana et de Tower of Power ? Va te faire mettre. Là-bas, chez moi, on a peur de que dalle, si ce n'est de pas avoir assez de fric pour se rendre avec les copains, le vendredi soir, au bar-restau de chez Dick, et se payer dix whiskys, des litres de bière et des paniers en plastoc de courgettes grillées et de bretzels.

Ils me foutaient la gerbe, parce que leur monde était à une telle distance du mien, tellement barré dans les étoiles, que c'est tout juste si j'avais droit, de temps à autre, à une petite culotte en soie et dentelle qui ne sortait pas du centre commercial du coin. Mais je voulais une *adresse*, un *numéro de téléphone*, une vie *normale* et sans surprise. Je voulais une *télévision* que je pourrais regarder tous les soirs de la semaine, un *lit* et des *rideaux*. Je voulais être *heureux*, aussi heureux qu'*eux*. Aussi heureux qu'eux.

Maintenant, je suis comme un putain de pape. Heureux, parce que la puanteur de mon trou a remplacé la puanteur de leurs quartiers résidentiels où je m'étais infiltré. Je suis un homme sage, maintenant. Je préfère sentir la merde du ghetto, les engrais qui puent la pourriture et la mort et la carcasse de cerf, à l'odeur des pots-pourris de leurs banlieues.

Je ne suis pas marchand de lait, facteur ou chauffeur de taxi, je ne creuse pas des tranchées. J'ai livré des journaux, coulé du béton, décapé des taches de café sur les bureaux en acajou des patrons, nettoyé des moquettes blanches en laine, je me suis fait cramer la peau à coups de goudron et d'asphalte brûlants, j'ai bossé dans la fabrication de produits bio, construit des ponts d'autoroute, servi des cocktails en livrée amidonnée dans des bars paumés. J'ai été gardien de nuit à Marin County, chargé de surveiller des courts de tennis privés et de protéger du vol des filets en nylon. J'ai travaillé à la truelle les dalles en béton sur lesquelles reposent tes immeubles de verre et d'acier.

J'ai fait les pires jobs, les boulots réservés aux ouvriers à la gueule boursouflée, aux bouseux-des-campagnes et aux bides-à-whisky. J'ai vu sept types claquer sur des chantiers, j'en ai vu d'autres s'écrouler par terre comme des poissons dans la poussière, le futal souillé par la merde, j'ai vu des types au crâne éclaté, explosé comme une pastèque, et comment les yeux se voilent avant de ne plus rien voir du tout. Je suis tombé de fatigue avant la pause de midi. Mais je ne suis pas facteur, je ne suis pas marchand de lait. Aussi pauvre que je puisse être, et malgré le peu d'argent que j'ai pu dépenser en vidéos, en mini-téléviseur et en frigo à glaçons, eh bien, je me suis toujours pas transformé en tampon hygiénique usagé de la classe moyenne, complètement lobotomisé par la télévision. Le « je » de cette histoire, cette chose, c'est le personnage le plus important. C'est moi, T-Bird Murphy.

J'ai appelé une nana, une poète – du genre pantalon bouffant, bijoux en argent, pas de maquillage, autocollants sur le pare-chocs, bouffe bio, poils sous les bras –, pour lui lire ce que je viens d'écrire. Ça l'a foutue en rogne : « Les gens se moquent de la *vérité*, elle m'a dit. Voilà pourquoi ils lisent des romans. Toi, tu te contentes de dire la vérité. Or, les gens qui lisent des livres, c'est justement les snobinards contre qui tu t'acharnes. »

Les snobinards n'ont pas aimé mon dernier bouquin et ils vont encore moins apprécier celui-là. Quand je lui en ai montré des passages, mon agent m'a viré. Il a dit : « Je peux pas m'empêcher de penser que je ressemble à un de ces types que T-Bird voudrait voir morts. » Il n'avait pas tort, le gros snobinard.

Grosse merde. Je n'écris pas pour les snobs.

J'écris pour ceux qui ne sont pas encore nés, et pour les morts.

Je n'écris pas pour toi.

Ni pour ce gang de femmes au foyer qui m'ont invité dans un bar pour que je leur parle de mon dernier bouquin. « Quelle est la part de réalité dans votre livre ? » l'une d'elles a demandé. « L'éditeur m'a fait supprimer les parties les plus dures, j'ai répondu. Le manuscrit était bien pire que ce qu'on m'a permis de publier. » Ça les a fait mouiller. Elles m'ont payé d'autres coups, ce qui me convenait très bien, vu que j'étais fauché. Et c'est là que la poupée du lot – une femme dans les trente-cinq ans, « l'auteur le plus prometteur du cercle littéraire », elles étaient toutes d'accord, vêtue d'une jupe courte, noire, exactement ce qu'il fallait – s'est mise à parler du camping-car qu'elle venait de se payer avec la pension alimentaire de son ex-mari – elle avait réussi à s'en dégotter un « plus riche », un chirurgien spécialisé en nichons de silicone pour tantouzes et stripteaseuses. Elle gloussait que son ex passait maintenant la serpillière dans un bar situé à l'autre bout de la ville et lui crachait soixante pour cent de sa paye.

Je connaissais ce gars. J'avais entendu son histoire. J'étais allé dans sa caravane. J'avais gerbé dans ses chiottes. C'était un type bien. Il m'avait refilé une bière et indiqué quelle rue prendre pour éviter de me faire pincer par les flics. J'ai dû conduire bourré sept ou huit mille fois dans ma vie et je me suis jamais fait choper. Je suis pas si con que ça, finalement.

Elle, c'était pas une snobinarde.

C'était une putain de bobo. Les bobos portent des fringues hype et ne sont bourrés que s'ils le décident. Les bobos savent qui sont leurs parents – en tout cas, ils le croient. Quand ils se marient, ils reçoivent une maison avec plein de câbles branchés, une télécommande pour la porte du garage, des broyeurs, des congélateurs à glaçons qui ne givrent jamais et des Mexicains qui leur font une pelouse et une moquette nickel, des arroseurs automatiques et des prises haute sécurité reliées à la terre – des maisons toutes équipées, avec voitures et machines à laver, et la promesse que t'auras jamais le moindre souci à te faire pour ton plan retraite. Alors, claque ton blé ! Mon héritage de bobo couvrira notre retraite de bobos ! On n'a aucun souci à se faire, *ma biche*. Ma biche. Ma *putain* de biche.

Et toi, t'es un bobo, toi aussi ?

Au fait, le « toi » occasionnel, dans ce livre, c'est pas qu'une tournure de style. C'est une insinuation, un châtiment, une insulte. Il ne s'adresse pas à un « toi » universel, non. Il s'adresse à toi *personnellement*. Prends ça dans les dents, espèce d'enfoiré(e). M'emmerde pas avec ta souffrance. Va te faire foutre !

J'ai tant hurlé, tant pleuré que le sel m'a fait couler le sang des yeux. Je n'éprouve pas la moindre sympathie pour toi. Je bouffe ma merde tous les jours.

T'as qu'à bouffer la tienne.

Tu penses peut-être qu'elle a meilleur goût ? Je parie que c'est pas vrai. Enfoiré de bouffeur de sushis.

Tu demandes un tout petit peu de sympathie ? Va parler à ton psychiatre, ton conseiller, ton guru, ton Swâmi, ta diseuse de bonne aventure. Parle à ta putain de maman. Parle à ta femme ou à ton mari, à celui ou celle qui prétendent t'aimer alors qu'ils vomissent ton odeur, la puanteur de ta vie. Si on se rencontre un jour, y a de grandes chances pour que je ne t'aime pas. Et je ferai de mon mieux pour m'assurer que tu ne m'aimes pas non plus. Ça, je vais pas te réconforter, te raconter une histoire truffée de rédemption et gratinée d'espoir.

Si j'avais pas peur de salir mon cirage, je te foutrais un coup de pied dans le con, tiens.

J'ai regardé par ma fenêtre, de nuit, et j'ai vu le smog, j'ai respiré les mêmes saloperies que toi, je suis sorti de chez moi à trois heures du mat' et j'ai reniflé à pleins poumons l'aisselle puante de l'Amérique. Je sais qu'elle est là et je vais certainement pas faire comme si je trouvais ça sympa. C'est tout ce que je méprise. Et toi aussi, je te méprise.

Là-bas, dans le quartier, à Oakland, j'étais chez moi. Sur la 98ᵉ Avenue, tous les entrepôts, tous les magasins étaient tenus par quelqu'un que je connaissais depuis l'époque où, gamin, je faisais les pleins d'essence et où je vivais avec Pop dans la caravane, à côté de la station Mohawk. J'étais allé chez eux pendant les vacances, je bûchais avec leurs mômes pour apprendre à lire et tout ça. Quoi que je fasse, que je me pointe au boulot avec la gueule de bois, défoncé, ou que mes conneries coûtent du blé au boss, les contremaîtres et les managers étaient mes *compadres*, mes compagnons de route ; mon taf, je le gardais, ou alors, si je me faisais virer, c'est toujours avec les meilleures références que je partais. Mon patron suivant comprenait le code et m'embauchait, ce qui me permettait de me maintenir à flot le temps de décrocher un autre boulot dans la soudure, la construction, le bitume, les pneus, les barrières, le montage de grues sur les quais, le marteau-piqueur, la gunite, le renforcement de digues, le coulage de boue, les murs en plâtre ou des trucs encore plus immondes. Ces bons vieux gars nous embauchaient tout en sachant pertinemment qu'ils finiraient par être obligés de nous virer et de nous envoyer chez un autre patron, un peu plus bas dans la rue, le temps qu'on se remette sur pied six mois, qu'on gagne un peu de blé – et eux aussi par la même occasion –, et qu'on retombe dans la merde.

Un petit conseil : quand tu veux décrocher un job, te pointe pas avec des pompes de sécurité toutes neuves. Tes godasses ont intérêt à avoir de la bouteille et à être bouffées par le béton, tachées de goudron, et tes lacets rafistolés là où ils ont cassé. T'as intérêt à porter une chemise sale, déchirée, et un Ben Davis avec les poches de derrière trouées par les truelles et les tenailles. T'as intérêt à avoir l'air costaud et crevé, comme si ça faisait une paye que t'avais pas eu un jour de congé, comme si t'avais bossé chaque jour de ta putain d'existence jusqu'à la veille et que tu t'étais levé à quatre heures du mat' – et pas parce le réveil a sonné mais parce que, après toutes ces années de trime, c'est devenu une habitude.

Je n'ai jamais rempli de formulaire d'embauche, mais j'ai pratiquement toujours décroché le boulot que je visais. Quand une boîte te demande de remplir un formulaire, je te conseille de leur dire d'aller se faire foutre et de passer à la suivante dans les pages jaunes. Parce que, si une boîte te demande ça, c'est que leurs gars sont tellement débiles qu'ils savent pas déceler au premier coup d'œil si t'es un gros bosseur ou pas. Quand ils te demandent de remplir un formulaire, c'est qu'ils n'ont pas fini de te chercher des poux et de te titiller comme une bande de tarlouzes, un truc à te rendre dingue. On commence par te faire remplir une fiche et t'as plus qu'à te laver les mains chaque fois que tu vas pisser.

Le taf, ça servait qu'à me faire vivre, parce que moi, le truc que je voulais vraiment faire – et pour lequel j'avais un don –, c'était jouer de la trompette. J'étais le meilleur trompettiste de seconde zone de toute la Californie du Nord, je connaissais pas un seul groupe de merengue ou de salsa qui ne m'aurait pas laissé jouer avec lui – les très bons mis à part. Je pouvais me faire quarante dollars par soirée presque tous les week-ends, et, quand je jouais bien, ce qui était souvent le cas, je pouvais me bourrer la gueule avec le whisky que le public me payait à gogo après mes solos.

Je jouais surtout avec des groupes mexicains et j'en ressentais toujours une forme de honte. Parce que le *dernier truc au monde* que je veux être, c'est un Américain, ce genre d'homme, d'après les normes mondiales, à qui on les a coupées, un type sans bite, sans couilles, un gros mou qui n'attend qu'une chose : qu'on la lui mette dans le cul debout devant chez lui, pendant que sa femme lui colle des baffes parce qu'il est en retard à cause des bouchons ou parce que le métro était bloqué – et la salope qui lui dit : « Avec qui t'étais en train de baiser, espèce de bâtard ? », et lui, il la supplie de ne pas demander le divorce, parce qu'il sait pertinemment qu'il sera baisé, qu'elle lui chourera sa retraite, sa maison, ses enfants et lui fera payer le grand privilège de vivre sous un pont d'autoroute pour le restant de ses jours, qui sont maintenant comptés, alors qu'elle, elle vivra pour l'éternité. Ce pauvre type qui rentre à la maison pour apprendre que sa femme est devenue Wiccan, qu'avec son club de pétasses elles font brûler des effigies de Priape dans le jardin et que ces *dames* dansent de joie en voyant la bite brûler et rétrécir tandis que le dieu romain de la queue se consume, l'homme américain qui dit à sa petite femme qu'il est *fier* qu'elle *affirme son altérité féminine*, ce pauvre type qui se démène et bosse comme un esclave à la chaîne ou sur un chantier, qui conduit un semi-remorque plein de graisse ou manie le marteau-piqueur depuis tellement longtemps que son bide s'est transformé en gélatine, tout ça pour se faire traiter d'*oppresseur* et d'*ennemi*, ce pauvre type blanc qui tient la porte à une Californienne *libérée* de cent trente kilos, un hamburger de *grande dame* à la tronche couverte d'acné, tout ça pour que cette coche se tourne vers lui et lui réponde : « Je peux l'ouvrir moi-même, merci, et va pas croire que tu m'impressionnes avec ton esprit soi-disant chevaleresque, parce que tout ce qui t'intéresse, c'est me baiser. » Ce pauvre type qui, pour gagner sa vie, creuse des tranchées, débouche des chiottes, nettoie des tapis sur lesquels des générations entières de félins et de clébards ont chié, et qu'on qualifie aux infos de « privilégié » ; ce pauvre type qui, sérieusement, s'en sortirait mieux sans ses couilles, et bien mieux encore si elles étaient servies sur un plateau d'huîtres des Rocheuses[1], avec de la sauce barbecue à volonté et une portion de salade de chou – serveur, une putain de bière ! Un Américain, putain. Pourquoi tu crois que, chaque fois qu'un Américain va à l'étranger, il revient avec une femme ? Parce qu'elles savent toutes – elles en ont fait l'expérience – qu'aucun homme sur terre ne les traitera mieux qu'un abruti d'Américain, ce type qui refuse de croire que sa femme pète et chie, ou s'essuie la bave menstruelle avec la serviette du restau. Les gars de la Navy reviennent toujours de l'étranger avec des ouvrières asiatiques.

1. Référence non dénuée d'humour aux rognons de bœuf – les seules « huîtres » (« *oysters* ») qu'on peut déguster dans les Rocheuses. (*Les notes sont du traducteur*).

Regarde un peu Norman Stephanski, mon pote, qui était amoureux d'une Juive aux cheveux courts, Lisa, avec des grosses lèvres et une moustache. Il aurait tout fait pour elle, et c'est ce qu'il a fait, l'abruti : il est allé à la fac où *elle* voulait aller, il a vécu dans l'appartement qu'*elle* avait choisi, et peu importait que ça soit au-dessus de ses moyens et qu'il doive emprunter pour payer le loyer ; il ne buvait jamais de bière normale, que des trucs de luxe importés dans des bouteilles vertes qu'*elle* aimait parce que ça lui donnait l'impression d'être carrément spéciale et supérieure à nous, nous qui n'avions jamais entendu parler des pays d'où venaient ces putains de bières – alors, de la bière en elle-même, pas la peine d'y songer –, de l'eau croupie en provenance d'Afrique ou du Sud Pacifique, qui avait un goût d'herbe tondue et l'odeur de la fumée qui sort de l'usine Kellogg's. Norman traitait cette petite coche comme une princesse : le jour où les parents Goldbergstein ont voulu inspecter son cul de goy, il a mis une chemise blanche et une cravate ; il rapportait sa paye à la maison, et il faisait la vaisselle et la lessive en prime. Elle passait une licence d'anglais parce qu'elle voulait devenir *critique littéraire* quand elle serait grande. Mais pas écrivain, non, parce que les écrivains ne sont que des idiots savants, des mutants génétiques qui ne savent pas ce qu'ils font, des *attardés du point de vue émotionnel*, qu'elle a dit un jour, *incapables de faire face aux réalités intellectuelles, psychologiques et sociales de l'existence*. Les critiques, elle disait, accréditent les manifestations mal conçues et accidentelles de ceux que le patriarcat de l'homme blanc considère comme des artistes. Les imbéciles, elle disait. Mais c'est grâce aux critiques, continuait-elle, que les artistes existent ; sans critique, il n'y aurait pas de création artistique. Et là, elle s'en prenait à Norman, qui rêvait de devenir écrivain, à coups de pseudo-analyse psychanalytique, affirmant que, s'il avait mis autant de temps à chier quand il était allé aux gogues, c'est parce qu'il refusait de se séparer de son mauvais *karma* et qu'en cela il incarnait le type d'homme agrippé à sa testostérone ; alors que la vérité, comme Norman me l'a un jour confié, c'est qu'elle le scrutait jour et nuit comme un faucon et qu'elle refusait de baiser avec lui, ce qui fait que le seul endroit où il était peinard pour se branler c'était les chiottes, voilà pourquoi il y passait la moitié de la journée à se palucher la queue tellement fort qu'elle en était toute râpée.

Il disait que les rares fois où elle avait bien voulu baiser, sa chatte avait émis ce bruit aigu, *quouiiick*, semblable à celui des souris en plastique qu'on donne aux chats pour qu'ils se défoulent, et qu'en quatre ans de vie commune et quinze fois, en tout et pour tout, où il avait baisé cette salope avec deux préservatifs l'un sur l'autre, il n'avait pas réussi à faire entrer complètement sa bite en elle. Il faisait le con, du sperme plein ses yeux exorbités, et il commençait à perdre les pédales, titubant de bar en bar sur les quais, à moitié abruti, en criant : « Quouiiick ! quouiiick ! quouiiiiiiiiick ! » et en se marrant comme un poivrot qui débloque, les façades des entrepôts répercutant l'écho de ses *quouiiick !* Eh bien, après trois années de cours dans l'université qu'*elle* avait choisie, elle a décidé qu'elle *n'aimait plus* cette fac et qu'elle voulait aller dans une université qui correspondrait mieux à sa personnalité tellement *spéciale*, un institut *privé* qui ne serait pas fréquenté par les roturiers de base, consacré à la haute connaissance, où *seuls les meilleurs* seraient sélectionnés, un institut de la *côte est*, et non plus de la baie située *à l'est* de San Francisco. Et hop, les voilà partis pour l'Université de Syracuse, dans le nord de l'État de New York.

Après deux emprunts bancaires et le déménagement, c'est-à-dire trois mois plus tard, Norman a senti que quelque chose clochait. Cette salope sentait le sexe, et pas le sien, alors il a fracturé le tiroir de son bureau et il est tombé sur des lettres d'amour, des douzaines de lettres d'amour de son ex de Syracuse remontant à deux ans plus tôt, où il la suppliait de déménager pour qu'ils puissent baiser, baiser encore et encore, et mamours et mamours, et bisous-bisous, et boire du vin, et manger de cette putain de bouffe française dont Norman est pas capable de prononcer le nom, viens dans mes bras, oh viens dans mes putains de bras. Ces lettres lui ont filé la gerbe. Il disait qu'elles empestaient l'eau de Cologne de pédale. Il les a lues et relues et il s'est bourré la gueule, mais pas à coups de bière de nègre-chinetoque haut de gamme de mes deux, non. Il est sorti et il s'est payé un grand sac de grosses bouteilles de Colt 45 et 40[1], il s'est installé sur le porche comme un bon gars d'Oakland pour regarder le soleil pâle de la côte est s'éclipser jusqu'à ce que tombe l'obscurité. Il s'est calmé – il s'est senti plus calme qu'il ne l'avait jamais été. Quand il est redevenu véritablement lui-même, après cinq grandes bouteilles de bière, il s'est levé, il a sorti sa bite et il s'est mis à pisser, pisser debout, là, sur le porche, une pisse prodigieuse, purifiante, qui giclait pratiquement jusqu'au trottoir. Il était debout en train de pisser, son bide frémissait de cette joie que seule une bonne pisse peut

1. Bière à fermentation haute et bon marché, comparable à la 8,6 Bavaria.

procurer, quand Lisa Goldbergstein, son grand *amour*, sa femme, est arrivée sur son scooter branché ; alors il a fait voler son jet de pisse vers elle et il l'a arrosée en disant : « Hé, hé ! C'est pas symbolique ça, espèce de salope, hein, c'est pas symbolique ! Je te pisse dessus et pas la peine d'interpréter, vieille salope, parce que tu sais ce que ça veut dire ? Tu le sais ? Ça veut dire, grosse salope, que je te pisse dessus. Voilà exactement ce que ça veut dire, bordel. »

Un mois plus tard, Norman était dans un avion à destination de Tokyo. Je m'étais marié et j'avais divorcé lorsque j'ai eu de ses nouvelles, presque un an plus tard. J'avais fait la fête avec les Hell's Angels – après ça, le trou du cul de la vie s'est changé en cul de poule sous pression et s'est mis à décharger, m'arrosant de merde et de bile régurgitée du cosmos. J'ai plus dessoûlé, je cherchais un peu de chaleur au fond de la caverne sèche et profonde d'une chatte imbibée d'alcool. Les matins où je me réveillais à côté d'une femme, je prenais mes jambes à mon cou pour échapper à l'ivrogne malodorante que j'avais harponnée la veille, une pute répugnante aux grands yeux désespérés, tout juste assez déglinguée pour me désirer *moi*, me faire confiance à *moi*, avec ses restes d'espoirs tachés de merde. Que je sois seul ou non, le matin, j'aurais préféré ne jamais me réveiller. Alors, avant de me mettre à chialer, je trouvais de la gnôle et de la bière à deux balles, histoire de tenir bon et de rendre ma solitude supportable. J'étais mal en point quand je me suis fait larguer, je pouvais pas l'effacer, je la revoyais, Rhonda, assise dans un coin, avec sa culotte autour des chevilles, ses yeux adoucis par l'héroïne, des yeux tellement dilatés qu'on aurait dit des enjoliveurs noirs, en train de me dire : « Va te faire foutre ! Je te déteste ! Va te faire foutre ! Je te déteste ! Va te faire foutre ! Je te déteste ! », le tout en pissant. Je pouvais pas fermer l'œil sans l'entendre et la voir, comme ça, accroupie. Et toujours sa pisse, une pisse violente qui disait tout ce qu'elle avait à dire sur le monde. Elle était encore plus déglinguée que moi, c'est dire, je n'ai compris pourquoi que des années plus tard, le jour où j'ai appris qu'avant de me rencontrer, le type qui la baisait, c'était son père, et que sa mère, le sachant, avait préféré la foutre à la porte plutôt que de faire enfermer cet enfoiré. Elle baisait avec le premier type qui lui offrait un plumard où passer la nuit, jusqu'au jour où c'est avec moi qu'elle a baisé.

C'est drôle, tu sais : quel que soit le nombre de jobs que t'as perdu et ton degré de pauvreté, que t'aies un endroit où dormir ou que tu crèches à la décharge, quoi qu'il arrive, y a toujours moyen de mettre la main sur un verre ou sur de la grosse binouze. Évidemment, les femmes, elles peuvent toujours se servir de leur chatte pour se procurer de la gnôle. Mais les hommes ? Les hommes, non. Alors, on s'entraide, parce qu'on a tous l'intime conviction qu'on est le prochain sur la liste des fauchés et des sans-abri. On s'entraide, parce qu'on aime bien savoir qu'il y aura toujours quelqu'un pour payer sa tournée. Tu as besoin d'un verre ? On te tend la main, non par amour, mais dans l'espoir que, le jour où le besoin d'une bouteille se fera sentir, quelqu'un d'autre crachera ce qu'il te doit. Une fois, alors que j'arrivais au bout de mes dernières thunes, que je me nourrissais de restes et que je vivais dans un ISO – un de ces conteneurs maritimes qu'on met sur les trains, les semi-remorques et les bateaux ; vers les quais, à Oakland, là où les flics ne vont jamais, il y en a des villes entières ; ils sont plus grands que des mobil-homes, plus grands et surtout plus costauds, et je peux te dire que, si les gars du recensement venaient y faire un tour, la population américaine augmenterait de dix pour cent en bord de mer et dans les villes desservies par le fret –, bref, un jour que je rentrais dans mon ISO rouillé, j'ai trouvé une caisse de Glenfiddich avec un petit mot : « *Fuck you ! Personne devrait mourir empoisonné par de l'alcool frelaté. Les Rangers Solitaires sont de retour ! Grosses bises, Duke.* » La caisse a été torchée en une semaine, et pas la moindre gueule de bois. Rien d'étonnant à ce que les riches picolent de la gnôle hors de prix. Duke est mort, maintenant, un mois après que Myrtle, sa femme, a déposé une demande de divorce au bout de trente-cinq ans de mariage. Il est mort de désespoir. Elle lui avait déjà fait le coup de se tourner vers Dieu – ça faisait vingt ans que le pauvre Duke n'avait plus le droit de la baiser –, et voilà qu'elle décrétait que son mariage représentait une infidélité à Jésus ; elle a donc demandé le divorce pour pouvoir sucer la saucisse sacrée tranquille, sans culpabilité. Duke comptait parmi ces types qui savent tout – il avait tourné son amour de loup pour une femme haineuse, amour d'une loyauté et d'une constance à la limite du ridicule, en une passion vorace pour la connaissance. L'ultime acte de vengeance de Myrtle est d'avoir décidé que la cérémonie funéraire se tiendrait dans son église à elle, avec Jésus-Baise-ta-Femme en officiant, *Jesu Christo* tout sourire au-dessus du cocu, avec ses mains et son front en sang qui veulent dire que dalle parce que c'est Dieu et qu'il peut cicatriser sur-le-champ si ça lui chante, et se payer une partie de billard juste après. L'autre pétasse détestait tellement Duke qu'elle a fait jouer *Amazing Grace* sur l'orgue de l'église pendant qu'on transportait sa carcasse pétant de méthane vers la poussière du cimetière.

Tout ça pour dire que j'avais pas entendu parler de Norman Tokyo depuis une année entière quand j'ai enfin eu de ses nouvelles, à Noël, le jour où je suis allé voir Pop et sa famille à la caravane. Le téléphone s'est mis à sonner, mais tout ce que je percevais, c'était une sorte de clapotis, jusqu'à ce que la voix de Norman se fasse entendre et dise :

« *Hé, T-Bird, tu sais ce que c'était ?*

– Norman ?

– *Dis voir un peu, tu sais ce que c'était ?*

– Attends une seconde que j'ouvre une binouze. »

Il était tôt, mais j'étais déjà pas mal imbibé.

« *Du sexe au téléphone*, il a dit. *C'est le combiné qui entre et qui sort de la chatte à Kimono. Tu veux que je te le refasse un coup ?*

– Évidemment », j'ai dit.

Norman a continué sur sa lancée pendant deux ou trois heures et deux packs de six d'Oly, à enfiler son téléphone dans la chatte à Kimono avant de lécher la bave et de me raconter ce qui lui était arrivé à Tokyo la fois où il avait chié sur une nana tellement il était bourré quand il la baisait, eh ben, la nana a pris des chiffons pour le nettoyer et ils se sont remis à baiser ; et la fois où il avait enfilé une Jap avec son coloc qui s'appelait Burlton, la nana avait picolé et se prenait pour un petit lapin, elle sautillait dans la chambre et sur leur bite comme un bon petit lapin en hurlant « *Ichi-mo !* » ou un truc dans le genre, ce qui veut dire « je vais jouir » en jap ; et puis il m'a parlé du quartier de Shinjuku, à Tokyo, et il m'a expliqué que, si tu baises les nanas sur scène dans les clubs de cul, t'as le droit de les baiser gratos si t'as une bite de « taille occidentale », parce qu'une grosse bite blanche en train de pistonner leurs femmes, ça fait baver les hommes d'affaires japonais, ça les fait vraiment bander : ils sont capables de haïr les Yankees qui ont réduit leur ville en cendres, tout en ayant une trique d'âne à les voir humilier leurs femmes comme ils le font *eux-mêmes*. Bizarrement, les gens qui se sont vraiment fait mettre en redemandent, encore et encore, se faire baiser encore. Dans le métro, Norman était cerné de jeunes Japonaises tortillant du cul pour trouver le moyen de se frotter contre sa bite, l'air de rien ; la main tendue et leur petit poing serré autour de sa bite à travers son futal jusqu'à la station suivante, comme on tire un bœuf par l'anneau qu'il a dans le pif, et jusqu'au Love Hotel le plus proche, ces motels à la japonaise qui proposent des cagibis grands comme une armoire à classement en guise de chambres, des tubes loués à l'heure, tout spécialement conçus pour la baise. Bref, ça n'arrêtait plus, et puis soudain il a raccroché parce que la chatte au téléphone allait avoir un orgasme.

Je n'ai plus reparlé à Norman de toute une année, jusqu'à ce que je l'appelle d'un bar. Cette fois, sa nana c'était Taeko des Cieux, une pute hôtesse de l'air, sa prostituée de haut vol ; après m'avoir décrit tous les sons qu'elle émettait quand ils baisaient, il m'a confié qu'il l'*aimait*. Elle dormait, là, sur son futon, et il me décrivait sa beauté et la manière dont elle le remerciait après l'amour, avant de faire la vaisselle et de disparaître comme une fine bruine dans les ruelles crades et tortueuses de Tokyo, dans le vacarme strident du métro, les crissements tristes de pieds mélancoliques sur la poussière des trottoirs. Il s'est marié avec elle. Il est toujours marié avec elle. Il lui interdit de sortir, de peur qu'elle se transforme en une de ces salopes d'Américaines. Et ça marche. Une douzaine d'années que ça marche. Ils ont des mômes. Ils ont une maison. Ils ne voient pas leurs voisins. Ils n'en ont pas envie. Elle continue à le remercier chaque fois qu'ils font l'amour. Et maintenant qu'il va mieux, lui aussi il la remercie.

Autour de moi, tout n'est que misère, dénuement, désespoir, rage et crasse. Tout, sauf mon âme. Bizarrement, ça ne m'a pas touché, en tout cas pas assez pour remettre en question ma foi et mon optimisme inaltérables. Quelque part, je sais que l'humanité n'est pas aussi immonde que celle dont j'ai pu faire l'expérience. Je sais que le pus, la gangrène et les marécages ne sont pas la condition naturelle du cœur de l'homme, mais les fruits de la désillusion, que les déchirements cannibales sont la conséquence, non la cause, la réaction désespérée de cœurs dépouillés, dévorés, mais battant toujours. J'ai vu des hommes que je connaissais – et parfois les femmes –, je les ai vus se détruire jusqu'au suicide, se réduire à la laideur subhumaine d'un Norman à Tokyo – désespérés, ils se chiaient dessus et souillaient tout ce qu'ils touchaient. J'ai vu la noirceur de Duke, à genoux chaque fois qu'il était bourré, suppliant le fantôme de sa femme de revenir à la maison se coucher à ses côtés, de l'aimer comme elle l'aimait avant de tomber amoureuse d'un Dieu idéal, parfait et moqueur. J'ai vu mon père, Pop, perdre une femme après l'autre, je l'ai vu perdre sa dignité et tuer de rage, à taper sur quelque chose, n'importe quoi, pour tenter de guérir ses cicatrices qui ne se fermeraient jamais, ses plaies cancéreuses de l'espoir déçu. Et voilà P.J. qui s'est pendu après que sa femme l'a largué et lui a pris sa fille, ou Mike à qui sa femme a pris sa fille aussi, pour se marier avec un docteur. Il a tellement bu qu'il a chopé le diabète et en est mort, imbibé du single malt que je lui avais acheté. Et puis Antonio, que sa femme a foutu à la porte avant d'obtenir la garde de ses fils ; le jour où ce livre sera publié, il sera mort d'alcoolisme. Et cette liste n'en finit pas. Franchement, c'est tellement triste que c'en est presque insupportable.

Les habitués de chez Dick s'intéressent tout particulièrement à l'« affaire Blaise », parce que personne ne sait s'il est vivant ou mort. Blaise se qualifiait d'alchimiste à plein temps et de compositeur à mi-temps. Pour autant que je sache, c'était le genre à ne pas capter la différence entre un la et un sol sur un banjo, incapable de souffler dans un sifflet à coulisse ou même dans un kazou. On ne l'avait jamais entendu jouer une seule note et personne n'avait jamais vu une seule partition de sa composition, pas jusqu'à ce qu'il se fasse choper par le SWAT[1], en tout cas. Il nous avait raconté qu'il composait des musiques de pubs, mais il refusait de nous dire lesquelles ; donc, il avait beau avoir l'air de gagner du blé avec ses prétendues pubs et, contrairement à nous, ne pas être obligé de bosser, nous, on avait des doutes. Il nous disait que les jingles payaient ses factures pendant qu'il réalisait ses expériences alchimiques et composait de la musique *sérieuse*, et qu'un jour il pourrait se consacrer à la véritable création artistique.

1. SWAT (Special Weapons and Tactics) : équipe de police spécialisée dans les opérations paramilitaires et comparable, en France, au GIGN.

Un de ces types qui pensent que l'*art* peut remplacer le *travail*. L'enfoiré. On l'adorait.

Quand il a rencontré Ashley, il ne savait pas qu'elle avait jacté partout dans le quartier qu'elle allait se barrer d'Oakland, tomber enceinte et se marier avec un scientifique, dans cet ordre-là. Elle ne voyait pas la différence entre un scientifique et un barman. Elle ne se rendait pas compte que l'alchimie était un art mort et enterré depuis longtemps, une relique dans le genre de la dignité humaine. Ce qui fait que lorsqu'il a déménagé en ville, Blaise n'était pas armé pour Oakland – il n'était pas vraiment comme nous, Blaise, il venait de Californie du Sud, il avait grandi sur une colline et suivi les cours d'une fac de Los Angeles pendant deux ans ; il était bien le seul dans le bar, avec Shapiro, à avoir foutu les pieds dans une vraie université, et pas simplement aux cours du soir de la mairie, à l'école de police ou dans une formation pour apprendre à installer la clim', – et ce qui est certain, bon Dieu, c'est qu'il n'était *vraiment pas* armé pour lutter contre Ashley.

Blaise avait déménagé à Oakland parce que sa tante, à sa mort, lui avait légué sa maison. Sur la 62e Rue, en plein cœur du ghetto nègre, ce qui n'a pas manqué de le surprendre. Gamin, il montait la voir de Los Angeles et, à l'époque, le quartier était blanc, c'était ça qu'il avait en tête, pas cette cabane ornée de barres d'acier comme une cage, avec des os de poulet sur la pelouse et des junkies qui esquivaient la police en sautant par-dessus sa barrière, la nuit, comme des sportifs olympiques.

Ashley avait entendu dire que Blaise était alchimiste et elle a demandé ce que c'était. Un scientifique, on lui a répondu, alors Ashley s'est mise à courir après Blaise à grand renfort de nichons et de tout ce qu'il faut. Un soir, en retrouvant la faune de chez Dick, Blaise nous a annoncé qu'il allait se marier et il a payé sa tournée, après quoi il s'est planté là avec son grand sourire et il a raconté comment cette femme, son *grand amour*, son *ange*, sa *déesse de la mythologie celte* lui avait gorgé le poireau cinq fois de suite, la première fois qu'il l'avait baisée. Sûr qu'elle est enceinte, qu'on s'est dit. Elle l'a trait comme une vache, il est foutu, le pauvre fils de pute.

On n'était pas assez cons pour laisser Ashley s'approcher de nous, pourtant elle avait surgi à notre fenêtre en pleine nuit, tous autant qu'on était – surtout ceux qui avaient un boulot stable et une carte du syndicat –, et vas-y qu'elle nous implorait de la baiser. Elle avait même appelé Ed le Juif et lui avait murmuré : « S'il te plaît, Eddie, s'il te plaît, viens me baiser. Je suis toute mouillée. S'il te plaît, baise-moi, Eddie. » Ed, le plus moche d'entre nous, eh bien, il était marié avec une femme très belle et extrêmement triste, une femme avec de longs cheveux noirs et des yeux plus vieux que le monde. Il la traitait comme une merde et la menaçait en permanence de la jeter, en lui répétant qu'elle avait bien de la chance, cette pétasse, que quelqu'un veuille bien d'elle. Et elle le croyait, même si, en vérité, nous, on l'aurait tous récupérée sur-le-champ. Alors, Ed le Juif est sorti et il a baisé cette vieille hurleuse d'Ashley, sans lui dire – comme il nous l'a raconté par la suite – que son petit oiseau tirait à blanc et qu'il y avait zéro chance qu'elle le coince avec un bébé dans le bide.

Il a pas fallu très longtemps à Ashley pour décider qu'en fin de compte elle n'aimait pas les scientifiques, encore moins les scientifiques compositeurs, surtout ceux dans le genre de Blaise. Blaise était italien, c'est-à-dire catholique ; il est *évident* qu'il l'a épousée le jour où, quelques semaines après le soir aux cinq coups, elle lui a annoncé l'arrivée imminente du zygote qui enflait dans son trou. La maison de la tante morte lui appartenant, ça l'avait initialement rendu deux fois plus désirable – c'était un *proprio* – et faisait de lui un citoyen respectable, un membre supplémentaire de la minorité blanche de chez blanche. Mais ça le condamnait à être haï par les Noirs et les Mexicains, et à devenir une proie à éliminer. Blaise était devenu une célébrité locale, chez Dick : il se pointait à six heures du mat', à l'heure où nous, on descendait nos vodkas avant d'aller bosser, mais lui, il ne partait pas. Il était encore là à midi, quand on repassait pour notre coup de la mi-journée. Le bébé n'allait pas tarder à arriver et Ashley devenait cinglée : *elle ne voulait pas vivre à Oakland* – comme si aucun de nous aurait voulu vivre à Oakland, bordel de merde. *Pourquoi est-ce que je me marierais avec un scientifique à côté de la plaque, si c'est pour être condamnée à vivre dans ce trou de merde ?*

Elle avait découvert que la science de Blaise n'avait rien à voir avec celle qu'on voyait à la télé, la science du type de Berkeley ou d'Harvard en blouse blanche qui bosse sur des armes de guerre à faire fondre les yeux de milliards de Chinetoques et transformer leurs os en poussière interstellaire, qui rentre à la maison et retrouve sa grosse baraque au bord du lac, avec barque et ukulélé pour jouer des chansons d'amour à *sa petite chérie*, tout en ramant tranquillement vers le soleil couchant. Non, l'alchimie de Blaise se résumait à un petit cabanon dans le jardin, pas plus grand que des toilettes, avec une glacière pleine de bouteilles de vodka à deux balles, une pile de papier, des stylos, des chiottes portables histoire de pas avoir à mettre le pied dehors et une porte qui fermait de l'intérieur pour qu'on le dérange pas, surtout sa jeune épouse. Sur quoi il travaillait ? Personne n'en avait la moindre idée et, si on le lui demandait, il se contentait de répondre : « Oui. » On le poussait à parler, on lui payait des coups, on essayait de lui bourrer la gueule, mais il se contentait de sourire, même quand il commençait à piquer du nez, et il répétait : « Oui. » En y repensant, il est *clair* qu'il était un peu déglingué.

Le lendemain de la naissance du bébé, les Noirs et les Mexicains du quartier lui ont préparé un comité d'accueil *Oakland style*. Des Mexicains avaient garé leur bagnole customisée devant chez lui et un Noir passait sur le trottoir quand ils se sont mis à tirer avec des Mac-10 et des pistolets ; le Noir a été déchiqueté en mille morceaux éclatés aux quatre coins du jardin, ses tripes et son sang éclaboussant les fenêtres et le porche. Mais ce n'était pas le plus grave – pas pour Blaise. Le plus grave, nous a-t-il expliqué, c'est qu'Ashley le détestait pour de bon depuis cet « échange multiculturel », comme il disait. Ashley le détestait parce que, lorsque les balles s'étaient mises à voler, traversant la façade de la maison et criblant les murs, Blaise lui avait pris le bébé des mains et s'était mis à couvert, alors qu'elle restait plantée là, dans une sorte d'état de choc de pauvre minette, sans bouger. La plupart des balles l'ont évitée ; toutes, sauf une, qui lui a traversé une fesse et s'est logée en plein dans son trou du cul. Elle s'est mise à gueuler : « Ils m'ont tiré dans le cul ! Ils m'ont tiré dans le cul ! » Et Blaise qui rigolait. Il ne pouvait pas s'en empêcher, il a expliqué, c'était un moment tellement délirant. Même à l'hôpital, quand elle a repris conscience après l'opération et qu'elle a demandé à Blaise si ça allait, si elle allait s'en sortir, eh bien, même à ce moment-là, Blaise s'est marré et lui a fait : « T'avais une balle coincée dans le trou de balle, mais les bons médecins te l'ont enlevée. Un de ces jours, tu pourras de nouveau chier normalement. »

Ashley ne lui a jamais pardonné de ne pas l'avoir aidée à se mettre à l'abri, elle ne lui a pas pardonné d'éclater de rire alors qu'elle se faisait tirer dans le cul et, une chose est sûre, elle ne lui a jamais pardonné d'avoir déconné en disant qu'elle pourrait bientôt à nouveau chier normalement. Le truc, c'est que, plus elle avait la rage, plus il s'en tapait. Elle boitillait en se plaignant de son trou du cul, et lui, il lui promettait qu'un de ces quatre il aurait les moyens de lui payer un trou de balle avec viseur laser *bionique* intégré, un truc capable de tirer un étron à deux cent cinquante mètres avec tellement de précision qu'elle pourrait toucher un Mexicain en plein entre ses petits yeux marron.

Blaise s'est mis à travailler encore plus dur sur son alchimie, ou alors sur sa composition, ou sur je sais pas quoi, il s'enfermait dans son cabanon pendant des semaines d'affilée sans sortir, si ce n'est pour piquer de quoi bouffer et vider ses chiottes portables le long de la grille du jardin, puis il se dépêchait d'y retourner avant de se faire choper. Ashley était encore trop grosse, à cause du bébé, et encore trop handicapée, à cause de sa blessure au trou de balle, pour pouvoir le tromper – Ed le Juif prétendait que, même lui, il ne baiserait plus avec elle, pas sans son trou du cul, en tout cas, parce que le trou du cul d'Ashley, qu'il disait, représentait précisément cinquante et un pour cent de ce qui rendait Ashley intéressante –, ce qui fait qu'elle se mettait au milieu du jardin, le bébé à bout de bras, et gueulait de toutes ses forces sur Blaise, le traitant de tous les noms qu'elle pouvait imaginer. Elle hurlait : « C'est *ton* bébé ! *Ton* bébé, espèce de fils de pute ! Ah, on peut dire que tu fais un putain de *père* ! » Une fois, elle a même balancé un cric sous le cabanon et l'a actionné alors que Blaise se trouvait à l'intérieur.

Elle l'a quitté. Elle l'a quitté en emmenant son bébé, elle lui a pris son bébé, son enfant. C'est ce qu'elles font, nos femmes. Elle l'a quitté, elle lui a pris le bébé et lui a dit qu'il était un *très mauvais père*, en lui pointant le doigt sous le nez comme si elle grondait un vilain garçon, ce qui est bien sûr la pire des choses qu'on puisse nous dire ou nous infliger. Doux Jésus, on le sait bien qu'on est de *mauvais hommes* – personne ne le sait mieux que nous. Bon Dieu, on sait même qu'on est de *mauvaises personnes*, mais ce qu'on espère, ce qu'on veut *par-dessus tout*, c'est faire des putains de bébés et les élever mieux qu'on a été élevés nous-mêmes. On veut se faire pardonner d'être des merdes en produisant des personnes qui seront mieux que nous, des gamins qui auront la vie plus facile, les jouets qu'on n'a pas eus et un dessert à la fin de chaque putain de repas.

Quand Ashley est partie, Blaise a perdu les pédales. Il a vendu la maison et déménagé dans un ancien motel transformé en résidence, à deux pas de chez lui. Il a vendu tout son barda. J'ai racheté ses couverts. Louie, le barman de chez Dick, lui a acheté sa peinture d'Elvis. « Elle m'a dit que j'étais un *mauvais père*. Elle a pris mon bébé. Elle a pris mon *bébé* », qu'il répétait en boucle. Jusqu'au jour où il a arrêté de venir chez Dick. « Elle a pris mon bébé, qu'il disait, ma chair et mon sang, ma progéniture, ma *raison d'être*[1], mon âme. Cette harpie va élever *mon* enfant. »

1. En français dans le texte.

Quand on ne l'a plus vu descendre en ville, on a envoyé une équipe de reconnaissance pour voir un peu ce qui se passait, et là, on a tout simplement trouvé Blaise assis au milieu de l'appart qu'il avait loué, en train de regarder CNN, hypnotisé, une bouteille de vodka dans une main et un cigare dans l'autre. Aucun meuble, que dalle, juste une télé par terre et une radio branchée sur la station classique, la télé poussée à fond les manettes. Pas de bouffe dans le frigo. Même pas de bière. Pas de vaisselle. Un savon dans la salle de bains mais pas de serviette, et pas de gant de toilette. Le truc louche, pourtant, c'était le sol de la salle de bains. Il y avait plein de bouteilles d'eau de Javel alignées le long du mur ; chaque fois qu'on allait pisser ou chier, Blaise déversait une bouteille de Javel dans ses toilettes. Pour sûr qu'ils étaient propres, ces chiottes.

Blaise interprétait tout ce qui passait aux infos comme un signe des dieux. Une tornade venait de dévaster un pauvre lotissement de mobil-homes au Texas, et Blaise affirmait – sérieusement, il *affirmait* – que le gouvernement se livrait à des expériences secrètes impliquant des manipulations du climat et que ça finirait par générer une arme cataclysmique qui effacerait toutes les zones rebelles de la carte et les éparpillerait comme des confettis. Si, au Moyen-Orient, un pilote de tapis volant se mettait à marmonner un truc sur Allah avant de se faire sauter sur la place du marché à Jérusalem, Blaise avait des visions de combats d'anges dans les cieux. Qu'une espèce de crapaud de la forêt tropicale du Brésil s'éteigne, et il se mettait à calculer le moment précis où l'humanité rendrait son dernier souffle. Qu'une tempête de sable brûle une moustache du Sphinx, et c'était la manifestation d'une malédiction, le châtiment était en marche, la colère d'anciens démons allait déferler sur la planète et déclencher un feu sulfureux.

Ouais, ouais, ouais. On avait déjà vu ce genre de conneries, donc personne ne s'en faisait plus que ça. On traverse tous ce genre d'épreuve de temps en temps. C'est la vie. Louie, le barman, avait l'habitude de nous voir régulièrement halluciner sur la mort. « C'est juste un coup de flip, il disait alors. Ça arrive à tout le monde, de flipper. Au bout d'un moment, ça s'arrange. » Et il aidait à se redresser quiconque tombait de son tabouret, le remettait à sa place face au bar et lui resservait un verre. Tu flippes ? Aucun problème. C'est pour ça que Dieu a inventé l'alcool.

Les délires de Blaise sur les dieux et les déesses, ses références à des trucs dont on n'avait jamais entendu parler, sa goulache délirante de cosmopolitique géo-conspirationnelle, on mettait ça sur le dos de l'éducation qu'il s'était payée dans sa petite fac de luxe, toute cette merde en barre dont ses professeurs hippies qui avaient plus de diplômes que de jugeote lui avaient bourré le crâne. Bordel, ce que disait Blaise n'était pas plus barré que ce que des cinglés peuvent déblatérer dans certains meetings, dans certains bars ou à n'importe quel coin de rue de Berkeley – crois-moi, la baie de San Francisco est une vraie fourmilière de zombis déboussolés, de déglingués, de fumeurs et de gobeurs d'acide aux poches pleines de diplômes qui servent à que dalle, si ce n'est à se rouler des joints et à se torcher ce cul si hautement éduqué. Les cinglés de Berkeley parlent exactement comme Blaise – tout se transforme en conspiration, le gouvernement va les foutre en cage, c'est bientôt la fin du monde. Ils sont aussi marteaux que des adorateurs de Jésus, sauf qu'ils ne croient pas en Dieu, mais en *tous les dieux* et en tout un tas d'autres trucs complètement barrés. Berkeley est un nid de pédales qui s'ignorent ou qui ne veulent pas l'admettre. Les cinglés de San Francisco valent mieux que ça, sérieusement. Ils sont intelligents comme je sais pas quoi, et puis ils dirigent une bonne ville où tout est propre, à sa place, et baigne dans la bonne musique. Ils ont un putain de bon goût dans pas mal de domaines. Les pédales de Berkeley, par contre, c'est autre chose.

Une fois, je bossais sur un chantier situé sur le campus, on bétonnait une piscine. À midi, je m'étais assis sur la pelouse avec ma boîte de raviolis, histoire de mater un peu les étudiantes. Grosse erreur. Elles avaient toutes des fringues trop larges, des lunettes de nases, du poil plein les pattes et sous les bras. Merde, elles étaient plus poilues que moi. Mais pendant que j'étais assis là, à bouffer mes raviolis avec les doigts, la gueule tachetée de béton sous mon casque rafistolé qui pesait une tonne, j'ai entendu chanter un groupe d'étudiants. Je suis donc allé dans cette direction pour voir un peu ce qui se passait. J'ai fait le tour d'un bâtiment et j'ai découvert une cinquantaine de mecs assis en cercle. Ils ne portaient pas de chemise et se tapaient en rythme sur la poitrine comme des gorilles, en chantant leurs incantations. Des espèces de mauviettes à deux balles, soit dit en passant, la peau blanche et flasque, leur torse imberbe et osseux rougissant sous les coups. J'ai regardé le spectacle un petit moment – on était quelques-uns à faire pareil –, puis j'ai demandé à la nana qui se trouvait près de moi, une nana apparemment normale, avec une robe et des talons, ce que ces types pouvaient bien être en train de foutre. Elle avait cet air dans les yeux, ce genre d'air que peut prendre la foule à la messe télévisée, ces yeux vitreux qui vous scrutent, des yeux de pigeon amoureux. Elle m'a expliqué que ces types *affirmaient leur masculinité*. Quoi ? « Ils *affirment leur masculinité*, leur *identité sexuelle*. » Bon, c'en était un peu trop pour moi. « Quelle heure il est ? » j'ai demandé. Elle a tendu le bras vers moi et m'a montré son poignet. « Voilà, elle a dit. Tu sais lire l'heure, non ? »

Pétasse. Berkeley. Masculinité. T'as envie d'affirmer ta masculinité, espèce de petite pédale ? Eh ben, va bosser.

Blaise avait toujours parlé comme eux et, quand il s'est mis à flipper, à développer son Église de la Connerie Incompréhensible, il donnait l'impression d'avoir un peu trop inhalé les vapeurs de son pot d'échappement. Pourtant on a continué à le voir, pour vérifier s'il allait à peu près bien. Mais quand il est passé de l'autre côté, quand il a pété les plombs comme on n'avait jamais vu personne péter les plombs, on a laissé tomber. À quoi ça servait ? Il était passé dans le Berkeleyland, il carburait à des substances qu'aucun de nous n'aurait voulu absorber et, au lieu de se laisser porter par le courant, il faisait le mariole. Alors, on aurait eu beau essayer de le ramener sur terre, c'était perdu d'avance. Plus rien ne le touchait. Il était foutu.

Au début, on se contentait d'observer. L'un de nous le repérait divaguant dans le quartier, le poing tendu vers le ciel en citant Shakespeare ou la Bible, ou des conneries dans le genre. Glenn a dit qu'une fois il l'avait localisé sur les gradins du stade du lycée de Castlemont High, un mât de trois mètres dans la main, tendu comme un paratonnerre : il pleuvait et Blaise se marrait tellement fort que Glenn sentait le grondement de son rire vibrer sous ses pieds, aussi fort qu'au passage d'un train. Joey Polizzi, lui, l'a trouvé allongé, la tête dans le caniveau, sur la 98ᵉ Rue, en plein cœur du quartier black de chez black d'Oakland. C'est pas que ce soit bien grave d'avoir la gueule dans le caniveau – bordel, on y a tous eu droit, un jour ou l'autre. Mais dans cette rue-là ? Là où le Blanc le plus proche se trouve à plusieurs kilomètres et où, même en plein jour, les Noirs sont capables de t'étriper au feu rouge si la porte de ton camion n'est pas verrouillée ? Qu'est-ce que Blaise foutait là, nom d'un chien ? Polizzi l'a hissé dans son camion et l'a ramené chez Dick : les habitués s'en occuperaient et Louie lui servirait une de ses vodkas de luxe. Mais, en arrivant au coin de la 98ᵉ et la 14ᵉ Rue est, alors qu'ils roulaient encore, Blaise a déverrouillé sa portière et s'est rétamé sur la chaussée. Polizzi a stoppé son camion, mais Blaise s'était déjà barré en courant et en gueulant ses conneries d'intello. Puis Polizzi l'a vu sauter par-dessus des fils barbelés et disparaître dans l'obscurité. Après l'incident de la 98ᵉ Rue, on s'est mis d'accord pour envoyer Shapiro à l'appart vide, histoire de voir comment ça allait, parce qu'il avait étudié dans cette grande fac juive de New York et qu'il était évident que Blaise n'allait pas bien. Shapiro non plus, il n'allait pas bien ; ils pourraient peut-être discuter de leur simpatico petit karma d'étudiant déglingué de la tête.

Shapiro a entendu de la musique classique à travers la porte. Ça jouait fort, comme si Blaise avait embauché un orchestre symphonique et que les deux cents musiciens étaient là, dans son appart. Qui peut écouter de la musique classique aussi fort ? De toute évidence, Blaise avait fondu une durite. Shapiro a frappé encore et encore, et une nana noire est sortie sur le palier. Elle lui a lancé : « Vas-y, mon gars. Va calmer ce putain d'enculé de sa race. L'est complètement barré, putain de merde. » Shapiro a continué à taper sur la porte et, au bout d'un moment, Blaise a fini par répondre. Ses yeux coulaient, du sang lui dégoulinait le long du cou et lui tachait la chemise, pas très abondamment mais sans discontinuer, comme une ligne d'arrivée, et le liquide rouge suintait au rythme de son pouls. Blaise tenait une bouteille d'un litre soixante-quinze de vodka. Il l'a tendue à Shapiro, pas débouchée. « Vous boirez bien un coup, mon bon monsieur ? » il a dit.

Blaise s'était enfoncé un pic à glace dans l'œil – Shapiro l'avait aperçu par terre, couvert de sang. Quand il l'a emmené à l'hôpital en le traînant comme il pouvait, tout ce que Blaise arrivait à dire, c'était : « Mon œil ne perçoit pas le mal du monde », en boucle.

Après l'incident du Globe Oculaire, on a compris que la situation avait gravement dégénéré, ce qui fait qu'on a décidé de mettre Owen Jorgensen sur l'affaire. Jorgensen était un Marine à la retraite ; un type tout ce qu'il y a de sérieux, Jorgensen. C'était déjà un habitué de chez Dick quand on l'a laissé quitter l'armée pour raisons psychologiques : il avait balayé une douzaine de Colombiens au cours d'une opération spéciale. Les Marines rampaient dans la jungle à raison de deux centimètres et demi de l'heure pour éviter de se faire repérer par les détecteurs de mouvement et leur chef leur avait donné l'ordre de ne pas riposter, même si on leur tirait dessus – ils n'étaient pas censés exister. Les balles pleuvaient, des balles traçantes et des fusées éclairantes qui pétaient de partout, et c'est là que Jorgensen a perdu son sang-froid : il s'est levé et, tel Rambo, il s'est mis à tirer dans le tas jusqu'à ce que la jungle redevienne complètement silencieuse. Nous, on lui répétait qu'il avait pris la bonne décision. Hé, on te tire dessus ! Tu viens d'Oakland, qu'est-ce tu fais ? Eh ben, tu ripostes, tu tires dans le tas, un point c'est tout. Tu descends cette bande de nègres.

Maintenant, Jorg bossait pour les Bétons Sawing, il faisait de la démo – de la démolition. Il adorait faire exploser des trucs, n'importe quoi. Le 4 juillet, il ramenait tout ce qu'il avait chouré quand ils l'avaient foutu à la retraite, son coffre plein de bâtons de dynamite, de plastique, de détonateurs et de toutes sortes de bonnes choses qui passent pas par quatre chemins ; il dansait dans la ruelle, on buvait des bières et on se jetait par terre pour se mettre à couvert, on se poilait comme des malades quand il faisait sauter un tricycle à dix mètres ou qu'il rétamait une grue. Mais les immeubles, ah ça, les immeubles, c'était son truc préféré ; quand il les faisait péter, il n'en restait plus qu'un tas de gravats. Une demi-douzaine de baraques pleines de gangs mexicains avaient mystérieusement volé en éclats depuis qu'il était revenu dans le quartier. Aucun de nous ne se serait plaint – ces grosses merdes n'attiraient que des embrouilles, des enfoirés de fumeurs à bagnoles customisées. Jorgensen était le spécialiste du métal et de l'explosif chez Sawing, il faisait ce qui lui plaisait le plus au monde, faire tourner le chalumeau pour couper la ferraille, et quand il ne se douchait pas dans les étincelles et le feu, il détruisait. « C'est mieux de détruire que de construire, qu'il disait. Les effets sont permanents et sublimes. Éternels. »

Quand l'un de nous avait un problème, qu'un habitué se faisait baiser par son patron ou que sa femme baisait avec un Mexicain ou une tarlouze d'avocat de San Francisco, Jorgensen nous suppliait presque de le laisser s'en occuper. « Adresse », il disait, avant de chausser ses lunettes de soleil et de nous regarder à travers ses verres fumés, sans la moindre expression.

On savait que Jorg était cent pour cent sérieux et qu'il suffirait de lui donner cette adresse pour que le problème soit résolu, une bonne fois pour toutes – sans faire de vagues ni aucune répercussion. On l'adorait et il nous adorait, Jorgensen. Il aurait fait n'importe quoi pour nous et sans jamais se faire pincer – c'est comme ça qu'il avait gagné sa vie autrefois. On avait besoin de quelqu'un de plus fort et de plus malin que nous pour remettre Blaise dans le droit chemin, et Jorgensen était le type qu'il nous fallait. Depuis le début il nous demandait de le laisser faire, il disait qu'il pouvait s'occuper de tout ce bordel, mais on avait eu de bonnes raisons de s'abstenir. Maintenant, ce n'était plus la même histoire, il était temps de faire appel à ses services. Voilà pourquoi on l'a chargé de l'affaire Blaise.

Quand on a demandé à Jorgensen de s'en occuper, la première chose qu'il a pensée, évidemment, c'est qu'on lui demandait de se débarrasser d'Ashley.

« Eh ben, il était temps », il a dit.

Il a sorti ses lunettes de soleil d'une poche de son caban et il se les est collées sur le nez.

« Adresse. »

Et il s'est mis à sourire.

« Non, on lui a dit, cette fois, c'est pas une histoire d'ex. C'est Blaise. »

Jorgensen s'est alors arrêté de sourire.

« Attendez voir. Blaise, c'est peut-être pas mon meilleur pote, mais c'est un pote quand même. Je bois de la vodka avec lui, ici même, dans ce bar. Ça me dérange pas de régler le compte à des salopes et à leurs jules, mais je mélange pas tout. Pas question qu'un type avec qui je picole devienne une cible potentielle. »

On était soulagés d'entendre ça. J'ai payé une tournée générale et on a picolé tous ensemble.

À tour de rôle, on expliquait à Jorgensen ce qu'on savait de la situation. J'ai dit : « Blaise passe ses toilettes à la Javel chaque fois que quelqu'un va pisser ou chier, quatre litres de Javel pour un demi-litre de pisse. » Shapiro a raconté l'incident du Globe Oculaire, Polizzi l'Occurrence de la 98e Rue et Glenn, l'Événement du Rire Déplacé, au lycée de Castlemont High.

Jorgensen a secoué la tête :

« De la Javel ?

– À chaque fois.

– Il faut faire quelque chose », il a dit.

Il nous a assuré qu'il ferait ça bien. Il commencerait par un sérieux boulot de recherches pour réunir tous les renseignements nécessaires sur la cible. Puis, il nous a demandé de le suivre jusqu'à son pick-up F-150, où il a ouvert ses boîtes à outils pleines de trucs divers et variés, boîtes de munitions, pistolets, armes automatiques démontées, cartouches de pistolet-mitrailleur pour fabriquer des petites bombes, explosifs à plastique et détonateurs (ceux qu'il sortait pour le 4 juillet), bâtons de dynamite. Il a attrapé une veste camouflage qui se trouvait au-dessus de la pile et l'a enfilée avant de l'inspecter – pistolets, couteaux fourrés dans une douzaine de poches, shurikens en étoile capables d'abattre un poteau téléphonique, grenades.

« Genouillères, il a dit. Pour CP – combats de proximité. Gilet pare-balles extra-léger. Confidentiel. Vous parlez de ça, vous êtes morts. »

Il nous a regardés. On a hoché la tête.

« Une trousse à pharmacie pour l'autochirurgie, mines antipersonnel, grenades à fragmentation, gilet d'assaut Blackhawk, lance-grenades de quarante millimètres. Lampe de poche Surefire avec mécanisme de vision laser incorporé – tu positionnes le point rouge sur ce que tu veux descendre, tu tires pour blesser ou pour détruire, et paf, la belette !

– Jorgensen, j'ai fait, on veut juste que tu t'occupes de lui, pas que tu t'*occupes* de lui. »

D'un geste vif, Jorgensen a tourné la tête vers moi. Il m'a fixé du regard. Ses paupières étaient prises de convulsions. Il nous regardait tous.

« Vous, il a dit. Vous, les *amis*, vous me confiez une *mission*. Vous comprenez. »

J'ai répondu :

« On comprend, mais…

– Mais rien du tout. Vous me confiez une *mission*. Et pour aller en mission, un homme doit se préparer. Si vous, bande de merdes, compreniez ce principe de survie de base, si *Blaise* comprenait ce qui se trouve être un des principes élémentaires qui fait tourner le monde, il n'aurait pas besoin de *moi*. Et vous non plus. »

On se matait les pieds.

« Encore des commentaires à deux balles ? Non ? Bon. Maintenant, émetteur radio Multiban-inter/intra utilisé pour les opérations spéciales de communication et connu sous le nom de AN/PRC-148, ou encore de "lanière" parce qu'il est portable, avec un micro qu'on glisse dans le larynx, kit de décodage MSHR. Quand je chuchote, mon équipe m'entend comme si elle entendait la voix de Dieu. Gilet pare-balles avec flotteurs configuré comme un gilet d'assaut, poches à cartouches et poches à accessoires stratégiquement placées. Cette veste sangle LBV permet de porter entre cinquante et quatre-vingt-dix kilos d'équipement. J'ai sur moi un sacré barda. »

Il a balancé une grenade à Shapiro.

« Fais pas tomber ce gros pétard », il a dit.

Et derrière ses lunettes de soleil, il l'a regardé d'un air sérieux. Il a soulevé une boîte, l'a ouverte : elle était pleine d'équipement électronique.

« Tout le nécessaire pour mettre Blaise sur écoute et comprendre la nature de ses communications et les effets possibles des appels hostiles, plus précisément ceux de l'*ex*. »

Il a soulevé une autre boîte, qu'il a ouverte.

« Vision nocturne, il a fait, en tapotant les lunettes avec tendresse. Une AN/PVS-7 avec la nouvelle JVN, jumelle de vision nocturne AN/PVS-21, stroboscope. Si la cible tente de fuir et de se cacher dans l'obscurité, il sera aussi facile de la retrouver que de pister un semi-remorque dans le désert. »

Il a sorti de la même boîte un truc qui ressemblait à un mini-radar.

« Oreilles. On pourra entendre chacun de ses murmures. »

Il a jeté un œil sur Shapiro.

« Je compte sur toi pour traduire les conneries de ce gentil petit étudiant. Je fournis les cassettes, tu les transcris, après quoi : destruction. Les enregistrements audio sont illégaux, contrairement aux vidéos, à moins que la personne soit clairement consentante. C'est la loi. »

Ce n'était pas exactement ce qu'on attendait de Jorgensen. Tout ce qu'on voulait, en fait, c'est qu'il stoppe le processus de destruction qu'avait entamé Blaise en lui foutant une putain de frousse, et que notre pote arrête de se conduire comme un abruti à cause d'une chatte et de sa progéniture foireuse, on avait tous traversé des sales passes et on en traverserait sûrement d'autres, mais on n'avait encore jamais vu personne descendre aussi bas sans décider d'en finir en se tirant une balle dans la tête, en s'étripant ou en picolant jusqu'à en crever, ou encore perdre le désir de vivre au point de demander à son cœur d'arrêter de battre. Putain d'*alto*[1], amigo. *No mas, adios*.

Tout ce qu'on voulait, c'était que Jorgensen lui foute une bonne paire de baffes et le réveille. C'est clair, Blaise était un peu bizarre, déglingué de la tête d'une manière très étrange et qu'on ne captait pas vraiment, complètement barré à cause de ses études, de ses livres et de ses putains de mots multisyllabiques, mais ça n'empêchait pas qu'il était l'un des *nôtres*. Alors, chaque fois que l'un des nôtres traversait une sale passe, le genre de truc qui peut arriver à tout le monde, vu qu'on dégringole tous de temps à autre d'un échelon dans cette putain de vie, eh bien, même si aucun d'entre nous n'avait l'ambition de grimper plus haut sur cette putain d'échelle sociale, y en avait pas un non plus qui avait envie de descendre plus bas, bordel de bordel. On était tous trop près du dernier sous-sol, et on le savait. On perdait Blaise, et on pourrait bientôt même plus se payer une Olympia. On perdait Blaise comme on avait déjà perdu Mike, Duke, P.J., George, Andrew, Joey Corollo, Clyde Lee, Bill Ware et Antonio – merde, on perdait Blaise, et il faudrait encore descendre un bon paquet de bières avant de s'en remettre.

Blaise n'était même pas fauché. Il avait encore des thunes qui tombaient de ses jingles, Blaise. Il avait été à la fac. Il avait encore de la marge avant de se rétamer au dernier sous-sol. S'il astiquait ses chiottes, c'est pas parce qu'il y était *obligé*, non, mais parce qu'il le *voulait bien*, bordel de merde.

On n'a plus entendu parler de Blaise et de Jorgen-

1. Le « stop » du panneau de signalisation, au Mexique.

sen pendant deux semaines à peu près. Puis un jour, Jorgensen est entré chez Dick avec des rouleaux de papier coincés sous le bras. Il portait ses lunettes et son gilet de combat. Il avait l'air plus baraqué que d'habitude. Vraiment baraqué. Son torse ressemblait à un bidon de pétrole de deux cents litres, et plein encore.

« Ceux qui sont pas des habitués, dehors. Et que ça saute. »

Il a jeté un œil sur le nouveau. Le nouveau est sorti. J'ai fini son scotch, un de ces trucs de luxe que Louie garde sur l'étagère pour épater la galerie.

Jorgensen a gueulé :

« Débarrassez le comptoir. »

Quoi ?

« Débarrassez. Le comptoir doit être propre. »

On a donc pris nos bières et nos verres, et on a nettoyé tout ça. Il a posé les rouleaux sur le bar, il les a déroulés et les a fait tenir avec des verres à cocktail. On s'est avancés pour voir un peu de quoi il retournait.

Des plans, voilà ce que c'était. Des diagrammes. Des études détaillées des allées et venues de Blaise, ses moindres faits et gestes au cours des deux dernières semaines. Flèches, pointillés, esquisses, symboles, crânes et os en forme de croix, petites bombes noires *Spy-v-Spy*[1] avec étincelles sur le point de péter, documents certifiés conformes, codes couleur, index, jour et heure. Jorgensen avait encadré une légende en bas de chaque rouleau, comme pour un atlas.

« La vie de Blaise », il a dit.

On a bu un coup.

1. Littéralement, « Espion-contre-Espion ». Titre d'une bande dessinée du magazine *Mad*, créée dans les années soixante par le dessinateur Antonio Prohías.

« Blaise a des habitudes très régulières, il a expliqué. La même chose tous les jours, à la même heure et de la même manière. Dans le monde de la filature, il ferait bander n'importe quel spécialiste. Quatre heures du matin, Blaise sort du lit, main gauche d'abord, puis pied gauche, main droite et pied droit, ce qui donne une position à quatre pattes évoquant un bébé ou un soldat, selon le point de vue. Du mien, un soldat. »

Il nous a alors jeté un de ses regards typiquement jorgensenniens.

« Soldat », il a dit.

Il y avait dans le timbre de sa voix la marque d'un profond respect que je ne lui avais encore jamais entendue. Comme s'il s'apitoyait un peu trop sur ce maboul de Blaise. Jorgensen comprenait un truc que nous ne comprenions pas, et je voyais bien que ça foutait le reste de l'équipe aussi mal à l'aise que moi. D'une certaine manière, je me suis senti tout petit, comme un putain de nain condamné à ne rien comprendre à l'univers des *hommes*.

« Purification. Blaise rampe jusqu'aux chiottes, vomit, vide quatre litres de Javel dans la cuvette, frotte avec les mains, essuie les éclaboussures avec du papier toilette Charmin imbibé de Javel. Puis, après s'être lavé l'estomac, il se vide les intestins et la vessie, et balance du Clorox avant de nettoyer les résidus avec du papier toilette. Sa transpiration, couleur et texture graisse de bacon refroidi, lui suinte lentement le long des tempes, du front, des aisselles et de l'aine.

– Jorgensen, j'ai fait.

– Quatre heures treize, à la cuisine, vêtu d'un caleçon blanc étrangement hygiénique. Ouvre le congélateur. Sort une bouteille d'Absolut Vodka, un litre soixante-quinze, quatre gorgées, pomme d'Adam qui clapote. Bouteille rebouchée et rangée à sa place.

– Jorgensen, j'ai fait, on n'a pas besoin de tous les détails. »

Il m'a renvoyé un de ses fameux regards.

Je crois que j'ai poussé un soupir ou un truc dans le genre, un peu d'air est sorti de ma bouche en tout cas, à moins que mes épaules ne se soient subrepticement soulevées de désespoir ou de résignation.

« Jorgensen. »

Lui, par contre, Jorgensen, il m'a jeté un regard que personne ne m'avait jamais jeté – et que personne ne m'a plus jeté depuis –, pas un regard de déception ni de tristesse, non, un regard qui exprimait une sorte d'état de choc ou d'incompréhension. Comme si j'avais dit ou fait quelque chose d'absolument inqualifiable, un truc tellement *pas bien* qu'aucun être humain, et sûrement pas un client de chez Dick, ne se le serait jamais permis ; un truc tellement pas bien que la *foi* de Jorgensen, sa foi en l'humanité, en était comme remise en question, déchirée, fissurée, fendue, déchiquetée, écrasée. Comme si j'avais dit à Owen Jorgensen que le *travail* qu'il avait fourni ne comptait pas. Autant dire qu'y a rien de pire pour un type qui boit un coup chez Dick.

Il a demandé à Louie de lui apporter un verre d'eau minérale.

« Pas une bière ? a fait Louie.

– Un soldat, a dit Jorgensen, un *homme*, ne compromet pas son état de lucidité.

– Quoi ?

– De l'*eau*.

– De l'eau », a fait Shapiro.

Jorgensen l'a scruté un petit moment.

« Quoi ? a dit Shapiro. Quoi ? Quoi ? Quoi. »

Jorgensen a baissé la tête comme pour prier, puis l'a relevée lentement. Il foutait les jetons, avec son air de type vraiment sérieux et sa tête foutrement gigantesque. Il a retiré sa casquette. Il s'était rasé le crâne. Son crâne qui semblait avoir été martelé à coups de marteau anglais, couvert de bosses et de cratères. Flippante, cette tête.

« Vous, mes garçons, vous avez fait appel à *moi*. Et vous savez pourquoi ? Eh bien, je vais vous le dire : parce que je vois la différence entre ce qui est clair et ce qui ne l'est pas, et ces deux choses peuvent être prédéterminées par celui qui nourrit la clarté. »

Il a regardé dans ma direction.

« C'est *toi* qui m'as enseigné ça, T-Bird. Quand on était gamins. *Connais l'autre. Connais-toi toi-même* et la victoire te sera acquise. Connais le terrain, connais ton environnement. La victoire adviendra si tu connais le visage de ton ennemi. Si tu veux gagner la guerre, poursuis le combat. Si la défaite est imminente, aie la prudence d'abandonner. Quand on ne sait pas, eh bien, messieurs, quand on ne sait pas, on est baisé. »

Il a bu une gorgée d'eau.

« Je ne me bats jamais si je ne sais pas. Pour savoir, il faut réunir, il faut ingérer, il faut *devenir* le moindre détail. »

Son regard a fait le tour de la pièce.

« Le détail. Le détail, messieurs. Si vous prêtiez attention aux détails, vous ne seriez pas plantés là avec un individu de mon espèce. Bande de dégénérés. »

Quelqu'un lui a payé un coup.

Il a repoussé le verre et bu une nouvelle gorgée d'eau.

« Reprenons. La cible revient alors dans sa chambre,

enfile un jean droit, indémodable, de la marque Puritan de chez Wal-Mart, et une chemise en denim. Chaussures Florsheim noires. Retourne au frigo, quatre gorgées supplémentaires et tassées d'Absolut Vodka. Là, il passe des coups de fil. Ces coups de fil posent la question la plus intéressante sur notre cible et son comportement. »

Jorgensen a cherché un truc dans son sac à dos et en a sorti une petite boîte en plastique. À l'intérieur, il y avait une douzaine de cassettes, toutes étiquetées. Il a tendu les cassettes à Shapiro.

« Transcription et traduction de ses marmonnements psychotiques. Rendez-vous à dix-sept heures. Tu me rapportes les cassettes pour que je les détruise à l'acide. »

Jorgensen nous a lancé un regard dur.

« L'Affaire Blaise est peut-être plus sérieuse et sinistre que ce qu'on a imaginé. Il ne s'agit pas d'une simple affaire de Javel.

– Il est si déglingué que ça ?

– Messieurs, vous vous souvenez des sœurs Chavez ? »

On s'en souvenait. Elles comptaient parmi les filles les plus sexy d'Oakland. Elles étaient légendaires. Quand l'une ou l'autre débarquait à la station-service Mohawk, on se bagarrait pour avoir la chance de lui faire le plein, pour lui « mettre le tuyau », comme on disait. Sa voiture repartait toujours avec une pression des pneus parfaite, l'huile, l'eau, les liquides de transmission, de frein et d'essuie-glaces à niveau. Après ça, on devait se réajuster la queue pendant une bonne heure. À peu près six mois avant l'Affaire Blaise, les sœurs Chavez s'étaient fait assassiner, violer et décapiter ; d'après Eddie Martino, le flic, elles avaient un truc enfoncé entre les jambes, mais il refusait de dire quoi. « Bien dégueulasse, en tout cas », il avait dit.

« Il se peut que l'assassin soit Blaise », a fait Jorgensen.

On s'est marrés et on s'en est jeté un.

« Ses coups de fil, il a repris, sont adressés au service des morts violentes, à la police, à la morgue, au cimetière, à la famille Chavez et aux copains des deux jeunes filles. Dans cet ordre-là, et c'est tous les jours pareil. Il veut connaître le moindre détail, il couche tout par écrit, en quantités impressionnantes et de manière extrêmement méthodique. Ce que les cassettes attesteront. »

Jorgensen nous a montré ses rouleaux et expliqué le reste, en suivant du doigt les mouvements de Blaise représentés par des lignes de couleurs bien nettes sur les diagrammes. Chaque jour, Blaise se rendait à pied jusque chez Ashley, à l'autre bout de la ville, une trotte de dix kilomètres ; là, il se contentait de s'asseoir sur le trottoir, de l'autre côté de la rue, et de mater. Parfois, il se mettait à chialer quand il apercevait son môme. Ensuite, il sortait un petit carnet de sa poche et suivait l'itinéraire de la dernière journée des sœurs Chavez, d'abord leur appartement, puis ceux de leurs petits copains, puis le lycée de Castlemont, de salle de classe en salle de classe – Blaise marchait dans les couloirs, il avait réussi à convaincre les agents de sécurité qu'il faisait partie du comité de l'école –, puis au McDo où elles avaient l'habitude de déjeuner, et enfin retour au lycée, sur le terrain de foot où elles avaient leur entraînement de pom-pom-girls.

Jorgensen a fait une pause et froncé les sourcils :

« C'est là que la cible s'écarte temporairement de la routine du dernier jour de la vie des sœurs Chavez. Il conduit jusqu'au magasin de spiritueux Medeiros, achète une bouteille d'Absolut Vodka d'un litre soixante-quinze, ouvre la bouteille, prend quatre gorgées, bouche la bouteille et la range dans le coffre de la voiture. Il reprend alors la fin de la journée des deux sœurs en se rendant chez les petits copains, chez l'un puis chez l'autre, puisqu'il ne peut pas être aux deux endroits à la fois. »

La nuit tombée, Blaise restait assis devant chez les Chavez jusqu'à l'heure de leurs derniers rendez-vous : Lucy et son copain étaient partis en voiture se faire des câlins sur la Skyline – une vue miraculeuse sur Oakland et San Francisco, une vue à vous donner l'impression de vivre dans une belle ville –, Maria et le sien s'étaient rendus au port de San Leandro – d'un côté de la baie, la décharge où j'ai fini par vivre et, de l'autre, San Mateo, avec le terrain de golf de Tony Lema derrière, construit sur une décharge, le tout dans des vapeurs de méthane, une sorte de brouillard –, pour baiser dans la bagnole. Blaise se rendait sur les lieux, s'accroupissait, le menton dans les mains, et regardait la scène en pleurant. Les sœurs Chavez s'étaient retrouvées à minuit pour voir le *Rocky Horror Picture Show*. Après le film, elles étaient allées aux toilettes et c'est la dernière fois qu'on les avait vues, sauf, bien sûr, le type qui leur avait coupé la tête et enfoncé un truc vraiment dégueulasse dans la chatte. Tous les soirs, Blaise se rendait au cinéma ; lorsqu'on ne donnait pas le *Rocky Horror Picture Show*, il regardait le film programmé, puis il allait aux toilettes, chez les femmes, à l'heure exacte où les sœurs Chavez s'y étaient rendues.

On secouait la tête. On a bu un coup.

« Les petites virées dans les toilettes des femmes, c'est pas le plus flippant, ni le plus incriminant, a dit

Jorgensen. Le plus flippant, c'est quand la cible en sort, monte dans sa voiture et conduit jusqu'au cimetière de Mountain View. Là, il repère les tombes des sœurs Chavez – parcelle 166, rangée 45, emplacement 13 pour Lucy, 14 pour Maria – et s'allonge par terre, sur leur tombe, l'une après l'autre, pendant une durée qui varie entre une heure seize et une heure vingt-deux. Après quoi il retourne à la maison, où il boit presque toute la bouteille qu'il s'est achetée un peu plus tôt, en en laissant suffisamment pour son réveil, rituel que je vous ai précédemment communiqué.

– Bordel, a dit l'un d'entre nous.

– Ouais, a dit Jorgensen. Bordel.

– Le bordel, a fait l'un d'entre nous.

– Le bordel, a consenti Jorgensen.

– C'est quoi, ce bordel ? a repris un autre d'entre nous.

– Je ne suis pas le seul professionnel sur cette affaire, a enchaîné Jorgensen. Le FBI et les autorités locales sont très intéressés, et c'est pas rien de le dire. Est-ce que vous savez combien il est difficile de mettre sur écoute une ligne qui l'est déjà ? Est-ce que vous en avez la moindre idée ? Franchement ? Non. Non, vous n'en avez pas la moindre idée.

– Bordel, a dit l'un de nous.

– Notre cible a un alibi. La nuit du double meurtre des sœurs Chavez, il était à l'hôpital avec sa femme, qui avait une balle enfouie dans l'anus. Cela dit, l'alibi de l'anus peut servir de couverture au crime. C'est en tout cas ce que soupçonnent les agences gouvernementales qui s'intéressent à cette affaire. Elles ont des soupçons. »

Jorgensen a pointé le doigt sur une de ses cartes, sorti un crayon d'une poche de sa veste et fait une croix sur l'appartement de Blaise.

« Il faut faire taire la cible. On peut soit l'installer ailleurs, soit recourir à une méthode plus fiable. Quoi qu'il en soit, il faut faire taire la cible. Rapidement et pour de bon. Pour le quartier. Et pour Blaise, le Soldat qui Souffre le Calvaire. »

Il a descendu sa flotte comme s'il s'agissait d'un verre de Beam[1].

« La réunion est ajournée », il a dit.

Après avoir réajusté ses lunettes d'un geste vif et enroulé ses papiers, il est sorti de chez Dick. Il avait les épaules tellement larges et trimballait tellement de matos sous sa veste qu'il devait marcher de côté.

De nouveau, on ne l'a plus vu pendant deux semaines, si bien qu'on s'est dit que la situation n'avait pas changé et ne changerait sans doute plus. Chez Dick, la routine suivait son cours. Je continuais à jouer des cumbias, des rancheras et du merengue avec Los Asesinos dans les boîtes de nuit mexicaines, les mariages, les *quinceaneras*[2] et les fêtes privées, tout en travaillant le jour en tant que manœuvre, mon tout dernier boulot consistant à étaler du goudron sur des toits, surtout des entrepôts, des ateliers en tôle ondulée, des bâtiments dégueulasses, rouillés, trop grands, à transpirer ma race dans des vapeurs de pétrole si brutales que j'avais fini par en apprécier l'odeur. Faut pas exagérer, ça me foutait pas la trique, mais j'avais atteint le point où ça ne me touchait plus ; de toute manière, je n'avais pas le temps d'y penser vraiment, parce que la nuit je lisais, dans l'espoir d'avoir économisé suffisamment, d'ici un an ou deux, pour me payer la fac

1. Jim Beam : marque d'un bourbon bon marché.

2. Fête hispanique au cours de laquelle les jeunes filles de quinze ans (les *quinceaneras*) quittent l'enfance et deviennent symboliquement des femmes.

– peut-être que je décrocherais un boulot comme celui de Blaise, un boulot où j'aurais rien à glander et où on me paierait une fortune à rien faire. Splendide paresseux en suspens, je m'attelais à la tâche et je voyais cela comme un investissement sur la merde à venir. Ce que je voulais, c'était pouvoir passer mon temps allongé, en caleçon, à me gratter le cul et à bouffer des tortillas chips et du chili con queso, à boire des bières Olympia, à manger de la *linguiça*[1], bref, à vivre comme un pacha. J'en avais assez vu pour savoir que tout se barrait en couille, que le mariage menait soit au divorce, soit à une haine insupportable, que les enfants finissaient par haïr leurs parents et que les Blancs avaient commis de telles atrocités qu'il n'était même pas envisageable que les Mexicains ou les Noirs passent l'éponge ; je savais – quoi que je fasse en ce bas monde, cela ne ferait jamais aucune différence –, je savais que j'aurais beau devenir un putain de saint canonisé par les Italiens, un putain de WASP dégénéré émérite qui ne serait jamais allé à l'église de son plein gré, on aurait donc beau me canoniser, je finirais par crever comme un misérable fils de pute, même après avoir accompli mille bonnes actions altruistes, des conneries du genre sauver un tas d'aborigènes affamés. Bref, j'en avais assez vu pour savoir que je comptais pour des prunes. D'un côté, bizarrement, cela me soulageait. Ouais. Savoir que *je* ne faisais pas un pet de différence et que j'aurais beau faire, tenter ou accomplir tout ce que je voudrais, de toute façon *j*'étais de la baise, comme tous ceux qui m'entouraient. Le fait de le savoir avait tendance à me libérer de mon ange démoniaque, cet ange égoïste, narcissique, pitoyable,

1. Saucisse de porc fumée et épicée.

égotiste, ridicule, vénérable, ce gros dur franchement lamentable que j'étais déjà ou m'apprêtais à devenir. Un jour, j'irais à la fac, je me paierais une éducation, j'apprendrais des conneries de riches et j'utiliserais cette connaissance contre eux, je les écraserais de leurs propres conneries, je les enterrerais sous le savoir issu de leurs propres recherches et de leur propre expérience, sans oublier d'ajouter à la recette mes ingrédients personnels, *Oakland style*. Quand l'heure de la révolution sonnerait, je serais au front, sur les barricades, avec un lance-flammes et une massue dans les pattes, le visage défiguré par la sincérité.

Donc, quand je ne travaillais pas, je ne courais pas la gueuse, non. Et pas uniquement parce que je doutais de mes capacités – c'était quasiment joué d'avance. Allez savoir, mais un jeune niais des quartiers pauvres, ce n'est vraiment ce qui excite les gonzesses. Donc, quand je ne travaillais pas – je n'ai jamais lâché l'info à personne –, eh bien, je *lisais*. La bibliothécaire de la Bibliothèque publique d'Oakland s'appelait Mrs Weismann, je la connaissais depuis l'école primaire. Déjà, à l'époque, elle me collait les bons bouquins entre les mains : Jack London, Theodore Dreiser, John Dos Passos, Upton Sinclair, Mark Twain. Elle m'a refourgué Marx, Nietzsche, Herbert Spencer, Walter Lippman, Sartre, Camus, Trotsky, et tout un tas de types dont t'as sans doute jamais entendu parler, parce que, ce qui est sûr, c'est que Mrs Weismann connaissait des bouquins carrément géniaux.

Personne ne savait que je lisais tous ces bouquins. C'est pas le genre de truc qui s'avoue, dans mon quartier. Si tu racontes qu'au lieu de mater le match des Raiders ou de picoler de la bière tu lis des *bouquins*, merde, tout le monde va penser que t'es une tarlouze, plus personne ne t'adressera plus jamais la parole et, ce qui est clair, c'est que plus personne ne te fera plus jamais *confiance*, pas avec cette tête remplie de gentilles petites conneries artistiques de coco, cette tête dans les nuages qui regarde tout le monde de haut. Si tu lis des bouquins, eh ben, tu le gardes pour toi.

Ce qui m'a un peu détruit la tête, c'est que je vénérais Nietzsche et Marx à la fois ; or, d'après le peu que j'en savais, leurs idées n'étaient pas trop compatibles. Marx était à fond pour le travailleur, le gars qui bosse sur un chantier de construction comme un malade pour l'enfoiré de riche ; Marx, il était pour tous les gars de chez Dick, il était pour *moi*. Marx, il demandait qu'à arracher les tripes de tous ces porcs, nos patrons et tous ces fils de pute qui passent leur temps assis sur leurs gros culs dans leurs grosses baraques sur les collines d'Oakland. Comme nous, Marx voulait qu'ils crèvent. Nietzsche, eh bien, Nietzsche pensait que les faibles, les simplets et les pleurnicheurs qui se trouvaient tout en bas de l'échelle sociale, les opprimés, les désespérés, les débiles, les éclopés et les idiots qui attendaient leur récompense dans un paradis fantasmatique où les riches et les puissants seraient punis pour le restant de leurs jours parce qu'ils s'étaient conduits comme des pourris envers les faibles, eh bien, Nietzsche pensait que les minables n'avaient que ce qu'ils méritaient, parce que les forts finissaient toujours par se relever, par conquérir et par se retrouver tout en haut de l'échelle, devenant ainsi les maîtres de la basse-cour. Bien entendu, c'est là que je me voyais un jour. Je prouverais aux faibles que j'étais capable de travailler plus qu'eux, que j'étais plus malin qu'eux, je les réduirais en miettes. Le fait de lire ces deux Schleus m'a donc un peu détraqué. Je n'arrivais pas à décider si je voulais devenir le leader du plus grand syndicat international de l'histoire de l'humanité, ou bien le dictateur suprême d'Oakland, *Monsieur le Boss*. Parce que, si je devenais un jour Monsieur le Boss, qu'est-ce que je penserais des *travailleurs* ? Et si je restais un simple travailleur, qu'est-ce que je penserais du Boss ? Lire des bouquins, bordel, c'était pas simple.

Le jour où Jorgensen a refait surface n'était pas un bon jour. Louie, le barman, venait d'apprendre, *primo*, qu'une meuf qu'il avait bourrée vingt ans plus tôt avait pondu et, *deuzio*, qu'elle avait pondu des triplés. Trois garçons qui étaient maintenant des hommes et qui le haïssaient, parce que leur mère avait passé les vingt dernières années, vingt années d'Italienne catholique enragée, à les élever, oui, les élever pour qu'ils haïssent le fils de pute qui l'avait baisée et abandonnée, enceinte, dans le Bronx – c'est de là qu'il venait, Louie –, abandonnée alors qu'elle était en cloque, dans un appart sans ascenseur et infesté de cafards, pour se faire la malle, direction la *Californie*, là où vivaient les *minets* et les *minettes*. Louie le père indigne, Louie la raclure, Louie qui ne payait pas sa pension alimentaire, qui ne filait pas de cadeaux à Noël, qui n'envoyait pas de carte pour les fêtes, ne récompensait pas les diplômes et ne mettait pas d'argent de côté pour payer les études de ses enfants, Louie la grosse merde humaine.

Les triplés avaient débarqué à l'heure du déjeuner. Au départ, Louie ignorait à qui il avait affaire, jusqu'à ce qu'il comprenne l'ignoble réalité : ils étaient *trois*, la Maria qu'il avait engrossée n'avait pas eu *un* enfant, mais *trois*, des triplés. Ils avaient débarqué chez Dick et commandé une bouteille de whisky, une bouteille entière, en disant à Louie qu'ils voulaient trois verres. Louie les a regardés, tous les trois, ces énormes gars du Bronx vêtus de T-shirts noirs, les muscles gonflés à bloc, en pantalons de travail Ben Davis qui, bien que loin d'être moulants, ne parvenaient pas à cacher leurs énormes cuisses – on aurait dit que ces fils de pute avaient passé leur vie à faire de la muscu pour se préparer à la rencontre –, qui parlaient avec ce vieil accent du quartier, le même que le sien. Et puis c'était son portrait tout craché, quatre Louie au comptoir qui se regardaient dans le blanc des yeux, trois Louie qui mataient Louie comme s'ils n'allaient pas tarder à le buter, ils parlaient de leur père qui n'avait jamais payé sa pension alimentaire, racontaient qu'ils allaient s'occuper de ce pauvre type et comment ils allaient le faire, et vas-y que je t'explique tout ça dans les moindres détails. Ils avaient torché la bouteille et, comme pourboire, avaient laissé un billet de cent – et Louie, convaincu que c'était exactement ce que les triplés cherchaient, s'était dit que c'était son dernier pourboire.

Louie n'avait donc pas l'air en grande forme. Il nous servait nos bières en tremblant. La cerise sur le gâteau, c'est quand Jorgensen a débarqué, survolté, ce dont je ne l'aurais jamais pensé capable, vu que c'était bien lui, le plus posé de la bande. Le visage peint en vert et noir, il portait ses lunettes de soleil et de la sueur lui coulait sur la tronche, dégoulinant sur ses peintures de guerre. Il avait un gros dossier dans les mains. L'expression sur son visage était extrêmement sérieuse.

« Allez, Louie, a dit Carlos Mendez. Les coups de flip, ça finit toujours par passer.

– Une triple dose pour Louie ! » a gueulé Dave Campos.

Jorgensen a regardé Campos et Mendez d'un air dégoûté et il a lancé :

« Ceux qui ne sont pas des habitués, *dehors*. »

Personne n'a bougé.

« *Et que ça saute* », il a dit.

Il n'avait pas l'air de blaguer. Il y avait un truc dans l'air. Un truc vraiment sérieux.

Les deux touristes du bar étaient des femmes. La première était laide, l'autre à peu près baisable.

« Tu vas pas virer ces charmantes dames, a dit Shapiro.

– Et si je commençais par *tes* petites histoires à toi ? a sifflé Jorgensen. C'est ça que tu veux, Shylock[1] ? »

Shapiro s'est tourné vers les femmes.

« Va falloir y aller », il a dit.

Il a aidé celle qui n'était pas moche à enfiler son pull et tenté de prendre son numéro, mais elle ne voulait rien savoir.

« Bande de connards », elle a fait en se levant.

La grosse, elle, n'a pas bronché quand on l'a foutue à la porte. Comme si ça lui arrivait tout le temps.

« Fin de la mission », a expliqué Jorgensen.

Je me suis dit qu'il avait liquidé Blaise. Qu'il avait tenté de ramener l'alchimiste compositeur complètement débloqué à la raison, que ça avait tourné à la baston parce que Blaise était plus con qu'un navet, que Blaise avait balancé un coup à Jorgensen et que Jorgensen, entraîné à réagir et à tuer avant de l'être lui-même, eh ben, que Jorgensen avait sorti un couteau, un pistolet ou une grenade, enfilé ça au fond de la gorge de ce cinglé de Blaise, et voilà, c'en était fini de Blaise.

1. Nom d'un usurier juif, dans *Le Marchand de Venise* de Shakespeare, auquel a eu recours la propagande antisémite nazie.

Mais bon, Jorgensen était humain. Et il avait besoin d'aide : il avait assassiné quelqu'un sans la consécration des US of America. Il n'avait jamais compris que lorsqu'on bute son prochain, on ne reçoit de médaille que si c'est un inconnu qui ne vous a strictement rien fait. La moitié des habitués de chez Dick avaient tué eux-mêmes ou commandité un meurtre, ou alors un de leurs proches avait fait l'un ou l'autre. Tuer, c'est tout ce qui te reste à faire quand les flics que tu connais ne peuvent pas s'en charger à ta place. Mais attention, va pas te faire choper. Ça m'a toujours fait marrer, d'ailleurs : tu butes un cambrioleur, un toxico, un putain de violeur d'enfant de sans-abri de merde ou le type qui t'a chouré le système hi-fi de ta bagnole – un truc que t'as mis six mois à te payer à force d'économiser sur la bouffe, tu fais donc recracher au type l'équivalent de cinq cents dollars –, eh ben, si tu te fais choper, tu vas en taule ; mais va buter un bougnoule sur son chameau dans le désert, tout ça parce qu'un abruti qui ne sait qu'obéir aux ordres et en donner te l'a demandé, eh ben, tu deviens un héros. En tout cas, quoi qu'il ait pu faire, Jorgensen n'en était pas satisfait. Pas du tout.

« Blaise nous a quittés », il a dit.

Il a retiré ses lunettes de soleil et nous a regardés – un regard plein de honte.

« J'ai échoué. »

Si j'avais été un peu plus naïf, si je n'avais pas capté que c'était de la sueur qui lui dégoulinait du front, j'aurais juré avoir vu une larme couler sur sa joue.

Il a posé le dossier sur le bar et s'est assis sur un tabouret. Les Raiders étaient menés, Louie n'avait pas l'air bien et la femme de Shapiro venait de lui signifier un nouvel « ultimatum d'un an », en le menaçant de le quitter pour de bon, cette fois, s'il refusait de se montrer à la hauteur et de gagner plus, *comme un homme* – en somme, s'il ne lui offrait pas un *vrai foyer*, elle allait le plaquer. « Là-dessus, elle est partie faire du shopping, a dit Shapiro, et s'acheter un paquet de légumes et de fruits *bio* à des prix exorbitants. Vous savez un peu combien ça coûte, ces trucs-là ? » Bref, la journée s'annonçait vraiment pourrie.

« Un Jack Daniel's », a dit Jorgensen.

C'est là qu'on a compris que quelque chose clochait sérieusement. Il n'y avait que les occasionnels pour commander un truc pareil. Pourquoi prendre un Jack Daniel's quand le Jim Beam te bourre aussi bien la gueule et coûte moitié moins cher ? Bon, c'est la gueule de bois assurée, mais bordel, quand t'as l'estomac vide, la bière aussi te retourne la tête – à condition d'en picoler un certain nombre, bien sûr.

Louie lui a servi son machin. Jorgensen l'a torché.

« Un autre », il a dit.

Louie l'a servi. Jorgensen a bu.

« Bouteille », a dit Jorgensen.

Louie lui a glissé la bouteille sous le nez. Jorgensen a bu.

Assis tranquillement à siroter nos verres, on se contentait de le regarder. On savait qu'au bout d'un moment, quand il aurait assez picolé, il nous balancerait les résultats du match.

Jorgensen bourré, c'est pas terrible, en règle générale. Ça n'arrive pas souvent, parce qu'il déteste se taper la plonge, se repasser le film et réparer son bordel, rappeler les gens. Ça peut représenter un sacré boulot. Quand y a de la femme et qu'il est de bonne humeur, l'alcool ne lui tape pas sur le système – à partir du moment où une nana accepte de te raccompagner chez toi, c'est valable pour tout le monde. Mais quand il doit rentrer seul, que depuis le départ il n'est pas dans son assiette, qu'il se bourre la gueule et surtout qu'on le cherche, un Jorgensen bourré, c'est vraiment pas terrible. Il est rapide, le Jorgensen, quand il s'agit de jouer du couteau. Il peut être là, au comptoir, aussi tranquille que de l'eau qui dort, quand il a eu sa dose il suffit de passer les bornes – et personne n'a encore vraiment bien compris où elles se situent, elles n'arrêtent pas de bouger : un jour, Polizzi a fini avec un doigt cassé, tout ça parce qu'il avait malencontreusement demandé un crème au lieu d'un café noir de gros dur –, donc il suffit de passer les bornes pour que Jorgensen te foute par terre, sorte trois ou quatre couteaux et t'en colle un sous la gorge.

« J'étais à mon poste, dans le parc, à deux cents mètres environ de la résidence de notre cible, il a dit. Dans un séquoia. »

Et il nous a raconté ce qui s'était passé.

« Les gars du FBI. Cet abruti de Blaise s'est mis à téléphoner de chez lui aux parents des filles qui ont été kidnappées. Enlèvement, FBI. Mauvais. »

Donc il était perché dans le séquoia, ses jumelles pointées sur Blaise, quand il avait vu des camionnettes banalisées se garer en silence devant et derrière l'immeuble, moteurs éteints, point mort, des vrais renards. Deux équipes du SWAT en tenue de combat, la totale, plus deux groupes d'officiers ont déboulé dans la rue et se sont déployés. L'équipe externe a utilisé des cordes pour escalader les murs, les équipes d'intérieur stationnaient dehors. Soudain, ils ont déclenché l'assaut et défoncé la porte et les fenêtres. Ils ont braqué leurs armes sur Blaise, ils lui ont fracassé la tête sur son manuscrit, menotté les poignets et les chevilles, puis ils l'ont descendu au rez-de-chaussée et l'ont déposé sur le siège arrière d'une des voitures banalisées. Blaise était tout mou, comme s'il n'avait plus un muscle digne de ce nom, et muet comme une carpe. Jorgensen pensait l'avoir vu sourire.

Il m'a regardé.

« Voici tout ce qu'il reste de lui, T-Bird. C'est pour toi. »

Et il m'a tendu le dossier.

C'était la symphonie de Blaise, une partition de quatre-vingts pages qui s'arrêtait au beau milieu d'une phrase, au neuvième mouvement.

Jorg a demandé :

« Est-ce que ça vaut quelque chose, ou bien c'est aussi barré que Blaise ? »

Tout le monde savait que je jouais de la trompette avec les Mexicains de la baie ; on me trouvait plutôt bon, en plus. Mais je l'étais juste assez pour épater la galerie dans un mariage ou dans un bar, pas suffisamment, loin de là, pour jouer avec les pros. J'avais arrêté de bosser ma trompette comme un malade depuis un concert à l'université de Cal State Hayward ; ce soir-là, j'avais entendu un type, un *gamin* qui était encore au lycée, à Castro Valley. Il s'appelait Jeff Farrington. Cette petite merde boutonneuse à lunettes de nase avait beau n'aller encore qu'à l'école, il jouait déjà avec le groupe de jazz de l'université, et ses solos, ses solos, je n'avais jamais rien entendu de pareil. Sauf la fois où j'avais vu Wynton Marsalis et Art Blakey avec les Jazz Messengers, au Keystone Korner à San Francisco. Marsalis avait dix-neuf ans, moi aussi, et il jouait tellement vite, et avec une telle dextérité ! L'enfoiré, il jouait avec *Art Blakey*, bordel de Dieu. Il était arrivé au concert en retard, le Marsalis, mais quand il était entré sur scène, ce connard sorti tout droit de Julliard[1], on aurait dit qu'une sorte de dieu était descendu parmi nous – un dieu en couches-culottes. J'avais honte de moi, alors je m'étais pris une bonne cuite et j'avais tiré sur tous les joints qui circulaient.

Farrington, lui, c'était une autre histoire. Ce type était *blanc*, comme moi, et c'était un gros niais. C'était un gros niais de Blanc, mais quand il jouait, une forme de sagesse biblique gravée au plus profond de ses os semblait lui couler dans les veines. Marsalis jouait comme un type appelé à devenir bon un jour, un technicien parfait mais sans âme, et pourtant il était noir et on dit que le quotient d'âme des Noirs est exponentiellement supérieur au nôtre, nous les Blancs-becs. Marsalis jouait comme s'il n'avait rien appris de Miles Davis ou de Clifford Brown, comme s'il était impensable, pour lui, de ne pas remplir l'espace de ses notes, comme s'il devait absolument s'entendre jouer : il n'avait pas la moindre considération pour la musique du monde, la musique de l'air, les tintements des verres des buveurs de cocktails. Mais Farrington, Farrington, lui, qui jouait dans l'atmosphère stérile et prétentieuse d'un amphithéâtre universitaire, Farrington avait capté la musique céleste et savait s'en servir avec intelligence, ne jouant que lorsqu'il le fallait vraiment et marquant des pauses pour laisser au public tout le temps d'apprécier la musique géniale qu'il venait de lui servir. Entendre un petit Blanc, l'un des *miens*, faire des trucs qui, à l'époque, ne m'avaient pas traversé l'esprit, ça m'avait remis à ma place. J'avais pris conscience qu'il y a des choses qui ne s'appren-

1. Célèbre conservatoire new-yorkais, fréquenté entre autres par Miles Davis, Nina Simone ou encore Philip Glass.

nent pas : l'art, tu l'as dans la peau, ou tu ne
pas. Moi, je ne l'avais pas. Alors, sur les chantiers construction j'avais travaillé plus dur et plus sérieusement, car j'avais compris que je n'avais pas de don particulier pour la trompette, juste que ça me tenait à cœur. Mon seul don, c'était d'être capable de *suer à la tâche* seize heures d'affilée, avant de suivre le rythme des meilleurs Mexicains, sans m'écrouler de fatigue. J'étais né pour construire des pyramides ; si j'échouais, je pourrais toujours huiler les pierres avec mes tripes.

La partition de Blaise ? Impossible de déchiffrer ce putain de truc. Je ne connaissais que la clef de sol, et seulement avec l'altération constitutive en si bémol, celle de la trompette, en fait ; je ne savais donc lire que les partitions pour sax ténor et trompette, un point c'est tout, *no mas*. Le reste, l'altération en mi bémol ou je ne sais quoi, les clefs de fa pour la basse, pentatonique ceci et myxolydien cela, c'était du chinois. J'arrivais même pas à jouer *Chopsticks*[1] sans me planter, et pourtant j'avais essayé je sais pas combien de fois.

Il y a des types à qui il suffit de lire une partition pour *entendre* clairement la musique : ils *entendent* les instruments jouer, ce que cette œuvre donnera dans une salle de concert. Ce bazar de notes éparpillées sur la page comme des éclaboussures d'encre, ou pas loin, ce charabia inscrit selon un code secret du Moyen Âge, leur cerveau le traduit instantanément en un ensemble de cent vingt musiciens qui font pleurer la note, suivent une incise, gonflent un crescendo, baisent leur muse. Moi pas. Devant ces saloperies, la seule chose

1. Le premier morceau qu'apprennent généralement les enfants et qui se joue avec l'index de chaque main, le recours à ces doigts faisant référence aux baguettes chinoises (*chopsticks*).

dont je sois capable, c'est de picorer ma petite ligne de trompette, et mes yeux ne savent pas lire plus de deux mesures à l'avance. Avec le jazz et l'impro, c'est différent. Suffit de suivre la pulsation qui te bat dans les couilles, tes fluides circulent et t'as ce truc en toi, ce truc tu ne ressens pas tant que tu ne joues pas, mais que tu captes dès que tu te mets à jouer, et que tu laisses échapper dans le bar. Jouer du jazz, c'est comme être bourré au dernier degré et baratiner sa nana préférée pour la convaincre qu'on est vraiment sexy… et y arriver ! Mais par rapport aux musiciens réglo, ces soldats sapés en costard-nœud-pap, ces types qui connaissent la théorie sur le bout des doigts, ouais, par rapport à ces types-là, je suis un gros nul.

Donc, me voilà avec cette partition sous le nez et mes potes tout autour, Campos, Polizzi, Shapiro, Jorgensen et Louie. Pour tout arranger, mon *père,* Pop, vient d'entrer dans le bar. Pop, c'est un vrai musicien. Il a joué dans l'orchestre symphonique d'Oakland. Il connaît *Le Carnaval de Venise* à la trompette et il se débrouille sur un piano. Rien à voir avec un pilier de comptoir de mon espèce, Pop. Il a les bras enduits de graisse de vidange et les articulations couvertes de croûtes, à force de taper comme un malade sous des capots de Plymouth ou de Rambler déglinguées. Pop a donc franchi la porte du bar et il nous a trouvés là, complètement paumés, et il a demandé :

« C'est quoi, ce bordel ?

– Blaise, j'ai dit.

– Cette salope. Qu'est-ce qu'elle lui a encore fait ? Putains de salopes. Elles pourraient pas se contenter de nous piquer notre âme, et nous foutre la paix ? Qu'est-ce qu'elle a encore fait, la salope ?

– Il est en taule », j'ai dit.

Pop a regardé Jorgensen.

« Il l'a descendue ? Putain, il était temps ! Mais je croyais que vous étiez ses potes ? Payez la caution et faites-le sortir ! Quand on descend une salope dans son genre, surtout une salope d'ex, la caution va pas chercher plus loin que dans les deux mille. Les juges comprennent ce qu'un homme est obligé de faire parfois. »

Jorgensen, ce Marine gonflé aux stéroïdes, aussi large qu'une porte de garage et solide qu'une poutrelle en acier, Jorgensen a craqué. Il retenait ses larmes et d'un coup il s'est mis à sangloter, ses yeux sont devenus vitreux, puis mouillés. Nous, on s'est détournés, mais Pop, non. Pop le regardait fixement. Avec un regard comme personne n'aimerait en recevoir, un regard qui disait : « T'es une grosse merde, connard, et tu sais quoi ? T'es pas un mec sur qui on peut compter, l'ami. Pas le genre que j'appellerai au milieu de la nuit quand la situation deviendra critique. Toi, espèce de zonard, t'es sur la liste noire. »

« Alors ?

– Tu veux que je me foute en l'air, c'est ça ? a demandé Jorgensen. Bordel, je vais le faire. Je le *ferai*. »

Il a sorti une espèce de gros couteau de son gilet et se l'est pressé contre le bide.

« Rien à battre. T'as qu'à donner le feu vert.

– Du calme, mon pote, Pop a dit.

– Pop, Jorg a fait tout son possible, je suis intervenu. Blaise s'est fait choper par le FBI. Il est parti. Adios, l'enfoiré, ciao. Mais il nous a laissé ça. »

Et je lui ai tendu la partition.

On s'est tous focalisés sur Pop qui tournait les pages, on scrutait son expression. Il a commencé par examiner la partition, le front tendu. Puis il a sorti alors un Roi-Tan de sa salopette, l'a allumé et en a tiré une longue taffe. Il a levé les sourcils et nous a regardés à travers ses lunettes en plastique noir à la Clark Kent, il nous matait comme s'il nous avait entendus dire un truc qu'il n'était pas sûr d'avoir compris, ou comme s'il cherchait à comprendre ce que nous, on savait. Il nous regardait comme si on avait fait un truc douteux et pas très réglo.

Il a pris son temps. On a bu quelques verres. La journée suivait son cours. Les triplés de Louie ont débarqué.

« Dehors, a fait Jorgensen.

– Ils restent », a dit Louie.

Jorgensen lui a jeté son fameux regard.

« C'est mes fils. »

Ils avaient l'air de vraies teignes. Deux d'entre eux étaient armés – leurs flingues leur faisaient une bosse sous le bras. Ils ont commandé des cocktails et c'est Ed le Juif qui a payé. Après ça, il a offert une tournée générale, ce qui n'est pas du tout son genre. Comme ce radin de juif avait rincé tout le monde, Shapiro en a fait autant et, vu que les juifs claquaient leur blé, merde, les Ritals et les Portos, Jorg le Suédois et moi, Heinz-57, on a tous payé notre coup. Nom de Dieu, on avait une douzaine de verres à descendre. Ça n'avait pas l'air de déplaire aux fils de Louie, et faut dire que ça ne nous déplaisait pas non plus.

On commençait à se sentir plutôt en forme. Les triplés se sont mis à vanner Louie.

« L'a baisé notre maman et s'est fait la malle, hein ? qu'ils disaient. Semé des triplés. Trois coups pour le prix d'un. Crois que t'as une grosse bite, pas vrai ?

– Espèces de petits Ritals, vous saurez pas ce que c'est qu'une bite tant que vous aurez pas vu la mienne, a fait Louie. Vous croyez avoir la queue de votre père ? Des triplés ! Vous êtes chacun que le tiers de Big Papa ! »

Il s'en est jeté un – son Crown Royal pour meuf de Nègre – et il a repris :

« Allez, voyons ça, les gars. Montrez-la-moi ! »

Il leur a donc demandé si leur queue était aussi grosse que la sienne, sa grosse queue de fabricant italien de triplés.

« Vous croyez peut-être que vous êtes les seuls mômes que j'ai semés en ce bas monde ? Je dois en avoir cinquante ou soixante comme vous ! »

Les triplés se sont levés comme un seul homme et ils ont baissé leur falzar. Ils avaient beau se ressembler comme trois gouttes d'eau, le calbute aux genoux, c'était une autre histoire. On s'est tous mis à scander : « Louie ! Louie ! Louie ! » – Campos chantait avec un peu trop d'enthousiasme et quand il s'est rendu compte qu'on le matait, il a baissé *d'un putain de ton*, exactement ; ce genre de conneries n'a pas vraiment la cote chez Dick, même quand on est bourré. On scandait donc « Louie ! Louie ! Louie ! », et Louie a fini par monter sur le comptoir et par sortir son machin, putain de merde. Et là, plus aucun doute – aucun. Sa bite était tellement grosse que, tous autant qu'on était, on aurait été curieux de le voir s'enfiler une nana du coin.

« C'est avec ce genre de petit animal qu'on fait des triplés, les garçons », il a dit.

On s'est mis à l'acclamer et les triplés ont d'abord eu les boules, parce qu'il fallait en avoir une de cette taille-là, au moins, pour larguer une femme avec des triplés dans le placard et se faire la belle vie au soleil. Mais ensuite, ils ont eu l'air plutôt fiers. Ils voulaient payer un coup à Louie, et puis à nous aussi, alors on les a laissé faire.

« La trompette, Pop a dit.

– Quoi, j'ai dit.

– T'as le cuivre ?
– Dans la voiture.
– Va la chercher.
– Mon verre, j'ai dit. Après.
– Va la chercher. »

Ça voulait dire *sur-le-champ*.

Dehors, la lumière m'a aveuglé et je me suis mis à voir tout blanc. Le soleil allait se coucher, le brouillard avait coagulé et l'air poisseux s'était chargé d'électricité. Des oiseaux tombaient en piqué dans la brume comme les cendres noires d'un grand feu. On entendait les trains, leurs sifflets et leurs roues grincer sur les rails, le crissement du métal glissant sur le métal. Au loin, un godet concasseur martelait le béton en rythme, avec obstination, pour détruire les fondations d'un immeuble qui avait fait son temps. Quelque chose cramait en dégageant une odeur de chien pourri. Impossible de lire le panneau publicitaire, de l'autre côté de la rue, mais on distinguait des bouteilles de bière, des bikinis et des gros nichons dégoulinants de sueur. Les cornes de brume faisaient sonner leurs basses plaintives, comme si elles voulaient piéger les marins plus que les avertir. Sûr qu'à leur place je serais allé *droit* vers elles, elles étaient si belles, si familières. *Rentre à la maison, T-Bird*, elles chantaient. *Rentre à la maison*. Sur la Nimitz, les semi-remorques lissaient le bitume en chassant l'air et les oiseaux, les grillons, les grenouilles même – *des grenouilles à Oakland ?* –, oui, même les grenouilles crachaient leur petite chanson dans les nappes de brouillard.

L'essence et la vraie beauté d'Oakland, on les perçoit lorsqu'on n'y voit plus à six mètres. Oakland, c'est le plus bel endroit de la planète, et je sais de quoi je parle, parce que je suis un diapason posé sur le trou du cul de la beauté. La moindre note de musique que produit cette ville, c'est *moi* qui la teste, l'accorde et la traduis. Cette beauté, je la vois partout : dans les pissenlits qui se font empoisonner par des fanatiques de la pelouse dans les banlieues résidentielles, dans la rouille des façades d'entrepôts que les gars du quartier ont couvertes de graffiti, dans ces canards morts, pendus par les pattes à la devanture de l'épicerie chinoise, dans le gras du bide du petit Martinez, le débile mental qui remplit les sacs de courses chez Pete, dans le ghetto ; je la vois dans la bave qui coule sans discontinuer du menton de ce nain de Tony Costello – son cerveau est tellement déglingué que si sa sœur, Maria, ne passait pas son temps à lui dire : « Inspire, expire, Tony, inspire, Tony, expire, Tony, inspire, expire », il saurait même pas respirer. C'est beau, des dobermans et des pit-bulls en train de réduire en charpie des mômes qui ont sauté le mur d'une propriété privée ; c'est beau, le sang répandu sur le trottoir, les mares de vomi et les bouts de chair dans les ruelles, à l'arrière des bars. La beauté des merdes de chien qu'on dirait vivantes tant elles grouillent d'asticots, je la vois, ces paquets de merde couvent comme des gros tas d'intentions insondables qui se tortillent en quête d'une improbable raison primale. Je la vois, la beauté de ces adolescentes lubriques dans la rue, qui se passent la langue sur les lèvres en jetant des regards perçants aux jeunes appelés du Midwest, ces pervers qui débarquent de leurs petites villes de merde, et la beauté des vieilles qui relèvent leur jupe pour pisser dans le caniveau, elles font ça avec le sourire, comme il faut. Y a rien de plus beau que la volonté de vivre lorsqu'on baigne dans le désespoir absolu. L'espoir, c'est pour les connards. Il n'y a que les grandes âmes pour comprendre la beauté du désespoir.

Notre beauté, dans mon quartier, notre beauté ressemble à ça : le monde, connard, est *ce qu'on en voit*. Et quand on n'y voit presque plus, ce qu'on perçoit est plus clair, plus *vrai*. À Oakland, le linceul du brouillard nous étouffe, nous étrangle. Impossible d'y voir plus loin que le coin de la rue. Voilà pourquoi on *examine* ce qu'on est *en mesure* de voir, et pourquoi ce qu'on voit, on le *connaît*. On connaît chaque fissure des trottoirs. On sait qui vit où. On sait de tous nos sens – ce que ça *sent* quand on passe devant chez les Borges, ou devant la centrale électrique. Ce que *ressent* le bitume quand on l'écrase avec nos chaussures de sécurité ou nos Florsheim. On perçoit le picotement âcre et brûlant des fumées de l'usine chimique le matin, des heures avant que les inspecteurs et les druides de l'OSHA[1] se décident à sortir de leurs huttes de riches pour nous dire quoi faire et quand. Quand les raffineries débordent au point qu'elles doivent brûler leurs excédents, notre peau se ride d'une joie pétrochimique mêlée de sentiments familiers, un mélange d'effroi et de soulagement. Nous sommes vivants.

Si, la merde qu'on voit, les étrangers considèrent qu'elle est laide, c'est parce qu'ils sont habitués à la merde que, *eux*, ils trouvent belle et qu'ils ne perçoivent pas combien leur monde peut nous paraître immonde *à nous*, la laideur de leur petit personnel et de leurs bagnoles européennes ou japonaises hautement antiseptiques qu'aucune tache de sperme ni de honte ne corrompt jamais, la laideur de leurs briques si parfaitement alignées, de leur carrelage récuré, de leurs

1. OSHA (Occupational Safety and Health Administration) : agence fédérale chargée de contrôler notamment les niveaux de pollution.

jardiniers, de leurs plombiers, tous ces gens qui travaillent pour eux – *nous*. Mais nous, parce qu'on est *nous*, on voit des trucs magnifiques qu'ils ne voient pas. La beauté d'une haie bien taillée ou d'une rampe d'accès au béton bien coulé, la beauté d'un petit ange mexicain en cloque à treize ans, obèse et triste, la beauté d'un immeuble correctement démoli. Nous qui vivons *dans la laideur*, on connaît la beauté – et elle n'a rien à voir avec ce qu'on trouve dans les magazines branchés des salles d'attente des toubibs ou des avocats spécialisés dans les divorces.

Et tandis que j'étais devant chez Dick pour aller chercher la trompette familiale dans ma bagnole, cette trompette avec laquelle je jouais dans les boîtes et les bars mexicains – un honneur pour moi, même si certains jugeaient ça humiliant et me conseillaient de plus grandes salles ou d'enregistrer en studio, histoire de tirer des thunes à tous ces gros porcs en chemise blanche et la gueule couverte de sueur –, tandis que j'étais devant chez Dick je me suis dit, tout à coup, que mon chez-moi, *mon Oakland*, mon Dick rempli de maniaques bourrés et *profondément bons, profondément loyaux*, ce chez-moi sur cette planète était un chouette endroit. Un *bon* endroit, en dépit de sa rudesse, de la misère et du malheur, et qu'il était *sacré*. Cet Oakland, c'était le mien, celui de Louie, de Jorgensen et de Shapiro, oui, Oakland appartenait à tous les habitants qui comptaient à Oakland. On bossait, on bossait tous comme des malades à Oakland et on allait y crever, oui, on y crèverait en toute beauté et contents de nous, parce qu'on aurait fait tout ce qu'on était censés faire.

Quand je suis retourné à l'intérieur, je n'y voyais rien, à part les lumières au néon du bar. Les gars sirotaient leur verre en silence.

« Passe-moi le cuivre », Pop a dit.

Il a actionné les pistons et m'a regardé comme si je venais de lui tendre un gros étron.

« Merde, ça t'arrive de briquer ce truc ? Tu graisses jamais ces putains de coulisses ? Tu nettoies jamais les valves ? Est-ce qu'il t'arrive même de *souffler* dans cet instrument ? »

Je regardais par terre, vers les pieds de son tabouret.

« Boulot à plein temps, j'ai répondu.

– Quoi, boulot à plein temps ?

– Boulot à plein temps qui me bouffe tout mon temps. »

Pop a agité la tête lentement pour exprimer un mélange de tristesse, de dégoût et de répulsion. Quand on a quelque chose dans le sac, on ne laisse pas son *boulot à plein temps* interférer avec ce qu'on veut *vraiment*. Boulot à plein temps. Si t'arrives pas à faire ce que t'as envie de faire *après* ta journée de boulot, la triste réalité, c'est que t'as envie de *rien*. Descends ta binouze, baise ta grosse dépressive et gâche toutes ces précieuses heures en dormant, espèce de feignasse.

Louie m'a resservi un scotch et Pop a feuilleté une fois de plus la partition de Blaise, étudiant certains passages, en survolant d'autres. Il buvait de l'eau.

Assis au comptoir, Jorgensen se matait dans le miroir, son regard passant outre les bouteilles et les Post-it griffonnés. À ce stade, les triplés, déjà bien torchés, se marraient comme des gamines. Le téléphone sonnait, mais personne ne décrochait – une bonne femme, à tous les coups, c'est typique des nanas, même lorsqu'elles savent où on est. Shapiro et Ed le Juif parlaient pognon. Sans déconner, ils savaient parler que de ça, à croire qu'ils avaient inventé le concept. Le reste du temps, ils se détestaient cordialement et se traitaient de feujs, de Shylock et de grosses merdes. Mais quand ils se retrouvaient chez Dick, ils parlaient pognon, même s'ils n'en avaient ni l'un ni l'autre. De toute façon, s'ils en avaient eu, ils seraient allés picoler ailleurs, dans un autre rade, ils n'auraient pas traîné avec nous. Des occasionnels sont entrés mais Jorgensen n'a pas relevé. De toute façon, ils sont ressortis aussi sec. À leur place, si j'étais entré dans un bar comme le nôtre en n'étant pas du coin, j'aurais fait pareil, je serais ressorti aussi sec.

« Les percussions sont très importantes dans ce morceau », a expliqué Pop.

J'ai hoché la tête.

« Qui connaît le solfège, là-dedans ? »

Pas la moindre idée.

« Quelqu'un, bande d'abrutis ? »

Un des triplés a fait signe que oui. Et Ed le Juif, et Shapiro. Jorgensen a dit qu'il était un putain de bon batteur, il jouait dans la fanfare militaire avant de comprendre qu'il devait passer à l'action et devenir un Marine. Les armes ont leur petite musique, il a dit.

« Rendez-vous utiles, Pop a dit.

– Je peux jouer la ligne de trompette », j'ai fait.

Il m'a lancé un sourire méprisant. Des pneus se sont mis à crisser et quelqu'un a hurlé tellement fort qu'on a tous jeté un œil vers la porte.

« Jazz, il a dit.

– Désolé. »

J'étais sincère.

Pop nous a demandé de nous rapprocher pour nous expliquer quelles lignes il fallait lire, puis il nous a fait répéter. Le triplé se servait d'une cuillère et d'un verre de gnôle à moitié plein ; Ed le Juif et Shapiro s'étaient portés volontaires pour jouer de la bouteille et du stylo à plume en émail, ils avaient aligné leurs grands crus par ordre croissant, les bouteilles sonnaient comme des marimbas ou des xylophones à picole de luxe. Pop a demandé à Jorgensen de poser des boîtes à café et de tomates sur un tabouret, et de taper dessus avec une cuillère, mais Jorg a répondu qu'il n'en était pas question, bordel, tout passait par le corps, chez lui, il n'utiliserait que ses mains, ses doigts et ses poings sur sa peau, alors Pop, du tac au tac, a dit : « Parfait, Jorg. »

« Bon, et moi ? j'ai demandé.

– Tu tournes les pages.

– Arrête tes conneries.

– Il nous faut quelqu'un qui connaît le solfège pour tourner les pages. C'est un morceau pour un musicien, pas pour un joueur de jazz. Alors, le cuivre, c'est moi. »

Louie a servi une nouvelle tournée. On l'a bue. Pop nous a donné le signal. Et on a joué.

C'était la chose la plus étrange et bizarre, la plus agréable, horrible et déprimante qu'on avait jamais entendue. On souriait, c'était plus fort que nous, pourtant on savait bien qu'on n'aurait pas dû. Ça fait ça, parfois, les trucs tristes.

Ça commençait tout doucement, avec les juifs qui frappaient leurs marimbas/xylophones en bouteilles de gnôle sur un tempo vif et frénétique comme une mélodie de la jungle, ils frappaient d'un bout à l'autre de leur série de bouteilles et les notes s'entrechoquaient, non pas de façon chromatique mais de tierce en quarte, de sixte en octave, grave-aiguë, aiguë-grave – les notes rebondissaient contre les miroirs et sur le lino par terre, créant un écho rapide, une réverbération presque instantanée qui ricochait sur les notes elles-mêmes et produisait une harmonie stridente, proche du son du marteau-piqueur au milieu de la circulation. Donc, les juifs jouaient, et ils jouaient pour de vrai, ces juifs – on aurait dit qu'ils nous racontaient l'Exode, on n'avait jamais entendu ça dans la Bible, ils nous expliquaient l'angoisse et la joie de l'Hébreu qui fait-la-fiesta-à-mort, qui picole, baise et prie un Dieu qui a le pouvoir de se débarrasser des goys en un claquement de doigts et ne s'en prive pas –, donc les juifs faisaient appel à leur Dieu de la vengeance antique, du rire et de la justice, quand le triplé, un catholique italien, les a rejoints, bien décidé à montrer que sa queue n'était peut-être pas aussi impressionnante que celle de Big Papa, mais que son âme, elle, était bien plus grande – en l'abandonnant, Louie lui avait baisé la gueule, il avait fait de lui un bâtard et sa queue n'était pas aussi grosse, mais ses *burnes*, à lui, étaient bien plus énormes, et son *hurlement*, bien plus puissant et retentissant, un hurlement capable d'invoquer les pires démons de tous les enfers connus et de tous ceux qui feraient encore surface pour les siècles des siècles, un hurlement capable de racheter tous nos péchés. Cette petite merde jouait du verre de gnôle comme s'il frappait aux portes du paradis des bâtards – et on allait lui ouvrir, ça faisait pas un pli.

Juste avant d'entrer dans la danse, Jorgensen a fait tomber son gilet, sa chemise et son pantalon, et il est resté planté là, dans son vieux calbute de l'armée. On l'avait toujours vu porter des chemises à manches longues et des fringues de sécurité. Jorg n'était pas qu'un assassin, il était aussi démolisseur et métallurgiste, quand il ne faisait pas sauter les immeubles, il soudait et prenait des douches d'étincelles et de flammes, tel Vulcain dans sa forge.

Surtout, Jorgensen était balaise ; mais les balaises,

par ici, c'est pas ce qui manquait. J'avais bossé sur un chantier avec un ouvrier qui venait de sortir de Quentin[1], un Noir nommé Fish qui devait peser cent cinquante kilos, un quintal et demi de ferraille, avec tout un réseau de veines grosses comme des câbles. Bordel, Rich Kuam – il ne venait plus trop, ces derniers temps, parce qu'il avait fini par rencontrer une petite putain qui lui plaisait bien, qu'il l'avait épousée et qu'il se retrouvait maintenant dans une sorte de prison domestique –, bref, Kuam était tellement balaise qu'il pouvait porter une pute sur chaque bras, on l'avait vu entrer comme ça chez Dick plus d'une fois. Kuam préférait mettre de l'argent de côté plutôt que sortir, alors, deux fois par an, il prenait la route jusqu'au Ranch Mustang. Là, à la sortie de Reno, il se prenait deux bombasses qu'il ramenait à Oakland, où ils passaient la semaine à jouer au papa et à la maman tous les trois. Kuam ne partageait jamais rien. Kuam n'était jamais fauché. Il avait des projets et il était toujours heureux. C'est bien lui qui avait raison, tiens.

Donc, quand Jorg a retiré sa chemise, on a tous été impressionnés, mais pas tant que ça, finalement. Une chose a quand même piqué notre curiosité : Jorg était couvert, je dis bien *couvert*, de tatouages. Pas un millimètre de peau nue. Même à travers son caleçon, on voyait l'ombre de ses tatouages, on aurait dit des bleus. Il en était couvert de la nuque aux poignets, et même sur les pieds, sauf les ongles. Je parie qu'il s'était fait tatouer la plante.

Ses tatouages n'avaient rien de « branché ». Ils représentaient des scènes de bataille, des mises à mort. Rien

1. Situé au nord de San Francisco, San Quentin est le plus vieux pénitencier californien. Il abrite le « couloir de la mort ».

à voir avec les conneries du genre crâne, os en forme de croix, dragon, nana aux gros nibards, motif celte, scorpion, personnage de dessin animé, Harley Davidson, je-suis-un-gros-dur-parce-que-je-m'habille-en-cuir-et-que-je-conduis-une-bécane. Les tatouages de Jorgensen le représentaient lui, avec ses lunettes de soleil et tout son barda, en train de briser le cou d'un seigneur de la drogue à mains nues dans la jungle, ou tapi dans un entrepôt et pointant son fusil sur un diplomate en costume-cravate dans le gratte-ciel, de l'autre côté de la rue, Jorg sur le ventre, dans le sable, en train de se faire un cheik avec un drôle de fusil-mitrailleur-télescope, Jorg à Washington DC avec le Capitole derrière lui, en train de trancher la gorge à un businessman dans un centre commercial, au milieu d'une foule indifférente, ou encore Jorg en tenue de plongée en train d'accrocher une mine à un yacht dans une eau limpide, parcourue de poissons multicolores. Des centaines de tatouages, il avait, le Jorg. On était bien contents qu'il soit notre pote.

Il a fait entrer ses tambours et on s'est dit que Jorg n'était pas seulement le meilleur tueur qu'on connaissait : là, en sous-vêtements, ses mains sont devenues floues, il s'est mis à taper avec ses paumes d'abord, puis à émettre des notes aiguës, en claquant et en frappant de ses mains jointes l'intérieur de ses cuisses. Il avait dû être un sacré batteur avant de se consacrer à des activités professionnelles plus satisfaisantes du point de vue spirituel. Ses mains battaient de plus en plus vite et de plus en plus haut, Jorg descendait le long de sa jambe, vers les mollets, avec sa paume creusée comme une coque, p'pop pap, p'pop pap p'pop pap, ça claquait comme des coups de feu et ça tiraillait et ça flinguait à feux croisés.

C'était le préambule, le prélude, le premier plan d'un son en provenance de quelque part entre Los Angeles, Oakland, Sacramento, Lodi, Watts, Modesto, San Diego, Compton, Fresno, San Francisco et Los Banos, dans l'esprit de Blaise. La frénésie et le rythme de la vie de merde de Blaise – la sienne comme la nôtre, parce que *c'est ce qu'on veut*, voilà bien la seule et unique raison –, un narco-mélange brumeux de nicotine et de vodka, d'espoirs déçus et son bébé arraché de l'utérus, le cordon ombilical traînant sur le bitume, coulure de sang violacé blanchi de grumeaux, lui qui regardait la bagnole de sa salope s'en aller tranquillement, partir, partir pour toujours, bordel, pour toujours et de façon permanente, de plus en plus continuelle, perpétuelle –, la frénésie de la vie de Blaise qu'il prétendait ne pas vouloir mais désirait fermement, le désordre de sa vie gravé sur la page symphonique, et nous qui le jouions.

Moi, je tournais les pages, voilà ce que je faisais. Je les tournais, et à chaque page je sentais battre mon cœur, de plus en plus vite. Mon cœur battait à tout rompre, parce que j'étais jaloux. J'étais jaloux, envieux de ce que Blaise avait accompli : il avait *réalisé quelque chose*. Il était quelque part au pays du FBI, en prison, menotté, et un pédé en costume devait lui bourrer le cul avec un épi de maïs, mais nous, on jouait l'œuvre qu'il avait laissée. Quand tu crèveras, toi, qu'est-ce que tu laisseras, à part tes gènes de merde ? Pose-toi la question.

J'ai ressenti un désir brutal de tuer Blaise, de l'éradiquer, de l'effacer définitivement du quartier et de ma mémoire. On veut tous tuer ceux qu'on jalouse, pas vrai ? Le pire, c'est qu'on le ferait si, tous autant qu'on est, on n'était pas des poules mouillées, si on n'avait pas peur de *la loi* – parce qu'au fond, y a aucune raison d'avoir peur des amis ou de la famille de ces gens-là. Les gens ont la haine, mais la plupart du temps, ils ont pas les couilles d'aller foutre un gros coup dans la tronche du clébard d'à côté qu'arrête pas d'aboyer. Ils ont même pas le courage de coller une bonne baffe au type qui baise leur femme – pas plus qu'à leur femme qui les trompe, d'ailleurs. C'était nase de tourner les pages pour Blaise, pour Pop, pour Jorg, pour les juifs et le triplé. Eux, ils jouaient quelque chose, et moi, j'assistais au spectacle, je regardais avec une certaine distance ce lieu d'où je venais, j'observais mon Oakland alors que j'aurais dû *en être*. J'ai toujours eu cette impression, comme si, d'une certaine manière, je n'avais pas vraiment eu ma place, comme si je n'étais pas d'Oakland, alors qu'Oakland était la seule chose que je connaissais vraiment, mais rien n'y faisait. Et ça me bousillait la tête, c'est clair. Ça me bousillait la tête d'une façon que j'aurais du mal à bien expliquer dans ces pages, ces pages où je raconte tout ce que je pense parce que j'en ai strictement rien à foutre de ce que tu peux penser de moi, espèce de connard. Je n'ai jamais eu l'impression d'appartenir à Oakland, parce que j'estimais être beaucoup trop intelligent pour grandir dans ce trou. Je vivais dans un trou, et pourtant j'avais l'impression que je ne serais jamais à la hauteur de ce qu'il y avait de bien à Oakland, *mon Oakland*, l'Oakland de Pop et de Papy Murphy, l'Oakland de Shapiro et de ce débile mental de Martinez, l'Oakland qui, malgré tout, serait toujours mon chez-moi. Et voilà qu'ils jouaient tous ensemble et que moi, je tournais les pages.

La partie de Pop ne ressemblait pas à de la trompette, sur la partition je voyais bien que c'en était pas. Il suivait le riff de la flûte, un sifflement plaintif qui perçait à travers les éclats lumineux des percus au marteau-piqueur. Pop jouait et l'air qui sortait de son cuivre couvrait ses notes, des notes plus claires qu'un tintement, une coulée de métal précieux, une cascade de sons aiguisés, comme si une pointe affûtée et brillante perçait un mur de métal en vibration. Il jouait, et moi j'écoutais, je les écoutais tous et pas seulement Pop, j'entendais même le gamin de New York et, tandis que j'écoutais, un flot de bien-être m'a submergé, un peu comme une chatte pendant la baise, un jaillissement. C'était pas mon job de prendre part à tout ça. Pas mon job d'*être* ça. Mon job, celui que m'avaient confié des instances supérieures et sérieuses, c'était de *comprendre* ce qui se passait et de *te* le faire comprendre.

Alors, essaie un peu de capter : on était au bar-restau de chez Dick, à Oakland, Californie, en plein milieu des entrepôts, avec au loin les docks et les grues qui gémissaient sur leurs rails en déchargeant les ISO des bateaux et transportaient les marchandises sur des trains qui les emporteraient jusqu'à des camions, lesquels les livreraient à leur tour à ton putain de supermarché. On était chez Dick et on avait perdu notre ami Blaise, on avait *perdu notre ami* et il nous avait *laissé quelque chose*. Il avait perdu son bébé, sa femme, son sens de la mesure, sa *volonté*, mais contrairement à toi, contrairement à *toi* quand *tu* disparaîtras, il nous avait légué quelque chose, quelque chose de *substantiel*, et pas un simple album photos ou le service en porcelaine de merde de son arrière-grand-mère. Non, Blaise ne nous avait pas légué une assurance-vie, une collection de pièces ou un bout de terrain pourri dont on n'aurait pas voulu et qu'on n'aurait pas su cultiver. Blaise nous avait légué ce qui l'obsédait, ce qui faisait de lui ce qu'il était, la raison pour laquelle il n'avait pas hésité à perdre femme et enfant. Qui ferait un truc pareil, hein ? Le genre de type avec qui j'ai envie de me torcher la gueule. Le genre de mec que j'ai envie d'appeler tard le soir, quand je sais que personne d'autre ne décrochera. Le genre d'homme que je veux être.

Quant à Pop, mon Pop en salopette et à la barbe grise, les notes qui sortaient de sa trompette n'étaient pas que la symphonie de Blaise, notre symphonie. Non. Ces notes voulaient dire bien davantage, elles contenaient plus de beauté, elles étaient distinguées. Blaise avait capté ça, et l'avait ancré très profondément. En un sens, il nous connaissait mieux qu'on ne se connaissait nous-mêmes. Ce truc qu'on soupçonnait tous et qu'on aurait peut-être su, tous autant qu'on était, exprimer à l'issue d'une longue nuit de picole, Blaise le savait, et pourtant, on ne l'avait jamais entendu dans la bouche de personne. Ni la nôtre, ni celle de personne. Blaise, lui, le disait, et sans la moindre parole, sans toutes les conneries que trimballent les mots. Blaise était peut-être un génie, si le génie consiste à savoir exprimer au moyen du langage, du fruit de son expérience, sur un ton et avec des silences reconnaissables, ce qu'on sait quand on l'entend, quand on le voit ou quand on le sent, alors qu'on ne se l'est encore jamais exprimé à soi-même. C'est pour cela que Mozart, Miles Davis, Shakespeare et Leonardo nous font pleurer, en tout cas nous aident à nous oublier, nous et nos putains de prétentions, ne serait-ce qu'un instant. Ce cadeau, ils l'offrent à la dernière des brutes, au dernier des abrutis. Le génie fait écho à ce qu'il y a de meilleur en nous, il nous rappelle nos cris d'une façon que même des gars comme *nous* peuvent comprendre, avec cette forme de grandeur qu'on a tous identifiée à un moment ou un autre, tous autant qu'on est, comme l'essence même de ce qu'on *aurait pu être*. Le génie nous enseigne qu'on a beau être une merde, on porte la grandeur ce qui a été accompli, de l'humanité. Le génie, en fait, c'est plutôt classe.

Voilà le message que nous transmettait ce cinglé de Blaise. Et on se sentait sacrément bien. Comme si on prenait part à un truc qu'on n'avait pas mérité mais que, paradoxalement, on méritait complètement.

Les gars de chez Dick n'ont pas pu jouer toute la symphonie. Le fiston de Louie a cassé son verre et la gnôle a coulé, le verre explosé sur le comptoir. Jorgensen est devenu marteau, il se frappait les reins et la plante des pieds, il s'emmêlait les pinceaux, incapable de se concentrer sur la partition et de reprendre sa place dans l'ensemble. Il faisait de la merde, de toute façon, vu qu'il ne suivait pas vraiment la musique et préférait livrer sa version personnelle de la symphonie de Blaise. Shapiro et Ed le Juif avaient arrêté de jouer de leurs bouteilles et recommencé à se descendre des whiskys à tour de rôle ; Louie n'en avait plus rien à foutre de rien et ne demandait qu'une chose, éviter que ses fistons lui fassent la peau, donc qu'ils passent une bonne soirée. Les lèvres de Pop commençaient à lâcher, ça faisait un bail qu'il n'avait pas soufflé dans un cuivre. Du sang mêlé de bave dégoulinait du pavillon et une gelée rosâtre lui coulait sur le menton.

Louie a resservi une tournée, l'Absolut de Blaise. On a levé nos verres pour porter un toast, mais personne n'a trinqué.

On ne disait rien. On ne se regardait pas. On picolait.

Dick, le bar-restau, c'est le vortex de la tristesse du monde, au point que c'en est parfois presque insupportable. On me considérera toujours comme un habitué, alors il m'arrive de penser qu'un truc ne tourne *pas rond* chez moi. Encore une fois, pourtant, il y a peut-être en moi, oui, il y a peut-être au fond, en moi, un truc qui tourne *vraiment rond*, un truc pur et transcendantal fait pour voir et pour ressentir la douleur du monde, pour ingurgiter et digérer cette horreur brute, et la transformer en une chose belle et cristalline, comme si je pouvais réduire des ordures en sublimes pierres précieuses. J'aurai beau finir dans un trou, j'y serai heureux comme un putain de pape, heureux, oui, car je sais, j'ai bien dit je *sais*, qu'un jour les choses changeront. Une idée à la con, hein ? Ben ouais, je sais bien, mais je suis con de nature. Je suis l'Absurde fait homme. Et je vais tenir bon. Je vais résister. Un beau matin, j'ouvrirai les yeux sur un terrain vague plein d'âmes flétries en lambeaux et ma vision changera la bile du monde en un délicieux nectar. Et je ne serai pas seul.

Avant que je parte me planquer dans le Missouri, les Hell's Angels ont organisé une fête pour moi, chez Dick. Ç'a été quelque chose. Il y en a pour qui personne n'organisera jamais de fête chez Dick – Rich Kuam, par exemple. Pourquoi on le ferait, vu que la seule chose qui l'intéresse, dans la vie, se résume à économiser ses thunes pour se payer des putes, alors que nous, on se *marie* avec elles et que notre petite baisouillade, on la paye au prix fort ? Quant à Jorgensen, pas question de lui faire la fiesta sous prétexte qu'il a réglé *un problème* : en dévoilant sa victoire au grand jour, on risquerait de devenir le *prochain* problème sur la liste. Il y a des trucs qu'on fête, d'autres pour lesquels on se contente de lever son verre. Moi, on m'a organisé une fête *en bonne et due forme* : pas de bonne femme autorisée – propre, net, sans bavure. Ramène une salope dans notre groupe de mecs et ça nous perturbe – même si ses bourrelets lui roulent sur les genoux quand elle se penche sur son tabouret, ou que ses nichons lui remuent sur le nombril comme des ballons pleins d'eau. De toute façon, même si elle nous met pas la tête à l'envers, on parle pas librement. On se censure, ou alors on en rajoute : on leur donne du « madame » et elles comprennent pas, ou elles font semblant de pas comprendre, que chez Dick, ça veut dire « ma chatte ».

Pour ma fête, la loi californienne sur l'interdiction de fumer dans les lieux publics, qui s'applique aussi aux bars, était déjà en vigueur. Qu'est-ce que c'est que ce bordel, franchement ? Les flics ont vite capté. En Californie, les fumeurs sortent dans la rue pour fumer, vu qu'ils peuvent plus le faire à l'intérieur ; eh ben, quand ils sortent cloper, les flics les collent contre le mur et leur font passer le test à poivrot – alcootest, marche sur la ligne, doigt sur le pif, lampe de poche dans les yeux –, avant de les embarquer dans le panier à salade pour état d'ivresse sur la voie publique. Les Hell's Angels ont réglé le problème : dans le quartier, les flics *viennent* tous du quartier – de toute façon, personne d'autre ne voudrait ni ne *pourrait* venir y travailler. Alors, les flics, aucun problème. Merde, la plupart des flics du quartier étaient invités, d'façon. Mais, juste au cas où des occasionnels auraient l'idée de passer, nous choperaient en train de cloper et nous balanceraient à des flics qui ne seraient pas *nos* flics mais une brigade spécialisée, celle qui fait appliquer la loi californienne sur l'interdiction de fumer ou une connerie dans le genre, eh ben, juste au cas où, voilà ce que les Hell's Angels ont fait : ils ont posté deux gorilles à l'entrée. Les gorilles lançaient : « Touriste, ou habitué ? » Ceux qui débarquaient par hasard évaluaient la situation et jetaient un œil autour d'eux : cinquante ou soixante choppers Harley étaient garés dans les petites rues alentour, plus trente ou quarante pick-up, et des bonnes femmes attendaient, dans la rue, en fumant des cigarettes et en se passant des bouteilles de pinard, que leur mec veuille bien sortir du bar et les ramener à la maison pour qu'elles se fassent pas choper au volant en état d'ébriété. Quand ils voyaient ça, les types tournaient les talons. J'ai monté la garde un petit moment avec Charlie, j'ai donc pu faire mon gros dur de service et interroger les clients.

Ils étaient tous là – pas seulement les habitués du quartier, mais tous les motards de mon enfance, Gros Fred, Domer, Oncle Ray, Budley Johnson, les frères Flynn, Jimmy et John, et aussi Ricky et Chuck, Sonny[1], Dodge et Bingo. Certains vieux de la vieille avaient de gros bides à bière maintenant, d'autres portaient leur chemise boutonnée, avec leur nom brodé dessus en rouge. La plupart avaient les cheveux gris ou le crâne d'œuf. Budley portait une salopette et s'aidait d'une canne pour marcher, ça lui donnait des airs de notable – un notable Hell's Angel de la haute. Quand il parlait, tout le monde se taisait pour l'écouter. Ils m'avaient reconnu grâce à la photo sur la couverture de mon livre – pourtant, elle me ressemblait plus du tout : j'ai les cheveux gominés vers l'arrière là-dessus, mais pas mes lunettes en plastique de gros niais, et le regard embrumé par l'alcool. Bon, d'accord, j'ai souvent les yeux comme ça, des fois. Sur la photo, je dois peser dans les cent kilos et, au moment de la fête,

1. Sonny Barger, un des fondateurs des Hell's Angels.

alors que mon divorce d'avec les quartiers résidentiels venait d'être prononcé, j'avais perdu trente kilos et je ressemblais à un survivant de l'Holocauste, mes cheveux avaient viré au gris, des veines me marquaient le front, j'avais les joues creuses et même perdu un putain de centimètre et demi de tour de tête. J'étais tellement déconnecté de l'équipe de chez Dick, à l'époque, que les gars avaient fini par envoyer Jorgensen pour voir un peu ce qui se passait, histoire de m'empêcher de déclencher un massacre et de foutre en l'air la vie carrément grandiose qui m'attendait.

La fête, c'était autant pour eux que pour moi. Ils voulaient que je sois là pour me raconter *leurs* histoires, au moins autant que pour célébrer la version que j'en avais donnée… Ils se pressaient autour de moi comme si j'étais une sorte de célébrité, un héros. Ils me payaient des coups en me disant de commander ce que je voulais, mais je suis pas un enfoiré et je prenais pas les alcools les plus chers. De temps à autre, Louie me servait bien un Jack Daniel's ou un Chivas en douce, et en hochant la tête s'en servait un aussi pour lui, histoire qu'on trinque. Et des histoires, mon pote, je peux te dire qu'ils m'en ont raconté, les Hell's Angels.

Ils m'ont parlé de l'époque des motards, la grande époque des années soixante et début soixante-dix, de Livermore et du col d'Altamont[1]. Ils m'ont aussi expliqué pourquoi les Stones étaient des connards de pigneurs, et pourquoi les Angels étaient dans leur

1. En 1969, les Rolling Stones ont donné un concert à Altamont, à une soixantaine de kilomètres de San Francisco. Les Hell's Angels ont été embauchés pour s'occuper du service d'ordre. Un fan des Stones, Meredith Hunter, a été poignardé et battu à mort par des membres de leur groupe.

droit. Chaque fois que Sonny partait faire un tour, ils y allaient de leur petite histoire, comment il s'était occupé de la bande, et est-ce que je me rappelais les collectes pour nous payer nos courses, à moi, mes frères et ma mère ? Sonny débarquait dans une Impala pleine de bouffe pour nourrir la petite famille et les Angels qui traînaient chez nous, en fait il nous entretenait, ma mère, mes frères et moi. Si quelqu'un nous cherchait des poux, il était mort. Et c'est toujours le cas, mon pote, même si Sonny ne tient plus les commandes : moi, le dernier des Murphy à être encore de ce monde, personne ne pourra jamais me faire de mal, parce que quiconque m'emmerde aura affaire aux Hell's Angels d'Oakland, et d'abord à Sonny – il était amoureux de ma mère, comme tous les gars de la bande, à l'époque, et cet amour ne disparaîtra jamais. Ils m'ont raconté la fois où ma mère s'est éclaté le crâne avec le trois-roues, en me disant que je l'avais mal rapporté dans *Gris-Oakland* : en fait c'était Budley, et pas Gros Fred, qui était au volant, ce jour-là – au moment où la tête de ma mère a percuté le poteau de barbelés, son crâne s'est fendu en deux et sa cervelle est sortie comme un gros tas de vers, Budley lui a remis le crâne en place et l'a tenu serré comme ça, sur le siège passager, jusqu'à l'hôpital de Modesto, à quatre-vingts bornes de là ; la cervelle de ma mère voulait se faire la malle par son crâne fendu, comme si elle ne demandait qu'à se répandre, là, par terre, sur la chaussée, et ne plus être dans ce crâne, comme si elle préférait s'échapper, être *libre*. Ils m'ont raconté que l'accident a défrayé la chronique, parce qu'une centaine de Hell's Angels s'étaient postés devant l'hôpital où on agrafait le crâne de ma mère et qu'ils ne laissaient entrer ni les flics ni les journalistes, Budley avait picolé des binouzes et il en avait déjà assez gros sur la patate d'avoir ouvert le crâne de ma mère comme une noix de coco, alors il avait certainement pas besoin de finir en taule par-dessus le marché. Il était amoureux d'elle, alors la bousiller comme ça, c'était une punition suffisante. Ils m'ont raconté comment je croyais que mon père, putain, c'était ce gros bâtard de McClellan, de la base de l'armée de l'air – ma mère me l'avait affirmé –, alors qu'en réalité je pouvais être leur fils à chacun d'entre eux, vu qu'ils s'adonnaient à des partouses sauvages – Jimmie Flynn m'a dit que Maman était sa nana préférée –, et donc qu'il y avait de grandes chances pour que je sois leur fils, ils pouvaient tous être mon père, voilà pourquoi ils m'aimaient tellement, tous autant qu'ils étaient. *Eh, petit, tu crois quand même pas que ta mère a voulu acheter cette maison sur la 62*^e^ *Rue, derrière le quartier général national des Angels, juste parce qu'elle se disait que le quartier était cool, non ? Oh, tiens, je crois que je vais aller m'installer au cœur de la déchéance et de l'horreur du quartier black, tiens, au beau milieu de cette zone de guerre, au cœur d'Oakland où, si t'es pas de la bonne couleur, on te coupe en morceaux ! Oh, Murphy, bébé, viens, on déménage dans ce putain de ghetto de nègres où t'as pas intérêt à faire un pas de travers si tu veux pas te faire buter !* Je pensais quand même pas qu'elle avait voulu s'installer là parce que c'était un coin épatant, non ? J'étais quand même pas aussi con que ça, non, mon gentil petit étudiant ?

Les Angels me racontaient leurs histoires, moi j'écoutais, et j'ai fini bourré comme un coing, voilà comment ça s'est passé. Chez Dick, ce soir-là, c'était la nuit des longs couteaux.

Il y a quelque chose d'*authentique* chez les mecs

qui t'aiment même quand t'es au trentième sous-sol, parce que *ces dames*, elles feraient pas un truc pareil. Quand t'es au trente-sixième dessous, elles préfèrent quitter le navire et en prendre un autre. Ces *dames* se disent : « Merde, je peux me trouver un mec bien mieux que ce type que je viens de briser, en tout cas bien mieux que cette petite pédale de merde qui s'agenouille pour mendier, la larme à l'œil et avec son sourire affecté, ce connard condamné à me payer une pension alimentaire. » Ces *dames* comparent leurs petites notes sur la *méchanceté* de leurs hommes, puis dégainent leur chatte pour se dégotter un avocat, un docteur, un agent immobilier, ou n'importe quel enfoiré qui conduit une GTO et vit dans une maison avec vue imprenable, héritée de ses parents obèses et blindés de fric, et cætera, et cætera, et on pourrait remonter comme ça jusqu'à Adam et cette putain d'Ève, tous ces capitalistes originels, tous ces bons propriétaires terriens qui boivent du gin-rickey sur la véranda pendant que leurs nègres, ces esclaves suprêmes – assez bien représentés chez les mecs d'Oakland, d'ailleurs –, travaillent comme des bêtes.

Tout se passait plutôt bien, jusqu'à ce que, plus bourré que d'habitude, je me mette à pleurnicher sur mon divorce. J'arrêtais plus de me plaindre. Je me suis mis à péter des trucs, des bouteilles, des chaises, et sûrement une paire de doigts qui ont dû rester violets pendant des mois. Jorgensen a ouvert des yeux immenses. Sonny parlait à voix basse. Les frères Flynn étaient en pleine conversation. Un type m'a payé un coup. Une bouteille s'est fracassée contre le mur. Quelqu'un m'a payé un autre coup. J'avais un bon paquet de verres devant moi. Je les descendais du mieux que je pouvais. Et j'ai fait du sacré bon boulot.

Jorg et Sonny m'ont pris à part d'un air sérieux. Je me rappelle plus ce qu'ils m'ont dit, plus vraiment. J'ai passé une bonne partie de ma vie comme ça, à plus me rappeler ce que les gens me disaient, plus vraiment en tout cas. Quelqu'un s'est mis à jouer au flipper, et le juke-box diffusait Creedence Clearwater Revival, notre groupe fétiche. Écoute-toi ça, un de ces jours. Ces gars viennent d'Oakland, eux aussi. Ils connaissent la chanson. Fogerty s'est fait bouffer toutes ses royalties par ses maisons de disques, évidemment – c'était un *artiste*, pas un bâtard d'homme d'affaires –, il a fini complètement fauché, à jouer dans les motels sur la Five, devant des businessmen grisonnants trempés de sueur et des tapineuses qui se trémoussaient sur la piste en buvant des cocktails coupés d'eau pour faire croire qu'elles étaient encore baisables – alors qu'en fait, John Fogerty, il aurait dû être Président de ces putains d'États-Unis d'Amérique de merde. Donc il y avait Creedence dans le juke-box, un gars jouait au flipper, un autre a gueulé un truc vraiment fort et une boule de billard est venue s'exploser contre le mur, comme un boulet de canon, et, ce faisant, a pété un miroir. Louie s'est contenté de hausser les épaules.

« Pas le bon coin pour un miroir », il a dit.

Ça, je m'en souviens. Pas le bon coin pour un miroir. Ce qu'on pourrait dire sans se tromper d'à peu près partout.

Une autre boule de billard a volé dans les airs. Le miroir était déjà pété, ce qui fait qu'il n'a pas pété, cette fois.

Quelqu'un a tapé dans le juke-box parce que le disque sautait. Les frères Lynn ont allumé des joints.

« Adresse », Jorgensen a dit.

J'ai secoué la tête. Mais elle tombait, ma tête, elle tombait.

« On mobilise trois cents Angels en moins de deux jours, Sonny a dit. Dans la rue, en face de chez elle.

– Chez son père, j'ai dit, y a des jardiniers, des témoins. Tu peux quand même pas tous les buter, non ? »

Il m'a transpercé du regard.

Jorgensen a sorti ses lunettes noires de sa veste et se les est collées sur le nez d'un coup sec. Il souriait, maintenant.

« Mission ? » il a dit.

Quand on me pose la question, je réponds que j'ai dit non.

Mon premier boulot consistait à ramasser la merde à la station Mohawk, la merde de Snookie le chien. Je ne touchais pas mon argent de poche, un dollar par semaine, tant que je n'avais pas ramassé les cookies de Snookie. Pendant la saison des pluies, je le suivais avec ma pelle et j'attendais qu'il s'accroupisse. Je sais pas si t'as déjà essayé de ramasser de la merde imbibée de pluie sur le bitume. Ben, c'est quasiment impossible, ça colle à la pelle, ça s'incruste dans les gravillons pleins d'huile et, toute cette merde coulante, tu t'en débarrasses pas comme tu veux. Si tu la chopes bien fraîche, par contre, c'est pas la même histoire, ça se décolle sans problème. La ruelle, à l'arrière de la station-service et des Peintures Webb, n'était qu'une traînée de merdasse marron clair, glissante comme une flaque d'huile. Notre caravane se trouvait au bout de la piste, à croire que Snookie nous avait chié un tarmac marron. Pendant la saison sèche, c'était mieux. Quand on la laisse au soleil une semaine, la merde devient blanche et poudreuse comme de la craie. Tu t'en débarrasses au balai-brosse en cinq minutes chrono – toute la cargaison de la semaine. Après ça, t'as plus qu'à demander ton dollar à Pop et filer t'acheter vingt paquets de cartes de base-ball.

Mon deuxième boulot, à l'âge de dix ans, c'était bosser à la pompe : servir l'essence, vérifier la pression des pneus, les niveaux d'huile de transmission et de liquides – refroidissement, radiateur, essuie-glaces –, encaisser l'argent, passer les cartes de crédit dans le fer à repasser, ouvrir la caisse. On me faisait confiance. J'avais ma propre chemise bleue à boutons, avec une étiquette où on pouvait lire mon nom. T-Bird, brodé en rouge sur un fond blanc, avec des coutures rouges tout autour, la même chose que Pop, Joe et Steve Bolero. J'étais vraiment bon. Une fois, un client m'a même donné un pourboire.

« Hé, Pop, regarde, j'ai dit, ce type m'a donné un dollar. Un pourboire. »

Sur le coup, Pop a eu l'air dégoûté. Puis il a eu l'air triste. Il s'est allumé un cigare et s'est enfoncé confortablement dans son siège. Snookie s'est pelotonné autour de ses pieds.

« J'ai jamais reçu de pourboire, il a dit. Mets le pognon dans la caisse.

– Mais pourquoi ?

– Parce qu'il serait temps que tu rembourses toutes les thunes que tu choures.

– Je choure pas.

– Tu crois que je sais pas faire une addition ? On n'a pas cinquante paquets de cartes pour un dollar. La caisse.

– Est-ce que Joe a remarqué quelque chose ? »

Joe, c'était le propriétaire de la station Mohawk.

« Joe, il sait compter que le jour de la paye, Pop a dit. Moi, je sais compter tout court. Et je suis ton père. T'es tellement con que tu t'es fait choper. Quand tu choures, te fais pas choper.

– Désolé. »

Il est soudain devenu extrêmement sérieux.

« Pas la peine de t'excuser. Seulement, arrête de te faire choper, bordel de merde. Et compte pas sur moi pour te sortir de taule.

– Quoi ?

– Si les prisons sont pleines de nègres, c'est que les nègres sont trop cons pour pas se faire choper. Quand tu choures, et *tout le monde choure*, choure comme un Mexicain.

– Les Mexicains aussi, ils vont en prison, j'ai dit.

– Pas autant. Pas autant que les nègres. »

J'ai capté très tôt qu'avoir un boulot pouvait être aussi génial que chiant. Le boulot, c'est génial parce que tu te fais payer, voilà tout. Bon, y a aussi d'autres raisons, mais à ce moment-là, je voyais pas trop.

Par contre, je voyais très bien pourquoi bosser, ça faisait chier. Il y a toujours un type pour te dire ce qu'il faut faire, ou alors que t'as merdé, même quand tu t'es cassé le cul un max ; c'est toi qui es nul, jamais le boulot, t'y couperas pas, et encore, t'as de la veine de pas te faire lourder. J'ai commencé à tondre des pelouses à la tondeuse mécanique, en plus de mon boulot à la station-service. Un dollar par jardin, devant et derrière. Ça me prenait dans les trois heures, je me faisais pas mal de thunes. Une fois, Mrs Couto m'a apporté une carafe de thé glacé. Mr Goulart, le père de Tony Goulart qui distribuait le lait à San Francisco et qui m'a pris un jour avec lui dans son camion pour aller livrer des caisses aux restaus chinois et sur les vérandas des vieux, eh ben, le père de Goulart m'a donné deux bouteilles de lait chocolaté pendant que je tondais sa pelouse, une fois. Mais FatDaddy Slattern, un des seuls Blancs aux yeux bleus du quartier – sa fille baisait avec tous les ados du coin, mais ça l'empêchait pas de refuser de nous adresser la parole, parce qu'on n'était pas assez bien pour elle, soi-disant, la garce ; ce qu'ils foutaient dans le quartier, on l'a jamais capté, mais ce qu'on soupçonnait, c'est que ce gros porc en avait rien à foutre de sa famille : c'était un gros radin, et la seule chose qui comptait pour lui, c'était son gros compte en banque plein du fric que lui rapportait son entreprise de lunettes de chiottes sur mesure, « Créations Slattern » –, eh ben Slattern, c'est lui qui m'a appris combien les patrons peuvent être et sont généralement immondes, parce que c'est comme ça qu'ils le deviennent, patrons. Ce que FatDaddy Slattern a fait, c'est que, lorsque je lui ai demandé si je pouvais tondre sa pelouse, il a dit : « Oui, bien sûr, tu peux tondre ma pelouse, mais tout ce que je peux te donner, c'est soixante-quinze cents. Un dollar, c'est beaucoup trop. Devant, derrière, soixante-quinze cents. »

Pas facile de voir chez lui, à FatDaddy, il était tellement gros. À un moment, il s'est tourné et j'ai pu glisser un œil. Sa fille regardait la télé, assise dans le canapé. Elle avait un œil déglingué qui roulait dans tous les sens, comme ceux d'une grenouille. Son visage d'ado était tellement couvert de boutons qu'on ne voyait même plus qu'elle en avait. Sa peau rouge vif était incrustée de jaune à cause du pus, ce qui ne donnait pas vraiment envie de la toucher. Pas question que ça te coule sur les doigts ! Tout le monde savait qu'elle prenait de la coke avec le premier venu et que le premier venu, s'il en avait, pouvait la baiser. Le truc, c'était d'arriver à la troncher sans lui toucher la face.

À côté d'elle, il y avait BigMama, occupée à manger de la glace dans un pot gigantesque et à fumer des cigarettes. Elle se faisait de grosses boules d'une main et se collait la clope au bec avant même d'avoir fini d'avaler. Elle tenait sa clope coincée dans un fume-cigarette argenté comme si ailleurs, sur une autre planète, elle était star de cinéma. Mais pas dans cette vie-là, non. Dans cette vie-là, elle était aussi grosse et grasse que FatDaddy. Elle avait tout le temps la gueule en feu, avec un masque de moustache et de barbe là où elle s'épilait à la cire, le matin. Des fois, la cire n'éliminait pas tous les poils et ça lui faisait comme des gros câbles pointus dans le genre des barres d'armature.

En guise de cadres, FatDaddy avait accroché ses lunettes de chiottes sur mesure aux murs. Au-dessus de la cheminée, un modèle en poils de zèbre ornait un portrait sous verre de la famille Slattern : ils avaient tous l'air de péquenauds se haussant du col, des gros paysans édentés et leurs femmes chevalines dans leurs habits du dimanche cousus main – à tous les coups il y avait un juif dans le tas, même si FatDaddy était du genre à préférer que ça ne se sache pas –, avec des bébés bigleux et baveux dans les bras. Elvis souriait dans deux lunettes aux couleurs des A's[1] et des Raiders[2], et il y en avait encore deux de plus aux dimensions disproportionnées, décorées de nounours pour l'une et de canards pour l'autre, deux lunettes aussi larges que des pneus de voiture, conçues spécialement pour des culs comme celui de FatDaddy, qui ornaient des photos de sa boutonneuse aux narines de cheval, à l'époque où elle était bébé – même à cet âge-là on avait l'impression qu'elle avait déjà des boutons. Elles étaient plutôt pas mal, en fait, ces lunettes de chiottes. J'aurais bien aimé en avoir une comme ça.

Pour moi, le pognon c'était le pognon, et je préfé-

1. L'équipe de base-ball d'Oakland.
2. L'équipe de football d'Oakland.

rais en gagner plutôt que l'inverse. Donc j'ai serré la pince de FatDaddy.

Quand on se serre la pince, dans le quartier, ce n'est pas une mince affaire. Pas quand t'es grand, encore moins quand t'es gamin. Entre adultes, ça peut s'annuler, suffit d'un avocat, d'une ex-femme ou d'un verre de trop chez Dick. Mais quand t'es gamin, la poignée de main, c'est ta seule monnaie d'échange, c'est tout ce que t'as. Quand on est môme dans mon quartier, on se rappelle chaque poignée de main, celles qui veulent dire quelque chose comme celles qui ne sont que de la merde et du mensonge. Dans mon quartier, on n'oublie rien. *Jamais*.

J'ai serré la grosse pince gluante de FatDaddy et cette face de crapaud de cent quatre-vingts kilos m'a *écrabouillé* la mienne, pour bien me montrer quel genre de *mec* il était.

« Bon, ben, marché conclu, il a dit. Soixante-quinze cents la pelouse, devant et derrière. »

Il souriait de toutes ses dents. On avait fait affaire. Ma main me faisait jongler ma race, mais pas question de lui montrer.

Et pour une affaire, il avait fait une affaire, ce gros porc. Le jardin devant la maison, celui que les gens voyaient en passant devant son taudis à la peinture écaillée, avec ses Jésus en plâtre semés un peu partout pour que tout le monde comprenne bien que Dieu et ses soldats le protégeaient de la racaille comme nous – un Jésus tenait une Bible ouverte à la page des Dix Commandements, putain, des Jésus en plâtre et des mangeoires à oiseaux couverts de tellement de fiente que ça avait coulé comme de la cire de bougie –, ben, sa magnifique petite pelouse de devant n'était pas si mal que ça, même s'il fallait slalomer entre les petits

Jésus et les mangeoires enduits de merde. Il y avait de quoi faire, mais c'était le deal. Très bien. Par contre, quand j'ai eu fini la pelouse de devant, après quatre heures de travail, et que j'ai voulu ouvrir le portail sur le côté, ce que j'ai découvert m'a fait comprendre la différence fondamentale entre FatDaddy et moi.

Moi, je suis ce dont j'ai l'air, ni plus ni moins. Je porte des jeans et des T-shirts. Je n'ai qu'une cravate et tous les bâtards du coin la connaissent, vu que c'est celle que je porte aux enterrements. Moi, je suis le gamin qui ramasse la merde à la station Mohawk et qui vit dans la caravane à côté. Je suis le gamin qui vide les chiottes de la caravane une fois par semaine, un seau après l'autre, dans les toilettes pour femmes de la station-service. Le gamin qui fait ton plein et vérifie la pression de tes pneus. J'ai que des bonnes notes et je joue de la trompette, de ma trompette toute rafistolée au Scotch et au fer à souder. J'ai gagné un tournoi de golf avec un fer 3, un putter trouvé sur le green et un sandwedge. J'ai foutu une taule à un gosse de riches. J'ai gagné en six coups et cette pédale d'enculé de clone à la coupe de cheveux super-nickel avec caddie et chemise de marque boutonnée jusqu'en haut qui vit dans les collines, de l'autre côté de la ville, s'est pété tous ses clubs sur les genoux. Le soleil faisait miroiter ses crampons de luxe et il portait une de ces casquettes qui te couvrent pas vraiment la tête, une visière en fait. Je jubilais tellement que je dansais sur le green, une gigue que j'avais vu Pop danser à l'auberge de l'Elk, le jour où il avait fait un truc dont on pouvait pas parler mais qui l'avait rendu vraiment, *vraiment* heureux. Je m'appelle T-Bird Murphy et mon nom me vient du type qui rapportait des cartouches de cigarettes à ma mère quand elle était enceinte de moi – et pas de celui qui m'a élevé, Pop « Bud » Murphy, mais peut-être bien de ce fêtard de Cigogne, à ce qu'on dit, à moins qu'elle lui ait collé ça sur le dos parce que sa famille avait plus de blé que tous les Hell's Angels réunis qui la bourraient à l'époque et en même temps ; enceinte, en tout cas, de l'enculé de chien galeux qui s'enfilait ma maman. Je suis borgne, j'ai les jambes arquées, un nez de juif, des cheveux blonds et mes yeux ont la couleur du béton mouillé. Regarde-moi un peu : je suis T-Bird Murphy. Mon jean rapiécé au fer à repasser m'arrache la peau ; quand je l'enlève, j'ai des marques rouges pour le prouver. Je porte que des fringues d'occase et les autres mômes se foutent de ma gueule quand ils reconnaissent les vêtements que leurs parents ont donnés à l'Armée du Salut. Alors, vas-y, FatDaddy Slattern, espèce d'enculé, mate-moi un peu, si t'en as quelque chose à foutre de l'avenir de ta famille, ta progéniture bonne à rien. Je suis exactement ce que je dont j'ai l'air. Ni plus moins, putain.

Mais pas toi. Vise-moi un peu ce jardin. Celui de devant, celui que les gens *voient,* il ressemble à tous les jardins du quartier : il y a des *Jésusses* en plâtre, des mauvaises herbes, peut-être même une fontaine. Tes ornements en fer forgé sur ta porte et tes fenêtres te distinguent bien un peu des autres, pourtant tu sais pertinemment que cette ferraille te protège pas *vraiment*, pas de nous en tout cas. Tes ornements en fer forgé nous empêchent peut-être de *sortir* la télé de chez toi, d'accord, mais pas de nous *introduire* chez toi avec un cocktail Molotov. Qu'est-ce qui se passera, le jour où ta maison prendra feu et que tu pourras pas passer par la fenêtre, avec tes portes bloquées ? Tes grilles, en fait, elles *te* gardent à l'*intérieur* autant qu'elles *nous* gardent à l'*extérieur*. Si t'en es pas convaincu, espèce de nase, réfléchis donc cinq minutes.

Maintenant, ton jardin de derrière, tu ne dois pas avoir très envie que les voisins le voient. Pourtant, ce jardin, c'est exactement *toi*, en tout cas ce dont on soupçonne généralement les gens comme toi, sans jamais pouvoir vérifier. Ton jardin du fond te ressemble et tu ne veux pas qu'on le voie, mais t'es tellement radin, tellement négligé et paresseux qu'à la première occasion de gratter un peu de fric, c'est plus fort que toi, tu te dévoiles. Pourtant, le petit profit, c'est pas ce qui compte, à long terme. Pas quand les types comme moi sont plus nombreux que les types comme toi. Mais voilà, tu peux pas comprendre ça.

J'ai poussé le portail en séquoia qui donnait sur le jardin de derrière : impossible de l'ouvrir. J'ai poussé comme un dingue, tenté de faire jouer le loquet, rien à faire. J'ai pesé contre le battant de tout mon poids. Rien. Alors, j'ai laissé tomber et je suis allé frapper chez FatDaddy pour lui dire qu'il y avait un petit souci. Il s'est mis à sourire. Il avait une dent verte. Il bouffait des côtelettes de porc et le jus lui coulait dans les plis du menton, jusque sur sa belle chemise rose.

« T'arrives pas à ouvrir, petit bonhomme ? il a dit. Comment tu vas pouvoir bosser, hein ? Comment tu vas te faire *payer*, si t'arrives pas à ouvrir ? C'est trop dur pour toi, *petit garçon* ?

– C'est juste que j'arrive pas à capter l'astuce.

– Il n'y a pas d'astuce, il a fait. C'est juste que c'est pas pour les petits. Mon petit. »

Il m'a emmené jusqu'au portail, il a bâillé un coup et croqué dans sa viande.

« Elles sentent bon, mes côtelettes ? »

J'ai dit que oui.

« Elles sont pas mal, ouais. (Il en a arraché un morceau.) Pas mal du tout. Des côtelettes de grands. »

Il en a arraché un morceau avec les dents, puis il a balancé les restes dans le parterre de fleurs. Il a souri en regardant les os, là, par terre. Il y avait encore de la viande accrochée dessus. Il s'est retourné et, d'un coup de cul, il a poussé contre le portail en prenant son élan. Une des planches de séquoia a craqué. Le portail s'est ouvert.

« C'est comme ça qu'on fait quand on joue dans la cour des grands », il a dit.

Et là, j'ai compris ce qui clochait. Ce qui clochait, c'est que les mauvaises herbes étaient plus hautes que moi. En plus, il n'y avait pas que des mauvaises herbes normales, genre queues-de-renard ou pissenlits, non, il y en avait des vraiment sérieuses : des buissons de mûres tout enchevêtrés, des tas d'épineux et des plantes grimpantes. Ça ressemblait à une jungle primaire, un mètre vingt de haut, pleine d'abeilles et de bourdons en train de bouffer. Le genre de truc qui pousse le long des entrepôts et des voies ferrées, ou qu'on voit du métro aérien, dans les quartiers nègres. C'était pas d'une tondeuse qu'il avait besoin, ce jardin. Même pas d'un bulldozer. Il avait besoin d'être brûlé.

Les dents de FatDaddy se sont mises à briller en rouge à cause de la sauce barbecue. Il a rigolé et du jus a giclé. J'ai tenté d'esquiver, mais il a quand même réussi à m'avoir, dans les cheveux. Il s'est remis à rigoler.

« T'as l'air… » il a dit en rigolant encore et encore, tellement fort que ça l'a fait tousser. Il s'est penché en avant, du jus lui a coulé de la bouche et il s'est étouffé, puis il a encore rigolé et s'est encore étouffé. « T'as l'air surpris ! » il a dit en pouffant de nouveau.

« Bienvenue dans la cour des grands ! Soixante-quinze cents, et le boulot est qu'à moitié fait ! »

Il avait raison. J'avais passé un marché et j'allais assurer, j'allais le faire, ce boulot. On s'était serré la main. Mais entre-temps, j'avais pris une bonne leçon : faire gaffe aux enculés.

On m'avait déjà traité comme une merde. J'avais beau n'être encore qu'en primaire, j'avais assisté à des merdes tellement dégueulasses que, même moi, j'avais capté qu'elles n'étaient pas *normales*, ces merdes, que c'était des merdes *spéciales*. J'avais vu les Hell's Angels poignarder des Black Panthers[1]. Je les avais vus taper comme des malades sur un flic venu mettre fin au tapage nocturne à la maison et en faire de la chair à saucisse avant de le balancer, à moitié mort, à l'arrière d'un pick-up. Je les avais vus se battre à mort *entre eux*, bordel de merde. J'avais assisté à des trucs carrément durs. Ma mère m'avait emmené aux émeutes de Berkeley pour que je fasse *l'expérience de l'expression du peuple*. Et Pop m'avait emmené à l'église de James Jone, à San Francisco : j'avais vu des femmes enceintes, à poil, tailler des pipes pendant que les Doors passaient sur la sono et qu'un écran montrait des diapositives d'un type en train de faire des tourbillons d'encre et d'huile sur du verre. J'étais pas tout à fait innocent. Je savais à quoi pouvait servir un couteau, je m'étais caché dans mon placard pendant les bagarres, j'avais entendu des coups de feu et j'avais une idée de ce que voulait dire *nettoyer derrière soi*. Je m'étais fait casser la gueule par des gros durs de fils de pute qui avaient l'alcool mauvais, on

1. Le Black Panthers Party a été fondé à Oakland en octobre 1966, par deux étudiants, Bobby Seale et Huey Newton.

avait abusé de moi, on m'avait fait les pires trucs qu'on puisse faire à un enfant, mais jamais, *jamais*, avant ce jour, on ne m'avait *trahi*. C'était quelque chose de nouveau. C'était un truc dégueulasse. Un truc auquel il allait falloir que je réfléchisse.

J'avais pris une *bonne leçon*. Faire gaffe aux enculés. Mais pour ça, faut d'abord savoir les repérer, les faire sortir du lot. Et c'est pas toujours simple. Les enculés, ils sont souvent très forts pour masquer leur enculitude. C'est en partie ce qui les caractérise, d'ailleurs.

Je m'étais fait arnaquer par un enculé, donc j'ai fait le point. Ça ne se reproduirait pas. J'avais besoin de certains critères pour les identifier. J'en ai noté quelques-uns.

Trente-deux caractéristiques d'un enculé : qualités et repères.

1. S'il est gros et s'il ne travaille pas aussi dur que toi, c'est sûrement un enculé.

2. S'il est gros et porte de beaux habits, s'il a une belle voiture ou vit dans une maison qu'il ne loue pas, c'est sans doute un *vrai* enculé.

3. L'enculé ne prend pas son petit déj chez Dick et, quand il boit un coup après le boulot, il le boit seul.

4. L'enculé a un nom de famille d'origine britannique.

5. Parfois d'origine mexicaine.

6. L'enculé te fait vérifier la pression de ses pneus. Il te demande de lui laver le pare-brise arrière.

7. En règle générale, l'enculé ne regarde pas les matchs de foot, et s'il en regarde un, il n'est pas pour les Raiders.

8. Si tu es un enculé, ta femme a la garde des mômes, mais tu ne payes pas la pension alimentaire.

9. Un mec bien divorcé vit dans une caravane, dans un box de parking ou, s'il a vraiment de la chance, dans un appartement.

10. Mais pas dans la maison qu'il a achetée.

11. Quand un enculé fait ses courses, il n'emballe pas ses provisions lui-même.

12. L'enculé ne bouffe pas de *linguiça*. Il bouffe du steak. Du steak au petit déj, du steak et des œufs. Du steak à midi, un Philly[1]. Du steak au dîner, avec du homard. Les vaches, il *adore* ça.

13. C'est inscrit dans son code génétique d'enculé.

14. Quand, à la casse, tu tombes enfin sur une bagnole de la même année que la tienne, même modèle, mêmes options, même couleur, mêmes finitions et qu'un enculé l'a repérée aussi, au lieu de sélectionner les pièces qui l'intéressent, il profite que t'as le dos tourné pour se rendre en douce au bureau de la casse et acheter toute l'épave, pour s'assurer que tu ne mettras pas la main sur une seule des pièces dont tu as besoin. Ensuite, il bazarde ce qui ne l'intéresse pas et fout la carcasse aux encombrants devant chez lui, rien que pour te faire chier.

15. Ne fais jamais les poubelles d'un enculé.

16. Un enculé ira toujours baver qu'il t'a vu faire les poubelles devant chez lui.

17. Pour déclarer ses impôts, l'enculé se sert du grand formulaire.

18. L'enculé porte un chapeau de cow-boy mais ne monte pas à cheval et ne conduit pas de tracteur.

1. Sandwich épicé au bœuf nappé de fromage fondu, agrémenté d'oignons frits.

19. L'enculé ne fait pas travailler ses gamins.

20. Il les laisse se conduire comme des enculés.

21. Il les *encourage* à se conduire comme des enculés.

22. Ses gamins *sont* des enculés.

23. L'enculé est content que ses gamins soient des enculés.

24. L'enculé croit en Dieu.

25. Dieu, le plus grand des enculés.

26. L'enculé ne croit pas que Dieu soit le plus grand des enculés.

27. La coupe de cheveux de l'enculé : plus de dix dollars, et faite par une femme.

28. Quand un enculé baise la gueule à une femme, il trouve ça vraiment très drôle.

29. Quand un enculé baise la gueule à un homme, il trouve ça vraiment très drôle aussi.

30. Dans mon quartier, un enculé peut baiser la gueule à qui il veut ; au final, c'est lui qui se fera baiser.

31. Il se fera baiser la gueule comme il n'aurait jamais cru que ça soit possible.

32. J'encule les enculés.

FatDaddy m'a tendu la main pour reconfirmer notre deal, j'ai ressaisi sa pince pleine de sauce et il me l'a broyée une fois de plus, tellement fort que j'ai cru qu'il m'avait cassé les os – ce n'est d'ailleurs pas impossible : j'ai gardé trois doigts tout violets pendant des mois. Ce serment m'a valu plusieurs doigts tordus à vie. L'enculé.

Je suis rentré à la maison et j'ai tout raconté à Pop.

« Comme on fait son lit on se couche », il a dit.

Je suis allé au fond de la caravane et je me suis assis sur mon lit. Je suis resté comme ça un bon moment. Mes frères se sont endormis avant moi. Pop regardait les infos, installé sur la banquette de la cuisine. Il s'est levé. La caravane a tangué. Il a ouvert le frigo. Il m'a ouvert une bière et s'est assis sur le bord de mon lit.

« C'est un enculé, il a dit. T'es pas le premier à te faire baiser la gueule. »

J'ai bu une gorgée.

« Le marché que vous avez passé ne te convient pas ? »

J'ai fait « non » de la tête.

« Et pourquoi ? Pourquoi est-ce que votre deal ne te convient pas ? Tu l'as bien conclu, toi aussi, non ? »

J'ai expliqué à Pop pourquoi ce deal me déplaisait : parce qu'on m'avait menti. Parce que FatDaddy Slattern m'avait *trahi.* Il vivait dans le quartier, n'était-il pas un des *nôtres* ? Aucun d'entre nous n'avait envie de vivre là, dans ce trou de merde d'Oakland, où il vivait *lui aussi*, pour je ne sais quelle raison ; ne comprenait-il pas que cette fichue raison l'avait fait atterrir dans *nos* plates-bandes ? Que, par définition, il était un loser ? La seule chose que les losers savent faire pour se prouver qu'ils ont du pouvoir et donner aux autres l'impression qu'ils en ont, c'est traiter leurs semblables, ceux qui, comme eux, sont des losers, comme on les a traités eux-mêmes. Je ne comprenais pas, à l'époque, que les losers, parfois, *les vrais losers*, ne sont pas comme les losers de base, ceux qui ont perdu leurs enfants, leur maison et leurs revenus à cause de leur salope de femme et de ses avocats. Certains losers sont de tels losers qu'ils infligent leur lose aux autres pour leur faire toucher le fond de la lose, un truc que le loser moyen n'oserait même pas imaginer. Les losers des losers n'aspirent qu'à cela : que les autres zonent plus qu'ils ont eux-mêmes zoné, qu'ils connaissent un destin pire que le leur. Les derniers des losers, les types comme FatDaddy Slattern, haïssent leur vie, leur obésité, leurs enfants et leur femme qui a engendré leur immonde progéniture qui les hait en retour, ces gamins qui ne restent en vie que dans l'espoir de survivre à leurs losers de parents pour pouvoir jouir de leur héritage. Les vrais losers haïssent le monde entier parce qu'ils n'ont jamais rien fait qui mérite l'*amour* ou le respect, ou rien que ne soit né de la peur ou de la cupidité – et ils le savent. Ils le toucheront, bien sûr, leur héritage net d'impôts, l'argent gagné au sang et à la sueur de mes frères d'Oakland amputés par des machines, ou morts en tombant de l'aqueduc ou du pont qu'ils construisaient au-dessus d'un ravin. Ils auront tout ce que leurs parents voulaient pour eux. Leurs parents, ces pré-enculés, ces anté-enculés, ces primo-enculés. Enculés *originales**. Les pires losers, eux, n'ont personne pour les protéger, le jour où la situation tourne mal, voilà pourquoi ils passent leur vie à vouloir gagner du pognon, accumuler du pouvoir, du *capital*, et se couper du monde. Là d'où je viens, les gens se protègent des saloperies du monde en se montrant *loyaux* envers ceux qu'ils aiment et qui les aiment en retour. Dans mon quartier, personne ne fait chier un homme ou une femme qu'on aime. Essaie donc, grosse merde, et tu verras.

Je n'aimais pas ce que FatDaddy m'avait fait, parce qu'il était riche et qu'il vivait dans une maison avec un jardin, alors que moi, j'essayais juste de gagner de l'argent honnête avec un boulot honnête, et qu'il m'avait baisé, l'enculé. Il avait assez d'argent pour me payer au tarif normal, mais il ne l'a pas fait.

« Raconte-le à tout le monde, Pop a dit.

* En espagnol dans le texte.

– À qui ?

– Tout le monde. T'as des potes. T'as qu'à t'en servir. »

J'ai repris une rasade.

« Qui ça ?

– Les gens du quartier, ceux qui viennent faire le plein à la pompe. Tous les bâtards de service que tu croises. *Répands la bonne parole.*

– Et je dis quoi ?

– La vérité. Essaie un peu. Tu verras bien. »

Alors, c'est ce que j'ai fait. À la station, quand un client me demandait : « Salut, T-Bird, la forme ? », je répondais : « Pas trop, non. » Et je prenais l'air du type qui vient de se manger une raclée ou de se faire gifler comme une pédale, et qu'on a balancé à la benne avec les crottes de Snookie.

« Ah ouais ? qu'ils disaient. Ben, qu'est-ce qui se passe ?

– FatDaddy, je répondais. Il m'a arnaqué. Soixante-quinze cents. »

Et je leur racontais toute l'histoire.

Non seulement je l'ai racontée à tout le monde, mais je l'ai racontée à tous ceux qui *comptaient*. Quand Joe et Frank Camozzi, des Tapis Camozzi, ont fait vérifier la pression des pneus de leurs camions, je leur ai balancé l'épisode FatDaddy Slattern. Quand les gars des Transports Yandell sont venus faire le plein : « Vous savez quoi, les gars ? FatDaddy m'a bien baladé. » Les types des Bétons Sawing, des anciens militaires qui bossaient au marteau-piqueur, sniffaient de la coke et détruisaient des immeubles, quand ils venaient, je leur parlais du viol sur ado prolo qu'avait commis FatDaddy. Frank Carlito est venu chercher cinq vieux pneus pour que ses gamins puissent naviguer sur la rivière Sacramento ; je lui ai expliqué que moi, je passais l'été à débroussailler et à tondre.

Parfois, Pop me filait un coup de main.

« Hé, tu sais pas ce que Slattern a fait à mon fils ? Mon gosse qui prend un dollar par jardin et se fait un jardin par jour ? Il l'a baisé, voilà ce qu'il lui a fait. Son jardin, on dirait celui d'un nègre : trois mètres cinquante de haut de broussailles, bourré de canettes vides. Mon gamin, ça fait un mois qu'il tond, qu'il coupe, qu'il scie et qu'il se fait piquer par des abeilles chez Slattern, il a perdu trente dollars, si c'est pas plus ; parce que tant qu'il est sur ce terrain, impossible de passer à autre chose. FatDaddy Slattern est un nègre et il a baisé mon fiston, il la lui a foutue dans le cul, ce connard. Qu'est-ce t'en dis ? C'est normal, tu crois ? On devrait faire comme si de rien n'était, c'est ça ? Le quartier devrait être au courant, non ? Faut *régler* ça, hein ? »

Pour Pop, c'était pas une question en l'air. Il voulait qu'on lui réponde, et qu'on lui réponde : « À mort. » Il voulait qu'on lui réponde : « À mort, l'enculé », mais dans la langue d'Oakland. C'est-à-dire : « *No problema.* »

Et c'est ce qu'ont fait la plupart des gens. Ils ont répondu *no problema* sans rien ajouter, *Oakland style*, en silence, la lèvre inférieure en avant, en hochant la tête et en fermant lentement les yeux, avant de le fixer d'un regard dur comme de la pierre.

Pop a raconté ses salades, mais il a un peu exagéré, parce qu'il n'en a pas parlé qu'aux hommes, il en a aussi parlé aux femmes, il a raconté ça à tout le monde, sans exception. Quand la femme d'un gars débarquait à la pompe, Mama Fernandez par exemple, qu'est de la famille, ou Mrs Flynn, notre mère à tous qui travaillait pour la compagnie de téléphone, eh bien, quand l'une d'elles débarquait à la station-service, Mama Fernandez qui prenait les appels pour la caserne des pompiers et Mrs Flynn dont les fils, les onze fils, formaient la bande la plus flippante d'Oakland après les bandes de nègres – mais eux, impossible de les identifier, ils n'ont pas de père, ils sont nés par l'opération du Saint-Esprit, leur putain de vierge de mère nègre s'étant, en règle générale et pour dire la vérité, même si ce n'est pas ce qui se pratique généralement, fait baiser par des grosses merdes de Blancs –, Mrs Flynn, donc, qui, malgré ses onze fils, était encore la plus belle des femmes – elle avait pris du poids à cause de tous ses gamins, mais son visage rayonnait comme un enjoliveur lunaire tout brillant sur la tôle de la station-service –, Mrs Flynn, donc, dont les fils se suicidaient les uns après les autres alors qu'ils étaient sur le point de quitter le quartier – un de ses fils pianiste s'était flingué le matin de son premier concert en tant que soliste de l'orchestre symphonique de San Francisco, un autre s'était tiré une balle de Chevy Mauler Special '56 juste avant le Grand Derby de la Démolition californienne –, Mrs Flynn qui avait tellement souffert mais qui était aussi dure qu'une barre d'acier et savait s'occuper d'un type bourré, eh bien, Pop lui a tout raconté. Et qu'il raconte tout à Mrs Flynn, ça a fait des vagues. C'est une Suédoise, Mrs Flynn, et les Suédois, ils ne sont pas comme nous, les Mexicains, les Italiens, les nègres, les Irlandais, les basanés, les Portos et tutti quanti. Les Suédois ont certes, comme nous, le sens de la loyauté et le sens de la *justice*, le sens de ce qui est juste pour la famille et pour le quartier, mais leur sens de la justice est très différent du nôtre. Leur justice est du genre *c'est comme ça et pas autrement que le monde devrait tourner, bordel*, un truc carrément plus sérieux que ce à quoi on a tous pu songer. Les grandes barbes blanches des vieux Suédois sont des gros coups de poing dans la gueule des hippies et des bouseux, mais dans la nôtre aussi. Il n'y a que les Suédois pour porter des barbes pareilles et se faire servir chez Dick. Il n'y a que les Suédois pour porter des barbes pareilles et entrer chez quelqu'un, s'asseoir et rester sans rien dire pendant que tout le monde dit du mal des siens, des autres, de la politique et des stars de Hollywood, de la physique et de la théorie de l'importation existentielle – pour rester là sans rien dire et ne se tromper pourtant sur rien, même s'ils ne disent pas un traître mot. Ces barbes imposent un plus grand respect qu'aucun d'entre nous ne le méritera jamais, parce que ces vieux Suédois ne se sentent pas aussi concernés que nous par toutes ces conneries. Ils ont toutes les conneries du Vieux Monde enfouies au plus profond d'eux-mêmes, ils sont immunisés contre nos conneries d'Américains, nos putain-je-vais-t'éclater-la-tête. Faut pas les embrouiller, les Suédois. Ni les Norvégiens, ni les Hollandais, ni les Allemands des marais purs et durs, aucun de ces timbrés aux cheveux blancs. Mais ne va pas embrouiller un vrai nègre non plus. Ces enculés de foncés ont le même genre d'attitude : *T'embrouilles l'un des miens, t'es mort*. Pas de question, pas de négociation, *adios kimosabe*. On n'en rencontre pas souvent, de vrai nègre, à Oakland, mais quand ça arrive, rien qu'à sa gueule tu comprends ce qu'il en est, là d'où il vient. Là d'où il vient, *lui*, c'est bien pire que là d'où tu viens, *toi*, parce que lui, c'est pas un esclave vendu par un tocard de chef de tribu, non, c'est un *vrai* fils de pute de nègre avec du sang royal qui lui coule dans les veines, il peut te planter sans que t'aies le temps de voir venir, puis boire ton sang dans ton crâne, parce que tu représentes une forme de vie *inférieure*, une sorte de grosse merde non humaine qui vaut encore moins qu'un yak. Les vieux nègres sont increvables, comme les vieux Suédois. Parce que les vieux nègres, comme les vieux Suédois, sont morts depuis le jour où sont apparus leurs premiers poils pubiens, ils sont vivants depuis bien plus longtemps que n'importe qui autour de toi. Ces gros crados – c'est tous des gros crados, même à douze ans à peine –, ces gros crados font le job dans le plus grand calme. C'est pas parce qu'on n'entend jamais parler de guerre des gangs suédois que ça n'existe pas. Quel genre d'abruti t'es donc, *toi* ? Ils se bagarrent pour défendre leur territoire, comme nous tous. Mais ils se bagarrent avec le plus grand sérieux. Réfléchis deux secondes : Jorgensen est Suédois.

Pop a donc recruté Mrs Flynn et tous ses fistons encore en vie. « Mon fiston, il tond les pelouses et il s'est fait baiser la gueule. Slattern. FatDaddy. Tu le connais. »

On le connaît tous.

Pop les a tous mis dans le coup : Joey Medieros, le charpentier qui venait de purger sa peine pour le meurtre accidentel de sa femme avec un pistolet à clous, GrosBob Jones, qui avait fait la une des journaux quand son ex l'avait quitté, parce qu'il avait balancé cinquante ISO chargés dans la baie – GrosBob rigolait comme un taré quand ils l'ont embarqué, et ils ne l'ont pas foutu en prison, non, mais à l'asile de fous, et il s'est tringlé toutes les dingos, sans exception –, Flann O'Shaunessey, le chef des pompiers, un des semi-habitués de chez Dick qui, dans le temps, avait été au lycée d'Oakland avec Pop. Mr O'Shaunessey est venu à la station Mohawk et Pop a sorti de son tiroir la bouteille de Jameson qu'il avait achetée pour les potes ; ils l'ont sifflée et Pop a dû filer choper des bières en douce à l'entrepôt. Avant de remonter dans son Impala rouge de chef pompier, O'Shaunessey m'a tendu une binouze. « C'est la dernière, il a dit, c'est à toi qu'elle revient. » Il a mis le contact, mais il a attendu que j'aie descendu la canette pour passer la première.

Pop a appelé la famille Corollo à la rescousse, sept beaux gosses aussi forts que méchants quand il le faut, et toujours prêts à veiller à ce que justice soit faite. Les frères Corollo étaient des types sérieux, surtout Joe, avec son visage lisse comme de la cire, ses cheveux blonds et ses yeux bleu clair, malgré ses origines italiennes. Joe ne disait jamais trop rien, rien de plus que oui ou non, mais on sollicitait toujours son avis sur les affaires importantes. On déballait son histoire, ses problèmes, ses dilemmes et, après avoir déblatéré une bonne heure, on regardait vers Joe, qui se contentait de dire « oui », on hochait la tête et on obéissait. Les frères Corollo étaient pas des gars qu'on faisait chier, ça non. Un de leurs frangins, le huitième, s'était fait descendre par une bande de Mexicains, de la même façon que ce qu'ils ont fait à mon frère, ils l'ont traîné derrière leur bagnole, la méthode traditionnelle pour se débarrasser de quelqu'un, dans le quartier. Ces racailles étaient tous mineurs ; ils sont sortis de maison de correction les uns après les autres, à l'âge de dix-huit ans, mais on les a pas revus. Ils n'ont pas *disparu*, comme c'est généralement le cas quand un enculé sort de maison de correction. Non, ils sont *réapparu*, morceau par morceau, dans tous les coins de la ville : un doigt – le majeur –, sur les marches de la mairie, une langue sous le porche d'un marché aux poissons chinois, des yeux dans un seau d'appâts sur les quais. Une mère est tombée sur des oreilles dans la bouteille de lait qu'on venait de lui livrer ; un père, qui bossait sur les docks, a trouvé une bite racornie et même pas tachée de sang dans son panier-repas, à côté de ses deux paquets de Twinkies[1]. Ça n'en finissait plus. C'est vraiment répugnant, quand on y pense, le nombre de morceaux d'un corps qu'on peut disséminer aux quatre coins d'une ville. Poumons, testicules, nez, os, crâne soigneusement découpé à la scie et délicatement vidé, doigts de pied, chevilles. Ils ont scalpé chaque Mexicain de la bande et tous les scalps ont fini dans des boutiques branchouilles, spécialisées dans ce genre de conneries pour bobos fanatiques de cultures antiques, de turquoises, de peaux de tambour et de cuir tanné imitant des talismans et des percus taillés dans des rondins – comme si les nègres, les Indiens et les habitants des îles du Pacifique étaient du genre Bach ou Mozart, ou ce putain de Mahler. D'après Joseph Papas, le flic, ces scalps étaient de véritables œuvres d'art. Il disait qu'on l'appelait chaque fois qu'un de ces loubards sortait de maison de correction, mais rien à voir avec un cambriolage, non, on lui annonçait plutôt qu'un truc venait mystérieusement de faire son apparition dans une boutique, une espèce d'œuvre d'art, un truc poilu tout desséché, tendu sur un enjoliveur.

« Une belle pièce, vraiment originale. Mais on préférerait avoir affaire à l'agent, plutôt qu'à l'artiste, surtout dans ce genre de business. Impossible de prendre une commission quand on ne sait pas qui on représente. Ça ressemble, comment dire, à une forme d'*extorsion*. Comprenez-moi bien, quel que soit l'auteur de ces pièces,

1. Petites génoises fourrées à la crème.

il s'agit d'un artiste de premier ordre, qui parle aux instincts primaires de l'homme, à notre âme la plus pure.

– Vous avez bien raison, madame », répondait Papas.

Les oreilles, elles, étaient presque toujours clouées au Club 17, la boîte mexicaine de salsa et de merengue – des oreilles pendant au mur, dégoulinantes de sang et tout ouïe.

Quand l'homme le plus important de la ville, Mr Brown, a surgi à la station-service, Pop s'est mis à chuchoter. Il a chuchoté un bout de temps comme ça, avant de me faire venir à la fenêtre de Mr Brown.

« Voici le garçon en question, il a dit. Mon *fils*. C'est à lui que FatDaddy a fait ça, à ce garçon, *mon fils*. »

Mr Brown m'a serré la main. J'ai essayé de la reprendre, mais Brown la retenait dans sa paume.

« Quand je serre la main à quelqu'un, il a dit, ça n'est pas rien. »

Je l'ai cru sur parole. Et quand j'y songe, je me dis que j'ai eu bien raison. Lui dont tout le monde pensait qu'il deviendrait maire d'Oakland un jour, même s'il était blanc. Ce cinglé de Jerry Brown, qui pensait que tout pouvait s'arranger. Il avait beau être plein aux as, il conduisait une quatre-cylindres de niakoué et n'avait pas peur de débarquer chez Dick de temps à autre pour s'en jeter une avec des gars de notre espèce.

Quand Papa Borges est passé à la pompe – le Papa Borges manager du Safeway, qui pouvait te faire une ristourne s'il voulait quand il était à la caisse : il se trompait dans ses additions et te faisait cadeau d'un steak ou de deux morceaux de bon fromage –, ben, Pop lui a raconté sa petite histoire.

FatDaddy Slattern commençait à devenir une vraie célébrité.

Et pendant ce temps, moi, je tondais. Je découpais. Je défrichais. Je coupais, j'arrachais, je déchirais et je tirais comme un forcené. Et je saignais. J'ai perdu plus de sang sur le terrain de FatDaddy que j'en avais dans le corps. Je bossais tous les jours sur son satané bout de terrain, du lever au coucher du soleil. Je poussais ma tondeuse dans les ronces, la tondeuse bourrait et les lames se bloquaient. *Alto*, fils de pute. Fallait constamment que je libère le rotor, et chaque fois que je progressais, des bestioles nées de l'inépuisable imagination de leur créateur, dingues de rage, me volaient dans la tronche, des cafards verts et brillants, des taons dorés, des sauterelles aussi grosses que mon poing et d'une infinité de couleurs bizarres, inconnues à Oakland, roses ou des conneries dans le genre, et même violettes. Et pendant que je tondais, pendant que je transpirais comme un con, FatDaddy Slattern, qui ne semblait avoir rien de mieux à foutre que de me mater, histoire d'en avoir pour son argent, eh ben, FatDaddy Slattern matait. Il matait et il prenait son pied. Il me matait, moi, un pauvre loser à soixante-quinze cents, un petit Blanc de merde. Il prenait son pied à mater le petit-fils, fils et rejeton d'êtres inférieurs qui s'étaient démenés comme des forcenés au champ, en train de bosser chez lui, dans son jardin, comme le maître tout-puissant d'un nègre – moi, en l'occurrence. Mater, ça le faisait bander. Il s'asseyait sous le porche à l'arrière, un verre de gin à la main, ce gros lard dégoulinant de sueur, et de fines particules d'herbes et de poussière projetées par la tondeuse venaient s'incruster dans les plis de ses multiples mentons. Il s'asseyait là, le sourire aux lèvres, en buvant des trucs glacés et me lançait : « Hep, toi, là-bas ! T'as loupé une bordure, là ! »

Je saurais pas vraiment dire pourquoi, mais les choses se sont mises à aller de travers, chez les Slattern. Je prenais le boulot à sept heures, le matin, et dès qu'il m'entendait pousser ma tondeuse, FatDaddy Slattern ouvrait la porte de derrière et se plantait là, dans son calbute qu'il avait dû s'acheter au rayon Gros cul ou se faire faire sur mesure. Il restait planté là, à boire son café en se grattant le cul à fond, comme s'il voulait s'arracher un truc bien profond. Il arrivait aussi que BigMama le rejoigne. Elle était plantée là, dans un T-shirt en guise de chemise de nuit – sauf qu'elle était tellement grosse que ça lui couvrait même pas sa culotte blanche toute bouffante. Elle restait plantée là, à se gaver de glace, à fumer ses clopes et à péter – je l'entendais péter ; pire, je *sentais* ses pets, des pets imprégnés de bœuf et de porc, puants comme si elle avait ingurgité des animaux pas encore tout à fait morts. Vraiment, ça sentait le cochon, ça sentait la vache, et toutes ces odeurs conjuguées, celles des animaux ingurgités et celle des pets de BigMama Slattern, rappelaient la puanteur d'un frigo qu'on aurait laissé croupir pendant trois mois dans le jardin et qu'on viendrait d'ouvrir, en plein été, un frigo où on aurait oublié quatre kilos de mortadelle, de viande hachée et de saucisse – tu ouvres cette porte, et tu te prends en pleine tronche le fumet noirâtre et verdâtre de la mort en putréfaction. Voilà exactement à quoi ressemblaient les pets de BigMama, l'odeur dans laquelle j'entamais ma journée de boulot : la pourriture et la mort. Tu sais de quoi je parle, non ? Sinon, c'est que t'es un putain de petit veinard. Je te conseillerais bien de traîner un peu avec BigMama un de ces quatre, de bon matin, pour te faire une idée, sauf que ça fait un moment qu'on a perdu de vue la famille Slattern.

Le matin, à sept heures, je me mettais à mon seul et unique boulot désormais, un boulot à soixante-quinze cents consistant à pousser une tondeuse et qui devait faire de moi un bon petit garçon d'Oakland, un bon garçon qui bosse dur, exactement. Et je poussais, et la transpiration coulait et quelque chose allait finir par se produire. Un matin, FatDaddy a entendu une canalisation péter et ses chiottes se sont mises à déborder. La gigantesque merde que FatDaddy avait pondue juste avant de venir me mater en train de bosser s'étalait sur la moquette, sur le parquet, cette merde parfumée à la pisse et à la viande de porc.

Il m'a regardé et il a gueulé :

« C'est où, le robinet d'arrivée d'eau ?

– Quoi ?

– Le putain de robinet d'arrivée d'eau. Où qu'il est, ce putain de robinet, dans ces bicoques de merde ?

– Aucune idée, j'ai répondu. J'habite pas dans une *maison*, m'sieur. Nous, on prend l'eau à la station-service. Avec un tuyau. »

La merde dégoulinait. Elle coulait lentement sur le sol comme la lave d'un volcan à merde. FatDaddy a attrapé le téléphone pour appeler Jay Ellis, le plombier du quartier. La semaine d'avant, Ellis lui avait déjà réparé le flotteur de ses chiottes. On disait que, chaque fois qu'il venait réparer des chiottes, avant même de parler à qui que ce soit, Ellis se dirigeait droit vers la salle de bains et, mains nues, plongeait le poing dans la cuvette pour voir ce qui se passait là-dedans. Un jour, Pop lui a demandé pourquoi il s'y prenait comme ça. « Deux raisons, a répondu Ellis. Raison numéro un : le proprio est généralement tellement dégoûté de me voir faire un truc pareil, qu'il dégage et me laisse faire mon boulot tranquille, sans traîner dans mes pattes comme un contremaître. Raison numéro deux : avec les doigts, on trouve des trucs qu'on trouve pas avec des outils. » Ellis a fait un clin d'œil à Pop, et Pop a ajouté : « Raison numéro trois : t'es un gros dégueulasse et t'aimes la sensation de la merde sur tes doigts. »

Ellis sentait la merde en permanence et s'aspergeait d'Old Spice dans l'espoir de le faire oublier. Résultat : il sentait l'Old Spice et la merde. Encore aujourd'hui, quand je sens ce déodorant, j'ai une bouffée de merde qui me revient. C'est comme ça, pour moi l'Old Spice sent la merde et me rappelle Jay Ellis.

Ellis s'est donc pointé chez FatDaddy et m'a fait :

« Salut T-Bird, ça roule ? Toujours sur cette pelouse ?

– Je te paye pour réparer mes chiottes, plombier, a dit FatDaddy. Alors, c'est à moi qu'on cause, M'sieur Merde.

– J'en ai débouché un paquet, de vos chiottes, M'sieur Chiotte ! Mes préférées, c'est les Nixon. Au fait, j'ai une idée pour votre business : faudrait des décalcomanies pour les fonds de cuvettes. Des cibles. Imaginez un peu : des politiciens, la gueule de votre ex, le logo des Chiefs de Kansas City, l'éléphant démocrate, l'âne républicain, le drapeau mexicain, Martin Luther King, une cible de tir, putain ! Mes préférées, c'est les Nixon, mais j'aime bien aussi le drapeau confédéré. J'm'achèterais bien une de vos lunettes à gogues. (Il s'est mis à siffler *Dixie* en esquissant quelques pas de danse.) Une idée à faire péter la baraque, croyez pas ?

– Trop fort, a répondu FatDaddy. Je monte le business, je dessine les lunettes, mon équipe de singes les fabrique, et je me fais du blé. Tu cherches un job ? »

Ellis s'est rendu à la salle de bains, FatDaddy sur ses talons. Leurs pieds pataugeaient dans la merde et Ellis a foutu son poing au fond des chiottes, comme d'hab'. Au moment où il est entré en contact avec la flaque marron clair, l'eau a giclé partout, sur les murs et sur FatDaddy. FatDaddy a eu un haut-le-cœur et déguerpi sans demander son reste.

« Hep ! Toi, là, toi, petite merde, il m'a fait. Ouais, toi. »

Je l'ai regardé.

« Tu n'es pas censé tondre ma pelouse, par hasard ? Je te paye au prix fort et toi, tu restes planté là avec un doigt dans le cul. Tu ne vaux pas mieux que les nègres à l'usine. Tu serais pas de la famille ? Allez, va bosser, espèce de dégénéré de catholique. »

Les ronces m'attendaient. Ça faisait un mois que je bossais et j'avais dû faire un quart du terrain. Fait chier, les boulots d'été.

Ellis est ressorti et s'est mis à ramper sous la baraque. Quand il a refait surface, il était couvert de toiles d'araignées. Il m'a regardé en souriant et m'a fait un clin d'œil. Puis il a expliqué à FatDaddy que ses tuyaux étaient rouillés mais qu'il avait du bol, parce que c'était que ceux des chiottes et que ça aurait pu être pire.

« Pire ? a demandé FatDaddy.

– Ça peut toujours être pire, a dit Ellis.

– Contente-toi de régler le problème.

– C'est ce que je vais faire, a dit Ellis. Il va falloir retirer la moquette et faire venir un aspirateur à flotte, parce que le bois va gondoler et le parquet sera foutu. Je vous recommande les Tapis Camozzi. Ils verront les papiers d'assurance avec vous. Va sûrement falloir faire expertiser tout ça. »

Quand Bill, des Tapis Camozzi, s'est pointé avec sa camionnette blanche, il a débarqué avec Dan le Défonceman, le plus gros fumeur du quartier, un gars de deux mètres quarante avec une grosse tignasse rousse et des lunettes de soleil vissées sur le pif. Je lui avais raconté l'histoire de FatDaddy en lui faisant le plein.

FatDaddy, dans tous ses états, s'est assis sous le porche de derrière pour me mater pendant que les gars de Camozzi roulaient la moquette imbibée de merde et la trimballaient jusqu'à la camionnette. Ensuite, ils ont branché l'aspirateur à eau, mais quand ils ont voulu le mettre en marche, un truc a explosé sous la baraque et tous les appareils électriques ont sauté.

« Qu'est-ce que c'est que ce bordel ? a gueulé FatDaddy.

– Impossible de passer l'aspi sans courant, a fait Dan le Défonceman.

– Remettez le courant, alors, a dit FatDaddy.

– On touche pas à l'électricité », a dit Bill de chez Camozzi.

Dan le Défonceman a hoché la tête. Il avait ses lunettes de soleil, mais je me doutais bien qu'il me regardait en souriant avec les yeux.

« Vaudrait sûrement mieux appeler Gutierrez, il a dit. C'est le meilleur électricien du coin et il prend pas cher. Pas de carte verte. Alors, s'il assure pas, vous pourrez toujours appeler les services d'immigration et il se fera expulser.

– Appelle-le, bordel de merde. Appelle ce basané de Mexicain. Putain de merde, qui c'est qui m'a construit cette baraque de merde ?

– Ça serait bien Mr Williams », a répondu Bill de chez Camozzi.

Williams, c'était son nom à lui, Bill. Et l'entrepreneur, c'était son père. Quand t'étais du quartier, tu savais au moins ça. La famille Williams avait construit le centre de loisirs, l'auberge de l'Elk et la plupart des maisons dans un rayon de douze rues. Et aussi le garage Harley Davidson du Vieux Bob. Ils avaient construit le parc.

« Ben, faudrait dire à Mr Williams qu'il construit des baraques de merde.

– Je ferai passer le message, a fait Bill.

– Vas-y, je t'en prie. Maintenant, appelle le basané et dis-lui de ramener son cul pour qu'il me remette l'électricité et que tu puisses aspirer cet océan de merde.

– C'est ce que je vais faire, a dit Bill. *Monsieur.* »

Bill et Dan le Défonceman se sont allumé une clope et Bill m'a dit :

« Fais une pause, petit.

– Je peux pas. »

Je transpirais comme un boulanger.

« Je vais tondre », il a dit.

Il m'a pris la tondeuse et l'a fait craquer dans les buissons de baies sauvages.

Dan le Défonceman a sorti ses cuirs de sa poche arrière et s'est baissé pour arracher les buissons à la racine. Il a balancé des nœuds de plantes grimpantes et de ronces sous le porche, aux pieds de FatDaddy.

« C'est le boulot du gamin, s'est interposé FatDaddy. C'est lui que je paye, pas toi.

– On n'a rien d'autre à faire, a dit Bill. On est payés à l'heure, de toute façon. Si vous voulez qu'on y aille, on peut y aller, *sir*, mais je vous conseille pas de nous sucrer nos heures. Votre parquet vaut plus cher que ce que vous nous devrez.

– Bande de voleurs », a dit FatDaddy.

Gutierrez a rappliqué et s'est glissé sous la maison. Il en est ressorti avec une poignée de câbles entremêlés, tout fondus et brûlés.

« Pas de problème de câblage, il a fait. *No problema* avec le câblage de cette maison. Le problème, c'est ça, Señor. Vous avez trop de bestioles, Señor Slattern. Des punaises, des termites et tout un tas de bestioles qui vous bouffent les câbles et le bois. Je crois que vous avez un gros *problema*, mon pote. »

Les choses sont soudain devenues sacrément dures pour FatDaddy Slattern, et personne n'a vraiment su pourquoi. On se creusait les méninges, pourtant, mais sans rien y comprendre. On aurait dit qu'une malédiction biblique s'était abattue sur ce pauvre fils de pute. Comme si tout ce qui pouvait aller de travers se mettait à aller *réellement* de travers. Les bestioles ? Infestée de termites, sa baraque. Et de fourmis, juste après la pose de la moquette, comme si les Camozzi l'avaient traitée à l'eau sucrée – ce qui, bien sûr, aurait été tellement dégueulasse que personne, ou presque, n'aurait songé à faire un truc pareil. L'état du câblage de la maison s'est révélé pire encore que ce qu'avait pensé Gutierrez. On avait l'impression que chaque fois que FatDaddy appuyait sur un interrupteur, un truc faisait sauter le compteur ou se mettait à cramer, ce qui fait que FatDaddy devait racheter un extincteur toutes les semaines. Sur sa note de téléphone, il a trouvé des appels vers le Cambodge, coups de fil qu'il jurait n'avoir jamais passés mais qu'il a dû payer, parce que, lorsqu'ils ont rappelé le numéro au Cambodge, le type a confirmé qu'il parlait souvent à Mr Slattern, que Mr Slattern l'appelait même tout le temps pour discuter des nouveaux modèles de lunettes de chiottes. FatDaddy s'est ramassé trente-trois contraventions en six jours et se faisait arrêter dès qu'il passait la première, il s'est même chopé des prunes alors qu'il n'était pas au volant – une fois, parce qu'il s'était garé à moins d'un mètre cinquante de son allée ; une autre, parce qu'il venait de changer de voie trop brusquement sans mettre son clignotant. Des prunes à la noix, en veux-tu, en voilà. Au restau, sa bouffe avait tout le temps un goût de pisse. Une fois, il mord dans son sandwich, le vendeur s'était trompé : il lui avait collé une louche de moutarde chinoise à la place de la fine couche de moutarde américaine qu'il avait demandée. Bizarrement, il s'est mis à ne plus recevoir de courrier. Quand il a voulu voir ce qui se passait, on lui a répondu que tout était réexpédié, à la suite d'un changement d'adresse – et pas simplement réexpédié, non : son courrier transitait d'abord par une autre adresse à Oakland, puis par Sacramento, North Highlands, Elverta, Rio Linda et San Leandro, avant d'être réacheminé à San Lorenzo et à Hayward, puis à Boulder dans le Colorado et à sept adresses consécutives à Houston et Cypress au Texas, à deux adresses différentes à New York City, à Queens et à Freeland, et sur l'île de Whidbey dans l'État de Washington, à Boulder Creek en Californie, à Salem dans l'Oregon, puis il repassait par Houston avant de filer à Knob Noster dans le Missouri, avant d'échouer à McAllen, au Texas. FatDaddy est allé chez le coiffeur et s'est retrouvé avec une coupe en brosse. Joannie, qui avait vraiment mal fait son boulot, était tellement désolée qu'elle lui a promis de faire attention, la prochaine fois. Elle confierait le job à sa mère, elle a dit, Mama Fernandez en personne, et elle lui demanderait d'assurer.

Et maintenant, le feu – et le feu, c'était pas un bon plan. La famille FatDaddy dormait – vers trois heures, ils avaient l'habitude de faire la sieste – et moi, je tondais. À Oakland, il ne tombe pas une goutte entre mai et octobre. Par temps chaud, on entend grésiller et craquer les mauvaises herbes quand l'oxygène de leurs cellules explose. Va te promener dans un champ en plein été californien, t'auras l'impression de nager dans un bol de Rice Krispies, avec des milliards de pétards microscopiques en train d'exploser autour de toi comme si la planète brûlait vive. Le feu, on ne fait pas que l'entendre, on le sent, on sent sa chaleur, on sent que ça crame. Et dans le jardin de FatDaddy Slattern, le feu ne demandait qu'à chanter. Il ne fallait pas grand-chose pour que ça prenne. Mais c'est pas ma faute, hein, c'est celle de la tondeuse. J'ai foncé sur un gros paquet de broussailles et la lame a tapé dans un caillou, un bout de fontaine en granite qui sortait de terre. Ça a fait une étincelle, l'étincelle a pris dans les broussailles et, en un rien de temps, il y avait le feu dans tout le jardin. Puis la maison s'y est mise. Moi, j'essayais de prévenir la famille Slattern que leur baraque était en train de cramer, c'est la pure vérité, mais ils dormaient si profondément que mes cris les réveillaient pas, en plus les portes étaient fermées à clé, ce qui fait que je pouvais pas entrer, ils m'entendaient pas, pourtant je frappais de toutes mes forces, alors au bout du compte, si je m'étais pas tiré de là, j'aurais cramé vif.

« C'est donc comme ça que ça s'est passé ? a demandé Mr O'Shaunessey.

– Exactement, oui. C'est comme ça que ça s'est passé », j'ai répondu.

FatDaddy était planté là, dans son caleçon, avec sa graisse de baleine toute blanche qui gigotait tandis qu'il agitait le poing dans ma direction et que les frères Sanchez, les pompiers, le retenaient de me sauter dessus.

« Salopard ! C'est un incendie criminel ! il gueulait. Cette petite merde d'Irlandais a foutu le feu à ma maison. Je porte plainte ! Vous jouez contre les pros, les gars. »

FatDaddy rigolait, et son rire foutait un peu la trouille.

« Est-ce que vous savez qui je suis ? Hein, est-ce que vous le savez ?

– Oui, je crois que tout le monde ici sait qui vous êtes, a rétorqué O'Shaunessey. Vous jouez peut-être chez les pros, Mr Slattern, mais vous a-t-il jamais traversé l'esprit que nous avons notre propre division, nous aussi ? Et que la division où vous êtes en train de jouer n'est pas la vôtre, mais la *nôtre* ?

– *Est-ce que vous savez un peu qui je suis ?*

– Je ne prétends pas savoir grand-chose, a fait O'Shaunessey. Mais je sais très bien qui vous êtes. Est-ce que vous, vous savez un peu qui je suis, moi ? Je suis le chef des pompiers. La lame de la tondeuse a déclenché le feu. Votre jardin présentait un risque d'incendie. Voilà mon avis officiel et juridique sur la question.

– Il ne m'a pas payé, j'ai dit. Et j'ai plus rien à tondre, maintenant. Le boulot est fait, il me doit soixante-quinze cents. »

Tout le monde regardait FatDaddy avec des yeux qui disaient : « Paye le môme. »

« Allez vous faire foutre ! a lancé FatDaddy. Allez vous faire foutre ! »

BigMama s'y est mise :

« Ouais, allez tous vous faire foutre. Vous savez qui c'est, mon mari ? Allez tous vous faire foutre ! »

Ce n'était pas très digne de leur part de dire un truc pareil, pas pour des gens de leur rang et de leur position sociale.

« Allez vous faire foutre ! a gueulé FatDaddy. Vous êtes tous dans le coup. Vous, les sales Irlandais, les Ritals, les basanés, les nègres, les Chinetoques, les coiffeuses, les nègres, les Portos, vous êtes des nègres, des nègres et des putains de nègres, voilà tout ce que vous êtes. Allez vous faire foutre ! Vous êtes qu'une bande de sales-Irlandais-Ritals-basanés-de-nègres. Tous autant que vous êtes. Des nègres ! »

Je ne sais pas comment il a fait son compte, mais FatDaddy a trébuché et il s'est retrouvé la gueule par terre, dans les détritus brûlés de sa pelouse imbibée d'eau. Quand il s'est relevé, il dégoulinait de suie mouillée, la gueule toute crasseuse. La suie sentait bon. L'odeur chassait la puanteur des usines. Franchement, Oakland sentirait carrément meilleur s'il y avait en permanence, et pas que de temps en temps, un truc en train de cramer.

Et tout le monde continuait à le mater. « Paye le môme. »

FatDaddy est rentré dans sa maison calcinée. Il a fouillé dans les cendres fumantes et en a sorti un pantalon, qu'il a saisi comme s'il montait une tente cramée. Des pièces sont tombées de ses poches dans la vase noirâtre. Il m'a balancé de la petite monnaie et je me suis baissé pour ramasser les quarters, mais O'Shaunessey a dit :

« Non, fiston. Mr Slattern va te donner ta paye. »

FatDaddy restait planté comme un con.

« Paye le môme », a dit O'Shaunessey.

FatDaddy a regardé en direction d'O'Shaunessey, puis on l'a vu regarder autour de lui, vers les autres. On devait être une centaine, à ce moment-là. FatDaddy a voulu tous nous regarder dans les yeux, mais ses yeux se sont posés sur le sol vite fait, à nos pieds. Sans les relever, il s'est approché d'un pas lourd, dans la boue et les cendres. Il s'est baissé comme un malheureux, il a ramassé les sous et a compté trois quarters. Puis il me les a tendus.

« Merci, Mr Slattern », j'ai dit.

Je l'ai pas fait exprès, mais je lui ai souri. Le genre de sourire que j'ai quand je suis vraiment heureux ou que je me sens coupable de quelque chose, ou alors quand quelqu'un pense que je suis coupable et que je ne le suis pas, ou encore quand je veux dire quelque chose mais que j'en ai pas les couilles.

FatDaddy, lui, ne disait rien.

Mr Slattern a décidé de quitter le quartier. Il a fermé son magasin et a ouvert une entreprise de création de lunettes de chiottes dans une autre ville, une ville située en Californie du Sud, qu'il disait, quelque part où les gens apprécieraient sa contribution artistique à la culture, qu'il disait – à la merde, qu'on disait, nous. Sa fille a fait sa tournée d'adieu et tronché tous ceux qui voulaient bien lui payer une ligne de coke. Les gens faisaient des blagues sur son énorme blair et sur le fait qu'avec ce pif elle devait sniffer mieux qu'un cheval.

FatDaddy a contacté tous les déménageurs d'Oakland, les Mayflower, Berkins, Carlisle Brothers, même les Transports Yandell, qui pourtant ne bossent pas pour les particuliers. Ils achetaient tous leurs pneus à la station Mohawk mais, va savoir pourquoi, aucun ne pouvait s'occuper de son déménagement, leurs camions étaient tous réservés, et pour un bout de temps en plus. Il a essayé chez Perkins, puis chez Schlimsky, il a appelé Flores Home et les Camions Fernandez : tous pris, et pour une période indéterminée. Finalement, FatDaddy a dû se résoudre à louer un utilitaire chez U-Haul, celui que gère Manny Manero. Ils avaient bien un camion, mais le truc, c'est qu'il faut tout charger soi-même avec U-Haul. FatDaddy devait donc déménager ses meubles à moitié cramés et ses lunettes de chiottes tout seul. Et ça, il ne voulait pas le faire, FatDaddy, donc il a demandé aux habitants du quartier s'ils pouvaient l'aider. Mais on était tous très occupés. Les affaires avaient repris, c'était la fin de l'été, tout ça. Incroyable, le boulot que les gens du coin avaient tous subitement.

Il a eu son camion et l'a garé devant le tas de cendres noircies qui, un temps, avait été sa maison. Il a fait faire le plus gros à sa défoncée de pute de fille à l'œil de grenouille et à la gueule pleine de pustules : récupérer les portraits de famille et les lunettes de chiottes qui valaient encore le coup, les spéciales surtout, comme les Elvis, ses préférées. Quand une baraque brûle, il y a certains trucs dont on ne peut pas se débarrasser et d'autres qu'on ne pourra tout simplement jamais remplacer.

On les a regardés faire, assis sur les pelouses en face de chez eux, FatDaddy, sa fille et BigMama. Installés sur des chaises pliantes, avec des carafes de citronnade et de sangria, et plus de cigarettes qu'un homme pourrait jamais fumer en une vie. Les femmes avaient des paquets de Pall Mall, les hommes des caisses d'Oly. Les frères Costello ont apporté des feux d'artifice et on a refait la fête du 4 juillet.

Quand il a chargé le canapé avec sa fille, FatDaddy a regardé vers nous. Dans la cabine du camion, BigMama transpirait à grosses gouttes. Pop était debout et faisait un discours. Ça le prenait, de temps en temps, comme ça. Il faisait des discours sur les bourgeois et le prolétariat, sur les chaînes qui entravent les travailleurs ou sur la révolution qui adviendra un jour et réduira en cendres les forteresses des oppresseurs. Pop utilisait toujours des grands mots qu'aucun de nous ne captait vraiment, mais ça ne nous empêchait pas d'être d'accord. Il était monté sur un seau à plâtre qu'il avait ramené de chez les Couto.

« La souveraineté des travailleurs est un droit patrimonial. L'infrastructure des riches repose sur le dos des pauvres. Nous devons contrôler les moyens de production. Les usines nous appartiennent ! Nous produisons le capital. Nous bâtissons leurs maisons. Nous débouchons leurs toilettes. Nous… (Il a alors regardé en direction de FatDaddy Slattern et, la poitrine gonflée d'air :) … nous tondons leurs putains de pelouses ! »

Personne n'avait compris un traître mot de ce qu'il venait de dire, mais on a applaudi, tous autant qu'on était, et ceux qui avaient des bières les ont sifflées avant de s'en ouvrir d'autres.

FatDaddy transpirait et sa fille tremblait – elle était en manque de coke. Physiquement, ça ne l'arrangeait pas, elle était mieux quand elle regardait la télé : son œil délirait moins et son nez ne projetait pas l'ombre du soleil de midi comme un gigantesque cadran solaire.

Manny U-Haul Manero a dit un truc à Pop, et Pop a eu un petit sourire de fouine. Le camion de FatDaddy était enfin plein et BigMama semblait à deux doigts de tomber dans les pommes, là, sur le siège de la cabine. Elle ne s'était pas épilée depuis plusieurs jours et une ombre noire avait remplacé sa barbe rouge. Sa fille s'est assise à côté d'elle et nous a regardés. Certains gars qui l'avaient baisée étaient tristes de la voir partir, et ceux qui n'avaient pas pu le faire le regrettaient bien un peu – de toute façon, tout le monde pense qu'à ça : baiser, baiser, baiser –, mais pas tant que ça, au fond, parce que des salopes pour niquer contre un rail de coke, un peu moins défoncées et un peu moins gourmandes en plus, y en avait d'autres dans le coin. Putain, Laureen Moone disait pas non et elle était plutôt mignonne, à douze ans elle était prête à tout et, même si on disait qu'elle sentait bizarre, pas le crustacé, non, le mollusque, l'ormeau ou un truc dans le genre, c'est pas l'odeur qui empêchait qui que ce soit de la baiser. Son coin préféré, c'était le port de San Leandro ; Jeff Carlsib avait une camionnette là-bas, où les ados et certains pères faisaient la queue. Elle avait la cote, Laureen, et tout le monde l'appréciait. Il n'y avait pas mieux que Laureen, voilà ce que les gens disaient quand ils se ramenaient à la station Mohawk.

Mr Slattern a fermé les portes de son camion et il a fait le tour du bahut sans nous jeter un regard, jusqu'à la cabine. À croire qu'il avait calé son radar à la FatDaddy Slattern dessus, pour ne pas voir la centaine de personnes installées sur leurs chaises de jardin, en train de fumer, de boire des bières et d'observer le moindre mouvement de cette grosse baleine couverte de sueur qui avançait d'un pas lourd. Il était concentré.

Il me faisait quand même un peu de peine. Il n'était pas vraiment obligé de plier bagage et de déménager. Il aurait suffi qu'il reconnaisse son erreur. Qu'il nous présente des excuses, au lieu de nous traiter de nègres et de basanés, de Ritals, de Chinetoques, de sales Irlandais et encore de nègres. Nous, on se balançait ce genre de noms d'oiseaux entre nous, parce qu'on était tous dans le même bateau, au fond de la fosse septique d'Oakland, on ramait *tous ensemble*. Quand on s'insultait comme ça, on savait bien qu'on se balançait des mots de riches, ceux qu'ils utilisaient pour parler de nous, on s'insultait pas vraiment, non, on insultait ceux qui voulaient nous rabaisser ou nous baiser la gueule. Mon pote Jim Johnston, qui est à moitié nègre, il a le droit de me traiter de zonard d'Irlandais, pas de problème, parce que je suis un zonard de Blanc et que lui, c'est un nègre ; ça revient donc à la même chose, ou presque. Par contre, si tu portes un costume d'homme d'affaires, que tu conduis une bagnole de luxe et que tu te permets de traiter Pop de zonard de Blanc, il y a des chances pour qu'on vienne te demander des comptes, et si c'est pas ici et maintenant, ça sera peut-être ailleurs et plus tard, histoire de te faire attendre un peu pour le fun. Si FatDaddy Slattern s'était tout simplement excusé, comme un homme, s'il était entré chez Dick pour payer une tournée générale avec un soda pour moi, et peut-être aussi un sandwich à la *linguiça*, s'il était entré dans le bar pour payer cette tournée en disant : « Messieurs-dames, je suis vraiment désolé. C'était pas une façon de faire », eh bien, s'il avait fait ça, la plupart d'entre nous l'auraient aidé à reconstruire sa maison, et peut-être même qu'on lui aurait acheté ses lunettes de chiottes de luxe qu'étaient pas mal du tout. Purée, il en avait une en cartes de base-ball laminées, Willy Mays et Sandy Koufax, et même Vida Blue. Je la voulais à mort, celle-là – d'ailleurs, l'incendie avait eu beau faire fondre la laque, il l'avait chargée avec le reste. Pas mal de gens étaient tristes de voir sa fille dans le camion, sa fille qui s'en allait pour toujours, mais moi, j'étais surtout triste de voir cette lunette-là me passer sous le nez.

Mais ce n'était pas le genre à s'excuser, FatDaddy. Ça non, on pouvait toujours rêver. Il s'est esquivé en longeant son camion comme un escargot, la tête aussi basse que possible à cause du gras qui lui pendait du cou, mais jamais, au grand *jamais*, il n'aurait présenté ses excuses à une bande de nègres et de Portos et de basanés et de zonards de Blancs comme Pop ou moi.

Il est monté, il a gentiment fermé la portière et il a mis le contact. Il a passé la première, on a entendu un gros couinement métallique et le moteur s'est mis à cliqueter comme si la transmission avait lâché et que les soupapes venaient taper contre le capot. Il a fait ronfler le moteur et un truc s'est d'un coup mis à siffler. Le pot a craché de la fumée blanche et de la fumée noire s'est échappée du châssis, de sous le capot, près des roues, et par les fenêtres de la cabine. FatDaddy et sa fille sont descendus du véhicule, elle a fait le tour pour rejoindre le côté conducteur et se planter à côté de son père. Ils nous regardaient fixement. On entendait BigMama tousser, s'étrangler et peut-être même avoir la gerbe. Personne ne disait mot. On les regardait, simplement.

Puis on est tous rentrés chez nous. On a entendu les sièges de jardin se replier, les canettes de bière s'écraser, les glacières craqueter comme des gamelles remplies de gravier et le verre des bouteilles qu'on bazardait se casser, les portes moustiquaires se refermer gentiment, les portes grincer doucement derrière leurs propriétaires et les verrous se refermer. Le soleil se couchait. Ce soir-là, il n'y avait ni brouillard ni nuages, les collines à l'est, où vivaient les riches, luisaient dans les tons orange, leurs fenêtres comme autant d'étoiles en feu, piquées sur ces monts d'aisance gagnés par l'obscurité. J'aimerais pouvoir dire qu'on entendait les trains et les remorqueurs au loin, que les sifflements des uns meuglaient comme des troupeaux sauvages d'élans ou de bisons, et que les sirènes des autres nous ramenaient à l'époque où nos grands-parents avaient touché ces territoires quasiment vierges, entendu ces mêmes plaintes et, plutôt que la musique des chaînes et des insultes du patron, la musique de la chance, du pain et d'un toit où s'abriter ; j'aimerais pouvoir dire que les chiens ne hurlaient pas, ne se battaient pas, mais aboyaient la symphonie de la félicité originelle. J'aimerais vraiment pouvoir dire que c'était ça qu'on entendait, mais cela ne serait pas vrai. Il n'y avait pas un bruit, à part celui qu'on fait lorsqu'on rentre chez soi se coucher. Le bruit de la lumière en train de mourir.

J'avais vu des nuits plus belles, j'en ai vu d'autres depuis, mais pas si nombreuses. Non, pas si nombreuses.

J'ai montré ce que j'avais écrit à mon barman, Dennis Rich, qui venait de se faire plaquer par sa femme, ici, à Warrensburg, Missouri. Elle a gardé le môme et la maison, alors il doit assumer trois jobs au lieu d'un. Je lui ai filé des provisions, il y a de cela quelques semaines. Comme j'avais pas de liquide, j'ai réglé par carte. Bon Dieu, on a fait pareil pour moi un paquet de fois.

« Trop d'insultes », a dit Dennis.

Jusque-là :

160 enculés ou autres déclinaisons de ce terme
17 chattes
51 bites (en comptant le nom du bar[1])
9 queues
26 culs
90 merdes
58 putains
4 pétasses
7 pédales
52 nègres
53 foutres

1. Le bar-restau que fréquente T-Bird s'appelle « Dick's », ce qui, en argot, veut aussi dire « bite ».

21 salopes
16 putes
et 3 coches.

J'ai repris mon texte et supprimé quelques nègres. De combien de nègres a-t-on vraiment besoin, au fond ?

Au départ, je voulais juste te parler un peu du *travail*, c'est pour ça que je t'ai parlé de mon premier boulot – ramasser la merde de Snookie pour Pop à la station Mohawk. Puis j'ai décidé de te parler de mes débuts professionnels de merde, ce qui m'a conduit à te parler de mon premier patron à la con, ma première expérience directe de prolo confronté au mal du capitalisme, quand je tondais la pelouse de FatDaddy Slattern. J'aurais pu résumer ça en quelques mots, un truc du genre : « Il m'est arrivé de tondre la pelouse d'un type pendant deux mois pour soixante-quinze cents, tout ça parce qu'il m'avait entourloupé et qu'on m'avait toujours dit qu'il n'y a rien de plus important que de tenir ses promesses. » Mais ça m'a pris une cinquantaine de pages, deux bouteilles de whisky, trois caisses de bière Busch, deux cartouches de cigarettes bon marché et une semaine et demie pour le passage sur FatDaddy et les coutumes du quartier, parce que j'ai compris, alors que j'écrivais, que les gens sont indissociables de leur quartier et de leur boulot, ils sont inséparables. Impossible de raconter sa propre histoire sans raconter celle de ceux avec qui on a vécu : par là même, l'expérience individuelle du narrateur prend une dimension universelle, symbolique, même si l'écrivain n'avait au départ aucune intention d'écrire ce genre de conneries. Si tout est symbole, si chaque personnage que je décris devient un *type*, le représentant de quelque chose de bien plus grand que lui, ma responsabilité en devient, en est et en demeure à jamais des plus lourdes.

J'ai une dette envers Pop et les frères Corollo, envers les gars des Tapis Camozzi, des Bétons Johnson Western et des Bétons Sawing, mais aussi envers tous ceux qui font ce genre de boulot de prolo, qui vivent dans ce genre de quartier et ont des patrons comme FatDaddy Slattern. Toi aussi, t'as eu un patron comme Slattern, pas vrai ? Est-ce que tu ne pourrais pas transférer ton dégoût envers FatDaddy sur ce patron qui t'a poussé à bout ou qui est peut-être en train de t'embrouiller en ce moment même, alors que tu t'es planqué aux chiottes en faisant comme si tu avais besoin d'une longue pause pour chier, toi qui, en fait, es plongé dans la lecture de ce bouquin, au lieu d'être à ta place au bureau ou à ton poste sur la chaîne ? N'est-il jamais arrivé que ton équipe, tes potes ou ta famille montent un plan contre des gens qui te voulaient du mal et le mettent à exécution ? Tu t'es senti heureux et triste à la fois, parce que la justice n'est pas toujours un truc agréable, même si elle est nécessaire, hein ? Pour une fois, tout est *à sa place* dans le cosmos, non ?

Ce chapitre était censé raconter vite fait, bien fait – avec *économie*, voilà le mot que je suis censé utiliser ici – mon histoire sur le marché du travail – du ramasseur de merde et tondeur de pelouse au joueur de trompette ouvrier de chantier –, pour aboutir gentiment à l'époque où je me suis retrouvé obligé de vivre dans un camion-poubelle garé à la décharge, d'y dormir la nuit et d'y bosser le jour.

Tous ceux à qui j'ai montré mes conneries de manuscrits prétendent que je ne dois pas *expliquer* ce que je veux dire, ni le raconter. Il faudrait cacher ce qu'on pense *vraiment* du monde, masquer tout cela au moyen d'une technique narrative neutre et pas trop emportée. Ne fais *jamais* de commentaires, ne montre *jamais* au lecteur que tu ressens *quoi que ce soit sur quoi que ce soit*. Ton narrateur doit être un *observateur distant*, un appareil photo qui ne fait pas de commentaire, un appareil électronique, passif, *inhumain*.

Si tu veux vraiment dire quelque chose, mets-le dans la bouche d'un de tes personnages. Sinon, le lecteur va penser que c'est toi *qui parles et qui penses toutes ces choses horribles, ignobles et injurieuses, et si le lecteur n'est pas d'accord avec toi, il se peut que le lecteur ne t'*aime *pas, ne t'aime pas* toi, l'Auteur, *et cela pourrait avoir un impact négatif sur la vente de tes livres.*

Bordel, quel dommage – tu veux dire qu'il est possible que quelqu'un ne soit *pas d'accord avec moi* ? De toute façon, il y a tellement peu de gens qui vont lire mon livre que cela ne me dérangerait vraiment pas de taper sur les nerfs de quelques lecteurs. Bon Dieu, ça me plairait de taper sur les nerfs d'un paquet de monde. Parce qu'au moins je ferais ressentir à tous ces trous du cul un petit *quelque chose*. *Il se peut que le lecteur ne t'aime pas, toi, l'Auteur*. Merde. Mon cœur se brise en mille morceaux quand j'y pense. Honnêtement. La personne réelle qui m'a inspiré le personnage de Blaise a lu ce que j'ai écrit sur son pétage de plombs, et le gars m'a écrit ce qui suit : « *Tu prends un risque, parce qu'il est fort possible que le lecteur n'aime pas ton narrateur*. » De toute évidence, ce que je suis censé faire, c'est écrire un petit roman pas trop risqué. Ben, mon pote, je crois que des bouquins dans ce genre, on en a déjà bien assez. Bon Dieu, Updike en a écrit une vingtaine ou une trentaine à lui tout seul. Ajoute à cela l'équipe des minimalistes sans couilles ni con – Ann Beattie, Mary Robison, Frederick Barthelme, Jamica Kincaid et tout le reste de cette clique qui se reproduit en famille –, rajoute une caisse ou deux de bouquins écrits par des pédales sortis des grandes universités ou par des branleurs professionnels qui ont décroché des beaux prix littéraires pour avoir raconté leurs vacances en Europe, leurs années de prépa ou l'époque où ils traînaient avec des gens de mon quartier – ils ont eu une aventure avec l'un des nôtres, un jeune ouvrier ou une petite serveuse, ils se sont mis à culpabiliser et leur couple se barre en couille parce qu'ils ont osé copuler avec quelqu'un d'autre que leur grosse bourgeoise –, ajoute encore à ta soupe une pincée antiseptique d'œuvres haut de gamme de ces représentants de minorités ethniques formés à l'université qui se font passer pour des *personnes de couleur*, alors que leur cul est plus blanc que celui de n'importe quel habitant de *mon* quartier, que le sang qui coule dans leurs veines est plus bleu et que leurs dents sont à tous les coups plus droites, mélange toute cette merde et, personnellement, je crois que de la littérature carrément parfaite, on en a déjà bien assez.

Ce dont on a besoin, c'est d'une littérature *imparfaite*, d'une littérature qui *ne tente pas* de donner de l'ordre au chaos de l'existence, mais qui, au lieu de cela, essaie de représenter ce chaos en se servant du chaos, une littérature qui *hurle à l'anarchie*, apporte de *l'anarchie*, qui *encourage*, *nourrit* et *révèle* la folie qu'est véritablement l'existence quand nos parents ne nous ont pas légué de compte épargne, quand on n'a pas d'assurance retraite, quand les jugements de divorce rétament le pauvre couillon qui n'avait pas de quoi se payer une bonne équipe d'avocats, une littérature qui dévoile la vie de ceux qui se font *écrabouiller* et *détruire*, ceux qui sont vraiment désespérés et, par conséquent, vraiment vivants, en harmonie avec le monde, les nerfs à vif et à deux doigts de péter un câble, comme ces transformateurs électriques sur lesquels on pisse dans la nuit noire d'Oakland. La prose de John Steinbeck n'est peut-être pas la plus élaborée du monde, mais au moins Steinbeck avait quelque chose d'important à dire. Pareil pour Jack London et Sinclair Lewis. Et Theodore Dreiser, il a écrit les phrases les plus pourries jamais écrites à ce jour, mais *Sister Carrie* en dit plus et tape bien plus fort que tous les romans de Pynchon, cette branlette superbe, érudite et experte. Que la *perfextion* aille se faire mettre. Baisse-toi, salope. Qu'un de ces fils de pute parfait zone près de moi ou de quelqu'un que je connais, on aura vite fait de coller une bonne paire de baffes à cette petite pédale et de lui piquer son argent de poche.

Tu veux du parfait ? T'as qu'à lire les putains de bouquins de quelqu'un d'autre. Ce bouquin, si je le fais bien, sera tout sauf *paaarrrfait*. Je ne veux pas qu'après avoir tourné la dernière page tu t'étires sur ta *chaise longue** hors de prix avec un soupir plein d'autosatisfaction, rassuré sur le fait que toutes les conneries que t'as pu faire dans la vie t'ont mené, au bout du compte, à une conclusion bien pépère, ton gros cul peinard retiré des bagnoles tranquillement allongé sur une plage à Hawaï, à t'enfiler des cocktails en matant des nénettes que tu bourrerais bien, houla hop, là, juste en face de toi, et t'essayes de cacher ta gaule, même si, bon, tu préférerais qu'elle ressemble à autre chose qu'à une pauvre limace toute desséchée. Je ne veux pas que tu tournes la dernière page de ce roman en te disant, si t'es bien l'enfoiré de riche que je te soupçonne d'être – parce que, hélas, mes potes ne savent

* En français dans le texte.

pas lire, et quand ils savent lire, ils lisent des trucs qu'ils trouvent importants, genre *Sports Illustrated* ou *Hustler* –, en te disant que de cette vie de merde que t'as imposée à mon peuple du simple fait de mener la vie que tu mènes, *tu n'en es pas responsable* et qu'au bout du compte *tout finit toujours par s'arranger*, tes péchés seront pardonnés et tes vertus récompensées dans ce superbe restau-grill, là-haut, au ciel – un peu plus de fromage et de crème fraîche pour les pommes de terre, s'il vous plaît, rotez *après**. Plutôt le contraire, mon bon monsieur, ma bonne dame. Je veux qu'en tournant la dernière page de mon bouquin tu ressentes un peu d'inquiétude, juste un peu, que tu te sentes un peu concerné, mon petit bonhomme, ma petite dame, que tu te dises que peut-être, ce n'est qu'un peut-être, mais que c'est peut-être toi qu'on va se faire. Peut-être qu'on est tout simplement en train d'attendre le bon moment pour te faire la peau.

Qu'est-ce qu'on se dit, quand on pense aux maladies mortelles qu'on se chope en bossant dans tes magasins et tes usines, sur tes chantiers de construction ? Tu crois qu'on se dit quoi, tard le soir, après avoir picolé toutes nos canettes de Busch, quand on repense que tu nous fais payer notre place de parking dans tes usines hors normes avec des latrines à la place de vraies toilettes ? Tu crois qu'on pense à quoi, quand on signe nos chèques de pension alimentaire destinés à tes filles qui nous épousent parce qu'on est de *vrais hommes*, mais qui nous plaquent en demandant le divorce parce que, ce qu'elles veulent, c'est une fiotte dans ton genre ? À quoi on pense quand on tond ta pelouse, qu'on débouche tes chiottes, qu'on passe

* En français dans le texte.

devant tes baraques aux garages plus grands que nos apparts ou nos caravanes, quand on voit que tes filles portent un appareil dentaire, alors que les dents pourries des nôtres leur donnent des airs de sorcières à même pas seize ans ? Qu'est-ce que tu crois qu'on imagine quand on entend aux infos que ta maison sur les collines a été emportée par un glissement de terrain et que tu as perdu ton mobilier hors de prix ? Tu crois peut-être qu'on a pitié de toi ? Qu'on espère que, toi et ta petite famille, vous vous portez bien et que tout ira pour le mieux ?

N'oublie pas, Mr ou Mrs Tout-Confort, que je suis en train d'écrire dans mon garage de Warrensburg, dans le trou du cul du Missouri. J'ai commencé ce bouquin en hiver, enroulé dans mes couvertures, avec les doigts tout bleus, la bite ratatinée et de la neige plein mon sol en béton couvert de taches d'huile, pourtant j'ai un chauffage électrique mais il ne sert pas à grand-chose, vu les trous qu'il y a dans les murs et le vent glacial qui s'engouffre en sifflant à travers les lames de bois gris pourries par le temps. Parfois, quand il neige bien fort, les flocons passent par les trous et tourbillonnent dans la pénombre comme de la poussière. J'ai un frigo, mais sans casier ni étagère, ce qui fait que je dois empiler ma bouffe sur mes bouteilles de bière Nat Light trente-trois centilitres et un litre. J'ai fini dans ce trou parce que j'étais un mec bien et que je n'avais pas encore compris la leçon que m'avait enseignée FatDaddy Slattern. Si je vis dans ce trou, c'est à cause de types comme *toi*. Alors, tu sais quoi ? Je ne t'*aime* pas.

J'ai commencé à écrire ça en hiver, et maintenant c'est l'été. Ces six derniers mois, j'ai préféré picoler au lieu de bouffer, parce que c'est soit l'un, soit l'autre, avec le peu qu'il me reste une fois que j'ai envoyé mon chèque à mon ex. Je m'envoie du whisky de moins en moins cher, et j'ai peur du Night Train – si tu sais pas ce que c'est que le Night Train et le Thunderbird, eh ben, t'as bien de la chance, mon gars. Ouais. Pour moi, c'est l'été, et je transpire sur le clavier. Mon ordinateur est infesté de cafards et d'araignées, et je dors avec la lumière, parce que sinon je me réveille tout boursouflé, à me gratter comme un malade et à flipper de mourir dévoré par des insectes. Tous les losers du bled connaissent mon histoire, ils éprouvent de la sympathie pour moi, mais ils ne me paient plus à boire. Les femmes du coin m'ont bien cerné, elles aussi : je suis fauché et, quand je le suis pas, j'ai la haine. Est-ce que je tire ma crampe de temps en temps ? Bien sûr. Mais vu mon état, les seules qui veulent encore de moi, c'est le fond du panier. Mon boulot me casse tellement les couilles que je veux même pas en parler, si je te racontais, tu ne me croirais pas, de toute façon, alors va te faire mettre. Suffit de te dire que t'as jamais eu un job pire que ça et qu'à côté, conduire un camion-poubelle et dormir dedans, c'est de la rigolade. À cause de ce que j'ai fait, je vis sous un nom d'emprunt que je peux pas te révéler et je fais le genre de boulot qui va de pair avec l'endroit où je vis.

Je donnerais cher pour être né il y a deux cents ans, à une époque où on pouvait encore *s'approprier* un bout de terrain, je serais parti dans n'importe quelle direction et j'aurais avancé jusqu'à ce que je trouve un endroit qui me convenait, j'aurais posé mon cul et déclaré que c'était *chez moi*, pas d'impôt, pas de sécu, pas d'identité, pas d'histoire. Y a plus un centimètre cube sur cette terre où me poser et m'allonger pour regarder passer les volutes des nuages, sans qu'on me fasse *payer le privilège* d'exister ou que j'aie la trouille de me faire tirer dessus ou passer les bracelets.

Alors voilà, je suis en train d'écrire ce livre, et au moment où tu tourneras les dernières pages, tu ne sauras toujours pas comment j'ai fini là, pour la bonne raison que je ne peux pas te le dire. Désolé. De toute manière, le sujet sur lequel je veux vraiment écrire et l'essentiel dans ce chapitre, c'est le travail. Après l'expérience de FatDaddy, le travail est devenu pour moi un truc différent de ce que ça aurait dû être. Plus question d'avoir un boulot dont je n'aurais pas profondément envie, un truc vital. Le problème, c'est que le travail, ça n'a rien à voir avec ça. Si on l'appelle « travail » justement, c'est parce que ce n'est pas un jeu, comme lorsqu'on *joue* de la trompette. Le travail c'est le « travail » parce que ça casse les burnes.

C'est pas le fait de ne pas être payé qui m'embêtait – bon sang, on passe sa vie à bosser : faire la vaisselle, recoudre ses pompes avec du fil dentaire, se cuire des pâtes alors qu'on préférerait se commander une pizza mais qu'on n'en a pas les moyens. C'est pas le fait de ne pas être payé pour le job qui me posait problème, non, le problème, c'était de ne pas être payé pour un job *qui ne me plaisait pas*. À l'âge de dix ans, j'ai décidé que je ne ferais plus jamais un boulot qui ne me plairait pas *vraiment*. Je ne fais pas la vaisselle, par exemple : j'ai une assiette chinoise en plastoc que je rince. Je ne fais pas la lessive – ça coûte moins cher que la laverie automatique de porter un T-shirt jusqu'à ce qu'il schlingue pour de bon et d'en racheter un autre à l'Armée du Salut. Si je devais devenir un bon petit zonard de soldat du prolétariat, je me trouverais une gentille occupation qui me plairait, un truc dont je pourrais parler après avec les habitués de chez Dick, un truc dont je n'aurais pas honte mais dont je serais fier, et pas pour la dignité du job ou pour le salaire, mais parce que ce boulot me *passionnerait*, me *définirait*, ferait *partie de moi*.

Après ce que FatDaddy m'avait fait subir, je me suis mis à bosser ma trompette comme un malade. Je répétais huit, dix, douze heures par jour, je jouais jusqu'à ce que mes lèvres se mettent à saigner, jusqu'à en attraper des crampes dans les doigts. Des gamins du quartier s'en étaient sortis grâce à leur cuivre, des gars comme Jon Faddis ou Carlo Carrera. J'ai pris une chambre au Lemmington – c'était l'époque où on ne l'avait pas encore rénové et transformé en résidence pour gros bourges au teint de mort vivant. Avant ça, c'était un hôtel minable du centre-ville, un lieu humide et froid, et je vivais avec les clodos, les putes, les laissés-pour-compte, avec ceux qui avaient tout bonnement choisi de ne pas participer, de ne pas s'engager. Je jouais de la trompette dans des salles flippantes avec mon vieux groupe mexicain, Los Asesinos, et, tous les soirs, le public m'applaudissait, me payait à boire et de quoi régler le loyer et l'essence. J'étais dans mon élément et la vie était belle.

Avant mon dernier concert en tant que joueur de trompette pas trop mauvais, avant d'être obligé de devenir un jaune[1] et de conduire un camion-poubelle non syndiqué, mon espèce de petite amie de l'époque, Agnes, avec qui je n'avais jamais couché parce qu'elle se réservait pour le mariage – elle se re-virginisait,

1. *Scab*, dans le texte original, désigne quelqu'un qui travaille à son compte plutôt que pour le grand syndicat de sa corporation, qui gère les embauches et protège les droits des employés. Dans ce contexte, avoir sa carte revient à avoir un job et un salaire assurés.

vu qu'elle se sentait coupable d'avoir baisé avec pas loin de dix mille Blacks et aussi toute l'équipe de foot du lycée de Castlemont High – et que j'aimais parce que j'espérais qu'un jour on baiserait ensemble et qu'en plus elle me ferait des bébés, eh bien, elle m'a dit : « Faut que tu décroches un vrai boulot. Quel genre d'abruti est-ce que t'es ? Ça caille grave, ici. Et tu sais pourquoi ? Parce que tu vis dans un taudis, un taudis sans chauffage, *man.* » Elle parlait avec un accent black, cet accent que se chopent parfois les filles blanches qui aiment baiser avec des Noirs. « Tu crois franchement que t'as un avenir en tant que Blanc qui joue dans un groupe mexicain ? » elle a demandé.

J'aimerais pouvoir te dire que je sais pas trop pourquoi j'étais avec elle, mais je te raconterais des bobards. À cette époque-là, je croyais vraiment être amoureux d'elle. À l'époque, je croyais que c'était la femme de ma putain de vie, je me baladais avec la trique à longueur de journée rien qu'en pensant à elle. Aujourd'hui, par contre, il s'est écoulé un sacré bout de temps et je sais pourquoi j'étais avec cette coche. J'avais besoin d'une femme pour avoir l'impression d'être un *homme*, un homme désirable, de quelqu'un qui me ferait un jour une petite famille. J'étais comme ça, à l'époque. Je me suis retrouvé maqué avec des vraies pétasses au fil des ans et, je sais pas pourquoi, mais la plupart d'entre elles étaient encore plus graves que moi – des junkies, des végétariennes, des féministes toutes équipées : poil aux pattes et sous les bras, autocollants sur la bagnole, fringues immondes, piercings aux sourcils et aux nichons, pas de maquillage ; des épaves imbibées d'alcool aux yeux tristes et aux épaules tombantes, des nanas qui battaient leur mec, des accros du shopping ou du développement personnel, des prostituées –, et la plupart d'entre elles s'étaient fait, à un moment ou à un autre, troncher par leur père, leur oncle ou leur prêtre. J'ai fait tout ce que j'ai pu, mais je suis jamais tombé sur le genre de nana que je voulais vraiment, une chouette nana comme une nympho ou une strip-teaseuse, ou mieux, les deux à la fois.

J'ai fini de graisser la troisième valve de ma trompette et je suis passé aux pistons, je les ai dévissés pour les frotter avec un vieux T-shirt, les huiler et vérifier avec mes doigts qu'il y avait bien juste ce qu'il fallait.

« Regarde un peu ce taudis, a fait Agnes, c'est bien ce que j'ai dit, ce taudis. Cet hôtel, c'est un taudis. Pas de salle de bains, pas de chauffage, pas de prises électriques, une ampoule qui pendouille au plafond. Taudis de taudis de trou de merde de taudis. T'en as pas marre d'être obligé de tirer ta commode contre la porte, la nuit ? T'éprouves pas un minimum de respect *pour moi* ? »

J'ai hoché la tête.

« Pourquoi est-ce que tu me laisses jamais venir avec toi à tes concerts ? Tu me laisses jamais venir avec toi. À cause des pétasses, c'est ça.

– Je vais écrire une symphonie, j'ai dit. Une œuvre orchestrée avec des percussions africaines, des instruments à vent de l'Est et une structure d'accords orientale, une *Symphonie du Nouveau Monde* qui foutra la honte à Dvorak. La musique est trop polarisée, elle est soit sauvagement simple, soit tellement raffinée qu'elle en devient insignifiante, si je pouvais réunir ces deux extrêmes, je créerais une œuvre sublime.

– Qu'est-ce tu me baratines, man ? » elle a demandé.

C'est comme ça qu'elle causait, « qu'*est-ce tu* me baratines, *man* », avec ce faux accent du ghetto. Sa mère était une putain de prof d'anglais dans une petite fac. Elle aurait pu parler comme une Blanche, ou au moins comme une bouseuse, comme son père, si elle l'avait voulu. Encore une coche qui se rebellait contre ses parents, et Agnes se rebellait en s'enfonçant aussi profondément que possible, en se rabaissant à *mon* niveau.

« Ça, pour ce qui est de la tchatche, t'es balaise. Ce soir, je viens avec toi, elle a dit. Tu vas où, ce soir ?

– À une *quinceanera*.

– Une quoi ?

– Une fête traditionnelle pour le quinzième anniversaire d'une jeune Mexicaine, j'ai répondu. La fille devient femme. Chaudrons de bouffe, danse, picole, musique, soupe de tête de chèvre.

– Tu peux dire que t'as réussi dans la vie, man. Carrément même, tu joues dans les fêtes d'anniversaire. »

J'ai nettoyé l'huile qui dégoulinait un peu de ma trompette, j'ai assourdi la cloche avec le T-shirt qui me servait de peau de chamois et j'ai placé l'instrument sur le velours violet tout écrasé de son étui.

« Je préfère encore jouer dans les anniversaires que passer ma journée derrière un bureau ou conduire un camion-poubelle.

– Si un jour on se marie, *nous deux*, faut que tu te décroches un vrai boulot, man.

– L'autre soir, tu dormais, et moi, je suis sorti, j'ai pris ma trompette avec moi, je suis monté dans ma bagnole et j'ai filé à la campagne. Je suis allé sur la côte, j'ai pris ma trompette avec moi et j'ai conduit pendant un moment avec les lumières éteintes. Quand je les ai rallumées, il y avait un cheval blanc, là, devant moi, sur la route.

– T'étais encore bourré, man. Voilà ce qui s'est passé, t'étais assis sur ton cul, défoncé au whisky, pendant que moi, je pionçais. T'attends toujours que je sois endormie pour aller faire des putains de trucs. Moi, je m'endors, et toi, ça te dérange pas de faire des putains de trucs, et tout.

– Je me suis garé, j'ai pris ma trompette et j'ai joué. Il y avait des chevaux en train de paître sur la colline. Je jouais et les chevaux continuaient à paître, et même s'ils faisaient comme s'ils m'entendaient pas, je savais très bien qu'ils *pouvaient* m'entendre. Ils étaient en train de paître pendant que je jouais, et c'était serein, magique, tout simplement magnifique.

– Man, tu m'avais même pas dit où que t'étais. Moi, je dormais pendant que toi, tu t'éclatais. »

Je ne sais pas pourquoi, mais j'avais envie qu'elle se sente comme une merde, qu'elle se dise qu'elle avait vraiment raté quelque chose, alors je me suis mis à raconter des conneries.

« Et puis c'est là qu'une chose merveilleuse s'est produite. J'ai arrêté de jouer, j'ai posé mon cuivre dans l'herbe et les chevaux se sont rapprochés de moi, en cercle. Au début ils marchaient tout doucement, à peu près une douzaine de chevaux marchant comme ça, au pas, en ronde autour de moi. Et d'un coup ils ont accéléré, ils allaient de plus en plus vite, ils se sont mis à trotter puis à galoper, et c'est là que j'ai vu des flammes, des traînées et des taches grises, blanches et noires, leurs crinières au vent. J'ai couru. J'ai *couru* avec eux, Agnes, et j'en ai attrapé un par le cou, un vieux cheval gris tout encaissé, je lui ai sauté sur le dos, et nous voilà tous les deux en train de courir en cercle avec les autres. Et au milieu du cercle, il y avait ma trompette, argentée et noire, sous le ciel parsemé d'étoiles, en pleine réflexion. »

C'était un mensonge vraiment cool. Je souriais.

« Tu vas pas te mettre à chialer non plus, a fait Agnes.

– Et puis je suis revenu ici, j'ai dit, à tes côtés.

– Ce soir, je viens te voir jouer.

– Je te conseille pas.

– Tu me laisses toute seule en pleine nuit. Pour une fille de quinze ans et toutes ses jolies pétasses de copines ? »

J'ai hoché la tête.

« Elles veulent toutes me baiser.

– J'y vais avec toi. »

Agnes a soulevé sa jupe. Sa petite culotte était blanche et fatiguée, trop large, avec des élastiques détendus. Je me suis approché. Elle a fait retomber sa jupe et l'a pressée bien fort contre ses cuisses.

« Cours toujours, qu'elle a dit. Tout ce que t'attends, c'est de me baiser. »

C'était son manège préféré, faire semblant de laisser tomber, qu'elle allait enfin se laisser baiser, et tout ça pour m'envoyer balader au dernier moment. Je rentrais à la maison, elle était déjà dans ma chambre, étendue sur mon canapé miteux, en bas, porte-jarretelles, culotte de dentelle et soutien-gorge noir, habillée comme la putain que je voulais qu'elle soit pour moi. Je me mettais sur elle, je pressais ma bite contre elle, à travers mon futal, et vas-y que je me frottais. Elle me laissait lui mettre un doigt, lui masser le clito, le faire rouler entre mes doigts, mais dès que je commençais à me déboutonner, elle serrait les jambes et me disait non. Une fois, j'en ai eu ras le bol, alors j'ai quand même enlevé mon futal et je me suis débattu comme j'ai pu pour essayer de la lui mettre. « Espèce d'enfoiré, elle m'a dit, espèce d'enfoiré ! Enlève-moi ce *pénis* de là tout de suite. » À sa façon de dire *pénis*, on avait l'impression que ma bite était une sorte de maladie, la peste ou un vieux pneu de camion plein d'eau de pluie au fond du jardin, plein de mousse, de petites écrevisses et de souris mortes bouffées aux asticots, un truc tout déchiqueté. « Je vais hurler ! qu'elle a hurlé. Je vais appeler les flics. T'essaies de me violer, espèce d'enfoiré ! »

Ma bite s'est aussitôt rétrécie. Toutes ces histoires de baise m'avaient déjà pas mal déglingué la tête, parce que j'étais encore puceau. J'étais déglingué, mais Agnes, c'était encore pire. Elle se « re-virginisait », à ce qu'elle disait, et j'avais les noix de coco toutes bleues pour prouver qu'elle réussissait son coup. Agnes se sentait coupable à cause de dix mille parties de baise et de l'équipe de foot du lycée de Castlemont, et ce qu'elle se disait, c'est que si elle passait suffisamment de temps sans se faire limer la chatte par une bite, sa jolie petite membrane allait repousser. Faut dire qu'elle tirait toutes les ficelles possibles et imaginables pour ça. Non seulement elle s'était bouclé la chatte au fil de fer, mais elle avait décidé de se confesser, alors un soir, elle a fait de moi son Père de la Confession, elle cherchait l'absolution et elle m'a détaillé tout ce qu'elle avait fait avec tous les mecs qu'elle avait baisés, elle m'a tout raconté, *tout*. Ça lui a pris deux jours sans dormir, pour faire le tour de son catalogue héroïque. Elle a quand même fini par arriver au bout de sa confession et là, elle se sentait carrément mieux. Je ne l'avais jamais vue aussi heureuse. Elle avait l'air carrément épanouie.

Moi, par contre, j'avais la sensation d'être une vraie merde. L'écouter me faire cette longue liste de mecs, c'était une sorte de torture, et vas-y qu'elle me racontait toutes les pipes, me décrivait les endroits où elle les avait baisés – dans des parcs, à la plage, dans une cabane sur un arbre, sur une table de billard avec le barman qui matait, dans un fossé le long de l'I-80, sur les sièges avant et arrière de toutes les marques de bagnoles du monde, sauf Ferrari et les étrangères, mais des japonaises et des Volkswagen, si, et même une fois dans les chiottes des hommes de notre station-service Mohawk pendant que je servais les clients à la pompe –, combien de fois par jour elle baisait, la taille des bites, combien de litres de foutre elle avait avalés, combien d'autres lui avaient coulé du con et le long des jambes, la texture du foutre, le goût du foutre, la couleur du foutre, le son de l'éjaculation, l'odeur du foutre, comment ça lui coulait sur les nichons, comment elle s'essuyait avec la main et mettait les doigts dans la bouche pour lécher, comment elle aimait se faire bourrer le cul et combien de fois elle avait baisé avec cinq mecs en même temps, parce que cinq mecs, c'était son nombre *préféré* pour la baise, parce que dans tous les cas, il y en avait toujours trois qui avaient la trique bien dure, une bite pour chaque trou.

Après une vingtaine d'anecdotes de cul, j'ai débouché la bouteille de whisky et je me suis mis à picoler. Au bout d'une cinquantaine, je n'avais plus de glaçons et j'ai picolé directement au goulot. Vers cent vingt, j'avais les yeux humides et torché deux bouteilles d'un litre soixante-quinze, une bouteille de gin et j'allais passer à la tequila. Vers la moitié du deuxième jour, j'ai craqué et j'ai commencé à chialer, je crois bien que ça l'a encore plus titillée, donc elle est revenue sur un bon paquet d'anecdotes qu'elle m'avait déjà racontées, en rajoutant les détails qu'elle avait malencontreusement oubliés. Elle m'a dit qu'elle tenait absolument à se faire confesser, qu'il était crucial de ne *rien oublier,* afin de devenir pure à cent pour cent pour *moi*, pour redevenir ma *vierge à moi.* Quand Agnes la Vierge a eu fini, j'avais la tête qui tournait et je ne pouvais plus la regarder sans imaginer toutes ces bites, elle qui les besognait encore et encore. J'avais descendu quatre bouteilles de gnôle, mais je ne me sentais pas assez torché. Je ne voyais plus rien et je ne tenais plus debout, mais je n'étais pas plus bourré qu'un Mormon.

« Emmène-moi à ton concert et prouve-moi que tu m'aimes », elle a dit.

La *quinceanera* avait lieu à la salle des fêtes, un endroit d'une tristesse et d'une laideur sans égales, où on jouait au bingo le mercredi soir et aux dames le samedi, des vieux dans leur chaise roulante ou avec leur déambulateur qui foutaient en l'air leur malheureux chèque des Allocs – mais bon Dieu de bon Dieu, qu'est-ce qu'ils pouvaient bien faire d'autre avec tout ce blé et toutes ces années qui leur restaient ? Moi et Agnes, on était les seuls Blancs, et les seules personnes qui voulaient bien nous répondre ou nous regarder quand on leur parlait, c'étaient les membres du groupe, ce qui fait que pendant les pauses, moi et Agnes, on était assis tout seuls à la table du groupe, je buvais des bières dans des grands verres en plastoc et Agnes s'envoyait le Courvoisier qu'elle avait ramené avec elle, vu que, même si les Mexicains lui avaient offert quelque chose de succulent, ça n'aurait jamais été assez bien pour elle.

Sur la table du buffet, un chaudron de soupe de tête de chèvre mijotait, avec les globes complètement cuits et de la mousse jaune gargouillant par les orifices, des amas de poils qui se détachaient des cornes et des oignons entiers flottant comme des fleurs ouvertes dans le bouillon.

Pendant les pauses, ils passaient des cumbias et des rancheras sur la sono, les têtes blanches enseignaient les pas de danse aux plus jeunes, les petites filles montaient sur les chaussures des vieux et tourbillonnaient sur la piste.

« C'est les Mexicains qui ont raison, j'ai dit.

– Quoi ? a demandé Agnes.

– Les Mexicains. »

J'ai tourné la tête vers les danseurs.

« Quoi ? De quoi que tu parles, man ? »

Je lui ai dit qu'elle aurait peut-être préféré être noire, mais que moi, la plupart du temps, si j'avais eu le choix, j'aurais aimé être mexicain, un type avec une superbe culture antique qui connaîtrait ses parents et ses grands-parents, et le nom de tous ses cousins. Les Américains blancs, en général, sont bien incapables de dire qui se trouve sur leur arbre généalogique au-delà de leurs grands-parents, et si par miracle ils le savent, il y a de grandes chances pour qu'ils se trompent, parce que les seules à savoir à coup sûr qui est le père de leurs enfants, c'est les femmes, et ces salopes, elles se gardent bien de nous le dire. On n'a pas de danses comparables aux danses mexicaines, même pas nous, les putains d'Irlandais. Bon, il y aura toujours une troupe traditionnelle pour danser la gigue comme il faut, et pas ce pogo qu'on danse comme des malades quand on est bourrés, chez Dick, et qu'un Raider a cassé la jambe ou fait la peau à un joueur de l'équipe adverse, mais c'est pas comme les Mexicains : eux, ils savent tous danser la salsa ou la cumbia. Notre musique traditionnelle, c'est du plastoc fabriqué en série, une relique sentimentale qui remonte à l'époque où notre peuple avait des couilles, le genre de truc pittoresque qu'on ressert aux défilés, histoire de se convaincre et de prouver aux autres Blancs que nous, on a un truc qui se rapproche d'une histoire ou d'une culture. Mais en Amérique, on oublie très vite ce genre de conneries. On est trop occupés à faire les méchants et à se comporter comme des cons les uns envers les autres, et même envers nos proches. Les Mexicains, c'est pas la même chose : ils dansent toujours sur leur musique traditionnelle, ils écoutent *toujours* cette musique. Va faire un tour à la campagne et écoute un peu leur satanée radio. Leur musique, c'est pas un truc qu'ils ressortent une fois par an des archives ou d'un musée, non, elle est vivante, là, à notre époque, et elle fait absolument partie de leur vie. Après ça, mate un peu les Blancs en train de danser : aussi ridicules qu'immondes, ils ressemblent à une bande de nases qui n'ont pas de passé, pas de racines, pas d'ancre, pas de lest, pas d'honneur, en train de secouer leur gros bide, de remuer leur gros cul, de balancer leurs nibards dans tous les sens, c'est à peu près aussi gracieux qu'un troupeau de buffles. Va faire un tour dans une boîte de nuit mexicaine, assieds-toi et regarde un peu cette culture qui se rend hommage à elle-même, qui rend hommage à la *vie*, à la procréation, à la mort dans ce qu'elle a de plus violent, à la naissance dans un bain de sang.

On est montés sur scène, une estrade rectangulaire en contreplaqué d'une quinzaine de centimètres de haut, recouverte de lino et posée sur le carrelage. Nacho a donné le départ et on a commencé à jouer. Je ne vais pas me lancer dans une gentille petite rêverie pour expliquer qu'on était vraiment bons, qu'on planait tellement dans les cieux avec la musique des dieux que le public, en transe, ne dansait pas, hypnotisé par la beauté miraculeuse de la musique qu'on jouait rien que pour lui. Je pourrais te raconter toutes sortes de conneries de ce genre, continuer pendant trois ou quatre pages, faire mon lyrique ou mon branleur de service pour te prouver que j'écris vraiment bien sur la musique, vu qu'avant d'écrire des bouquins j'étais musicien, et pas un mauvais, en plus, quand je m'y mettais ; d'ailleurs, parce que j'ai été musicien – je ne pouvais pas jouer avec les grands big bands syndiqués, ni avec les négros dans les clubs de jazz, mais c'est pas grave, parce que la musique, je la capte, je sais ce qu'elle veut dire et ce que donne la combinaison de mon expérience dans le domaine et de ma détermination à écrire sur mon peuple d'Oakland et sur mon quartier –, bref, parce que j'ai été musicien, j'ai fini par tomber sur quelques petites astuces, quelques petits schémas bien pratiques quand j'écris, des schémas sonores et certaines façons de faire coïncider le rythme des mots avec la cadence du son. Je te raconte pas d'histoires, je *pense vraiment* à l'octave du mot au moment où tu l'entends, où tu l'as en tête quand t'es en train de le lire, et si tu reviens un peu en arrière, ou si tu lis mon autre bouquin en prêtant l'oreille au ton de chaque mot, tu reconnaîtras des passages du *Requiem* de Mozart, de *Kind of Blue* de Miles Davis, ou de « Suzie Q » de Creedence. Mais ce coup-ci, je vais te faire grâce de l'extase divine de la musique et te raconter directement ce qui s'est passé.

Voilà. On était en train de jouer une ranchera à deux balles, je regardais le public et les gens dansaient, mais dans le tas, il y avait des Mexicains qui ne dansaient pas et qui, au lieu de ça, donnaient des coups de couteau. Partout où je regardais, je voyais des lames voler. Les Mexicains, ils ne se servent pas d'armes à feu, non, tous ceux que je connais, ils ont une lame sur eux, ou un rasoir de barbier. Et quand il s'agit de s'en servir, pas de doute, c'est des rapides. Faut pas faire chier un Mexicain dans un endroit désert et paumé, parce qu'il te coupera en morceaux avant que t'aies le temps de dire ouf. Les lames volaient dans tous les sens et je regardais ce qui se passait, Agnes était morte et le public commençait à nous écraser sur scène, vu le tout petit truc que c'était. S'ils avaient bien bossé, avec une vraie scène bien surélevée, je ne me serais pas fait éclater les dents de devant. J'aurais été là, devant eux, et j'aurais pu mater le spectacle, parce que pour ce qui est des effets spéciaux, je connais rien de mieux que ces grosses lames. Au lieu de ça, j'avais la trompette aux lèvres, puisqu'on n'avait pas encore arrêté de jouer, quand un Mexicain m'est tombé dessus, en arrière, et m'a enfoncé la trompette tout au fond de la gorge, et c'est comme ça que je me suis fait défoncer les dents de devant. Tu sais comme c'est dur de jouer de la trompette sans putains de dents ? Essaie un peu, pour voir.

Quand je suis rentré au Lemmington, j'ai filé à l'appart de Duke et j'ai frappé à sa porte. « Oh, putain, la tronche ! qu'il a dit. Attends, je vais te faire un cocktail. »

Duke avait quarante ans de plus que moi, mais c'était mon meilleur pote, et le meilleur pote de tous les gars du quartier. D'habitude, je ne décris pas ce à quoi ressemblent *vraiment* mes personnages, et puis Duke n'était pas un petit vieux si différent des autres – pas grand, bedonnant, pratiquement plus un cheveu sur le caillou et le peu qui lui restait était gris, T-shirt qu'il aurait dû foutre en l'air depuis un bon siècle mais qu'il portait toujours et qui lui arrivait au milieu du bide, futal qui lui tombait trop bas et qui lui dévoilait la raie du cul quand il s'asseyait ou qu'il se penchait en avant –, sauf qu'il avait des yeux qui ne ressemblaient pas aux nôtres. Ses yeux auraient dû s'alourdir ou devenir tristes depuis des lustres, et c'était tout le contraire : au lieu de dégager des flammes ou du feu, ils envoyaient des volts, de l'électricité. De ce bleu pâle qui fout généralement la trouille, mais qui faisait naître en toi un sentiment de confiance absolue. Duke aurait tout fait pour aider un bon gars, un bon chien, une femme bien ou un enfant. Quand l'un d'entre nous finissait au poste et en taule pour conduite en état d'ivresse, c'était toujours lui qu'on appelait, et il rappliquait à la rescousse à n'importe quelle heure de la nuit.

Un soir de nouvel an, j'étais avec mon pote Ben – je ne peux pas te dire son nom, parce que aujourd'hui c'est un type respectable, un avocat, avec un tas de gamins et une baraque qui vaut dans les deux millions de dollars, à Los Angeles – et il était complètement défoncé à l'acide, ce qui fait qu'il m'avait demandé de prendre le volant de sa Chevy Vega. Je n'avais encore conduit que des automatiques et j'avais dû descendre pas loin de deux bouteilles, mais bon, contrairement à Ben, je n'étais pas en plein trip. J'ai donc essayé de nous ramener à la maison. Le brouillard était pire que d'habitude et je sortais d'un pont d'autoroute, lorsque, en voulant me rabattre sur la droite, la voiture s'est mise à patiner sur la chaussée – au ralenti bien sûr, c'est toujours comme ça quand tu vas te cartonner et que t'es complètement bourré – et s'est plantée dans une baraque, comme il faut et sans faire un bruit pas possible, non, tout gentiment, on est passés sur le trottoir, on a traversé la pelouse et l'avant de la caisse est allé s'incruster dans la façade. On a essayé de sortir de là en faisant marche arrière, j'ai passé je sais pas combien de fois les vitesses, mais la voiture ne bougeait pas d'un cran et le pneu arrière creusait une ornière de plus en plus profonde dans le gazon – un bien beau gazon, faut dire, avant ça. Ben a pesé de tout son poids sur le coffre pour essayer de créer une traction, puis il a roulé en boule sa chemise sous la roue, mais aucune de nos tentatives pour tenter de sortir la Vega de cette baraque n'a donné quoi que ce soit. Le truc marrant, comme on l'a appris par la suite, c'est qu'il y avait du monde à l'intérieur, le type qui vivait là était un prêtre catholique et il n'a pas allumé, alors qu'en plus j'étais rentré en plein dans sa chambre. Je ne sais pas ce qui a fait déguerpir mon pote, mais lorsque j'ai regardé dans le rétro, je l'ai plus vu. Je suis sorti de la voiture, j'ai regardé partout, et c'est là que je l'ai repéré qui dévalait la rue en gueulant comme un cinglé le nom de tous les Présidents – Garfield, Coolidge, Hoover, Taft, des bâtards dont j'avais jamais entendu parler –, avec les bras qui battaient l'air comme les ailes d'un pélican. Laisse tomber, je me suis dit, et j'ai tracé au bercail comme le dernier des criminels. Si Ben me lâchait, pas question d'assumer seul les conneries que j'avais faites. Un pleurnichard de merde, voilà ce que j'étais.

J'ai appelé le vieux Duke – soixante-dix ans et il encaissait mieux l'alcool que nous tous –, j'ai appelé Duke et je lui ai dit que j'avais besoin d'aide. Il n'était pas loin de trois heures du mat' et Duke a dit qu'il arrivait. Il s'est pointé à la station Mohawk avec son pick-up, un truc balaise que je lui avais encore jamais vu et qu'il avait dû *emprunter*, qu'avait dû être gris à l'origine et avec un treuil à l'avant. On ne conduisait pas trop vite, direction la scène du crime, mais les flics étaient déjà là avec un camion de la fourrière, ce qui fait qu'on est juste passés devant comme des badauds. On est allés à l'appart de Duke et on a téléphoné à Ben, mais c'est sa mère qui a répondu, alors on a raccroché. Je me suis écroulé sur le canapé de Duke et, vers cinq heures du mat', Duke a pris l'appel en PCV de Ben. Et il a payé sa caution pour le faire sortir de taule. Qu'est-ce que Ben avait foutu ? Eh ben, il s'était tout simplement fait repérer par les flics pendant qu'il courait comme un dingue en gueulant le nom des Présidents, et les flics l'avaient pris en chasse. Ils l'avaient chopé tout en haut d'un poteau téléphonique et foutu en cabane.

Duke, c'était un type sur qui compter, le genre de gars qui rappliquait en l'espace d'une seconde, un type bien plus sûr que nous, tous autant qu'on était, parce que nous, à côté, on n'était que des losers, des pauvres couillons et des trouducs plumés jusqu'au trognon. Ce qui est drôle, c'est que Duke avait bien plus de raisons que nous d'être triste, et il *l'était* en fait sans doute bien plus que nous, mais lui, il se débrouillait pour gérer.

L'épreuve suprême que tout homme digne de ce nom doit surmonter ne consiste pas à prouver combien il a réussi dans la vie, mais à quel point il assume de s'être fait baiser la tronche. Un jour que j'avais le moral à zéro, j'ai demandé à Duke pourquoi il ne s'était pas tout simplement tiré une balle. Duke a éclaté d'un gros rire qui lui venait du cœur. Je l'ai regardé d'un air ébahi.

« Parce que, il a dit comme s'il répondait à la question la plus simple du monde, parce que je veux savoir ce que l'avenir me réserve. »

Il avait du bon scotch, du Glenfiddich, et après quelques verres il m'a fait ouvrir la bouche, pour voir un peu mes dents.

« Ça saigne toujours, il a fait. On aurait pu s'dire que le scotch aurait réglé tout ce bordel. Parce que c'est pas du mauvais scotch, en plus, pas du tord-boyaux, genre le MacGregor que tu te picoles, toi. D'ailleurs, il serait temps que tu fasses preuve d'un peu plus de dignité, mon p'tit T-Bird Murphy.

– C'est ma trompette qui a merdé », j'ai dit.

J'ai ouvert mon étui et je lui ai fait voir. La cloche était aussi froissée que du papier alu et elle était toute tordue – obscène.

Duke farfouillait dans son placard à poudre. Les murs de son appart étaient couverts de bouquins – surtout de l'histoire et de la philosophie, des bouquins de guerre et des dossiers pleins de cartes topographiques –, et son appartement était légalement référencé en tant qu'arsenal. Il avait tous les flingues possibles et imaginables : fusils, pistolets, carabines, automatiques, Mac-10, Uzi, AK-47 et un petit bijou de mitraillette Streetsweeper à barillet de vingt-quatre balles. Mon pote, si tu tires dans le tas avec ça, à tous les coups tu fais un carton. Un truc à faire tomber tous les arbres de la forêt. Les flingues, c'était son petit passe-temps, mais sa vocation, parce que c'était bien de l'ordre du religieux, c'était la poudre. Duke adorait la poudre pour armes à feu : il faisait sa petite sauce, dont il remplissait ensuite lui-même ses balles et ses cartouches, il coulait ses plombs dans des moules et les laissait refroidir avant de les rajouter dans ses balles pour qu'elles filent bien droit, pénètrent leur cible et explosent juste comme il faut, au moment où elles l'atteignaient. Sa table de cuisine était une véritable usine : c'est là qu'il avait ses machines à chargement, ses frises, ses fioles, ses tubes, son plomb et ses cartouches en cuivre qui attendaient une nouvelle cargaison. Des bouquins de partout et, accroché au mur, un graphique sur lequel se trouvaient détaillés tous les mélanges de poudre et leur qualité explosive, la vélocité que la balle pouvait atteindre, ses performances pour chaque type de flingue, des analyses extrêmement poussées et détaillées sur la précision d'un tir à vingt-cinq mètres pour le pistolet x, à cinquante pour le pistolet y, la taille du trou à bout portant pour le pistolet z.

Pendant que Duke farfouillait dans son placard, il m'a raconté l'histoire de Jimmy Mulefoot.

« Je connaissais un type, là-bas, à Falfurrias, au Texas, à l'époque où je bossais de nuit. Jimmy Mulefoot avait du sang indien et c'était le meilleur conducteur de derrick de tout le sud d'Amarillo, là où bossait son frère, Lincoln Mulefoot. Une nuit, le vieux Jimmy Mulefoot décide qu'il est grand temps qu'il se torche la gueule, parce qu'il a pas touché une goutte depuis pas loin d'un an, donc il se ramène une bouteille d'eau bénite au boulot, et vas-y qu'il monte là-haut en gueulant comme une truie et en se balançant de droite à gauche sur la plate-forme d'accrochage. Note qu'il est à une hauteur de trois tiges de forage, là où il peut verrouiller et déverrouiller les ascenseurs, à trente mètres au-dessus de la plate-forme, et ça remonte au bon vieux temps où on faisait les choses comme il faut : le travail avait remplacé la guerre et on n'allait pas voir son avocat avant d'avoir terminé le boulot – t'as déjà vu un soldat intenter un procès parce qu'il s'est fait tirer dessus par l'ennemi ? Bon, ben, je te parle de l'époque où un ouvrier acceptait les responsabilités et les risques du métier. On devait déplacer la tour de forage et donc ressortir les tuyaux du trou, mais le vieux Jimmy Mulefoot, lui, refusait de descendre, il voulait rester là-haut et faire un tour de manège. Ce qui fait qu'on a commencé à faire rouler la tour sur des rondins – des vieux poteaux téléphoniques, plus précisément. »

Duke me scrutait du regard. J'ai repris un coup à boire et il s'est remis à farfouiller dans son placard.

« La tour de forage s'est renversée, et le vieux Jimmy Mulefoot a fait un sacré tour de manège. Il s'est brisé en mille morceaux, mais il a quand même survécu deux bonnes heures. Il ne disait rien, il restait juste là, allongé, à saigner. L'équipe de nuit a débrayé et les gars du matin sont arrivés dans leurs bagnoles, des nuages noirs d'insectes s'épaississaient sur la ceinture orange du soleil levant. C'est tellement plat, par là-bas, qu'on peut voir la courbe de la Terre. Alors, Jimmy Mulefoot a regardé le ciel et l'a vu disparaître à tout jamais. »

Duke a trouvé ce qu'il cherchait et il a refermé la porte du placard.

« Voilà de quoi je parle. »

Il a ouvert une nouvelle bouteille et il a posé trois étuis à munitions en cuir sur la table.

« T'as trois possibilités, il a dit. IMR 700-X, Point Rouge ou Solo 1000. »

J'ai rien dit.

« Le Point Rouge devrait faire l'affaire, il a dit. Ça brûle vite et ça éclate d'un coup. »

Il a ouvert un des étuis et pris une pincée de poudre entre le pouce et l'index.

« Ça fait plus de peur que de mal. »

Il a rempli de poudre les trous de ma gencive qui saignaient, sorti un Zippo de sa poche et s'est allumé une Lucky. Duke fumait en tirant de grosses taffes sur sa cigarette. Il a tapoté pour faire tomber les cendres, il a examiné le bout incandescent de sa clope et il me l'a planté dans la gencive remplie de poudre. La poudre s'est mise à péter tout blanc et à grésiller, il m'a aspergé la bouche de Glenfiddich, le feu continuait à se consumer en sifflant.

« Ça pue, il a dit, mais ça va aller. »

Il m'a examiné la bouche.

« Qui vivra pétera », il a fait.

J'ai hoché la tête. Je crois bien que je me suis évanoui.

Quand j'ai revu Duke, ma trompette était réparée. Je ne suis pas tout à fait sûr de ce qui s'est passé *pendant* qu'il la réparait, parce qu'il voulait à tout prix me montrer comment il l'avait bricolée, me montrer ma trompette qui n'avait pas été en aussi bon état depuis l'époque où Pop jouait dans l'orchestre symphonique d'Oakland, mais j'en suis venu à me dire que la scène s'est déroulée comme ça.

Duke portait son imper et son feutre, ma trompette emballée dans une vieille couverture en laine sous le bras. Il a traversé la voie ferrée en direction du boulevard de la Skyline, boutiques, stations de BART[1], bars et magasins fermés pour la nuit. Il s'attendait à entendre l'écho de ses pas dans les rues vides, mais il n'entendait rien d'autre que sa respiration, qui détalait dans l'épaisse obscurité. Quand il a traversé le Chinatown d'Oakland, une odeur de chair pourrie, cette odeur de soupe rance, s'est infiltrée dans l'air et la fumée sèche des vivaneaux grillés s'est répandue dans ses poumons, une odeur fétide et âcre de charogne. Duke a eu un haut-le-cœur et s'est dépêché de traverser le marché plein de mouches et de sang. Il a marché sous des auvents en toile éclairés au néon par des kanjis

1. L'équivalent du RER pour la baie d'Oakland.

fluorescents, il a tourné à gauche, grimpé la colline et s'est arrêté devant la devanture d'un magasin où s'alignaient des rangées bien droites de canards plumés, pendus par les pattes et brillants de graisse.

Duke a sorti une main de la poche de son imper et il a visé un canard d'un doigt, le pouce levé, comme s'il s'apprêtait à tirer.

« Pan ! » il a dit.

Il a poursuivi son chemin et, lorsqu'il est arrivé au-dessus des quartiers pauvres d'Oakland, il s'est arrêté devant une petite maison en stuc et s'est retourné pour regarder derrière lui, en direction de la baie. Il était au-dessus de la ligne du brouillard maintenant, et les rues de la ville avaient disparu. Les toits des rares immeubles d'affaires perçaient l'obscurité comme des cubes de Lego et l'immeuble hideux de la *Tribune* éclairait la nuit. Au loin, il apercevait les travées et les poutrelles du Golden Gate et du Bay Bridge qui transperçaient le lit de brouillard comme les mâts et les gréements d'immenses navires de la mort. À l'est, sous le brouillard qui couvrait les friches industrielles de la baie d'Oakland, de Richmond et d'El Cerrito, les torches des usines s'élevaient en tourbillons rouge et orange, comme si les ouvriers avaient mis le feu à la terre gorgée de pétrole.

Duke a ouvert la porte du garage et allumé la lumière. Il a souri en voyant le bazar, son bazar qu'il avait mis cinquante ans à accumuler, la preuve que sa femme éprouvait toujours de l'amour pour lui, bien caché derrière ses robes sévères à col montant et sa tronche de bouddha inexpressif. Son bateau pour aller à la pêche au poisson-chat, sa chaîne stéréo Garrard et une pile de vieux vinyles de John Lee Hooker, Sinatra, Benny Goodman, Tony Bennett, Ray Charles, Louis Armstrong, aux pochettes toutes noires et marron à cause de la moisissure, sa perceuse à colonnes, sa table de sciage, ses caisses d'huile et de bidons d'antigel, son établi, ses fringues de travail qui pendaient aux tuyaux du plafond, le radio-réveil branché sur la station d'infos en continu, des pistolets à isolation sur le sol en béton, exactement là où il les avait laissés il y avait de ça vingt ans.

« Elle m'aime, a dit Duke, la salope ! »

Il a farfouillé dans sa caisse à outils portative, il a déniché son fer à souder et sa soudure d'argent, il a branché le fer et il est resté planté là à attendre que ça chauffe.

Il a déballé la trompette, il l'a posée sur l'établi et l'a minutieusement examinée. Cloche bosselée, tuyaux détendus et pliés, valves enfoncées. Il a posé le cuivre sur ses lèvres et essayé de souffler, mais l'air ne passait pas et ses joues se sont tellement gonflées qu'elles lui ont fait mal. Quand il a vu que le fer à souder commençait à fumer dans l'air froid, il s'est mis au boulot, rattachant le tuyau détendu avec de délicates traînées d'argent, tirant les soudures comme s'il traçait un portrait sur du papier de riz, essuyant les coulures avec une éponge verte humide.

Il a ouvert le placard en bois qui se trouvait sous l'établi et en a sorti une petite lampe à acétylène et une boîte en étain contenant des outils pour travailler le métal, il l'a ouverte et il a posé sur l'établi une panoplie de baguettes à souder, de marteaux, d'étaux, de collets et de moules, de maillets, de limes et de papier de verre extra-fin.

La porte donnant sur la maison s'est ouverte. C'était Myrtle, en robe de chambre, les mains jointes comme si elle priait.

« Qu'est-ce que tu fabriques, Mr Hammerback ?

– T'es resplendissante, a répondu Duke. La nana la plus sexy au nord de Mason-Dixon.

– On s'était mis d'accord et tu m'avais juré que tu ne débarquerais plus à l'improviste tant que t'aurais pas arrêté de boire et fait une thérapie jungienne.

– J'arrête de boire tous les soirs, poupée.

– Qu'est-ce que tu fabriques, Mr Hammerback ?

– Premiers soins. Je répare une trompette, Mrs Hammerback.

– À quatre heures du matin ?

– Les urgences, ça ferme pas à la tombée de la nuit. »

Le visage de Myrtle avait l'air jeune et simple, mangé par des yeux pleins de vie, comme un génie ou un simple d'esprit.

« Travailler à n'importe quelle heure, elle a dit, c'est le symptôme de la discontinuité de l'esprit. Tu n'es toujours pas en paix avec toi-même. »

Duke se regardait les mains.

« Réparer une trompette, c'est le symbole de ton désir d'homme blanc de contrôler les événements, Myrtle a dit. Vous avez inventé un Dieu à votre image, puis vous l'avez tué, et maintenant vous pensez que vous pouvez prendre sa place. »

Duke a fouillé dans ses vinyles, il a trouvé son album préféré de John Lee Hooker et il a mis « Tupelo », un morceau de blues brut qui lui rappelait Falfurrias, au Texas. Il a regardé Myrtle. Elle était aussi belle que quinze ans plus tôt. On entendait le bruit d'un klaxon, dehors, dans la rue. La bruine s'était mise à tomber par petites vagues et l'air avait cette odeur fraîche de poussière qui rappelait l'enfance. Duke a fait un grand sourire à Myrtle et lui a ouvert les bras.

« Viens, on danse, poupée.

– On est vieux, Myrtle a dit. Il faudrait pas qu'on se raconte d'histoires et qu'on se mette à idéaliser une jeunesse idyllique qu'on n'a jamais vécue. »

Duke s'est approché d'elle, il l'a prise dans ses bras et il a commencé à la faire danser autour de son bateau de pêche. Dans ses bras, Myrtle restait extrêmement raide.

« Je suis un homme heureux, il a dit, ton chevalier dans sa putain d'armure brillante. »

Le morceau continuait et c'était John Lee Hooker, tout seul à la guitare, avec son magnétophone qui grésillait, on entendait les bruits du bar, les glaçons qui faisaient des cliquetis dans les verres à whisky, les gens qui tapaient du pied sur les planches posées sur des poutres.

« T'entends un peu ça, Myrtle ? T'entends ça, non ? »

Myrtle ne disait rien.

Duke a explosé de rire.

« C'est la musique de la ville ! »

Sur l'enregistrement, on distinguait le bruit d'un klaxon.

« Ce klaxon ! *Pas* coupé, *pas* d'espèce de mouton pseudo-artiste qui lui demande de refaire la prise – non ! La musique de la ville, le grondement du métro sous nos pieds, l'odeur du vomi et de l'urine sur le trottoir, les aisselles sans déodorant d'un million de bras, le vent coupant, le même vent qui traverse les immeubles et les plates-formes pétrolières offshore et les volcans de l'autre côté du Pacifique ! Johnny Lee Hooker n'a pas supprimé ce coup de klaxon, cette musique de la rue, ce souffle de la ville. Il n'a pas coupé ce klaxon ! Tu vois un peu ? »

Duke regardait Myrtle dans les yeux.

« Tu vois un peu ? »

Myrtle a fait « non » de la tête, non, elle ne voyait carrément pas. Carrément pas du tout.

« Couper ce klaxon, ça reviendrait à changer ce qui est naturel, changer ce qui est vrai, Duke a dit. Cela reviendrait à me demander de ne pas être Duke. »

Il a fait tourner Myrtle.

« Wohoo ! » Duke rigolait. « Wohoo ! »

Il a dansé avec elle jusqu'à la porte.

« On peut pas faire ça, Myrtle a dit. Pas tant que tu continues à boire.

– Tut, il a dit, Tut-tut ! Tut ! »

Myrtle lui a lancé un sale regard.

Il a laissé retomber ses bras. Il s'est ramolli. Il a senti ses joues lui dégouliner sur les mâchoires.

« On a soixante-dix ans. On va pas tarder à se transformer en bouffe à vermine.

– Nos âmes ne mourront jamais, Myrtle a dit.

– Pas la mienne.

– Accepte Jésus en toi, elle a dit, et tu trouveras le Salut.

– Jésus peut aller se faire foutre. Je lui enfoncerais bien mon Remington dans le cul pour voir si ce trou du cul est immortel, tiens.

– Je ne peux pas te parler.

– Pour une assistante sociale, Duke a dit, pour une assistante sociale, on ne peut pas vraiment dire que tu sois à l'écoute de ta famille.

– Déjà entendu cette vieille rengaine.

– Oh, que oui. Tu l'as déjà entendue.

– Oui, Myrtle a dit. T'as raison.

– Je t'aime.

– Oui. Je crois que tu penses effectivement que tu m'aimes. »

Et elle a secoué la tête.

« Duke, tu cherches quoi, dans la vie ? »

Il a rigolé.

« Quoi ? Qu'est-ce qu'il y a ? Qu'est-ce que ma question a de si drôle ? Je ne plaisante pas, Duke. Moi, j'ai trouvé ce que je cherchais dans la vie. J'ai trouvé le Salut auprès de Jésus. Qu'est-ce que tu cherches, *toi*, dans la vie ? »

Duke continuait à se marrer. Puis il a arrêté. Il est devenu sérieux, comme s'il avait d'un coup dessoûlé. Il l'a regardée bien droit dans les yeux.

Il a allumé son Zippo, il a tordu les valves de sa lampe à acétylène, il a projeté la flamme de son briquet devant l'embout et du feu tout bleu a jailli dans l'air. Le sifflement du gaz enflammé lui a rempli les oreilles, comme la mer dans un coquillage.

« Duke Hammerback. Je t'ai posé une question sérieuse. C'est le genre de question à laquelle moi, qui suis ta femme, j'ai le droit d'espérer une réponse. Tu cherches quoi, dans la vie ? »

Duke a répondu :

« Je suis à la recherche de la balle parfaite. »

Duke m'avait cautérisé la gencive et il avait réparé ma trompette du mieux qu'il avait pu, mais, sans dents, j'allais plus trop pouvoir être trompettiste. C'était pas plus mal, au fond. Parce que je risquais de devenir rien d'autre qu'un nase qui jouait dans les bars, et j'en avais vu un paquet des vieux nases qui jouaient dans les bars, à leur âge ils faisaient tellement pitié que t'avais envie soit de leur foutre une grosse baffe, soit de te mettre les mains sur le visage et de chialer comme une pédale. Être un vieux musicien, c'est une chose. Mais être un vieux musicien raté, c'en est une autre.

Après ça, j'ai fait des tonnes de boulots différents. Je suis retourné dans la gunite un petit moment, j'ai bossé sur l'aqueduc de Californie et sur le canal du delta de

Mendota, dans la Vallée Centrale, j'ai aussi creusé un grand fossé sur la base de l'armée de l'air de McClellan, et j'ai même pas eu besoin de payer ma place de camping, parce que j'ai de la famille à Sacramento, ce qui fait que je pouvais crécher chez eux. J'ai encore vu une paire de gars mourir, j'en avais déjà vu pas mal crever de la gunite, ce qui fait que j'ai dit *adios, compadres*. La gunite, c'est un bon boulot, mais ça fait trop de morts. J'ai fait du renforcement de digues, j'ai été porteur sur un chantier, soudeur de matériels électroniques pour un hippie qui bricolait des générateurs d'ions négatifs dans sa chambre d'ami, travaillé sur les quais. J'ai fait gardien, bossé à la chaîne chez Ancher Hocking, mis des légumes en boîte à l'usine Huntz, payé mon dû chez Golden Grain. J'ai fait garde dans un parc d'attractions, protégé les enfants des pervers et passé les menottes aux petits cons qui chouravaient. J'ai bossé à mon compte et j'ai retapé des vieilles baraques pour des proprios pourris qui ne voulaient pas vraiment que leurs baraques soient retapées, juste qu'elles soient bien maquillées, pour épater les couillons de service qui n'y verraient que du feu. Je ne me suis pas souvent fait virer, mais je n'ai vraiment aimé aucun de ces boulots. Je me suis fait jeter de ma chambre d'hôtel parce que j'arrivais pas à payer le loyer dans les temps, ce qui m'allait très bien, parce que je pouvais toujours planter ma tente dans les campings du coin, au parc de Redwood, au lac Chabot, et parfois même dans la baie de Half Moon, sur la côte. Il y a des endroits bien pires que ces campings de Californie du Nord.

Et puis, au bout d'un moment, j'ai fini pas décrocher un bon boulot, et quand je l'ai eu, j'ai capté que tout allait marcher comme sur des roulettes.

Au moins, la nuit, les odeurs se dissipaient un peu. Les mouettes piaillaient, grasses et joyeuses, les rats jouaient dans les flaques d'eau. De l'autre côté de la baie, San Francisco scintillait sous des lambeaux de brume et l'eau remuait lentement, comme du goudron, charriant à la dérive des poubelles et des volailles crevées, prisonnières d'une écume sale et verte, même si la nuit tout semble noir. Des milliers de foyers de méthane brûlaient en sifflant et en dégageant du soufre, des millions de tonnes de frigos, de couches-culottes et de cumulus, de matelas, de sommiers, de sprays et de balançoires tordues, de bouteilles vides de malt bon marché, tout ça se compressait pour produire du fuel, de quoi alimenter Oakland jusqu'à la fin des temps, et de ces montagnes d'ordures s'échappait une fumée qui retournait au monde, le pet de la terre jaillissant en geysers de trous du cul larges comme des pièces de dix cents. Dans la nuit froide, ces geysers de méthane dégageaient de la vapeur et les mouettes planaient sur ces volutes, tournoyant, les ailes déployées, comme des vautours à l'approche d'une bête crevée au bord de la route, la vapeur sifflait dans leurs plumes, s'enroulait sur leur poitrine, leur cou et leur bec, s'étirait jusque dans le ciel noir et gris en un long, interminable soupir.

Je n'étais pas plus heureux qu'un autre de vivre à la décharge, mais je n'avais pas vraiment le choix, vu que Pop avait décidé de se marier. Et puis, je n'étais pas le seul à vivre là. J'étais en bonne compagnie. Les feux de camp scintillaient sur les collines de poubelles, sur l'alu et le verre cassé, ça faisait comme des petites étoiles orange. On voyait passer des ombres. Une fois, j'ai entendu les gémissements d'un couple en train de baiser très lentement et avec une grande tristesse. Je n'allais pas passer ma vie à la décharge. Je n'étais censé vivre là que jusqu'à ce que j'aie réuni assez de pognon pour la caution d'un appart, plus le premier et le dernier loyer. Là, j'aurais une place de parking où garer mon camion-poubelle en toute légalité.

Comme je n'avais plus assez pour me payer le camping et que ma prochaine paye n'arriverait pas de sitôt, j'avais dû m'installer dans ma caisse pour dormir. Moi, ça m'allait très bien ; le problème, c'est que je me faisais emmerder sans arrêt. Quand je me pieutais dans un quartier résidentiel, les chiens aboyaient toute la nuit et les flics avaient vite fait de remarquer ma vieille bagnole cabossée, ils collaient leur lampe de poche à la vitre et me réveillaient, ils me faisaient passer l'alcootest, fouillaient mon cendrier et me collaient une prune avant de me dire de dégager de là. Quand je pionçais dans un quartier normal, on me pétait une vitre, ou alors un gamin me crevait un pneu pour faire le malin devant ses potes ; une fois, un enfoiré m'a même pissé dessus par la fenêtre que j'avais laissée entrouverte, sa pisse m'a giclé dessus, je me suis redressé d'un coup et le type s'est taillé en ricanant, son zgègue dégoulinant projetant des guirlandes de pisse qui miroitait sous la lumière jaune des lampadaires. Quant au quartier des entrepôts, t'y roupilles pas dans ta caisse, c'est comme ça, ça se fait pas, point final. En centre-ville ? Oublie. Essaie un peu aussi dans un parc, sur un terrain vague, un coin sombre et tranquille : les flics adorent ce genre d'endroits. Alors, quand j'ai décroché ce boulot de conducteur de camion-poubelle pour le père d'un de mes potes de lycée, je me suis dit *cool*, je pourrai dormir sur le parking de la boîte. Le problème, c'est qu'il n'y avait pas de parking, à la boîte. Mr Vieira bossait comme sous-traitant : il louait ses camions à la Oakland Waste Company, et le camion était sous la responsabilité du chauffeur. Soit tu ramenais l'engin à la maison le soir, et c'est ce que faisaient la plupart des vieux, soit tu le garais à la décharge et tu le reprenais le lendemain matin, en commençant ta tournée. J'étais à mon compte et il fallait que je me débrouille comme un grand pour trouver où garer ce putain de truc.

À mon compte, merde. Belle manière de dire l'immonde vérité, parce qu'en réalité j'étais un jaune – y a rien de pire que d'être un jaune, sauf d'être un jaune décomplexé. Les jaunes, ils te piquent ta paye, ta bouffe et ton loyer, jusqu'à l'argent de ta dernière bière, et ils méritent de crever. Un jaune, ça vaut moins qu'un avocat, ça vaut même moins qu'une femme qui colle un avocat au cul de son mec. Un jaune, c'est plus pourri qu'un pote que tu considères comme un vrai pote et qui va brancher ta nana dès qu'elle est bourrée et que t'as le dos tourné. J'étais un jaune, tout le quartier le savait et ça me faisait grave chier. Mr Vieira était le patron d'une boîte de jaunes, je faisais le jaune pour lui, et mon camion-poubelle était une insulte balancée à la face de tous les habitants du quartier.

Va donc garer ta benne ailleurs que sur un parking. Pas évident, même si ce n'est pas le camion d'un jaune que personne peut saquer. Tu veux dégoûter une grosse merde d'avocat bedonnant ? Gare ton camion-poubelle devant chez lui. J'adore ce genre de mecs, ces espèces d'enculés blindés de thunes, et les gueules pas croyables que se payent leurs coches, elles qu'ont des tronches à avoir été des petites filles de riches, des pom-pom-girls toutes mignonnes, mais gonflées à cause des tonnes de lard Crisco qu'elles se sont avalées – et tu sais pertinemment que leur mec se fait branler à San Pablo, et ce, depuis le lendemain de son enterrement de vie de garçon ; sa femme obèse ne se fait plus troncher qu'une fois par siècle, mais ce jour-là, elle se débrouillera pour pondre une nouvelle future femme au foyer, obèse et complètement débile. Je les adore. C'est vrai. Je blague pas.

Je ne pouvais pas garer le turbin dans ces rues blindées de thunes et, avec mes plaques d'immatriculation d'une compagnie privée, bordel, impossible de me garer devant chez un pote ou dans sa voie de garage. Même pas sur sa pelouse. Les flics te foutent une contredanse, même tes potes flics, les gars que tu connais, avec qui t'as fumé de l'herbe et avec qui tu dealais – même eux, ils ne te laisseront pas te garer, parce qu'ils ont la trouille de se faire convoquer par leur capitaine et que les capitaines, ils viennent toujours des quartiers résidentiels où les habitants sont proprios. T'as un camping-car et tu te pisses dessus dans tes couches pour adulte, t'as un réservoir à oxygène branché sur le trouduc pour t'aérer le cerveau parce que tu conduis une caravane gigantesque, ben, ouais, t'as le droit de te garer où tu veux, n'importe où, bordel de bordel.

Mais tu conduis un camion-poubelle ?

Va te faire mettre.

Tu conduis un camion-poubelle de jaune ?

Va te faire mettre encore plus.

Ce qui fait que je garais mon break juste à côté de la décharge, près de l'abattoir, et que la nuit je dormais dans le camion, à la décharge.

Quand j'ai décroché ce boulot de conducteur de bahut pour Vieira, je me suis d'abord dit que je pourrais garer mon bazar à la station Mohawk, là où Pop travaillait. Pop était dans le garage, en train de peloter sa fiancée, Mary. Elle était un peu rondouillette, mais elle avait des gros nibards et des minijupes, des chemises coupées et des talons qui donnaient l'air baisable à son cul mal foutu. Quand elle rigolait, les pigeons s'envolaient des fils téléphoniques et les chats se mettaient à pousser des cris stridents. Mais elle avait une bouche à pipe et Pop faisait toujours le vantard, vas-y qu'il en parlait à tous les clients qui passaient faire de l'essence.

« T'as maté un peu la bouche de ma petite coche ? » qu'il disait, avant d'envoyer un clin d'œil et de s'attraper les couilles – et là, le client faisait oui de la tête en souriant.

Mary trompait Pop, tout le monde le savait, même Pop. Quand je l'ai chopée sur le vif, dans ma propre bagnole, en train de baiser avec les clodos qui vivaient dedans, j'ai pas voulu faire de peine à Pop. Je voulais donc pas le lui dire, mais j'ai quand même fini par le faire.

« Pop, j'ai dit, je suis désolé.

– Y a pas à être désolé.

– T'as entendu ce que j'ai dit ?

– Est-ce que j'ai l'air d'un putain de sourdingue ?

– Et alors ?

– Quand elles couchent et qu'elles reviennent à la

maison, il a fait, c'est pas la même chose que quand elles couchent et qu'elles reviennent pas. »

Des types du quartier qui l'ont baisée l'ont dit à Pop. Mike, qui bossait le matin à la station Mohawk, l'a même chopée une fois en train de faire des cochonneries avec une serveuse de chez Dick. Il l'a raconté à Pop, et Pop a lui dit :

« Elle revient toujours, le lendemain matin. Et ta coche à toi, elle est où, là, en ce moment ? »

Et c'est vrai que Mary était toujours là le lendemain – ça, au moins, on ne pouvait pas le lui reprocher. Pop se disait que, si elle le trompait, c'est qu'il ne pouvait sans doute pas y faire grand-chose, et il avait certainement raison. Mary était loyale envers lui – si quelqu'un disait quoi que ce soit contre lui, au restau où elle bossait, elle faisait le tour du comptoir et elle éclatait une bouteille sur la tronche du gars. Elle aimait Pop, Pop le savait et ça le soulageait. Elle le trompait, mais ça voulait dire qu'il avait le droit, lui aussi, de se payer des extras sans avoir à culpabiliser. Ça faisait déjà bien longtemps qu'il avait renoncé à l'idée de fidélité, il avait quand même déjà perdu deux putes infidèles.

Mary avait trois gamins, tous d'un père différent. Je ne connaissais pas l'aînée, une fille nommée Rhonda, mais les deux petits jouaient dans les piles de vieux pneus, ils rampaient dans des tunnels et s'éclaboussaient d'eau verdâtre, boueuse et pleine d'huile, ils rigolaient et jouaient à la guerre avec des vieux pare-boue et des chambres à air qu'ils se balançaient à la figure. Moi et mes frères qui étaient morts maintenant, Clyde et Kent, on jouait aussi dans ces pneus – bon nombre n'avaient sans doute pas bougé depuis –, on s'amusait à se faufiler en hurlant à travers, ouais, à travers ces pneus pleins d'eau croupie, on les empilait en gigantesques tours, on les escaladait, on construisait des forts à leur pied, des cachettes, des refuges où on se sentait à l'abri d'Oakland, Californie, des gangs mexicains, noirs ou philippins qui voulaient nous faire la peau avec des crans d'arrêt et nous foutre sur la gueule à coups de briques, de matraques et d'os. On avait construit des châteaux géniaux avec des pneus de gros bahuts, des pneus de dix par vingt – pour les démolir, ces châteaux, il aurait fallu quelque chose d'un peu plus costaud qu'un petit tremblement de terre. En été, on rapiéçait des vieilles chambres à air de camion pour en faire des radeaux, on les mettait à l'eau au bout des docks et on allait se balader dans la baie de San Francisco, on flottait sur cette crasse visqueuse, sur les couches de pétrole, de gazole et d'essence aux couleurs de l'arc-en-ciel, on se baladait jusqu'à ce que ces enfoirés de garde-côtes nous foutent le grappin dessus et exigent que Pop vienne nous chercher au centre de détention de Treasure Island. En hiver, Pop nous faisait monter à l'arrière d'un camion de service et on partait pour la Sierra Nevada, et quand on arrivait là où il y avait de la neige, à Placerville, Auburn, parfois même Deer Valley ou Donner Pass, là où l'expédition Donner a fini par s'entre-bouffer à la mode californienne[1] – bref, quand on arrivait là où il y avait de la neige, Pop nous faisait descendre et il mettait le compresseur en route, il gonflait les chambres à air et on faisait du bobsleigh, et vas-y qu'on descendait les pentes en marche arrière, en regardant les sommets

1. Constituée de colons qui voulaient se rendre en Californie, à l'époque de la « fièvre de l'Ouest » et de la « ruée vers l'or », la Donner Party s'est fait coincer par une tempête de neige au cours de l'hiver 1846-47. Pour survivre, certains membres de l'expédition ont eu recours au cannibalisme.

et les arbres qui s'éloignaient, on était morts de rire et de trouille, parce qu'on savait bien qu'on risquait de s'éclater la tronche contre un arbre ou un rocher, mais, en même temps, on n'en avait absolument rien à branler.

Et maintenant, les nouveaux gamins de Pop, les gamins de Mary, notre relève – la mienne, et celle de Clyde et de Kent –, maintenant ces gamins jouaient dans les mêmes pneus, ils se tapaient dessus avec les mêmes chambres à air et les mêmes garde-boue couverts de la même suie. À les regarder, j'ai mesuré combien Pop avait été un père génial, lui qui nous laissait jouer dans ces pneus au lieu de nous envoyer prendre des cours de tennis ou de squash ou de foot, ou de nous envoyer en colo à Tapette-ville.

« C'est pas parce que les deux dernières ont pas marché que celle-là non plus, elle marchera pas, il a dit.

– La dernière, c'était une truie. Aucune classe. Quel genre de bonne femme refuse de faire la vaisselle ? Hein, quel genre de bonne femme ?

– Pas la peine de revenir là-dessus, a fait Pop. Je me sens prêt à fonder une nouvelle famille, et dans cette famille, il y a trois gamins. »

Il a souri avec une joie comme je ne lui en avais pas connu depuis l'époque où j'étais à l'école primaire. Un sourire sans douleur et qui n'était pas douloureux. Puis ce sourire s'est effacé et il a dit :

« On va être serrés comme des sardines, dans l'Airstream[1].

– C'est juste histoire de garer le bahut, j'ai dit. Je te demande pas de revenir m'installer dans la caravane. Je pourrais peut-être dormir dans ma bagnole sur le parking, qu'est-ce que t'en dis ?

1. Marque de caravane arrondie et métallisée.

– Non. Non, pas possible. Faut partir sur de bonnes bases, et ça ferait pas bien que mon fils, un adulte, dorme dans sa bagnole, juste là, dehors. Quelle sorte de putain d'exemple est-ce que ça donnerait aux gamins ? »

Pop m'a regardé.

Je ne lui en voulais pas. Mon bahut ne sentait pas la rose, même une fois vidé de son chargement. Même avec des tonnes de produits chimiques, après un nettoyage au Kärcher ou un décapage au sable, rien à faire, la puanteur restait incrustée dans la benne. Qui perdrait son temps à nettoyer un camion-poubelle, de toute manière ? Ça reviendrait à te laver les mains bien comme il faut avant de nettoyer tes chiottes.

« Pas question que tu dormes sur le parking, a dit Pop. Mary a des gamins, et ils ont pas besoin d'en savoir trop pour l'instant. J'ai appris deux ou trois choses avec le temps. Je vous en ai trop dit, à toi et tes frères.

– Je serai parti avant que vous soyez levés, le matin. Je commence ma tournée à quatre heures du mat'.

– Non. Pas question que tu dormes sur le parking.

– Ça se passait toujours nickel quand je vivais ici et que *toi*, t'avais un rencart, j'ai dit. "T-bird, va pioncer dans ta bagnole, ce soir, on va être serrés dans la caravane."

– Qui c'est qui paie les factures ici ? » il a demandé.

Il m'a jeté un regard dur.

« Je suis vraiment heureux pour toi, Pop. Mary, c'est vraiment une femme bien.

– M'embrouille pas avec tes conneries du genre "Mary, c'est une femme bien". Parce que, de toute manière, tu vas pas garer ton camion-poubelle chez moi. Il pue la merde.

– C’est un camion-poubelle. Ça pue. C’est pour ça que Dieu l’a inventé.

– Il l’a inventé pour puer la merde ailleurs, bordel », Pop a dit.

Tu pourrais croire que la décharge, c’est l’endroit le plus pourri de la terre, mais attends un peu : toute la baie est entourée de décharges, en tout cas de ce qui servait de décharges y a encore pas si longtemps. Berkeley, Oakland, San Leandro, Hayward, Freemont, San Jose et, de l’autre côté de la baie, toutes ces villes de bourges jusqu’à San Francisco – tu sais ce que c’est, leurs rivages ? Des ordures. Des ports branchés, des parcs d’attractions, des villages vacances avec terrains de golf, systèmes de lagunes façon Venise et gondoliers mexicains qui promènent, à coups de perche dans une eau dégueulasse, des couples qui se tripotent en passant devant des rives asséchées, des restaus de moules, de palourdes et d’huîtres élevées dans cette flotte de merde sur d’anciennes décharges publiques. Les ordures, ça fait le bonheur des promoteurs immobiliers.

De ma décharge, au bout de la rue Davis, à la limite entre Oakland et San Leandro, j’avais l’un des meilleurs points de vue sur la baie de San Francisco. Mon pote, la nuit, je voyais tout jusqu’à Berkeley, au nord, les stades de foot, les tours et, en bas, jusqu’à la grosse crasse de San Jose, les rangées de bouées lumineuses qui mettaient en garde les bateaux contre les eaux peu profondes et boueuses ; le pont de San Mateo, éclairé par une espèce d’architecte sadique qui avait fait installer des lignes de lumières fluorescentes pour hypnotiser les conducteurs, tard le soir, que tout devienne flou et qu’ils se prennent une tôle sur la route de San Francisco, cette ville où les gens, avant, vivaient et travaillaient, mais qui était en train de devenir un lieu où les riches achetaient des trucs et buvaient du café à la place du whisky.

San Francisco, putain. Un jour, j'ai tourné presque une heure en centre-ville à la recherche d'un bar ; les seuls endroits où on te servait à boire, c'étaient les hôtels, la bière coûtait une heure de boulot et tu ne pouvais pas fumer – et le portier te regardait de haut si tes fringues n'étaient pas aussi nickel que son uniforme à boutons dorés qui sortait du pressing. Tous les hôtels crasseux qu'on retapait dans le quartier du Tenderloin, quand je bossais dans la construction, tous ces bars à deux balles où les clodos vivaient dans la cave, sur des matelas de capotes usagées, des couvertures de surplus militaires et des aiguilles rouillées, tous ces trous de merde étaient devenus des résidences branchées, pleines d'hommes d'affaires chaussés de pompes vernies et munis de leur parapluie. Même les clodos, ils étaient devenus branchés. J'ai vu un type, là-bas, qui faisait des claquettes dans la rue : j'aurais jamais pu me payer une chaîne stéréo comme la sienne. J'en ai vu un autre qui picolait du Jack Daniel's, un jus trop cher pour moi. Au demi-tour du tramway à Powell Street, un Noir portant une coquille de protection et une sorte de coiffe tribale dansait une danse de nègre épileptique, son cul remuait et s'agitait, les cymbales accrochées à ses genoux s'entrechoquaient, et pendant ce temps des centaines de personnes, j'ai bien dit des *centaines*, lui balançaient des liasses de dollars.

Un jour, je suis entré par mégarde dans ce que j'avais pris pour un bar, et au lieu de ça, c'était une *lecture de poésie*. Tout le monde était fringué en noir, les cheveux courts, buvait de l'eau ou du *vin*, et ces bâtards se sont retournés pour me mater, comme si c'était *moi*, le bizarroïde de service. Une nana toute maigre, avec des lunettes aux montures noires, est montée sur scène pour lire sa *poésie* – un putain de truc sur ses règles. Je m'en souviens un peu. Voilà ce que ça racontait :

Je suis une femme.
Je suis la force incarnée.
J'aime la baise.
Je saigne ! Je saigne !

Là, elle a remonté sa robe droite presque jusqu'à sa chatte et on a vu des croûtes de sang séché sur ses cuisses en fromage blanc. C'était peut-être du ketchup ou du colorant alimentaire, mais personnellement, je trouvais que ça ressemblait déjà bien assez au vrai truc, et là, elle se met à chialer, sur scène, à se morfondre sur ses règles ; à la fin, ces gros nases l'ont applaudie, elle était tout avachie sur scène, en train de s'essuyer les yeux, et vas-y qu'ils applaudissaient comme si c'était le truc le plus mortel qu'ils avaient jamais vu. Dans le San Francisco que je connaissais, on aurait conseillé à cette coche de foutre un tampon et de retourner à Berkeley pour embrasser un putain d'arbre. Ensuite, un gars énorme, énorme et solidement charpenté, avec une veste Harley Davidson et un gros bide à bière, ce gros gars est monté sur scène pour lire un poème d'amour dédié à *son petit copain*. Bon, les conneries, ça suffisait comme ça. Les pédales, j'ai rien contre, à partir du moment où ils ne se sentent pas obligés d'en rajouter. Je me suis tiré de là vite fait, bien fait.

Je voyais tout ça de ma décharge. Une vue sur toute la baie, parce que je garais toujours mon engin sur la plus haute colline de la journée.

J'étais pas le seul à vivre là. Il y avait toutes sortes de bâtards, là-bas, des clodos qui s'étaient fait expulser de Berkeley et de San Francisco à cause des élections, des Mexicains qui gagnaient leur croûte en ramassant les trucs qui avaient un peu de valeur pour les revendre aux puces d'Oakland, des cinglés qui avaient trouvé un endroit qui les comprenait, des gars en cavale qui n'avaient nulle part où se planquer. La nuit, leurs feux coloraient les collines, se reflétaient sur les chromes tordus et les plastiques froissés. Les gamins jouaient à se balancer des trucs. Parfois, une odeur de viande brûlée dominait l'air acide et saturé de soufre.

Même s'il y avait plein de monde à la décharge, Jones en était le seul résident permanent. Il vivait dans une petite caravane garée dans le meilleur coin, loin des poubelles, en bas, près des détritus propres – pas de merde, pas de bouffe, pas de chats ni de chiens décomposés, rien que du sable et des gravats en provenance directe de la rue et des chantiers de démolition, des tuyaux en béton fendus, des barres de ferraille tordues –, sur le rivage légèrement en hauteur, histoire de profiter de la vue sur San Francisco et sur les collines d'Oakland et de Berkeley. Mon pote, il avait tout le nécessaire et, la nuit, il faisait marcher son bazar avec un groupe électrogène à essence plus bruyant qu'une tronçonneuse. Il avait accroché des lumières à des poteaux en fer tout autour de chez lui et il s'était branché une plaque chauffante et un congélo à viande. Il avait des télés, en veux-tu, en voilà, toutes branchées sur une chaîne différente, mais avec le son coupé – des films muets, les infos, des matchs scintillaient en bleu et gris dans la nuit –, et des chaînes stéréo par douzaines, qui se mettaient en marche à la tombée du jour, quand les camions arrêtaient de vider leurs chargements, les radios diffusaient alors de la musique classique à pleins tubes. Quand ils donnaient une messe, il poussait le volume tellement fort que les montagnes de poubelles se mettaient à trembler comme de la gelée.

La première fois que j'ai répandu mon chargement, Jones s'est approché de mon camion et il a sauté sur le marchepied. C'était un vieux gars pas très grand. Il portait un nœud pap' et une chemise blanche sous sa veste orange.

« Jones », il a dit, et il a tendu la main par la fenêtre pour me serrer la pince. Il avait la peau sèche, rouge et couverte de cicatrices. Il souriait – il avait perdu quelques dents, mais il n'était pas défiguré.

« T'es nouveau, ici, alors voici les règles ; c'est ma décharge, donc c'est moi qui prends les décisions. Tu suis pas mes consignes, tu décharges plus ici. Les collines poussent là où je les fais pousser, les vallées vont là où je leur dis d'aller. S'il y a une butte ou un col, une grotte ou un cratère, c'est parce que c'est comme ça que je veux que ça soit. Tu décharges là où je te dis de décharger. Ça va, jusque-là, on se comprend, l'ami ?

– Tu viens d'Angleterre ou un truc dans le genre ? j'ai demandé.

– Australie, il a dit. Et j'ai été chef de décharge aux quatre coins de la planète. Angleterre, pays de Galles, Écosse, Inde, Nouvelle-Guinée, Argentine, Alaska, îles Farallon, la moitié des îles civilisées du Sud Pacifique. »

La nuit, Jones faisait de la soudure. Il soudait tout le métal qui lui tombait sous la main : vieux éviers, pièces détachées de bagnoles, poutrelles cisaillées, réfrigérateurs, pieds de tables de cuisine à deux balles, lampes oxydées et tordues. Il fabriquait une espèce de sculpture carrément bizarre, une tour de cinglé qui ressemblait à rien, vraiment, si ce n'est à un paquet de saloperies soudées les unes aux autres et qui s'incurvait vers le ciel. Il ne la construisait pas pour faire le malin ou proclamer à l'humanité qu'il fallait d'urgence sauver la planète. Il ne la construisait pas parce qu'il redoutait l'Apocalypse. Non. Au bout d'un moment, il faudrait la détruire et l'enterrer sous des tonnes de déchets. Personne ne soupçonnait son existence, à part moi et les autres chauffeurs à leur compte. La tour changeait un peu chaque jour ; un four qui ressortait sur un côté donnait l'impression qu'elle allait basculer et s'écraser sur sa caravane. Une nuit, Jones a soudé toute une série de grille-pain en inox en forme de visage flippant qui, le lendemain, renvoyait des éclats de soleil par-dessus l'enceinte et, la nuit, scintillait sous la lune comme une ville éclairée. Une fois, il a récupéré toutes sortes d'instruments – des cors, des saxos, des trombones, un tuba rouillé –, il les a disposés comme un orchestre sans musiciens ; mais avec la musique qui retentissait des haut-parleurs, tu avais presque l'impression de les voir derrière leurs cuivres, des vieux sortis de leur tombe et des enfants se dépatouillant comme ils pouvaient avec leurs gammes, des générations de fantômes d'Oakland interprétant un bis solitaire et spectral.

Jones était là-haut, retenu à son tas de ferraille par une ceinture de sécurité accrochée à un réverbère tordu ou à un pare-chocs de Chrysler, son chalumeau crachait des flammes et une pluie d'étincelles dégringolait de ce labyrinthe de métal, et il poussait un râle que t'entendais malgré la musique qui explosait des enceintes, Beethoven, Stravinski, *La Passion selon saint Jean* de Bach.

« C'est quoi, ce machin que t'es en train de construire ? j'ai fait.

– Tu crois que c'est quoi ? » il a demandé.

Il souriait. Il avait les dents de traviole, vertes et marron, il en avait même une noire.

« Je sais pas ce que c'est, j'ai répondu. C'est pour ça que je te pose la question. »

Il a dit :

« C'est *à moi.* »

Jones, il m'invitait de temps en temps à bouffer dans son coin, on se payait alors un festin de rois. Je ne lui demandais jamais d'où venait la bouffe, il n'en parlait pas non plus, mais il l'étalait sur une paire de tables, on la voyait fumer dans l'air froid, il y avait toujours de quoi rassasier une bonne dizaine de gros mangeurs. Les gamins de la décharge traînaient dans l'obscurité ; quand il les voyait avec leurs yeux affamés et tout brillants, Jones leur faisait signe de s'approcher et de se servir à volonté – autant dire qu'ils ne s'en privaient pas. Les gamins remplissaient leurs poches de bouffe et repartaient les bras chargés, ils en prenaient plus qu'ils ne pouvaient en porter, la bouffe tombait par terre quand ils se mettaient à courir, et les mouettes et les rats se ruaient dessus en masse. Quand on avait fini notre festin, Jones se servait d'une pelle à neige rouillée pour ramasser la bouffe qui restait sur les tables et la balancer au pied de la colline, vers la baie ; on entendait alors les hurlements, les piaillements, les claquements de becs et les bruits de bave de la volaille et des rongeurs, au paradis.

Une fois, après un festin, alors qu'on était rassasiés – j'avais ramené des bières Busch et on avait descendu quelques bons petits packs de six –, il s'est levé et il a dit :

« Viens te balader avec moi, l'ami. »

Il marchait lentement avec ses jambes toutes maigres et il se servait d'une canne en aluminium dont il n'avait pas besoin. Il fumait la pipe, et son tabac sentait la cerise et l'écorce. On marchait comme dans un parc sans arbres, loin de son secteur aux détritus propres, en direction de la merdasse.

« T'entends ça ? il a dit.

– Quoi ?

– La respiration. »

Des vagues s'écrasaient en formant de l'écume sur la rive couverte d'ordures. Des mouettes trottaient là-dessus et leurs petits affamés lançaient des cris rauques. Une sirène de police retentissait sur la Nimitz. Quelque part, un pétard ou un coup de feu.

« La respiration, il a dit. Le soupir et l'expiration de la terre. »

Il s'est baissé et il a tendu la paume comme pour sentir la chaleur d'un chauffage ou d'un radiateur de bagnole.

« Écoute-la un peu respirer. »

Je me suis penché en avant. Il parlait du sifflement du méthane, ces petits geysers créés par la cuisson des poubelles.

« C'est la terre qui se purifie. Elle redevient propre. Tout, dans le monde, devient poubelle. Les animaux, les plantes, les gens et tout ce qu'ils font et défont se transforme en poubelle de la terre. Et la terre… »

Il a fait une pause et m'a regardé d'un air grave et sévère, avant de sourire légèrement en dévoilant ses dents pourries, et de reprendre :

« La terre n'en a absolument rien à foutre, non, que dalle. La terre, tout ce qu'elle fait, c'est se nettoyer et se remettre à neuf. Voilà de quoi je parle. »

Il a sorti un truc de sa poche et il s'est penché en avant. Il a fait cliquer un Zippo, il l'a tenu comme ça une petite seconde, il l'a passé sur un jet de gaz et le gaz a éclaté en une flamme bleue qui s'est mise à lécher l'air en sifflant plus fort.

J'ai regardé derrière moi, vers l'enceinte de Jones. Un vent soufflait sur l'océan et passait à travers le Golden Gate et sur la baie. Chez Jones, les lumières se balançaient comme les lanternes des morts, et sa sculpture de déchets de métal dansait dans l'obscurité.

Après le boulot, je suis allé chez Dick, histoire de me plaindre un peu et de noyer ma peine.

Quand il m'a vu passer la porte, Louie m'a servi une pression et un scotch. Le bar était presque vide, vu que ma tournée commençait tôt le matin et se finissait avant que les autres sortent du boulot, à l'heure où les sifflets et les cloches sonnent la fin de la journée dans les usines d'Oakland, sur les quais et dans les entrepôts. Une paire de serveuses avec une bonne gueule de bois picolait des bloody mary, pendant que Vieille Mouette, qui n'avait plus de dents et portait son chapeau de pêche en toile cirée, sirotait des martinis. Vieille Mouette a hoché la tête et j'en ai fait autant.

Louie s'est penché en avant sur le comptoir et il a soufflé la fumée de sa cigarette.

« Hé toi, là, jeune T-Bird Murphy, qu'il a dit. Ramène-toi un peu. Faut qu'on cause.

– Quoi ?

– Ton papa se fait du souci. Du souci pour toi.

– Du souci.

– Il dira jamais rien à personne, mais je le vois bien, et je suis pas le seul. »

Louie a regardé vers la Mouette.

– Mouette, il a dit. Hé ! Bud Murphy, qu'est-ce qu'il pense de T-Bird, là ? »

Le visage de Vieille Mouette s'est crispé et il s'est sucé les lèvres, puis il a fermé les yeux et baissé le regard sur son martini.

« Tu vois, a dit Louie.

– Bon.

– Ton papa, il est toujours en train de se vanter de ce que tu fais. Mais on est tous au courant, et toi aussi, bordel de merde. »

Il a ouvert une bière et me l'a filée. Il a dit :

« La plupart du temps, tu bosses pas. Ton papa, il va pas nous faire gober ça. Pas un chat pour gober ça, dans le coin.

– J'ai un boulot, j'ai dit.

– T'es un jaune.

– C'est fixe.

– Faut que tu te poses et que tu trouves une carrière. Où qu'ils sont, tes mômes ? Quand j'avais ton âge, j'en avais trois. »

Il a souri avec un mouvement de hanches et m'a envoyé un clin d'œil.

« Il serait peut-être temps que T-Bird se mette au boulot !

– Faut une femme, pour avoir des mômes, j'ai dit.

– Les femmes, a dit Louie, elles sont partout. Accroche-toi à ce boulot assez longtemps pour leur prouver que t'es un gars sur qui elles peuvent compter, tu verras qu'elles te mangeront toutes dans la main. Tu verras. »

J'ai jeté un œil aux serveuses. Elles me regardaient avec leurs yeux défoncés. Elles ont hoché la tête pour confirmer ce que Louie venait de dire.

Un soir, après ma tournée, je suis allé à la Archibald

Playhouse, où des vieux Noirs jouaient du jazz et où Mr Beasley passait son temps à les écouter en buvant du gin. Les gars de chez Dick ne le savaient pas, mais je me faufilais à travers la voie ferrée pour me rendre dans le quartier nègre et traîner chez Archibald aussi souvent que possible. Je n'étais pas noir, ce qui fait que je n'avais aucune chance de devenir un jour un *véritable* habitué, mais pour un petit Blanc, on pouvait pas faire plus habitué que moi. Avant de perdre mes dents à la *quinceanera*, j'allais à peu près tous les quinze jours m'asseoir avec les vieux Noirs qui jouaient là, le soir, depuis les premiers jours de la Création, et qui y seraient sans doute encore un moment après la fin des temps. Le train passait toutes les heures en poussant de profondes lamentations et faisait rouler son avertisseur dans le jazz. Les hurlements des chiens et les sirènes des voitures de police déchiraient la nuit. Archibald avait peint le bois de sa baraque pleine d'échardes en violet brillant, tellement brillant que la couleur luisait et rayonnait même la nuit. C'était le seul immeuble du quartier à n'être ni tagué ni bardé de barreaux de sécurité, et le seul parking des environs à ne pas être couvert de tessons de bouteilles.

J'ai garé mon bahut sur le parking, j'ai pris mon étui de trompette avec moi au cas où je me ferais faucher le bahut, et je suis entré avec.

Oscar James m'a fait un signe du comptoir. Oscar était le meilleur joueur d'alto que j'avais jamais entendu. Il arrivait à sortir des trucs que personne d'autre que lui ne pouvait, ni n'aurait même imaginé pouvoir sortir. Oscar ne parlait jamais des types avec qui il avait joué, et si vous mentionniez le bon vieux temps, il vous jetait un regard qui vous clouait le bec. Ce qu'on disait, quand il n'était pas là, c'est qu'il avait joué avec Ornette Coleman et Cannonball Adderley, avec Miles Davis et Trane, Art Blakey, Max Roach et même Clifford Brown. Mais il avait fait quelque chose, quelque chose d'ignoble dont on ne pouvait pas parler, qui l'avait blackboulé pour de bon, à tout jamais. Les gens spéculaient et racontaient des trucs, comme quoi il aurait balancé les zicos qui se shootaient, ou fait foirer les contrats d'artistes de ceux dont il était jaloux, ou encore qu'il aurait planté l'aiguille dans le bras de gars officiellement morts d'overdose. Mais, chez Archibald, personne n'avait rien contre lui, parce que, quoi qu'il ait pu lui arriver, quoi qu'il ait pu faire, ça remontait à une paye et il avait réglé son ardoise. Oscar n'avait plus d'orteils et il ne lui restait que trois doigts à chaque main. Il lui manquait un œil et il portait un bandeau de pirate pour dissimuler son orbite vide.

Chez Archibald, j'étais un des seuls habitués encore entier, dents mises à part. Il manquait un truc à la plupart, un bras, une jambe, des doigts, une oreille, une main. Mais ils étaient, tous, des musiciens hors pair. Chez Archibald, on venait jouer du cuivre, de la basse, du piano ou de la batterie sur la scène en contreplaqué, des vieux tout fripés et des jeunes avec leur instrument adapté à leur difformité – un batteur unijambiste, par exemple, jouait avec une pédale sur laquelle on avait monté des fils de fer et des poulies pour qu'il puisse taper sur la grosse caisse ou sur le charley en inclinant le pied d'avant en arrière, du talon vers les orteils. Ces types jouaient comme s'ils étaient possédés par les anges du Bien et du Mal, au bord de la mort, une musique qui les escorterait bien au-delà, dans une autre vie, et cette musique allait plus loin que tout ce que les dieux pouvaient offrir, les dieux eux-mêmes en tremblaient de trouille, ils se ratatinaient de faiblesse, soumis par les hurlements de la terre et des hommes et du jazz qui condense les deux.

Walker, le barman, m'a vu et m'a servi une Bud et un scotch, qu'il a posés sur le bar.

« Tu fouettes, a fait Oscar.

– Pas tant que ça, j'ai dit.

– Tu fouettes. Qu'est-ce que tu fous, en ce moment ? Tu fouilles les poubelles ?

– Camion-poubelle, j'ai répondu. Chauffeur. Ça paie mes factures et c'est plus glamour que caissier. Les meufs, mon pote. Je fais ça pour les meufs.

– Ouais », il a dit.

Il a pointé son doigt sur mon étui de trompette.

« Tu vas jouer, ce soir ? »

J'ai souri pour lui montrer mes gencives édentées.

« T'as branché la femme de qui ?

– J'aimerais bien pouvoir jouer, j'ai dit.

– T'es toujours le bienvenu sur scène.

– Toujours le bienvenu, ouais, mais on me laisse pas faire ma musique, je suis qu'un bouche-trou.

– C'est parce que tu sonnes mexicain. Tu balances des accords carrés et tout le bordel, tu sonnes comme une machine. On dirait une sorte de mariachi mécanique, avec un accordéon et un harmonica. Ton cuivre qu'en fout plein la vue et qu'est fait sur mesure, c'est de la confiture aux cochons dans les mains d'un cul blanc comme toi.

– Qu'est-ce que tu veux ? Du Miles, du Clifford Brown ? Du Clark Terry, peut-être ? Quand je joue, ça sonne pas si mal que ça. Au moins, je fais pas de canard, contrairement à certains petits vieux qu'ont plus rien dans le sac, ici.

– Ouais, il a dit, les petits vieux comme nous. »

Il a levé son whisky, on a trinqué. Il m'a foutu le bras sur l'épaule et on s'est retournés vers le groupe.

En m'envoyant ma rasade de scotch, j'ai goûté le fumet des poubelles, l'aigreur et le parfum de l'enfance, de l'époque où j'accompagnais Pop à la décharge, ma joie de faire marche arrière avec le camion de service, de taper et de balancer toutes ces vieilleries dans une fosse ou sur un tas tout affaissé de vieux vélos, de branches d'arbres, de commodes éclatées et de jouets, des jouets à perte de vue, tous cassés, je le savais bien, mais que j'aurais tant aimé trouver en état de marche. Le scotch, y a rien de mieux pour te débarrasser du goût des poubelles. Le rye whisky[1], c'est pas mal non plus. La vodka, laisse tomber, ça marche pas.

Le type qui jouait, ce soir-là, était un nouveau. Je ne l'avais jamais vu, il avait la peau claire, une barbe grise, et il jouait avec une vieille trompette argentée toute déglinguée, pleine de bosses et de plis, dont le vernis s'était si bien écaillé qu'elle avait rouillé et ne reflétait plus la lumière. Des sparadraps rouges et verts reliaient le tuyau du pavillon à la partie centrale.

Le groupe jouait « Love for Sale » et c'était au tour du soliste. Quand il s'y est mis, c'est à peine s'il a joué, une note puis le silence – mais ce n'était pas du silence, parce qu'il soufflait toujours dans son cuivre et bougeait les doigts, il avait beau ne pas jouer de notes, on entendait sa musique, le cliquetis des pistons contre les coussinets. Un type a monté le volume de son micro et on a entendu sa chanson d'air, les murmures de son souffle dans l'instrument, les incises et les pauses et les rondes et les blanches et les descentes et les montées de gammes, les sauts d'octaves, il poussait le morceau plus qu'il ne le faisait vibrer, son solo saignait dans la salle.

1. Fabriqué principalement dans le nord des États-Unis, il doit contenir un minimum de cinquante et un pour cent de seigle (*rye*).

Il a essayé de produire une note aiguë, on l'a entendu la pincer, la tirer, et il a fait un canard.

Même s'il sonnait bien, même s'il sonnait exactement *comme il faut,* ce canard, je me suis penché vers Oscar, carrément sûr de moi :

« Tu vois.

– Ouais, je vois.

– Il s'est planté.

– C'est ce que tu crois, il a dit. Les types qui jouent ici, ils font tous des canards. Tu le sais bien, mon pote.

– Moi, je fais pas de canard.

– T'es un bon cul bien blanc, tout comme il faut. »

Je lui ai montré mes paumes bien roses :

« Vous, les Noirs, vous vous réservez tous les concerts. Si je pouvais jouer régulièrement, je serais pas obligé de conduire un camion-poubelle.

– Pas de dents, pas de concert », il a dit.

Et il a explosé de rire.

« T-Bird, c'est clair que t'as le blues, il a fait en se pinçant les narines. T'as le blues, mon gros bébé, le "Blues du Môme qui Fouette". Le problème, c'est que tu connais pas le morceau. »

Je me suis marré et on a torché nos verres avant de se reprendre une tournée et de se la descendre aussi.

« Où est-ce qu'il est, Mr Beasley, ce soir ? Déjà bourré et rentré au bercail ?

– Mr Beasley », a dit Oscar.

Il a fait signe au barman de nous resservir, il m'a regardé et, quand les verres sont arrivés, il m'a tendu le mien.

« Mr Beasley est mort. »

On les a vidés.

« Personne ne m'a rien dit.

– Faut que tu viennes plus souvent, Oscar a dit. C'était pas ton seul pote, par ici.

– Comment ?

– Il était fatigué. C'est comme ça qu'on meurt, en général. On se fatigue, à la longue. »

Je n'arrêtais pas de penser à ce trompettiste, à ses non-notes qui étaient des notes, à sa façon de sonner si *juste*, lui qui était bien meilleur que je ne le serais jamais. En rentrant à la décharge, j'ai décidé de passer par un quartier de bourges, à Piedmont où il y a plein de collines, comme ça le jus de ma benne coulerait dans la rue ; le matin, quand le soleil se lèverait et que tous ces fils de pute se prépareraient à aller à leur gentil petit boulot qui consistait à ôter le pain de la bouche de types qui, contrairement à eux, étaient obligés de travailler pour gagner leur vie, eh bien, au petit matin, le jus aurait macéré et ça leur rappellerait que certains trucs ne disparaissent jamais, même quand tu te bats comme un diable pour t'en débarrasser. En arrivant à la décharge, j'ai trouvé une bonne colline où me garer, j'ai sorti ma trompette de son étui, je l'ai regardée et je me suis imaginé en train de jouer, imaginé en train d'écouter le son de mon cuivre s'imprégner sans effort des passages lancinants ; et plus je m'imaginais jouer, plus je me demandais ce qui clochait avec mon cuivre, avec moi, et pourquoi ni l'un, ni l'autre, on ne semblait jamais sonner vraiment juste.

Au nord de l'échangeur du Bay Bridge, là où la I-80 – l'autoroute qui va jusqu'à New York – rencontre l'océan Pacifique, les marais salants s'étalent autour de la baie, à partir d'Oakland, puis Albany, Richmond et Pinole, jusqu'à Vallejo, où la rivière Sacramento s'ouvre en éventail et déverse sa vase. Avant, c'était dans les marais salants que les oiseaux faisaient leurs nids, et il y avait aussi des bancs d'huîtres et l'eau était saturée de plancton. Quand j'étais môme, Pop nous y emmenait, mes frères et moi, on gambadait au milieu de tout ça, la boue nous collait aux pompes et aux ourlets de pantalon ; les huîtres, les palourdes et les moules faisaient gicler l'eau à travers la vase comme des petits geysers, leur rébellion nous remplissait de joie et nous donnait encore plus envie de sauter dedans.

Dans les marais salants, les gens ramassaient des épaves : bouteilles, planches à la dérive provenant des immeubles en démolition, jouets flottant à la surface, seringues et bouées. Ils en faisaient des sculptures – un train avec tout ce qu'il faut, un moteur et toutes sortes de wagons, jusqu'au wagon de queue ; un soleil aztèque aussi grand qu'une maison ; un cadran solaire sur lequel on pouvait vraiment lire l'heure ; des familles de bois flotté debout, là, dans la vase, et même une mini-San Francisco dont les toits, quand on regardait bien, masquaient les vrais toits de la ville à l'horizon, cette ville dorée, d'une beauté insurpassable, intouchable, qui gloussait, de l'autre côté de la baie.

Dans le quartier juste à côté de la 98e Avenue, Mr Bronsky construisait une arche de métal, il l'avait commencée bien avant ma naissance. Un truc énorme qui prenait au moins cinq ou six parcelles de terrain, tout marron à cause de la rouille. Chaque soir, en sortant du boulot à l'usine Anchor Hocking, il allait souder et broyer, il faisait vibrer les pointes de son marteau pneumatique, claquer les écrous dans les boulons, il fixait des rivets. Tous les cinq ans à peu près, il sablait son vaisseau : harnaché à des cordes et à des échafaudages, avec le tuyau de la sableuse entre les jambes, il passait délicatement le jet d'avant en arrière, et encore une fois d'avant en arrière. C'était un gars bizarre, Mr Bronsky – il ne venait jamais chez Dick et ne parlait à personne au boulot, mais les gens l'aimaient bien. Cela dit, pas un de nous n'aurait voulu se retrouver sur ce bateau de cinglé, le jour du grand tremblement de terre, ou le jour où le tsunami qui partirait d'Hawaï viendrait sur nos côtes, une gigantesque muraille de flotte qui déferlerait sur le Pacifique, plus grande que la tour de la TransAmerica, à Cisco, le jour où cette muraille ferait sauter la ville et Oakland, où elle roulerait jusque dans la Sierra Nevada – le jour où le déluge qu'on attendait tous adviendrait, submergerait la merde et nettoierait tout à fond. Mais bon, Mr Bronsky avait le temps de le finir, son bateau, parce que le déluge, il était pas près d'arriver, on le savait bien. On attendait le bon moment, on attendait et on attendait encore.

Jones avait beau être le grand maître de la décharge, ça ne l'empêchait pas d'avoir lui aussi des comptes à rendre. Il avait des patrons, des gros enfoirés en chemise blanche avec des pochettes spéciales pour leurs stylos et tout le toutim – bipeurs, calculatrices, voitures de fonction. On les voyait débouler avec leurs plans tous les quinze jours à peu près, pour voir un peu comment le travail avançait.

« C'est pas là qu'elle devrait être, la colline », a dit un de ces types à Jones.

Il a étalé le plan sur le capot de sa Chrysler de luxe, plissé les paupières et pointé un doigt rose sur le dessin, avant de le pointer vers la colline de Jones.

« Cette colline, elle devrait être à cinquante mètres au sud, à peu près.

– Ça, c'est mes affaires, Jones a dit. Quand j'aurai fini, toutes les collines seront là où il faut.

– Y a intérêt », a dit l'architecte.

Jones a souri.

« Vous croyez peut-être que je ne sais pas ce que je fais ? Quand j'ai débuté dans le métier, vous n'étiez même pas né, jeune homme.

– Les collines seront au bon endroit ?

– Mon boulot », il a dit.

L'architecte a fait « bon », et il a pointé l'index vers sa sculpture de récup'.

« Qu'est-ce que c'est que cette monstruosité ?

– Ça, ça fait partie du projet, jeune homme. Ça se trouve entre les lignes, sur le papier. C'est ce qui tient l'ensemble, ce qui lui donne une intégrité structurelle, mais surtout, c'est ce qui codifie les unités individuelles, ce qui sanctionne l'entreprise.

– C'est cela, oui, a fait l'architecte.

– Construire une décharge, ça ne se fait pas au petit bonheur la chance. Les combustibles – vous ne voyez pas à quoi je fais référence, n'est-ce pas : ces composés chimiques qui *finissent* par brûler, mais qui n'explosent pas et ne brûlent pas sur le coup, doivent être enterrés assez profond pour éviter que, en s'enflammant, ils n'embrasent le tout et brûlent indéfiniment. Quand les pneus, par exemple, atteignent une densité critique et, par conséquent, une pression gravitationnelle, ils se mettent à brûler spontanément, et rien ne peut éteindre ce feu, aucun produit chimique, rien. Les foyers sont composites et on doit en tenir compte, au cas par cas. Les collines se déplacent, elles peuvent s'altérer au cours de la création du paysage final, et c'est mon métier – ma *profession*, mon jeune *monsieur* –, ma vocation, que j'ai choisie et étudiée, que de situer proprement, de façonner et de manipuler les excès d'humanité, pour en faire don à l'homme du futur.

– On reviendra régulièrement », a dit l'architecte.

Ses deux collègues ont fait demi-tour vers la Chrysler de fonction. Elle était blanche, la Chrysler, et sa carrosserie blanche était couverte de poussière.

« Vous êtes en sursis. Les services de la municipalité de la Baie de l'Est en seront informés. »

Jones a esquissé un sourire.

« Oh oui. Je suis en sursis pour ces services de merde. Mais je ne suis pas le seul. L'homme est venu sur Terre et l'homme la quittera, mais ses poubelles, elles, ses poubelles, elles perdureront. »

Il a arraché son gilet de sécurité orange et il l'a balancé par terre. Il a tendu les bras et balayé la décharge du regard.

L'architecte a levé les yeux au ciel – je le comprenais : Jones s'apprêtait à déblatérer un de ses trucs de cinglé sur la philosophie de la poubelle.

Jones savait très bien qu'on n'écoutait pas et que l'architecte en avait plein le dos, que tout ce qu'il voulait, à ce stade, c'était rentrer dans sa voiture et déguerpir, mais il en jouait et il restait planté là, comme s'il s'apprêtait à se lancer dans une tirade, penché en avant vers la chemise blanche, plein de promesses, lourd de la menace de ses mots. Je me suis reculé derrière lui et je me suis allumé une cigarette, l'architecte a marché à reculons vers sa caisse comme s'il avait un truc à faire, quelque part où aller, comme s'il écoutait Jones, prenait en compte chaque mot qui sortait de sa bouche de cinglé.

Jones ne disait rien. Il se contentait de se pencher encore et encore, comme s'il s'apprêtait à parler, mais en fait il ne disait rien, et ses non-mots chassaient cette enflure, ses menaces le foutaient à la porte comme un malpropre.

Quand ils sont partis, Jones m'a regardé. Il ne souriait pas.

« Quoi ? » j'ai dit.

Il a secoué la tête d'un air dégoûté.

Un gros radio-cassette diffusait de la musique. Des morceaux mexicains, Tito Puente. Au sommet d'un monticule, une petite fille dansait. Elle portait une robe en dentelle et elle dansait, elle dansait comme une enfant et comme une femme à la fois, le visage rayonnant de luxure, le corps agile et pur. Ses hanches faisaient des huit sur les bongos à contretemps du merengue, et ses pères, ses ancêtres, en auraient été aussi fiers que honteux, ils en auraient éprouvé autant de rage que de fierté et de honte, ils en auraient été heureux. Elle dansait, et les nuages et le brouillard de la baie bougeaient étrangement, de façon un peu décalée, très doucement, en connaisseurs, approbateurs. Les trompettes marquaient le tempo de ses hanches fines, et nous, Jones et moi, on regardait.

Enculés de riches. Parfois, je trouvais ça marrant de trimballer leurs poubelles jusqu'à la décharge, à moins de deux kilomètres ; ouais, parfois ça me semblait drôle et triste, j'avais l'impression que leurs poubelles ne disparaissaient pas, qu'on ne faisait que les déplacer, de-ci, de-là, mais que, très vite, elles allaient se réintroduire chez eux, sournoisement, se faufiler sous terre comme des serpents pour submerger leurs collines et souiller leur existence. Et tandis que les poubelles opéraient ce mouvement de boomerang et leur revenaient à la figure, les riches vivaient dans leurs résidences tout en haut de leurs collines d'ordures, ils avaient une vue imprenable sur la ville, ils jouaient au golf sur leurs parcours artificiels et ils faisaient leur petit jogging dans leurs jolies petites fringues de tapettes, le matin, en sillonnant les chemins et les ravins que Jones élevait et creusait.

Quand j'ai commencé à conduire le camion-poubelle pour Vieira, le truc le plus cool, c'était de voir un peu ce que les gens passaient aux ordures. Je me penchais sur une benne ou sur une poubelle, je fouillais et je trouvais de l'argenterie, des photos de mariage jaunies, des boîtes de lettres et des journaux intimes que les gens avaient gardés des années et des années, des accessoires érotiques et des kilos de magazines pornos, de la porcelaine, du cristal et des choses qu'on n'aurait jamais imaginées là. Un jour, j'ai trouvé une boîte pleine de médailles et de décorations militaires, il y avait même les ailes de l'armée de l'air du pauvre couillon, bazardées sans doute par ses enfants ingrats ou par sa vieille peau aigrie de bonne femme, trop contente de s'être enfin débarrassée de son mords-moi-le-nœud de mari. Mais, au bout d'un moment, être le témoin des restes de la douleur, de l'angoisse, du désespoir et de la haine des autres, ça a commencé à devenir difficile à supporter, alors j'ai arrêté de farfouiller. Le seul truc qui me plaisait, dans le métier, c'était le côté machinal – au moins, avec ce boulot de débile mental, je pouvais déconnecter et j'avais le temps de réfléchir –, ça, et le fait de remplacer un collègue sur sa tournée chez les riches.

Les quartiers de bourges, à l'est de la baie, à Oakland, Berkeley et San Leandro, sont situés dans les collines. Comme ça, le jour où on déboulera tous, les nègres et les zonards de Blancs de mon espèce, ils pourront nous voir débarquer, pleins d'arrogance, et ça leur laissera le temps d'aller chercher leurs carabines pour nous dégommer. Les riches vivent dans les collines et ils restent assis là, avec leurs jumelles et la trouille au ventre, en pensant au jour où on se mobilisera et où, plutôt que de s'entretuer, on prendra leurs collines d'assaut pour y foutre le feu, histoire de leur rendre la monnaie de leur pièce. Bon, jusqu'à maintenant, on s'est toujours conduits comme des abrutis : chaque fois qu'on fait une émeute, on se choure des trucs entre pauvres et on se met sur la gueule. Mais attention, un beau jour, un putain de beau jour, une *vraie bonne émeute* éclatera, une guerre des classes au lieu de cette guerre des races, et ce jour-là on les foutra en l'air, ces enculés. On fera cramer leurs baraques, on fera cramer leurs banques et cramer leurs bagnoles de luxe, et ils auront beau être couverts par les assurances, ils apprendront au moins que, malgré leurs flics et leurs alarmes, malgré leurs projecteurs automatiques à détecteurs de mouvements, leurs dobermans et leurs lois de merde, et même si, au final, ils sont protégés contre presque tout, y compris la mort – regarde-les, assis sur le bord de la route, à attendre que l'un des nôtres s'envoie dans le décor pour s'acheter ses organes et se les faire transplanter, façon Mickey Mantle[1], dans leurs carcasses de gros porcs –, ouais, même si on peut vraiment pas grand-chose contre eux, au moins ils comprendront

1. Ce joueur de base-ball, membre des New York Yankees dans les années cinquante et soixante, et alcoolique célèbre, s'est fait greffer un foie une semaine avant de mourir. Cette intervention a été perçue comme une grande injustice par les plus pauvres, inscrits sur listes d'attente, qui attendaient souvent jusqu'à la mort l'organe vital. L'expression « Mickey Mantle » est dès lors entrée dans le langage commun, pour désigner la facilité avec laquelle, quand on en a les moyens, on peut se procurer ce dont on a besoin.

qu'ils ne sont pas invulnérables et qu'ils sont mortels. Comme nous.

Voilà, conduire ma benne chez les riches, ça me réjouit. Quand tu ramasses leurs ordures, t'embauches toujours très tôt ; comme ça, tu les réveilles. Notre boulot commence à six heures – faut bien qu'on soit à leur service quand ils partent bosser, à neuf heures –, donc, quand tu ramasses leurs ordures de riches, tu écrases leurs poubelles en métal, tu cognes ta pelleteuse en ferraille et tu klaxonnes par mégarde aussi souvent que possible. Tu relâches ta pelleteuse comme un malade, tu laisses retomber ce putain d'engin contre la benne. Tu fais gronder le moteur. Pour t'arrêter, tu fais en sorte de déraper. Le meilleur pourtant, ce n'est pas de les réveiller. Le meilleur, c'est de leur laisser un peu de jus. Quand tu fais ta tournée, tu t'arranges pour que l'avant du camion pointe vers le haut ; comme ça, le jus visqueux et bien dégueulasse des poubelles coule de la benne sur la chaussée – si tu calcules bien ton coup, t'arroses leurs entrées de garages et leurs jardins. Tu leur laisses un peu de ce qui leur appartient. Je ne sais pas pourquoi, mais l'odeur du jus est encore pire que celle des poubelles. Et puis ça reste. Ça part pas. C'est notre façon de les remercier du cadeau qu'ils nous font.

Un soir, au lieu de traîner avec Jones, j'ai décidé de sortir en ville. J'ai marché jusqu'aux abattoirs, juste derrière Dolittle, pour récupérer mon break et aller faire un tour, prendre une douche dans les vestiaires d'une fac et peut-être même traîner dans un bar et me dégotter une gonzesse.

L'abattoir, c'était un endroit génial pour laisser ta caisse, ou ce que tu veux, parce que ça puait tellement que personne s'en approchait, sauf ceux qui bossaient là, bien sûr, à découper des cochons et des vaches. Une odeur de merde pure et dure. De merde et d'œuf pourri. Il y avait bien quelques baraques dans le coin, pour les gens qu'avaient pas les couilles d'aller jusqu'au bout et de vivre dans leur bagnole, des baraques pour les gars qui pensaient qu'habiter une « maison » plutôt qu'un appart faisait d'eux des citoyens bien comme il faut de la classe moyenne, des bourges, des proprios – c'est ça, mon pote, des aristos du lac Merritt[1], tant que tu y es. Ces pauvres cons qui tondent leur pelouse pleine de mauvaises herbes et tartinent de caoutchouc leur baraque au printemps, parce que la peinture au plomb, ça s'écaille. Le dimanche, ils lustrent leurs vieilles tôles rouillées et toutes oxydées, ils passent de l'Armor All sur le plastoc fêlé de leurs tableaux de bord, ils envoient les mômes chercher des binouzes à l'épicerie du coin, histoire de s'amuser un peu quand ils auront fini de réparer les fenêtres au ruban adhésif – chaque fois que le train passe, ça vibre, ça bourdonne et ça réveille toute la famille.

Quand tu vis dans ta bagnole, c'est que t'espères que ta situation va s'améliorer. Tu sais qu'un jour la vie sera plus facile : quand t'as vécu dans ta caisse, t'as droit aux allocs et à une chambre avec tout ce qu'il faut, un meublé qui ne remue pas dans tous les sens chaque fois que tu passes dans le couloir, parce que le plancher n'est pas posé sur des roues ; une chambre avec de la plomberie connectée à des vrais tuyaux, et pas à un tuyau de jardin, parce que les égouts, c'est pas un seau que tu te trimballes, mais une canalisation qui évacue le tout quand tu tires la chasse d'eau.

Alors écoute-moi un peu : si t'es le proprio d'un

1. Lieu résidentiel et huppé situé à l'est d'Oakland.

taudis situé dans le coin des abattoirs, que tu payes tes traites tous les mois, que t'as l'étalement de ton crédit scotché sur le frigo et que tu comptes les jours pour savoir exactement quand ce trou de merde t'appartiendra – t'es foutu. Tout, dans les parages, était à l'abandon. Les compagnies de construction, le vieux stand de tir, le relais routier, les Salamis Fernandez, la blanchisserie Chin Ho, la boulangerie Rapide-Déj. Depuis que l'abattoir s'était implanté, l'odeur était devenue insupportable.

En tournant le coin de la rue, j'ai aperçu mon break et ça m'a fait du bien : tout était à sa place dans mon petit cosmos.

Ma bagnole, je l'ai achetée quand j'avais quatorze ans. Un break Dodge Polara 1967 rescapé de l'armée. Un jour, un vieux gars était arrivé sur le parking de la station Mohawk avec des flammes sous le capot qui passaient comme des langues de serpents par la grille d'aération, et des tourbillons de fumée noire au-dessus des roues.

« Cinquante boules », il a dit à Pop.

Pop a explosé de rire.

« Ça va vous coûter un peu plus cher que ça pour la faire réparer. Elle est foutue. »

Le vieux gars a dit :

« Je vous la laisse. Cinquante. »

Pop m'a regardé.

« Deux mois de poste du matin, et elle est à toi. Je fais la grasse mat', et toi, t'ouvres la boutique. »

Ça m'a pris trois ans pour la retaper et la remettre en état. Transmission, courroie, carbu, sièges, pare-chocs, jantes, soupapes, alternateur et générateur, batterie, radiateur coulé sur mesure, maître-cylindre, plaquettes. Je passais mes week-ends dans les casses de la baie pour dénicher les pièces qui me manquaient, moules en chrome, accoudoirs, feux arrière, joints de cardan. Un volant. Des écrous de roue. Quand je ramenais les pièces intérieures à la station Mohawk – accoudoirs, pédales, sièges, morceaux de tableau de bord –, je les trempais pronto dans le bidon de solvant et je me débarrassais à coups de brosse métallique des cheveux tout collés et des taches de sang séché couleur chocolat brûlé. Parfois je tombais sur des bouts de crâne, comme des petits flocons de coquillages brisés. Quand je réparais ma bagnole, c'était comme si je rachetais le monde de tous ses péchés, comme si j'en faisais un lieu acceptable, complet et plein de bonté. C'est très triste, une voiture qui croupit devant une maison, qui rouille sur un parking, qui part en morceaux, avec les pneus et les manchons en train de dépérir et le châssis qui tombe en poussière. Les vieilles bagnoles délabrées dégagent encore plus de tristesse que des petits vieux édentés dans leurs couches pour adultes, parce que la médecine, les opérations et tout l'amour du monde pourront jamais réparer un type en train de crever. Un être humain, ça se retape pas, et de toute manière, la plupart en valent pas la peine. Une bagnole, en revanche, ça se retape, et la plupart du temps, ça vaut bien tout le mal qu'on se donne.

Mon break payait pas de mine : gros pancakes d'antirouille rouge et gris sur la carrosserie, pas un enjoliveur identique et quatre liserés blancs différents sur les pneus. Mais avec cette bagnole, personne ne venait m'embrouiller. Quand je foutais mon clignotant et que je changeais de file sur la Nimitz, je n'avais pas besoin de vérifier dans le rétro que j'étais pas en train de faire une queue de poisson à quelqu'un. Ça me plaisait, que les mecs branchés, dans leur Camaro, leur

Firebird, leur 280 Z ou leur Monte-Carlo, me laissent passer, ouais, me laissent passer, putain.

Cette bagnole, c'était du costaud. Un jour, après un concert à San Jose, à l'époque où je jouais du merengue et de la salsa avec Los Asesinos, un type a essayé de faufiler sa caisse customisée, une Ford deux-portes 1939, à côté de la mienne sur le parking, mais il a fini par bloquer mon break, si bien qu'y avait plus moyen de bouger sans froisser de la tôle. Il est descendu de sa caisse super-customisée bourrée de gadgets, et il s'est mis à gueuler en mexicain. La foule s'est rassemblée autour de nous, les gens ouvraient des bières, s'asseyaient sur les capots pour regarder. Je n'avais pas trop peur de me faire taillader – bordel, je faisais partie du groupe, quand même.

« *No mi problema*, j'ai dit. C'est toi qui nous as bloqués. Je bouge pas ma bagnole.

– Tu bouges ton tas de ferraille, il a dit. *Gringo*.

– Nan, j'ai dit. *Muchacho*. »

Il s'est avancé et les musiciens ont fait corps autour de moi. Nacho, le chef du groupe, m'a dit de bouger ma caisse.

« T'as des témoins, il a dit. Ça sera lui, le responsable de l'accident. »

Alors je suis monté dans ma bagnole, j'ai foutu la première, mais, au lieu d'essayer de dégager ma caisse en faisant attention, j'ai appuyé sur le champignon. Mon pare-chocs arrière a chopé l'aile de la deux-portes et l'a arrachée. Elle traînait par terre, comme un beignet coupé en deux.

J'ai jeté un œil sur les dégâts : mon pare-chocs était enfoncé sur une quinzaine de centimètres.

Le gars de la caisse customisée était à genoux, à côté de son aile arrachée.

J'ai sorti mon portefeuille.

« Faut qu'on contacte nos assurances », j'ai dit.

Il a fait « non » de la tête. Il avait les joues mouillées, rouges comme des phares de freins.

« T'as pas d'assurance ? j'ai demandé.

– Tu me dois du fric », il a rétorqué.

Il tremblait. Il a ramassé son aile arrachée et il se l'est passée sur l'épaule, comme il l'aurait fait d'une femme évanouie.

« Un gros paquet de fric.

– Faut qu'on appelle la police, j'ai dit. La police doit faire un constat. C'est illégal de rouler sans assurance, non ?

– Va te faire mettre. »

Il a ouvert son coffre et y a déposé son aile cabossée.

« *Adios* », a conclu Nacho.

Le coffre ne fermait plus. La caisse customisée a tracé sa route, avec le coffre qui tapait contre son aile arrachée.

Le matin suivant, à la station Mohawk, j'ai raconté l'histoire de la caisse customisée et de son aile à Pop. Et j'ai montré à Pop mon pare-chocs enfoncé.

« On va te réparer ça, il a dit. Colle l'avant contre le mur de chez Doral et laisse le contact. Puis tire sur le frein à main, passe la marche avant, et appuie sur le frein. À fond. »

Quand la bagnole a été bien calée contre le mur en parpaings, Pop s'est allumé un cigare et il est allé démarrer une dépanneuse. Son camion avait un pare-chocs plat qui servait à pousser sur le bas-côté les voitures en panne sur la chaussée. Il s'est foutu à vingt mètres environ derrière moi, je l'ai vu s'installer dans la cabine et tirer sur son Roi-Tan, le sourire aux lèvres. J'entendais gronder le moteur.

Pop a gueulé :

« Accroche-toi ! »

Je l'ai vu débouler, et je me suis préparé.

Le camion est venu se fracasser contre ma bagnole avec une telle violence que j'ai bien cru que j'allais m'éclater la tronche sur le pare-brise. Puis Pop a fait marche arrière et il est revenu une deuxième fois à la charge.

On est sortis pour vérifier le boulot. On faisait des progrès.

Quand j'ai aperçu mon break briller dans la nuit sur le parking de l'abattoir, ça m'a fait carrément plaisir. J'allais plus vivre dans la cabine d'un camion-poubelle bien longtemps, je le savais. Bientôt, amigo, j'allais retrouver ma caisse et j'aurais mon propre parking, puis un appart avec un frigo qui ne serait pas incrusté dans le mur, un frigo avec de la bouffe dedans, de la bouffe que je serais pas obligé d'ingurgiter le jour même.

Il y avait de la buée sur les vitres de ma bagnole. Elle bougeait.

Elle bougeait et, quand je me suis approché, j'ai entendu des petits couinements de cochon et des grognements, et j'ai vu un pied tout crado appuyé contre la vitre arrière.

Une des portières a grincé en s'ouvrant, puis claqué. Un Noir, torse nu, s'est alors éloigné en direction des abattoirs.

J'avais pris la lampe de poche que je gardais dans mon camion, au cas où j'aurais besoin d'aller voir un peu sous le capot pour démarrer, et puis j'avais toujours ma lame sur moi. Je me suis accroupi le plus bas possible, je me suis faufilé le long de la bagnole et je me suis foutu là, contre le pneu arrière. J'ai respiré à fond pour me préparer à ce qui allait suivre. Je crois bien que j'ai souri. Puis je me suis levé, j'ai tiré sur la clenche, allumé la lampe de poche et préparé ma lame. Je comptais pas les taillader, juste leur rentrer dans le lard.

« Oh, putain, j'ai dit. Oh, putain. »

Ce que j'ai vu ? J'ai vu des culs, trois ou quatre, des culs nus et tout noirs, pointés vers moi, qui pompaient et se balançaient, et une grosse nana, en dessous, qui suivait le mouvement à l'arrière de mon break, sur une pile d'emballages de hamburgers et de tout un tas de conneries bizarres – trophées pétés, balles de golf, cadres et bouteilles de collection, surtout des demi-litres.

« Hey, mon pote, a fait un gars, qu'est-ce tu branles ?

– Putain de merde, putain ! a fait un autre.

– Oh, putain, j'ai dit.

– Va te faire mettre », a grogné un gars.

J'ai baissé ma lampe de poche et j'ai fait demi-tour pour me barrer, en me retenant de claquer la portière.

J'ai entendu qu'on sortait de la caisse, je me suis retourné et j'ai braqué ma lampe. Le type remontait son futal – une combinaison bleue d'hôpital.

« Éteins cette lampe, il a dit. Fait mal aux yeux. »

Je ne l'ai pas écouté. Au contraire, je lui ai foutu la lumière dans les yeux. Il s'est avancé vers moi.

« Arrête. Là, suffit. »

Il s'est arrêté.

« T'as une clope ?

– Sûrement un paquet dans ma boîte à gants, j'ai répondu. Pourquoi tu demandes pas à ta gonzesse de t'en passer une ? »

Il a fait « non » de la tête.

« Ta boîte à gants, il a dit. Eh ben.

– Ma boîte à gants.

– D'après ce que je vois, c'est pas ta boîte à gants. Non, pas ta boîte à gants.

– La bagnole où vous êtes en train de vous accoupler, toi et tes potes, elle est à moi.

– Ma façon de voir », il a commencé.

Et il a explosé de rire. Un rire tout en lenteur, comme s'il avait pitié de moi.

« Voilà comment que je vois les choses : ça fait un mois que personne d'autre que nous s'est approché de c'te bagnole. Les flics ont essayé de l'emmener deux fois à la fourrière, mais nous, on a réussi à la sauver en la déplaçant autour du pâté de maisons. Les plaques d'immatriculation sont plus valables depuis trois mois. Et dans l'État de Californie, les droits des squatters sont respectés en fonction du code du logement, section 53b, paragraphes 3 à 18. Tu peux vérifier, si tu veux.

– Les droits des squatters, j'ai dit.

– Les droits des squatters. Réfléchis un peu, cette bagnole devrait être à la fourrière : soixante dollars pour la dépanneuse, dans les deux cents pour les frais, et vingt par jour pour le parking. On arrive pas loin de mille. Si tu veux ta bagnole, tu nous dois une brique. S'il reste encore un peu de gratitude dans cette ville. »

Un autre type est sorti de la caisse. Il n'a même pas essayé de remettre son futal, sa peau brillait comme de l'huile de moteur. Il s'est penché en avant et il a expulsé sa morve par terre, une narine après l'autre. La nana ricanait, elle s'est mise à rigoler un peu plus fort, puis à se marrer pour de bon. Le type dans la bagnole a explosé de rire, lui aussi. Ils ne s'ennuyaient pas.

J'étais debout, là, dehors, avec ma lampe de poche et mon couteau, et j'ai rigolé un petit coup à mon tour, comme si je toussais, puis j'ai braqué la lampe sur la bagnole et j'ai vu leurs visages. Un vieux, les cheveux blancs coupés court, en train de se marrer, et la bonne femme, et là je me suis marré pour de bon. Le type à poil à côté de la bagnole s'est mis à se marrer, lui aussi, puis l'expert des codes du logement a laissé échapper un petit rire, un rire qui lui venait du ventre, et nous voilà tous en train de nous marrer comme des baleines, l'écho de nos rires se répercutant contre l'abattoir, les entrepôts désaffectés et dans les rues d'Oakland, et vas-y qu'on se marrait et qu'on toussait, le vieux et la nana dans la caisse ont allumé des clopes en riant, on pouvait plus s'arrêter, et peut-être bien qu'on pourrait plus jamais.

Je suis retourné à la décharge et j'ai roupillé dans le bahut. J'arrivais pas à effacer l'image de ces vieilles croupes en train de gigoter dans mon break, ces culs tout noirs, et puis le regard de la nana quand elle m'avait vu – ni surprise, ni honteuse, pas même en colère, non –, un regard qui exprimait plutôt de l'intelligence et de la luxure, qui disait qu'elle avait capté un truc que personne d'autre n'avait capté, un regard qui disait : « Toi, petit imbécile. Toi, mon petit, l'imbécile. » Blotti sur le siège de mon camion, j'écoutais les cris des mouettes, les grouillements des rats, les gamins des poubelles et les délires de Jones, le Maître de la Décharge, au travail sur sa sculpture démente en pièces de récup', le son de ses chalumeaux qui sifflaient et crachaient des étincelles dans la nuit de méthane ; j'écoutais la terre roter, à travers ses lèvres gonflées, ses produits chimiques compressés qui prenaient parfois feu et dansaient alors en bleu et en violet, quand les étincelles de Jones venaient les toucher, et je me disais : « Bon, Pop va bientôt se marier et je ne serai plus obligé de vivre à la décharge, parce que j'aurai économisé assez pour payer la caution d'un appart, plus le premier et le dernier mois de loyer, et aussi la caution pour l'eau, le gaz et l'électricité ; je vais continuer à mettre du blé de côté, et un de ces quatre j'en aurai assez pour me faire poser de nouvelles dents, pour jouer de la trompette et me remettre à niveau, je pointerai ma face chez Archibald et je me ferai ma place chez les jazzmen, ouais, je gagnerai ma vie en faisant la tournée des clubs, c'est clair, tant que je pourrai fumer et me servir à boire, et je me lèverai plus jamais avant midi. »

Si tu bosses dur, que tu te dévoues à ta passion, que tu es honnête, bon et sincère, tu finis toujours par réussir. C'est bien comme ça que le monde tourne, non ?

Pop a explosé de rire.

« Maintenant, c'est une *vraie* bagnole de nègres, il a fait. Hé, Joe ! »

Joe Rondinone faisait le plein de son fourgon en se bouffant un sandwich à l'œuf qu'il s'était acheté à la camionnette sur le parking.

« C'est moi », il a dit.

Pop lui a raconté l'histoire de mon break. Le chauffeur de la sandwicherie n'avait plus de client à servir, mais il est resté un moment à écouter l'histoire de Pop, il était écroulé de rire. Pop se marrait tellement qu'il s'étouffait, mais Rondinone, lui, il ne rigolait pas. Rondinone, il se contentait de secouer la tête.

« Tu trouves pas que c'est à mourir de rire ? » a fait Pop.

Un gros bourge dans une Bonneville toute neuve s'est garé à la pompe à éthanol. Il a demandé à Pop de faire le plein et de vérifier le niveau d'huile. Pop a planté un tournevis dans un bidon, il a fait sauter le bouchon et il en a versé un litre dans l'entonnoir en plastoc. Le gros bourge lui a demandé de vérifier le liquide de transmission, Pop l'a fait. Puis il a demandé à Pop de vérifier le radiateur, le liquide de frein, le lave-glace, le filtre à air et l'antigel. La pompe s'est arrêtée juste avant dix dollars. Vérifiez la pression des pneus et faites bien gaffe qu'elle soit pile à 2,2 bars.

Pop transpirait. Il s'est essuyé le front du dos de la main et s'est étalé de la graisse partout.

« Et puis vérifiez qu'il y a rien d'autre à vérifier », a déclamé le gros bourge.

Il était gros, il avait les cheveux gris et touffus. Il portait une putain de cravate. Et des lunettes de soleil.

« Neuf quatre-vingt-six », a dit Pop.

Le gras du bide lui a filé un billet de dix.

« Gardez la monnaie », il a dit.

Pop a souri.

« Merci, monsieur. Merci beaucoup. »

Il s'est même un peu incliné pour le saluer.

« Merci beaucoup. S'il vous plaît, revenez nous voir. Monsieur. »

Rondinone et moi, on s'est envoyé un regard et on a ricané discrètement.

Quand le gras du bide est reparti, Pop nous a matés avec un grand sourire. On lui a souri en retour.

« Il va aller jusqu'où ? j'ai demandé.

– Il sera à plat avant le pont, Pop a dit. Quand il va se mettre à pleuvoir et qu'il va enclencher ses essuie-glaces, le pare-brise sera huilé comme il faut – un demi-litre dans le coin de la valve, un demi-litre dans le réservoir du lave-glace. Et le bouchon du radiateur est pas vissé à fond, il va monter en surchauffe dès que la caisse aura tourné un peu. »

Pop a hoché la tête d'un air triste.

« C'est dommage, ouais, c'est vraiment dommage pour ses freins. Il y a bien ce qu'il faut, question liquide, mais je sais pas jusqu'où il va pouvoir aller, parce que ça va couler des joints mal serrés et dégouliner sur le maître-cylindre. Ah, j'espère qu'il va pas être obligé de freiner d'un coup sec. »

Pop a souri, et nous aussi.

J'étais fier de Pop, et pas qu'un peu. Je le retrouvais. Il était plus tout à fait lui-même, depuis qu'il avait foutu le feu à une baraque pleine de Mexicains et qu'ils avaient tué mon frère Kent en représailles. Ça remontait à un bout de temps. À des années. Il était temps qu'il reprenne du mordant.

« Bon, revenons à nos moutons. Rondinone, tu trouves pas que c'est drôle, tous ces nègres dans la bagnole de T-Bird ? Tu trouves pas ça drôle ?

– Merde, a dit Rondinone. Non, pas drôle, et c'est pas la première fois que je vois ça. Ils ont pris la bagnole à mon beau-fils, pareil. Ils ont pris la bagnole à Joey, juste avant qu'il la retape. Y en avait que deux qui vivaient dedans, mais y avait des traces de zgègue partout. Une belle vieille Ford. Il a jamais réussi à se débarrasser de cette odeur de nègre. La petite Ford, il a fallu la vendre. Être obligé de vendre cette Ford, c'était ignoble. Pauvre gamin, il s'en est jamais remis. Depuis ce jour-là, y a un truc qui tourne pas rond, chez lui.

– S'ils sont dans ta caisse, Pop a dit, t'as le droit de les buter. C'est la loi. Mais faut faire gaffe de pas les laisser sortir, qu'ils se mettent pas à courir. Parce que sinon, après, faut que tu les refoutes dans la caisse.

– Si j'appelle les flics, ils vont me coller une prune parce que mes plaques d'immatriculation sont plus valables, et tout un carnet de prunes pour toutes les pièces manquantes, j'ai dit. Mais si je les appelle pas, je vais devoir me démerder tout seul pour récupérer ma bagnole, et ça vaut pas le coup. »

Le visage de Pop s'est figé. Il m'a envoyé un de ses fameux regards.

« Ça vaut toujours le coup de se battre pour une caisse. »

Il m'a pointé du doigt.

« C'est peut-être bien *le seul truc* qui vaille la chandelle.

– Désolé, Pop.

– Je vais passer quelques coups de fil, il a enchaîné. On va t'aider à régler le problème ce soir, après le boulot. Bordel, ça fait des années que je suis assis sur mon cul à attendre patiemment l'occasion d'attraper ces fils de pute. Les fils de Joey Mason se sont fait poignarder par un nègre, et le nègre s'en est tiré. La fille de Frankie McMalley, il a dit en s'allumant un Roi-Tan, tu te rappelles ce qui lui est arrivé. Un nègre.

– Je vais régler ça tout seul, j'ai fait.

– C'est bien. Montre que t'es un homme. En plus, j'ai pas que ça à foutre. Je suis occupé. Le mariage.

– Je croyais que c'était que dans trois semaines.

– Trois semaines, ouais. Mais y a plein de choses à régler. Mary m'a chargé de tout un tas de conneries. »

Rondinone a payé ce qu'il devait. Pop a ramené le liquide au magasin.

« T-Bird, a dit Rondinone. Viens voir par là une seconde. »

Je me suis dirigé vers son fourgon. Il s'est penché à la fenêtre et il a mis ses lunettes de soleil.

« Fais gaffe, avec ces nègres. T'as intérêt à faire gaffe. Ils sont plus malins qu'on croit. »

J'ai hoché la tête.

« Tu m'étonnes, j'ai dit. Ils vivent tranquillement dans ma bagnole, pendant que moi, je vis dans un camion-poubelle.

– C'est bien ce que je te dis. »

Il a regardé derrière moi, en direction de mon bahut garé sur le parking, et il a secoué la tête.

« Il y a des trucs qui tournent pas rond, sur c'te planète.

– C'est aussi ce que je pense, parfois », j'ai conclu.

Pop avait nettoyé le magasin de la station et Snookie le chien dormait sur une serviette toute propre qu'il lui avait ramenée de la caravane. Il avait accroché l'article du *Oakland Tribune* où on les voyait, Snookie et lui, à côté des tomates qui avaient poussé toutes seules, derrière le magasin. Snookie était assis d'un air très digne à côté de Pop, qui était à genoux avec sa salopette de la station Mohawk, les mains tendues, pleines d'énormes tomates bien mûres. Le titre de l'article disait : « C'est Snookie, et personne d'autre, qui s'occupe de les arroser ! » Sur la photo, Pop faisait un grand sourire. La machine à cacahouètes était remplie de cacahouètes fraîches pour Snookie – les clients glissaient des pièces de cinq cents dans la fente, ils lui tournaient la manette, Snookie poussait la petite porte en métal avec la langue, et vas-y qu'il léchait pour les faire sortir. Il y avait aussi une photo de Mary au mur, près de la caisse. Elle était derrière le bar, au Salon méditerranéen, là où elle bossait, avec une cigarette dans une main et un cocktail dans l'autre, elle souriait, elle était plutôt canon. Pop avait passé un bon coup de balai et fait un joli petit tas, dans un coin, avec les rustines, les morceaux de pneus éclatés, les vis en rab des carburateurs retapés et les poils de Snookie. Il avait retiré ses calendriers de nanas à poil et les avait remplacés par des calendriers de forêts de séquoias, de plages californiennes, du Golden Gate, du Demi-Dôme de Yosemite, de phoques, de baleines et de toutes sortes de conneries toutes mignonnes que personne voit jamais en vrai.

« Regarde un peu, il a dit, j'ai tout un paquet de conneries à poster. Des invitations pour sa famille, ses amis, et elle veut ces petites photos dans chaque enveloppe. »

Il les a étalées comme si l'on allait jouer aux cartes, là, sur le comptoir. Des photos de lui et de Mary en train de poser devant la grosse dépanneuse de service, celle dont Pop se servait quand il s'agissait d'une affaire sérieuse. Mary portait son costume de serveuse – mini-jupe noire et chemise blanche – et Pop, sa salopette et son tablier en cuir pour la machine à pneus. Ils se serraient bien fort et, derrière leurs têtes, on voyait le « Bud », écrit en cursives rouges, sur la porte du camion.

« J'aime pas le tablier, Pop a dit. Je crois que ça rendrait mieux si je le portais pas. Comme si je bossais *en permanence* sur la machine à pneus.

– Elle aussi, elle porte ses fringues de travail.

– Les siennes, elles sont propres. Sur mon tablier, y a de l'huile de vidange, de la graisse et des marques de pneus. J'ai l'air d'un plouc.

– T'as surtout l'air de *travailler* pour gagner ta vie. »

Ça l'a remonté d'un coup.

« C'est la putain de vérité, il a dit. Faut bien qu'y en ait qui bossent.

– T'as raison, j'ai fait. Si ça leur plaît pas qu'un

mec bosse pour gagner sa croûte, ils ont qu'à pas venir à ton mariage.

– T'as raison, mon gars.

– Carrément.

– Tu sais, elle vaut le coup, cette belle petite salope, Pop a dit. Vraiment le coup. Je pourrais bien m'habituer à elle.

– Elle vaut le coup, j'ai dit.

– Vaut le coup, cette belle petite salope », il a dit.

Il m'avait demandé de le retrouver chez Dick, après le boulot, et je suis arrivé le premier. J'avais fini mes tournées, je m'étais débarbouillé au tuyau d'arrosage, à la décharge, et j'avais du fric en poche. Pas assez pour payer la caution d'un appart, le premier et le dernier mois de loyer, mais j'étais pas pauvre, loin s'en faut.

Tout le monde était là, et ils se plaignaient tous de leurs ex. Joey Polizzi devait vivre dans un cabanon à outils, parce que, quand sa femme l'avait quitté, elle s'enfilait son avocat spécialisé en affaires de divorces et qu'elle s'était débrouillée pour que Joey débourse les neuf mille dollars d'honoraires, ce qui fait qu'il avait dû lâcher l'affaire. Joey, c'était un vieux motard, un Hell's Angel, un des gars avec qui ma mère partait en tournée quand elle a largué Pop. La femme de Polizzi avait gardé la belle baraque, les enfants, les bagnoles, le bateau de pêche qui lui servait pour son business, et même ses albums de promo du lycée et sa collection de pièces d'un cent de quand il était petit. Joey, lui, il avait récolté que des dettes.

Le cabanon à outils où il vivait se trouvait juste derrière la baraque pourrie de Dave Campos, le seul truc auquel ce dernier, *lui*, avait eu droit, après son divorce. Sa femme, elle avait eu droit à ses deux bonnes baraques, à sa boîte de couvreur, aux enfants, et même à toutes les vieilles bagnoles qu'il avait dans le jardin, des bagnoles qu'il comptait retaper un jour, un truc qu'il pourrait plus jamais faire.

Quand la femme de Shapiro l'a largué et qu'il est rentré chez lui le lendemain, l'appart était complètement vide, il ne restait plus rien, même pas ses bottes de travail. Il ne l'a plus jamais revue, même pas le jour du divorce. Elle vivait quelque part au Texas et, comme toutes les autres, elle s'était mariée avec un avocat. La pension alimentaire était prélevée directos sur son compte, ce qui l'obligeait à faire des petits boulots, en plus de son job à plein temps – il tondait des pelouses, coulait des dalles sur des voies de garage, réparait des trucs par-ci, par-là, tout ça pour pouvoir se payer la caravane qu'il garait sur le parking de l'abattoir où il bossait.

Carlo Mendez, qui ne venait plus très souvent chez Dick, est rentré, un soir, et il est tombé sur sa femme en train de troncher Bob Foutz, et tout ce qu'il a trouvé à faire, c'est se barrer. Le lendemain, il s'est rendu à la mairie d'Oakland, qui lui a fourni un permis de démolir, vers midi il était de retour chez lui avec un bulldozer – il avait une boîte de déblayage –, il a tapé un gros coup dans sa putain de baraque et il a commencé à labourer. Sa baraque s'est ridée, puis fendue, et nous, on était tous là à mater, parce que la veille, chez Dick, il nous avait expliqué ce qu'il allait faire. À ce moment-là, précisément, sa femme et son baisouilleur sont sortis de la maison en courant, les nichons dans tous les sens et la bite toute rétrécie. Carlo a rasé la baraque à coups de buldo, vas-y qu'il a rasé tout le bastringue, bien propre, jusqu'aux fondations, il a passé la nuit à compresser les ruines, à écrabouiller ses canapés, ses tables et ses photos de famille, jusqu'à ce qu'il ne reste plus que du papier mâché. Quand le boulot a été terminé, on a fait un barbecue, et je dois dire qu'on a passé un super moment. L'exploit de Carlo a donné lieu à un bel article dans les journaux du coin et Louie a accroché ça derrière le bar, il l'a encadré, avec la maison démolie au bulldozer et Carlo qui se tenait devant les décombres avec un grand sourire.

« La salope s'est fait refaire les nichons deux semaines avant de me plaquer, et elle a foutu ça sur ma carte bleue », a dit Joey Polizzi.

La tête de Shapiro pendait déjà bien bas, il l'a secouée.

« Dire que j'ai jamais eu le droit de serrer ces nichons, a repris Polizzi.

– Louie, sers-lui un verre, c'est ma tournée, a fait Dave Campos.

– Ça fait trois ans, et j'en ai encore payé qu'un seul, a dit Polizzi. Quand elle crèvera, je veux qu'on me rende ces nibards. Ils me serviront de serre-livres.

– T'as pas de livres, chez toi, a déconné Campos.

– De butées de porte, alors.

– Un demi-kilo de plastoc », a fait Shapiro.

Il s'est marré, d'un rire immonde et disproportionné.

« Ça va aller, Shylock, a dit Polizzi.

– Non, a rétorqué Shapiro, non, ça va pas aller.

– Et pourquoi qu'on vous remplacerait pas ? a lancé une des serveuses. Pourquoi est-ce qu'on remplacerait pas nos gros poivrots par quelque chose de mieux, un type qui gagne bien sa vie et qui nous offre autre chose qu'un pack de Schlitz pour la Saint-Valentin ?

– Qu'est-ce que vous voulez, à la place ? a demandé un client. De la Heineken ?

– Pourquoi que vous faites des gamins avec nous, dans ce cas ? a demandé Polizzi.

– Du bétail bien costaud, a répondu la vieille. On veut pas se reproduire avec ces pédales de riches, on veut leur *pognon*, comme vous. Si *vous*, vous pouviez vous marier avec eux, vous vous gêneriez pas. »

C'était sa blague préférée, celle qu'elle répétait chaque fois que les gars en remettaient une couche sur leurs ex. Et chaque fois, elle tapait dans le mille. On savait qu'elle était sérieuse, mais on savait aussi qu'elle nous aimait beaucoup, c'est pour ça qu'elle bossait chez Dick et pas dans un bar de snobs vers le lac Merritt.

Shapiro a glissé de son tabouret. Une autre serveuse toute tapée l'a aidé à remonter et lui a planté le coude dans le bar.

« Mets-en-lui un bien raide, Louie, elle a plaisanté. Il en a bien besoin. »

Et elle a éclaté de rire. Sa petite blague sur le « bien raide » la faisait franchement marrer, et c'est vrai que c'était plutôt drôle. Mais y avait que l'autre serveuse qui rigolait.

À partir de là, on savait ce qui allait se passer. Shapiro allait se mettre à chialer. Il était instituteur, mais sa femme l'avait menacé de le plaquer s'il ne trouvait pas un boulot mieux payé. Alors il a bossé sur les docks, où il chargeait et déchargeait les camions. Il était allé à la fac quand il vivait à New York, et la seule chose qui l'intéressait, c'était d'utiliser ses connaissances pour aider les gamins d'Oakland à s'ouvrir sur le monde, sur autre chose que savoir réparer une bagnole ou couler du béton et du goudron sur un toit. Il allait se mettre à pleurer, à chialer comme une madeleine, à hurler à la mort, et l'un de nous allait devoir le ramener chez lui.

Polizzi lui a posé un bras sur l'épaule.

« Ce que je t'ai proposé tient toujours, Shylock, il a dit. Moi et toute l'équipe, on peut s'en occuper, pronto. File-moi juste une adresse, je passe des coups de fil et, demain matin, on a des potes au garde-à-vous devant la baraque de cet enculé d'avocat. Quand il sortira de chez lui en robe de chambre pour aller ramasser le journal, il va se pisser dessus et on lui éclatera les rotules, à lui et à ta salope d'ex-femme. File-moi juste une adresse. »

Jorgensen s'est installé sur le tabouret à côté de Shapiro.

« Je peux m'occuper de ça sans que personne soit au courant de rien. Je peux lui éclater les rotules, les coudes, ou lui faire exploser la bite à trois cents mètres de distance. On peut t'arranger ça. Donne-moi le feu vert, Shylock, et c'est réglé. Donne-moi le feu vert. *S'il te plaît*, donne-moi le feu vert. Ça me démange. »

Les yeux de Jorgensen étaient grands ouverts et clignaient à toute vitesse – il était comme ça, quand il se croyait heureux.

Shapiro pleurait de plus belle maintenant, il gémissait, il s'étranglait, il tremblait comme une feuille.

« Mais je l'aime, il disait, je l'aime toujours, je l'aimerai toujours. »

Polizzi et Campos ont pris un air dégoûté, et Polizzi, une voix aiguë de tapette : « *Je l'aime. Mais je l'aime*. » Campos s'est joint à lui : « *Je l'aime. Oh, je l'aime.* » Ils répétaient ça à l'unisson, mais ça n'a rien arrangé, parce que Shapiro s'est mis à pleurer encore plus et encore plus fort, ça devenait carrément immonde. Polizzi et Campos dansaient la ronde sur la pointe des pieds, comme des tantouzes. « *Mais je l'aime. Je l'aime tellement. Oh, oh, je l'aime* », qu'ils disaient.

Ça a fini par marcher, comme d'hab', et, quand Shapiro s'est arrêté de pleurer, on lui a payé une tournée. Il a picolé tous ses verres, tout est revenu à la normale et on a enfin pu passer un bon moment.

Là-dessus, Pop est arrivé.

On l'a ovationné.

« Le futur marié !

– S'est fait couillonner !

– C'est beau, l'amour !

– Au lieu d'écouter ta petite tête de pine, tu ferais mieux d'écouter la grosse », a dit la vieille serveuse en levant son verre, avant de le descendre cul sec.

Pop rayonnait.

« Une tournée pour tous mes potes », il a fait, et Louie a servi tout le monde et s'est servi un whisky.

Mais, au lieu de se poser au bar, Pop m'a fait signe de le suivre à une table. Il s'est assis. Il avait l'air sérieux.

« Fiston, il a dit. Je vais me marier. Mon témoin de mariage, ça devait être Kent, mais Kent est mort maintenant. Clyde aussi. T'es le seul fils qu'il me reste, même si t'es pas de moi. Mais je te considère comme mon fils.

– Toi, t'es mon Pop, j'ai dit.

– J'ai été dur avec toi. Je devais être plus dur avec toi, parce que t'allais être plus seul que tes frères. Tu peux comprendre ça. »

J'ai fait signe que je comprenais. Et c'était vrai.

« Je peux pas te prendre comme témoin. »

Il m'a regardé comme si j'étais censé ajouter quelque chose.

« Si tu étais mon témoin, ça me ferait penser à tes frères. Ce ne serait pas bien. Ni pour toi, ni pour moi. »

Vieille Mouette est arrivé, il s'est assis à côté de Shapiro, et Shapiro a remis ça. Et vas-y qu'il chouinait : « Bon Dieu, que je l'aime. Mes mômes me manquent. Je l'aime tellement. » Mouette s'est levé, il a baragouiné un truc et Shapiro l'a regardé bizarrement. Quand Mouette a répété sa connerie, Shapiro a explosé de rire, Mouette a fait « oui » de la tête et lui a envoyé un sourire édenté. Il avait les gencives toutes noires.

« Je comprends, Pop. »

Pop a pris son portefeuille, il a sorti un bifton de dix et me l'a filé.

« Tu restes là et tu t'amuses. Moi, j'ai rendez-vous avec ma belle. »

Après mes tournées, je garais mon bahut à la décharge. J'étais en train de me débarbouiller et de rincer la mousse au tuyau d'arrosage, quand j'ai entendu le rire de Jones, juste derrière moi.

« Hé, l'ami ! qu'il a dit. T'as l'air trop drôle, là, avec ce tuyau sur la tête.

– Je suis pas comme toi, j'ai pas de caravane, moi. Je suis pas un gars de la haute qui vient d'Angleterre et qui va devenir patron.

– Je suis pas patron, l'ami, et je viens d'Australie, si tu te rappelles. J'ai des patrons, mais je m'occupe pas trop d'eux, ils captent rien aux poubelles. Tout ce qu'ils captent, c'est leurs plans. Fous-moi une colline par-ci, une vallée par-là, une petite montée là-bas. Ils ont pas la moindre idée de comment répartir tout ce bordel.

– T'as un meilleur boulot que moi. Dans mon bahut, il y a pas de douche. »

J'ai commencé à me sécher. Une petite brise venant de la baie s'est levée. J'avais les boules comme des raisins secs.

« Et pas de four, et pas de lit.

– Je suis beaucoup plus vieux que toi, Jones a dit.

Et j'en ai chié, moi aussi. Ce qui veut pas dire que c'est pas drôle de voir quelqu'un d'autre en chier.

– Bon, je préférerais dormir dans ma bagnole, mais y a des nègres qui la squattent et qui me disent qu'elle est à eux. Je les ai chopés en train de baiser dedans, hier soir. Tout une pile de gars sur une nana, et vas-y qu'ils baisaient comme des malades. Boum, boum, boum.

– Et ils ont bien raison. Si tu t'en sers pas, pourquoi qu'ils s'en priveraient, eux ?

– Elle leur appartient pas, j'ai dit.

– Elle t'appartient pas non plus.

– Bien sûr que si, elle est à moi, bordel de Dieu. Je l'ai payée. Je l'ai retapée. J'ai vécu dedans. Je pourrais te dire d'où vient chaque pièce de cette bagnole.

– Tu crois peut-être que cette poubelle, a dit Jones en balayant d'un bras tendu le terrain couvert de décombres et de pourriture, tu crois peut-être que cette poubelle m'appartient ? »

J'ai fini de me sécher, j'ai mis mon calbute et mon futal. Je me suis allumé une clope.

« Ben, c'est pas le cas, il a dit. Tout est temporaire. La *permanenence*… »

Et il a explosé de rire.

« La permanenence, c'est que le royaume des tout-puissants et des abrutis. Nous, mon pote, il y a de grandes chances qu'on n'appartienne à aucune de ces catégories.

– Dans la catégorie abruti, je me défends plutôt bien, j'ai dit. Je vis dans un camion-poubelle. Mes potes sont allés à la fac, moi je suis devenu clodo. Mes ennemis dealent de la drogue, ils sont pleins aux as, moi je mène une vie honnête et j'ai même pas de quoi me payer des bottes de sécurité. Mon cerveau est un vrai marécage. Ma bagnole, un hôtel à zonards. »

Jones a secoué la tête. Il a craché.

« Tu vois un peu ça ? »

Il a pointé le doigt sur sa sculpture de récup'. Il avait soudé une paire de frigos, portes ouvertes, à ce qui se trouvait maintenant être le sommet.

« Tu vois un peu ça ? »

J'ai hoché la tête.

« Ça va pas durer.

– Nan.

– Voilà ce que je fais.

– Ouais.

– Voilà ce que je *fais*.

– T'as qu'à faire autre chose, j'ai dit. Un truc qui va *durer*. »

Jones a explosé de rire.

Je m'étais changé, mais impossible de me débarrasser de la puanteur qui me collait à la peau. Le soleil se couchait derrière moi, on le distinguait à peine à travers le brouillard. Le ciel gris rajoutait une couche de gris à l'ensemble. Je sais pas pourquoi, mais j'ai levé les yeux. Ça faisait un bail que j'avais pas levé les yeux. À Oakland, on ne se soucie que de ce qui se trouve en face de soi, à côté et derrière. Y a pas d'étoiles, et on dirait bien qu'y en a jamais eu. Je voulais qu'on me rende ma foutue bagnole, voilà ce que je voulais.

J'ai mis la clé dans la serrure, j'ai tiré sur la poignée et la portière s'est ouverte, mais pas plus d'une dizaine de centimètres, parce qu'elle était coincée par un antivol. Des pigeons étaient perchés sur les fils téléphoniques, ils se cherchaient des puces et chiaient sur le trottoir. Des chats se bagarraient en hurlant, un train a fait retentir son avertisseur. Les cloches sonnaient au passage à niveau. Quelque part, quelqu'un a éteint ses lumières et c'est devenu plus sombre, un peu plus loin une lumière s'est allumée et on y a vu un peu plus clair. J'avais mal au dos, une douleur au creux du dos que je trimballais depuis plusieurs années et qui refusait de partir, sauf quand j'étais au boulot.

J'ai fait le tour de mon break, côté passager, et j'ai essayé d'ouvrir, mais cette portière-là aussi, elle était verrouillée. Pareil pour le coffre.

J'ai foutu ma lampe de poche contre la vitre arrière et j'ai jeté un œil à l'intérieur. Personne, mais bourré à craquer. Un vieil aspirateur Hoover, un modèle balai aux lumières pétées. Un paquet de six rouleaux de PQ ouvert, avec un rouleau en moins. Des boîtes de tampons vides. Du linge sale d'un côté du matelas, du linge propre, homme et femme, bien plié de l'autre côté. Un album ouvert, mais j'avais du mal à voir les photos. Des toiles d'araignées contre la doublure du toit. Sous une poignée d'outils – un tournevis, une grosse agrafeuse, trois marteaux anglais –, il y avait un album de promo d'un lycée des quartiers bourges. Un préservatif tout fripé était coincé dans une des fenêtres arrière. Dans un carton ouvert, bien posé sur un tissu blanc flambant neuf, un voile de mariée, dentelle superbe, bandeau garni de perles. Y avait aussi des chaussettes qui devaient pas sentir la rose.

Un bout de papier était scotché sur le pare-brise, je suis donc allé à l'avant pour voir ce que c'était. Sur le siège du conducteur, il y avait une tête de mannequin en polystyrène, les cheveux roux et un œil crevé. Sur le bout de papier, il y avait un mot. Qui m'était destiné.

« *Au Bar du Joker, ce soir. Désolé pour les antivols, mais c'est pas un bon quartier.* »

J'ai braqué encore un coup ma lampe à l'intérieur de

la bagnole et j'ai balayé du regard tout ce bazar. Sur le plancher, côté chauffeur, j'ai repéré une boîte que je n'avais pas encore vue ; dedans, il y avait ce qui ressemblait à une robe de mariée, toute blanche, avec plein de dentelle, recouverte de ce papier fin d'emballage qu'on utilise pour les trucs de luxe bien pliés. À côté de la boîte, il y avait un vieux corsage. La sirène de la fin de journée a retenti à l'abattoir, et le bâtiment a poussé un profond soupir.

Une voiture de patrouille s'est approchée au ralenti et, quand le flic m'a vu avec ma lampe de poche en train de fouiner autour de la bagnole, il a fait demi-tour à fond de train et s'est garé à ma hauteur.

« Vous êtes en état d'arrestation, il a fait. Contre le mur, fils de pute. »

Je me suis attrapé l'entrejambe.

« Va te faire mettre, j'ai dit.

– Comment va ? il a demandé. Paraît que tu fais des chantiers, des trucs carrément immondes ?

– Me suis fait virer. Le môme du contremaître m'a foutu son couteau sous le nez et je lui ai éclaté la tête d'un coup de pelle. Maintenant, je conduis un camion-poubelle pour Vieira. T'es toujours avec Roxanne ?

– Nan, a répondu Joey. La coche m'a plaqué et elle s'est maquée avec Campos, ce gringalet de merde. Mais c'est pas grave : tu peux pas savoir le nombre de nanas que je me fais avec l'insigne de la police. Les nanas, ça les rend dingues. La matraque, les menottes, le *pistola*.

– Je peux te dire que c'est pas mon camion-poubelle qu'attire les gonzesses.

– Qu'est-ce qui cloche avec ta caisse ?

– Rien. Je viens juste jeter un œil, histoire de m'assurer que tout va bien. Je l'ai prêtée à des potes, j'en ai pas besoin. »

Joey a sorti sa lampe de poche de son étui, il l'a allumée et braquée par la fenêtre.

« Ben, t'as des sacrés potes, toi. Des nègres, à mon avis.

– Des Noirs qui traversent une mauvaise passe.

– S'ils te font chier, il a dit en caressant sa ferraille, tu passes un coup de fil à la brigade et tu leur dis que T-Bird a besoin d'un coup de main. Je te nettoierai tout ça avant qu'ils aient le temps d'éplucher leur banane, crois-moi. »

Il est remonté dans sa caisse, il a sorti son calepin et noté un truc.

« Comment qu'on fait pour aller au Bar du Joker, d'ici ? j'ai demandé.

– Le Bar du Joker ? Qu'est-ce que tu veux aller foutre là-bas ? C'est l'Afrique.

– Il y a du jazz, ce soir. Je me disais que j'allais peut-être faire un bœuf.

– Toi et ta trompette. Au lycée, si t'avais passé autant de temps à bosser qu'à jouer de la trompette, t'aurais ta propre baraque, aujourd'hui. Comme moi.

– T'assures.

– Tu descends la voie ferrée, c'est le chemin le plus rapide. Tu vas vers la vieille conserverie. Tu passes entre la conserverie et la casse, et là, tu prends la direction de la baie. Tout en bas, sur les quais, tu trouveras le Bar du Joker. Tinquiète, tu le repéreras à l'odeur.

– Comment ça se fait que je le connais pas ?

– Pas d'enseigne. Juste une ampoule jaune à la porte. Fais gaffe à ton cul. Tu vas être le seul gringo.

– Comme si c'était nouveau, José. »

Joey a éclaté de rire.

« *Adios, cabron*, qu'il a dit. *Vaya con dio.* »

Je me suis assis sur un baril de deux cents litres et je me suis allumé une clope. Le brouillard serpentait dans les allées de la casse, derrière le grillage épais, entre les chauffe-eau, les frigos, les portières de voitures et les machines à laver rouillés. Les remorqueurs gémissaient, les trains martelaient les rails, la brume assourdissait les bruits. Une usine à bonbons relâchait son sucre brûlé dans l'air et il devait y avoir une crevure de chat ou de chien, ou autre chose de plus gros quelque part, parce que ça schlinguait comme il faut. La cigarette, ça aide à supporter la puanteur du monde.

Quand j'ai poussé la porte, tout ce que j'ai vu, c'est des néons. L'un d'eux clignotait comme un épileptique. La fumée de pétard était bonne à couper au couteau et le juke-box diffusait l'orgue bien kitsch de Booker T & the MG's[1]. Quand les habitués sont redevenus nets, personne n'a bougé, même pas le barman, et on ne m'a pas prêté la moindre attention. Contre le mur, il y avait une rangée de tables avec des sièges en cuir rouge. Le bar était en feuilles d'étain retenues par des rivets et les tabourets étaient plutôt chouettes – vieux radiateurs en fonte, palettes clouées avec des bouts de poutrelle en bois, bidons de pétrole, un vrai tabouret de bar et une malle debout.

Mes locataires étaient assis au bout du comptoir – le vieux type aux cheveux gris sirotait un gin ou une vodka, les trois jeunes buvaient des bières et la nana

1. Groupe de rythm and blues spécialisé dans les reprises de Wilson Pickett, d'Otis Redding, etc.

avait un cocktail dans chaque main, un truc transparent et un autre marron.

J'ai sorti un billet de vingt de mon portefeuille et j'ai fait signe au barman.

« Une tournée pour eux. Un scotch pour moi.

– Un scotch », a dit le barman.

Sa peau était brillante de graisse. Il portait une chemise blanche et une cravate. Il était chauve.

Je regardais les bouteilles alignées contre le mur. Pas de mélanges à cocktails fruités. Pas de Baileys. Pas de tequila. Pas de Kahlua, pas de scotch, pas d'alcool cher, à part du Jack Daniel's et du Beefeater. Hennessy. Courvoisier.

« De la bière, j'ai dit. De la Bud. Et du whisky. Tournée générale. »

Il ne m'a pas fait le moindre signe de tête, il n'a pas pris mon pognon. J'ai balancé le billet sur le comptoir et je me suis allumé une clope. Il a ouvert les binouzes, servi les whiskys et nous les a fait passer. Les vieux ont levé leur verre, j'en ai fait autant et je me le suis descendu cul sec. Le barman m'en a remis un.

L'aîné de la bande m'a fait signe de rappliquer.

« Bien content que t'aies pu venir. »

J'ai bu un coup.

« M'appelle Harrison, il a dit. En hommage au Président.

– T-Bird. En hommage à la bagnole. »

Il a hoché la tête.

« J'ai un pote qui s'appelle Barbeuc. Connais une femme qui s'appelle Mapoupée. »

Il n'y avait plus de fric dans le juke-box et personne n'a remis de pièces. On entendait les corps expirer. On sentait l'aigreur et le sifflement rauque du monde.

« On a tous un boulot, il a expliqué. On n'est pas des clodos.

– Je peux comprendre », j'ai dit.

On a picolé pendant un bout de temps, puis on s'est raconté des histoires. Au début, elles concernaient d'autres gens, des trucs qu'on avait vus, des endroits où on était allés, les boulots de merde qu'on avait plaqués, ceux d'où on s'était fait virer. Flippant, de voir tout ce que les Blancs peuvent avoir en commun avec les nègres, quand on regarde bien.

« Ces deux-là, il a fait en pointant l'index, ils bossent à l'abattoir. Ils ont pas besoin de se payer en plus des heures de bagnole. L'autre… »

Il a jeté un regard en coin. Il avait un œil injecté de sang.

« L'autre, il est un peu dérangé. Il a du mal à garder un taf. Pourtant, c'est pas un mauvais bougre. Il bosse à l'école, maintenant, comme aide. Un de mes fils. »

Le fils d'Harrison, je l'avais vu s'éloigner de ma bagnole, la nuit précédente. Il était énorme, des jambes comme des pylônes, une tête comme un parpaing. Il ne souriait jamais.

La nana a fini ses verres. Elle était sur son trente et un : chapeau violet à pompons et robe verte brillante, bien moulante, pourtant elle était vraiment grosse. Mais elle avait beau être grosse, elle était sexy comme savent faire les grosses, parfois.

« Je bosse à la bibliothèque, a raconté le vieux gars. Je remets les livres à leur place. J'en connais, des conneries, mon pote. Je lis des tonnes de bouquins. Les gens cherchent en quoi ils diffèrent des cafards, il se cherchent des raisons d'aller bosser, le matin, d'avoir des bébés, de se marier. Et tu sais quoi ? »

J'ai hoché la tête.

« Ben, je vais te dire. Je suis un philosophe de l'estomac.

– T'as bien raison, j'ai dit.

– Dû lire ça quelque part. Mais quand je l'ai lu, je me le disais déjà. J'ai envie de digérer.

– Et moi, de boire un coup », j'ai déconné.

J'ai descendu mon verre et le barman m'en a apporté un autre. Il commençait à transpirer des seaux, mais ça n'avait pas l'air de le déranger.

« La dame que voici… »

Il souriait. Il avait une dent en or avec un motif gravé dessus, un truc en spirale. Ça brillait en vert et rouge, dans les néons, ça tremblotait.

« La dame que voici, c'est notre femme. »

J'ai hoché la tête.

« On l'a épousée.

– Vous tous ?

– Sauf mon fils, il a dit. Ça serait pas normal qu'un père et un fils soient mariés à la même femme. C'est une femme bien, vraiment. C'est pour elle qu'on se lève, le matin. Yolanda. C'est son nom. Yolanda. »

Quand Yolanda a entendu qu'il parlait d'elle, elle s'est penchée en avant et m'a chuchoté à l'oreille :

« Le laisse pas te baratiner sur mon compte. C'est mes maris, mais c'est aussi mes bébés. Je dois juste faire attention qu'ils vont bien et qu'ils oublient pas d'aller au boulot, le matin.

– T'es une nana bien », j'ai fait.

Elle a rigolé. Un rire aigu. Pas un caquètement ou un truc de pétasse, non, un beau rire, le rire d'une grande dame.

J'ai posé un autre billet de vingt sur le comptoir et le barman nous a apporté des verres, tout le monde picolait et la femme avait l'air encore plus belle.

Yolanda m'a murmuré à l'oreille :

« Je vais faire un cadeau à mes hommes, ce soir.

– Quel genre ?

– T'es gentil tout plein, toi, elle a répondu. Tu débarques chez nous, peut-être que je partagerai aussi mon cadeau avec toi. »

Je me suis descendu un autre verre. Je commençais à me sentir carrément bien.

J'avais une grosse envie de pisser, je me suis donc levé pour aller aux gogues. Je titubais un peu. Pendant que je faisais la queue, devant la porte, un type m'a tapé dans le dos. Sur la porte, il y avait un poster en noir et blanc de Willie Mays. Willie faisait un grand sourire et tenait son gant devant lui, comme s'il s'apprêtait à attraper la balle. L'autre m'a encore tapé dans le dos.

« Quoi ? j'ai demandé.

– C'est des chiottes réservées aux Blacks, il a dit.

– Et les chiottes pour les Blancs, c'est où ? »

Il était maigre, la poitrine creuse et des lèvres craquelées qui pissaient l'huile de vidange.

« Y a pas de putains de chiottes pour Blancs, ici. Les chiottes pour Blancs, c'est à l'autre bout de la ville. »

Le fils d'Harrison s'est ramené. Il a gentiment chopé le gars tout maigre et il l'a collé au mur.

« T-Bird, on l'aime bien », il a dit.

Le gars tout maigre a fait « oui » de la tête, de haut en bas à toute vitesse comme s'il tremblait, mais c'était pas ça, c'était juste qu'il disait « oui » à toute vitesse.

« T-Bird, on l'aime bien, a dit le fils d'Harrison.

– Moi aussi, j'aime bien T-Bird », a dit le gars tout maigre.

Le fils d'Harrison a fait un demi-sourire et il a dit :

« T-Bird, on l'aime bien. »

Quand le gars tout maigre est retourné s'asseoir, j'ai regardé le fils d'Harrison.

« Merci », j'ai dit.

Il me regardait, intrigué. Il a incliné sa tête en parpaing sur le côté.

« Merci pour le coup de main, j'ai dit.

– T-Bird, on l'aime bien », il a répété.

Il a haussé les épaules. Il est retourné au comptoir.

J'ai serré la pince aux gars en partant. Yolanda m'a pris dans ses bras et je me suis senti tout drôle. Harrison m'a payé des bières à emporter.

Je me suis dirigé vers les quais. Une chienne errante s'est mise à marcher à côté de moi, elle avait les mamelons qui pendaient, les hanches osseuses et fragiles, les pattes aussi fines qu'un démonte-pneu. Je me suis arrêté et elle s'est arrêtée, les pattes pelotonnées sous la croupe. Je lui ai caressé la tête, et mes mains ont commencé à me gratter.

« Rentre à la maison. Rentre chez toi, ma fille. »

Elle me regardait. Elle avait les yeux brouillés de saloperies.

« Rentre chez toi. Rentre à la maison, bordel. Allez, rentre. Va t'occuper de tes putains de chiots. »

J'ai levé la main comme si j'allais lui foutre un coup, elle a rentré la tête – j'ai senti les larmes me monter aux yeux et j'ai dit :

« Bordel de bordel, rentre chez toi, putain. »

Je me suis remis à marcher. Quand elle a recommencé à me suivre, légèrement en retrait, j'ai accéléré le mouvement, je marchais de plus en plus vite mais elle continuait à me suivre, alors j'ai repris un rythme normal. Quand j'ai fini par la semer, je soufflais comme un bœuf et j'avais besoin d'une clope.

J'ai ouvert une des bières qu'Harrison m'avait payées et je m'en suis grillé une ou deux.

Des grues géantes glissaient le long du ponton, des bateaux ramassaient des conteneurs et les empilaient comme des villes de ferraille, ça faisait des rues et des ruelles et des ensembles d'habitation plus grands que le plus balaise des HLM ou des immeubles résidentiels que tu verras jamais. Prends un chalumeau d'oxycoupage, quelques encadrements de fenêtre, et je peux te dire que ces conteneurs donneront un truc bien plus puissant qu'une Airstream ou qu'un mobil-home – en tout cas, une chose est sûre, bien plus puissant qu'un break ou qu'une cabine de camion-poubelle. Plus fort que ces endroits où on vit, ces endroits bourrés de petites boîtes truffées de trucs de bourges des banlieues résidentielles, des trucs faits pour être achetés, vite usés et balancés. Télévisions, frigos neufs, trotteurs pour bébés pourris gâtés, nouvelles commodes pour leurs chambres de luxe à salle de bains privée et rideaux assortis à leurs couettes cousues d'or.

De l'autre côté de la baie, San Franscisco se reflétait dans l'eau et faisait des halos lumineux à travers le brouillard. Les voitures scintillaient en passant sur le Bay Bridge et des millions de verres de champagne tanguaient sur l'eau. Quelque part, mes frères morts engraissaient les vers, ma mère baisait mon dernier beau-père en plein air, Pop ronflait en rêvant de son boulot, il revoyait avec horreur une étiquette oubliée à côté de la caisse, un pneu mal réparé, un patron offensé qui allait demander à ses fils de lui régler son compte dans la nuit. De là où j'étais, je voyais la décharge, ses collines obscures qui s'élevaient face aux lueurs de la baie, je voyais gicler les étincelles de Jones, qui bossait sur sa sculpture de dingo en matériaux de récup' ;

et de voir ces lumières, de savoir Jones au boulot, en train de foutre tout ce métal là-haut, dans les airs, de le fourrer bien profond dans le trou du cul des dieux, ça m'a fait du bien. J'avais l'impression que tout était en ordre et que, dans ce monde, il y avait certaines choses qu'ils ne pourraient pas nous prendre ; ces choses, c'est ce qu'on *crée*, ce qu'on fabrique juste pour le plaisir, sans espoir de gagner la moindre thune ou de baiser qui que ce soit sur l'addition. Un jour, je m'achèterais une montagne, un putain de monstre de granite, et je passerais le restant de mes jours avec un marteau-piqueur dans les pattes à faire sauter tout ce qui dépasserait, je virerais tout le superflu, et il n'en resterait plus, de cette montagne, que le reflet de mon âme, un monument gigantesque dédié au travail, à l'honneur, à la peur, au courage, au sang et aux os.

J'ai allumé une clope et je suis resté là un bout de temps, à mater ma bagnole, puis je me suis approché et j'ai frappé à la fenêtre. Une portière s'est ouverte.

C'était le fils d'Harrison.

« T-Bird, on l'aime bien », il a dit.

Les autres dormaient, blottis les uns contre les autres. Yolanda s'est redressée. Elle avait les mamelons tout noirs et gonflés, et ses tétons étaient durs comme des valves de pneus, à cause du froid. Je ne savais pas quoi dire.

« On a un invité, elle a dit. Viens, je vais te donner à boire. »

Elle a ouvert une Olympia. Elle me l'a tendue. Elle a dit tout bas :

« J'ai une sœur, maintenant, et mes hommes, ils ont une nouvelle femme. Pour me filer un coup de main. »

Je buvais ma bière.

« L'est gentille », elle a dit.

J'ai hoché la tête.

Elle s'est penchée dans la voiture et elle a soulevé la couverture pour me montrer.

C'était une Blanche. Elle avait le visage rond et ses cheveux lui tombaient sur les joues.

Yolanda a écarté les cheveux de la femme blanche.

C'était Mary, la fiancée de Pop.

Je suis arrivé à la station Mohawk vers midi, après mes tournées du matin. Ma benne était pleine et elle coulait à fond de train, ce qui fait que je me suis garé près du trottoir pour laisser le jus couler dans la rue. Snookie courait après sa queue entre les pompes, et vas-y qu'il tournait et tournait et qu'il s'attrapait la queue en montrant les dents, si jamais il attrapait cette enflure, il allait se la faire pour de bon. Pop était assis dans le bureau, il faisait les comptes. Il avait accroché des photos de Kent et de Clyde, mes frères morts, au-dessus de la caisse, et, sur le mur, des photos de ses futurs beaux-enfants. Sur l'une d'elles, il y avait une nana de mon âge, une nana qui n'avait pas l'air mal du tout, malgré ses boutons sur la tronche. Pop avait encadré une photo de son père, Papy Murphy, debout sur un toit d'Oakland, avec la Skyline en arrière-plan, il avait un râteau à goudron à la main, l'air sérieux, ses deux petits pieds bots de chaque côté du seau à goudron. Pas un nuage dans le ciel.

« T'as picolé ? Pop a demandé.

– Jamais, j'ai répondu.

– Bon, ben, j'allume pas mon cigare tant que t'as pas dégagé de là », qu'il a dit.

Il a esquissé un sourire.

« Pop, j'ai dit.

– C’est une visite amicale ? Parce que j’ai du boulot, moi. »

Snookie a jappé. J’ai regardé par la fenêtre. Il avait la queue en sang. Mais il a quand même recommencé à se la prendre en chasse.

La vieille casserole de Mary s’est ramenée sur le parking et elle en est descendue. Elle en jetait, elle s’était bien maquillée et brossé les cheveux. Elle portait son uniforme de serveuse, elle s’était acheté une nouvelle jupe. Elle a traversé le parking et filé droit sur Pop.

Je suis retourné au camion, j’ai ouvert la portière et je suis resté planté sur le marchepied.

« Hey, bébé », a fait Pop.

Elle lui a tendu un sac en papier.

« Sandwichs, elle a dit. Je veux que mon homme soit fort. Rosbif, jambon, fromage, pastrami. Faut maintenir ton énergie au top niveau. »

Pop rayonnait. Il avait la trique sur le visage.

Elle lui a passé les bras autour du cou et s’est écrasé les nibards contre sa salopette. Elle l’a embrassé, elle a mis la langue.

« Hey, Pop a dit.

– Hey, hey, j’ai dit.

– Est-ce que c’est pas la plus belle petite salope du coin ? Franchement, c’est pas la nana la plus mortelle du monde ?

– Une super salope », j’ai dit.

Pop a fait un grand sourire. Il a pincé le cul de Mary à travers la jupe, ou peut-être par en dessous. Difficile à dire.

Mary s’est marrée.

Deux bagnoles se sont rentrées dedans au carrefour. Les conducteurs, un homme dans une Ford et une femme dans une Dodge, sont sortis, ont refermé leur portière en la claquant violemment et se sont mis à s'insulter.

Pop s'est marré, et Mary aussi.

La veille du mariage de Pop, fin de journée, soleil couchant marronnasse sur fond d'ordures, à travers un air sale et charbonneux, plein des fumées de gazole des usines de la Baie de l'Est. Cet air de merde s'écrasait au sol et la décharge montait tellement haut, maintenant, que je me trouvais au-dessus de la crasse. Je la voyais se déplacer, je l'observais se déplacer comme un sac de jute plein de graisse, lentement, comme de la neige fondue, avec des vagues – en prêtant l'oreille je l'aurais sans doute entendue battre sur le rivage.

Je voyais tout le quartier de la 98e Avenue, elle partait de la décharge où j'avais garé mon camion-poubelle et s'étendait dans les collines d'Oakland jusqu'au squat du temple mormon, avec son clocher en or protégé par une armée d'anges dont je n'arrivais jamais à prononcer le nom, jusqu'à la bordure de la forêt qui tranchait le béton comme le rire d'un ennemi insaisissable, jusqu'aux reflets des lacs brillant dans les rayons du soleil, dont seuls jouissaient les propriétaires des baraques sur les rives. La 98e Avenue couvrait une sacrée distance, du rien au tout, des serfs aux tsars, de nous à eux.

Je me suis dit que ces routes, c'était mon grand-père qui les avait construites. Ces routes-là. Mes routes. Mais en fait, non, ce ne sont *pas* mes routes. Parce que ce qu'on construit, ça ne nous appartient pas : seul ce qu'on achète nous appartient. Le sang n'est pas une devise officielle. Ça ne te paie pas grand-chose de plus qu'une bonne bouteille, une fois par mois. J'avais une vision très claire de mon quartier, je construisais une décharge qui allait devenir un terrain de jeu pour des gens qui me détestaient et me considéraient comme un insecte – et encore, s'ils avaient une seconde à m'accorder –, qui allaient se faire un tour de passe-passe solidement financé, déductible des impôts, avant de se payer une petite danse du chapeau sur leurs pelouses de golf et nous écrabouiller comme des cafards, moi, mes amis et mes parents, pendant qu'on essaierait d'esquiver leurs talons brillants, ils finiraient par nous éclater la gueule en poussant des cris obscènes et triomphants.

Jones me faisait déverser la moitié de mes bennes sur une colline et la moitié sur une autre. Il montait deux pics en forme de cônes.

« Il faut que je décampe avant demain matin, il a dit. Ils m'ont foutu à la porte, viré. »

Et il a repris sa tâche.

Il avait détruit son campement, ses enceintes, ses télés et ses tables profondément enfoncées par les chenilles du bulldozer, les projecteurs réduits en minuscules paillettes. Il avait bougé sa caravane à l'entrée de la décharge, elle était attachée à une vieille Chevy Impala.

La décharge commençait à ne plus ressembler du tout à une décharge. Les collines n'étaient plus arrondies, les gracieuses étendues des canyons et des vallées avaient disparu. Ce qui, un temps, avait eu l'air organisé et harmonieux se transformait en un truc hasardeux et tout déchiqueté. Les collines étaient esquintées, les vallées pleines de décombres et les jets de gaz de méthane, que j'avais connus calmes, crachaient maintenant avec une telle virulence que l'air s'était chargé de poussière. J'avais envie de fumer, mais il n'était pas question que je m'allume une clope, pas au milieu de ces sifflements. La décharge ne ressemblait plus à rien.

Jones déblayait les gravats. Il allait prouver à ces

mecs en costume qu'il n'était pas le genre de gars à qui il fallait chercher des poux dans la tête. Il allait foutre la merde, parce que c'est exactement ce que n'importe quel homme digne de ce nom aurait fait, il allait ravager tout ça minutieusement, de part en part, à la perfection, pour que ça leur prenne une année entière de refaire une étude topographique, à planter des petits drapeaux rouges marquant l'altitude pour leurs fondations de country-clubs, de restaus de luxe, de résidences sublimes. Il bossait d'arrache-pied, le bulldozer transpirait son liquide hydraulique marron, ça coulait le long des tuyaux et des tubes, l'huile et la graisse s'échappaient comme du sang noir des colliers et des roulements à billes, et, au sommet de sa machine, Jones travaillait avec méthode, tirait sur les leviers, appuyait sur les pédales, déplaçait des petites montagnes, creusait des tranchées, des grottes, des ravins, rasait des collines arrondies pour les réduire en petites buttes.

« Jones », j'ai dit, mais il n'a pas bougé un cil. J'ai gueulé : « Jones ! » Mais il continuait à activer son bulldozer, et vas-y qu'il appuyait sur les pédales et sur les leviers, sa chemise blanche se couvrait de poussière brune, son nœud pap' rouge se défaisait et des rigoles de boue lui ruisselaient sur la tronche.

Il enfouissait sa sculpture dans une montagne de détritus et tout ce qu'il en restait, maintenant, c'était le sommet, le sommet qui ressortait tout en haut des collines – le boulot de la veille –, un bout de tôle ondulée, arrachée à un vieux cabanon, qui oscillait lentement dans la brise. Une douzaine de scies étaient soudées à la tôle. On aurait dit des dents.

« Jones ! »

Il s'est retourné et m'a regardé pendant ce qui m'a paru une éternité. Il souriait, et les rares dents qui lui restaient étaient couvertes d'une couche de terre marron. Je n'ai pas pu lui rendre son sourire, je n'ai pas pu, c'est tout, puis il s'est retourné et il a regardé les monticules qui faisaient le tour de sa sculpture, il a appuyé comme un malade sur le champignon, passé une vitesse, fait un bon en avant, des crachats de fumée noire se sont échappés du pot d'échappement, comme un drapeau de guerre flottant au vent, et quand le bull est venu se fracasser contre le monticule, les déchets ont avancé d'un cran. Il a fait marche arrière, il est reparti à la charge et le monticule a encore avancé d'un cran, les morceaux de bois, la terre et les déchets ménagers craquaient si fort que le sol s'est mis à trembler. Il a refait marche arrière. Ça allait lui prendre un bout de temps de finir le boulot, et ça devait être fait au petit matin.

Je suis descendu de ma cabine et je suis resté planté là, à observer Jones qui transpirait, puis je me suis dirigé vers la rangée de bulldozers. J'en ai choisi un, j'ai mis le contact, j'ai passé une vitesse, enclenché un levier, descendu l'autre, ça a creusé un trou circulaire dans le sol pendant que l'engin tournait sur lui-même, j'ai poussé les deux leviers en avant et foncé vers les collines qui entouraient la sculpture de Jones.

Quand il m'a vu arriver, il a fait ronfler son moteur.

Et il est reparti à fond les manettes.

Ça nous a pris à peine une paire d'heures pour enterrer sa sculpture, pour l'oblitérer du monde. On s'est assis à côté des Caterpillar et Jones a partagé un pack de six avec moi. On ne disait pas grand-chose, on était juste assis, comme ça, à mater les ruines de la décharge, avec San Francisco en arrière-plan, les lumières de la ville qui ressortaient bien nettes dans la nuit sans brouillard. Une petite brise portait jusqu'à nous les bruits des remorqueurs et des chalands, des marins se racontaient de splendides mensonges avec des voix qui remontaient à la nuit des temps.

La petite fille qu'on avait vue danser sur la colline de la décharge se trouvait sur le sommet du plus haut monticule, les bras ballants. Il n'y avait pas de musique, mais elle s'est mise à bouger, d'abord lentement, délibérément, puis dans une sorte de transe. Elle dansait avec la grâce d'une nation ou d'un peuple qui n'avait pas encore émergé ou qui avait disparu, et sa silhouette foncée, à contre-jour des scintillements de la ligne de San Francisco et des lumières du Bay Bridge, bougeait comme un fantôme, comme une bénédiction.

Pendant ce temps, Jones et moi, on la regardait en finissant nos bières, on ne disait pas un mot. Et tout à coup, elle a disparu.

Jones, il avait l'air en paix avec lui-même, heureux, comme si le fait d'avoir enterré sa sculpture était la suite logique du travail qu'il avait fourni toute son existence. Mais soudain, il m'a regardé, son visage a changé d'expression, il m'a regardé comme s'il voulait vérifier ce que j'avais dans le sac. Puis il a tendu les bras, il les a ouverts en grand, comme s'il embrassait la décharge, la baie, la planète entière, et il a dit :

« Je vais te dire un truc. »

Il s'est tourné sur le côté, les bras tendus, il a tourné sur lui-même, comme ça, comme Moïse ouvrant de gigantesques mers de poubelles, et il a repris :

« J'ai bossé aux quatre coins de la planète et vu toutes sortes d'ordures. Chaque groupe humain produit son propre type d'ordures. Des produits chimiques spécifiques, de la nourriture spécifique, de la terre et du béton spécifiques pour couvrir la décharge, des mélanges botaniques spécifiques, des schistes spécifiques. Mais les poubelles, les poubelles, l'ami, quand elles sont compressées comme il faut, les poubelles – elles sentent toutes pareil. »

Jones était parti, il avait attaché sa caravane et tracé sa route. Tout était devenu très calme, les feux de la décharge s'étaient transformés en charbon, les lumières de San Francisco, d'Oakland et de Berkeley s'étaient presque toutes éteintes, les immeubles s'allumaient étage par étage, à mesure que les gardiens de nuit faisaient leur ronde. Sur la Nimitz, les voitures passaient en grondant comme des bourrasques de vent, on entendait les petits bruits des animaux nocturnes à l'affût et les battements d'ailes des oiseaux perchés pour la nuit, les plumes hérissées pour se tenir chaud. La brise faisait grincer le grillage et la décharge sentait mauvais, parce que Jones avait remué tout le bazar et ramené à la surface toute la pourriture compressée.

Je suis descendu de mon bahut et j'ai marché jusqu'au centre de la décharge, là où, au lieu de l'ancien cratère, s'élevait maintenant une butte. Je suis resté debout, au pied de la butte, je me suis baissé pour écouter et j'ai entendu le méthane siffler.

J'ai sorti mon Zippo de ma poche, je l'ai ouvert en le faisant cliquer et j'ai tourné la pierre d'un coup sec. J'ai regardé la flamme un petit moment et je l'ai passée sur le sol. De jets de gaz ont pris feu, un feu tout bleu, avec des petits bruits de bouchon qui saute. J'ai fait le tour de la butte et j'ai mis le feu à tous les jets qui se trouvaient sur mon chemin, puis je me suis éloigné, le briquet au ras du sol, en écoutant les sifflements et en allumant les jets de gaz l'un après l'autre, des douzaines d'abord, puis des centaines de jets de gaz s'agitant dans la nuit de sulfure noir.

J'ai dû faire ça une bonne paire d'heures. Le soleil ne

voulait toujours pas se lever et la décharge était éclairée comme le site d'un étrange rite vaudou, couvert de bougies, avec des milliers et des milliers de petites langues bleues, orange, rouges, violettes et vertes qui léchaient l'air juste au-dessus du sol, rasaient les pierres, la boue, la ferraille, et faisaient fumer le polystyrène, le plastique, le papier. Ça sentait comme l'ozone de la soudure à l'arc, une odeur sèche, dure et électrique à la fois.

Quand j'en ai eu allumé assez, je suis monté au sommet du monticule sous lequel se trouvait la sculpture de Jones et j'ai regardé les lumières de la ville, de l'autre côté de la baie. Puis j'ai jeté un nouveau coup d'œil en bas, vers la décharge qui brûlait – chaque jet de gaz ressemblait à un foyer, à un feu de camp, à la lumière qu'on laisse allumée dehors en signe de bienvenue –, je me suis assis, j'ai fermé les yeux et j'ai su que je ne dormirais plus jamais. Jamais.

J'ai toujours voulu savoir ce que l'avenir me réservait.

C'était le jour du mariage de Pop. Pop n'était pas encore arrivé, mais les invités commençaient à se rassembler sur la grande pelouse, devant la centrale électrique.

Pop avait prévu le mariage un samedi soir, au coucher du soleil après le boulot, pour que tout le monde puisse cuver tranquille le lendemain, assister à son match préféré et retourner bosser sans problème, le lundi matin.

La pelouse de la centrale électrique était un lieu magique. Quand on était mômes, mes frères, Clyde et Kent, et moi, on venait y jouer au foot – et on n'était pas les seuls. À l'école, il n'y avait plus de gazon, que de la terre et des mauvaises herbes – juste de quoi faire exploser des pétards, en somme. Quand tu te fais plaquer sur une pelouse comme ça, t'as de grandes chances de t'éclater la tronche et de finir la bouche pleine de gravillons. La pelouse de la centrale électrique, par contre, elle était toujours verte, même en été, et humide et fraîche, parce qu'ils l'arrosaient pendant la nuit. On rentrait chez nous, à la caravane, trempés, couverts de boue et morts de rire, et on écoutait un match des A's à la radio pendant que Pop faisait cuire des hamburgers sur le gril.

Pop tenait à ce que la cérémonie se déroule à l'extérieur, en plein air, et la pelouse de la centrale électrique était le seul coin assez grand qui ne soit pas encombré de tout un bordel de gravats, de barres à béton, de machines à laver rouillées et de bagnoles cramées – Joey Polizzi et ses frères s'étaient fait une spécialité de l'arnaque à l'assurance. Comme il avait les bons contacts – il connaissait le directeur de la centrale en personne –, Pop a obtenu l'autorisation exceptionnelle de se marier dessus.

De là où j'étais assis, à la décharge, sur mon siège en vinyle tout craquelé qui me pinçait le cul et à travers mon pare-brise dégueulasse qui me brouillait la vue, les mouettes planaient au-dessus de la brume, de là où j'étais assis, donc, je voyais la foule se rassembler pour le mariage de Pop, à moins de cinq cents mètres en contrebas, de l'autre côté de la lagune, les gens fringués dans leurs habits du dimanche, leurs voitures, leurs pick-up et leurs camionnettes astiqués, lustrés en signe de respect. Ces bagnoles propres comme un sou neuf – y en avait pour une journée de boulot –, en les voyant, ces bagnoles rutilantes – briquées sans qu'on n'attende rien retour –, en voyant ce que la ville et le quartier faisaient pour Pop, j'ai compris que Pop était vraiment quelqu'un d'important, et pas que pour eux – et pas seulement parce que ses deux fils s'étaient fait buter, ou parce qu'il m'avait pris sous son aile alors qu'il n'était pas sûr que je sois de lui. En voyant ce que les gens faisaient par respect et par admiration pour lui, pour lui montrer qu'ils approuvaient ses actes, je me suis senti le fils le plus fier de son Pop de la terre. J'étais le fils de Bud Murphy. Je n'étais peut-être pas son témoin, mais j'étais le seul à pouvoir témoigner pour lui en ce bas-monde.

La rue était pleine de bagnoles et de véhicules professionnels, de presque toutes les boîtes du quartier. Il y avait les frères Camozzi et leurs chauffeurs, une longue file blanche de fourgons Tapis Camozzi garés d'un côté de la rue. Joe et Frank Camozzi ont ouvert la portière d'un fourgon, ils en ont sorti un tapis et l'ont porté sur leurs épaules jusqu'au milieu de l'esplanade, où ils l'ont déroulé – rouge sang, long et tout simplement superbe, posé comme ça sur le gazon vert. Les gars des Transports Yandell étaient là, certains avec leur bahut pour ajouter un peu de couleur à l'ensemble. L'un d'eux faisait jouer son klaxon, un son grave qui fendait l'air jusqu'à ma décharge. Les gars des Boissons Markstein avaient ramené un camion rempli de caisses de Budweiser qu'on déclarerait bientôt volées. Je voyais les gars des Bétons Sawing et leurs engins marron clair – ils bossaient dans la démolition, leurs bras étaient aussi durs et balaises que des poteaux téléphoniques, à force de manier le marteau-piqueur du matin au soir ; ces barbus se déplaçaient d'un pas lent de boiteux, parce qu'ils s'étaient reçu des parpaings ou des plaques de béton tombés des échafaudages. Les mômes du quartier jouaient au foot sur la pelouse ; un petit gros a réussi à entraîner trois gamins jusqu'à la surface de réparation et à marquer un but, ce qui lui a valu une ovation générale. Un gars de chez Markstein a ouvert la porte du camion et entamé la distributrion des bières.

J'ai rappliqué au mariage à bord de mon camion-poubelle. Quand je suis arrivé et que les gars m'ont reconnu, ils se sont pincé le nez en se marrant et je les ai salués bien bas.

Le groupe a débarqué dans deux vieilles Cadillac : dans la première, un corbillard, il y avait toute la place nécessaire pour la batterie et l'orgue Hammond. Je ne connaissais pas ces musiciens, un groupe de Noirs et de Blancs – des mecs branchés qui devaient tourner sur San Francisco, sans doute. Ils semblaient pros, ils marchaient avec cet air de dire : « Hé, je me tourne pas les pouces en rêvant de jouer, moi – je joue. »

Il y avait aussi des gens que ni moi ni personne ne connaissait – la famille de Mary, à tous les coups, en tout cas ils ne nous ressemblaient pas. C'étaient soit des maigrichons aux cheveux longs et à la peau couverte de cicatrices, des camés à l'héro ou aux amphés, soit des débiles obèses, vêtus de chemises à carreaux et de futals beiges, genre pasteurs baptistes du Mississippi ou du Texas, voire pire – on avait l'impression que ces types énormes et leurs bonnes femmes ballonnées avaient passé un temps fou à se raser, à se couper les poils du nez et à se tirer les points noirs, tout ça pour que leur tronche ait l'air aussi pâteuse et rose que des pattes de pigeon. Ces déglingués restaient entre eux, on aurait dit un troupeau de cochons tentant d'échapper au couteau du boucher. Ils semblaient même avoir peur de l'autre moitié de leur famille, le clan des épouvantails.

Papy Murphy s'est ramené vers moi au petit trot, sur ses deux pieds bots. Il avait des cheveux gris de sauvage et ses dents brillaient comme s'il les avait passées au polish.

« Tu joues ? il a demandé.

– Du jazz », j'ai répondu.

Il a hoché la tête d'un air triste et haussé les épaules.

« Avec les nègres ?

– Ils font ça mieux que nous, les petits Blancs.

– Ils te laissent jouer avec eux ? Tu dois pas être mauvais. Ils m'ont jamais laissé en placer une. Pas une fois, ces négros.

– Je joue avec la trompette de la famille. Celle avec laquelle tu jouais, et Pop aussi. Quand il me la prête.

– Fais juste attention de pas t'en servir quand tu picoles, il a dit. Le sucre, ça bousille tout le bastringue. Et l'alcool, ça le nettoie pas non plus. Ça nettoie pas le sucre. »

Sa nouvelle femme s'est tournée vers nous. Elle était grosse et aveugle, mais il disait que c'était un super coup. La meilleure partie de baise de sa vie, d'après lui, c'était le jour où ils avaient collé leurs deux lits l'un contre l'autre et baisé avec une telle sauvagerie qu'ils avaient séparé les plumards et fini par terre à baiser comme des mules – cette fois-là, ils s'étaient presque pété le dos. « C'est comme ça qu'il faut baiser », il avait dit. Et son sourire jusqu'aux oreilles confirmait que c'était pas des conneries.

Papy Murphy a pincé le cul de sa toute dernière femme et elle a rigolé. La chassie savonneuse qu'elle avait dans les yeux s'est mise à rougeoyer, comme si elle pouvait y voir clair. Il s'est penché vers moi :

« Les mariages, il a dit, c'est les meilleurs endroits du monde pour se faire une nana. »

Et il m'a balancé un clin d'œil.

Il avait raison. Les femmes qui ne se marient pas ce jour-là deviennent collantes et se bourrent la gueule – j'ai pu le constater des centaines de fois, à l'époque où je jouais de la trompette dans les mariages. Quand la mariée jette sa jarretière, toutes les nanas, sans exception, n'ont plus qu'une idée en tête : se payer une semaine bien romantique de parties de jambes en l'air dans les parcs nationaux californiens, à bord d'un sublime camping-car Chevrolet.

Si tu fais partie du groupe, que t'as un cuivre posé sur les lèvres et que tu fais passer ton âme à travers les pistons argentés d'une trompette ou vibrer l'anche imbibée de gin d'un sax ténor dont la courbe te frotte l'entrejambe toute la nuit, pendant que les nanas te matent, si ta guitare basse te pend au niveau des bonbons ou que tes doigts se baladent en martelant les touches ivoire de l'orgue Hammond ; si tu fais partie du groupe, tu peux être sûr que les pétasses vont te sauter dessus avant la fin de la réception, généralement juste avant que les jeunes mariés se barrent en douce pour leur nuit de baise. Elles envient la mariée, parce qu'elles savent très bien à quoi elle va passer sa nuit, et comme elles ne supportent pas l'idée de passer à côté d'une bonne occasion de se faire troncher, elles offrent au premier venu un spectacle bien supérieur à celui que la mariée elle-même a mitonné pour son époux. Après le show, quand les mecs divorcés sont lancés à la chasse à la baleine, le harpon tendu sur les gros cétacés, les gars du groupe se font des lignes et tapent la discute avec les bimbos, et comme d'habitude elles prétendent que la personne qui devait les raccompagner est partie. Mon pote, tu peux jouer dans le plus nase des groupes de cumbia et de ranchera, le pire des orchestres de salsa ou de merengue, du moment que t'es là-haut, sur scène, c'est toi qui fais ton marché. Tu peux même être là-haut à ne rien faire de plus glorieux que taper sur une cloche avec une baguette ou frotter ta planche à laver, tout ce que t'as à faire, c'est mater deux, trois fois une demoiselle d'honneur dans les yeux ; à ta première pause ou dès que t'es pas sur un morceau, elle t'entraîne sur la piste et t'écrase ses nichons contre la poitrine, et vas-y qu'elle te frotte le machin, histoire de tâter la marchandise. Je déconne pas. T'as qu'à essayer, si tu me crois pas.

Donc, au mariage de Pop, qu'est-ce que j'ai en tête ?

Me taper une nana. Me tringler une meuf. Il est temps que tes couilles descendent, mon petit gars. Cette fois, je vais pas faire ma poule mouillée, je vais pas me bourrer la tronche au point de plus me rappeler si j'ai baisé. Pop se marie et j'ai un meilleur boulot que lui, alors pas question qu'il soit le seul à se choper une nana cette nuit.

Chez les Murphy, les hommes survivent à leurs femmes.

Pourtant, ce n'est pas comme si elles ne faisaient pas leur possible. Bordel, elles font tout ce qu'elles peuvent. Elles nous empoisonnent avec leurs produits chimiques en boîte ou en conserve, elles baisent nos meilleurs potes avant et parfois même après notre nuit de noces, dans l'espoir qu'on se batte en duel pour elles et qu'on clamse avec une balle entre les yeux, elles nous font prendre les boulots les plus sordides et les plus dangereux depuis l'époque de ces putains de pyramides, elles poussent des hurlements parce qu'on passe trop de temps au taf et qu'on entretient un minimum notre réseau, le soir, chez Dick, bref elles nous cassent tellement les bonbons qu'on finit par faire des attaques cérébrales et des crises cardiaques. Mais, malgré tous leurs efforts, malgré tout le mal qu'elles se donnent – t'imagines pas ce que certaines ont pu inventer à coups de couteau ou de flingue, ou en vidant toutes les bouteilles dans les chiottes pour qu'on pète les plombs et qu'on leur tape dessus, histoire qu'on atterrisse en taule avec des nègres et qu'ils nous sodomisent à mort, voire pire –, ben malgré tout ça, rien n'y fait, on vit plus longtemps qu'elles.

Et de loin. On les dépasse de plusieurs générations. Ce que je veux dire, c'est qu'un homme, chez les Murphy, ça enterre généralement quatre ou cinq coches avant de casser sa pipe. Ce que j'en sais, c'est que c'est comme ça depuis la Grande Famine en Irlande, à l'époque où un Murphy mangeait une demi-pomme de terre par jour quand sa moitié s'enfilait du mouton gras. Sa femme mourait jeune et il devait s'atteler à une autre gueuse. Papy Murphy en avait déjà conduit quatre au cimetière.

Une nana au corps superbe et le visage couvert de boutons – elle ressemblait au clan des défoncés – s'est approchée de moi. Elle portait une petite robe blanche moulante, sans soutien-gorge, et ses mamelons pointaient en avant, gros comme des écrous de roue. Elle tenait une bière dans chaque main. Elle en a descendu une, l'a balancée, et elle a pris une grosse gorgée de la deuxième.

« C'est toi, T-Bird ? elle a fait.

– C'est moi.

– Tu vas être mon grand frère, alors – elle a souri et ses boutons ont disparu. Je m'appelle Rhonda. »

Je me suis dit *merde*. Oh, merde.

« Je viens d'avoir mon diplôme, elle a dit en souriant de nouveau, sans me quitter des yeux. Au lycée. Juste pour mon *dix-huitième* anniversaire.

– T'es pas un peu vieille pour être la fille de Mary ? Elle est pas beaucoup plus âgée que moi.

– Je suis sa belle-fille, elle a expliqué. Ça veut dire qu'on est *quoi*, toi et moi ? »

Les petits de Mary ont couru vers nous. Le garçon avait la peau jaune et des cheveux orange tout frisés, il portait un T-shirt des Raiders. La fille était grassouillette et ne devait pas avoir plus de dix ans, mais ses cheveux retenus en queue-de-cheval et sa peau brun foncé lui donnaient l'air d'une squaw de l'Antiquité sur le point de se voir pousser le minou.

« Et si t'allais me choper une paire de binouzes ? j'ai suggéré.

– Ben, c'est exactement ce que j'allais te proposer », elle a dit.

Elle m'a envoyé un sourire que ta future belle-sœur n'est pas censée t'envoyer, ni à toi ni à personne d'autre, d'ailleurs. Je l'ai matée pendant qu'elle se dirigeait vers le camion Markstein. Elle s'est retournée, histoire de vérifier que je la matais, et elle m'a souri une fois de plus en me prenant sur le fait.

Pas trace de culotte sous sa petite robe blanche moulante, mais il me semblait bien qu'elle portait un de ces trucs de pute que j'avais vu dans *Hustler*, avec la ficelle qui remonte dans le cul jusqu'en haut des hanches.

Ça m'a fait bander, bien sûr. De toute façon, je vivais avec la trique. Même dans le camion-poubelle, avec cette odeur partout et rien d'autre à mater que des tas d'ordures, je bandais comme un âne. J'avais vingt et un ans et, du peu que je me rappelais, je n'avais jamais baisé. C'est pas comme si l'occasion ne s'était jamais présentée, c'est juste que j'étais la plus grosse poule mouillée de la terre. L'occasion s'était présentée un paquet de fois. Bordel, des femmes m'étaient littéralement tombées *dans les bras*, dans des bars et des boîtes, pendant les pauses, quand je jouais de la trompette, elles me tiraient sur le jean et me pinçaient la bite. Mais ça me faisait flipper, ce qui fait que je les repoussais et que je me carapatais vers le groupe, en faisant mine de vérifier le matos et de huiler les valves de mon cuivre. Je tremblais, j'avais les foies. J'étais le plus gros lâche de la planète, à tel point que je me demandais par moments si j'étais pas pédé.

Mais je savais bien que je l'étais pas, parce que c'est aux nanas que je pensais quand je me chopais une gaule mentale, pas aux pédales. C'était déjà pas marrant de se choper la trique sans une gonzesse à l'horizon, alors imagine un peu comme la situation s'aggravait avec une bimbo dans les parages. Ma bite, c'était comme une putain de baguette de sourcier au-dessus d'un océan de chattes, et les femmes le savaient. Bon Dieu, pour que ça leur échappe, il aurait fallu que je porte un imperméable ou que je me recroqueville au bar sur un tabouret, ce qui était d'ailleurs devenu une habitude. Il suffisait qu'une nana – putain, même bien en dessous de la moyenne, hein, avec deux, trois détails qui le faisaient : des yeux sexy, de longues jambes, une bouche correcte ou des bons nibards –, il suffisait qu'une nana entre dans le bar et *bing !* je pouvais plus marcher de toute la soirée, et je devais me branler pendant des heures dans mon camion-poubelle avant de trouver le sommeil.

Rhonda est revenue avec les binouzes en un rien de temps. Elle en avait pris quatre, vu qu'elle avait fini les siennes. Deux chacun, ça faisait. On s'en est ouvert une, on a trinqué. Elle a bu sans regarder la canette mais en me matant droit dans les yeux, elle se tenait si près de moi que j'avais l'impression d'être un gros pervers dégueulasse – une grosse merde de l'Arkansas, de l'est de l'Oregon ou de Warrensburg, Missouri.

J'ai torché ma bière, ouvert une autre canette.

Rhonda a torché la sienne et fait pareil.

« Désolé pour l'odeur, j'ai dit.

– Quelle odeur ? » elle a demandé.

Elle a penché la tête en arrière et s'est mise à renifler – et je me suis dit que j'allais mourir en voyant son cou, comme ça.

« Je conduis le camion, là-bas. À la décharge.

– Je *sais*. Ma mère m'a raconté que t'avais un bon boulot. À ton compte. »

Elle m'a regardé d'un air vicieux.

« T'es un *jaune* », elle a murmuré.

Le mot ne m'avait jamais paru si délicieux.

« Je vais pas conduire ce camion-poubelle très longtemps. Je joue de la trompette. Je vais peut-être aller à la fac. J'ai une carte du syndicat. En gros, j'ai que l'embarras du choix.

– Ben, pour moi, elle a dit, tu sens rien. Que dalle. Je voudrais bien *pouvoir* te sentir. Mais un jour, je me suis tellement bourré la gueule que je suis tombée dans les escaliers. Je me suis cogné la tête et je me suis pas loupée. Hôpital et tout ce qui s'ensuit. J'ai perdu le goût et l'odorat.

– Le whisky, il a un goût de flotte ? »

Elle a hoché la tête.

« Et moi, est-ce que je pue ? elle a fait. Je sais jamais. Parfois, ça me travaille. »

Elle s'est penchée vers moi, elle s'est pressée contre moi pour que je vérifie comme il faut, et mon visage s'est blotti entre son aisselle et son nichon – voilà : je ne m'étais jamais senti aussi bien. J'étais foutu, c'est clair.

Un train approchait et le sol s'est mis à trembler. Les mômes ont couru jusqu'à la voie ferrée pour voir combien de temps ils pourraient résister au souffle d'air. Au son de l'avertisseur, on savait que ce train était long, la note montait de plus en plus haut, on l'entendait gronder, frapper les traverses de bois et les rails lisses, et tout le monde, là, sur la pelouse de la centrale électrique, s'est retourné pour le regarder passer – une chose était sûre : tous ceux qui picolaient sur cette pelouse rêvaient d'être dans ce train et de déguerpir très loin d'ici.

Une ou deux années plus tôt, j'avais dû tirer ma crampe, mais je n'en étais pas sûr à cent pour cent, donc ça ne comptait pas vraiment.

Je bossais dans la construction : je projetais de la gunite sur un grillage pour bâtir les montagnes russes du parc d'attractions de Great America, près de l'usine Lockheed, dans la Baie du Sud. Le truc s'appelait Le Démon et les montagnes russes étaient censées être noires, il fallait donc balancer des sacs de cinquante kilos de colorant en poudre dans chaque fournée de béton. Les pales bâtaient la grosse bécane à gunite dans des nuages de poussière, il faisait une chaleur pas possible à côté et on transpirait comme des malades à déchirer quatre cents sacs de béton par jour, qu'on enfournait à la pelle avec soixante tonnes de sable. À l'heure du déjeuner, j'avais la tronche, le cou et les mains tout noirs et brillants comme du goudron à toiture. Pareil pour les lèvres, les dents et la langue – noires comme de la suie. Le bord de mes paupières aurait dû être bien rouge – il ressemblait à des asticots noirs. La seule chose qui me débarrassait de cette crasse que j'avais sur la gueule, le soir, c'était la poudre à lave-vaisselle, un truc en grains tellement agressif que ça me faisait la peau comme un feu de signalisation.

Le parc d'attractions n'était pas encore ouvert. Parce qu'on devait d'abord finir Le Démon, la meilleure montagne russe de la saison. On avait quelques jours de retard et les patrons des Gunites d'Oakland faisaient bosser deux équipes en continu, deux fois douze heures, vingt-quatre heures sur vingt-quatre, avec une pause repas d'une demi-heure après la septième heure.

Great America avait embauché un paquet de lycéens pour constituer sa fanfare, ils répétaient du matin au soir des marches de Sousa[1] éculées et des chansons

1. John Philip Sousa (1854-1932) : compositeur de marches militaires extrêmement patriotiques.

de comédies musicales à l'eau de rose. Quand, pour une raison ou une autre, la bécane à gunite ou le compresseur s'arrêtaient, on entendait des trucs comme « 76 Trombones » ou « It's a Grand Old Flag » – ça donnait envie de se relever les manches pour réparer la bécane vite fait et retourner au boulot. En plus, c'étaient des snobs. Un jour, j'ai demandé à l'un d'eux, un petit bandit à gueule d'ange qui jouait de la trompette, quel genre d'instrument il avait, et il m'a répondu : « Le genre *qui coûte cher.* »

Un jour, à midi, la fanfare a fait la pause, elle aussi. Mon pote Fish, qui balançait le sable avec moi dans la bécane – un Noir, le mec hyper balaise, aussi fort qu'un bœuf –, marchait à côté de moi. À la cantine des ouvriers, on bouffait la salade du buffet, histoire de pas se choper de crampe, de retour sur le chantier. Quand on partait, il fallait nettoyer nos chaises. Une fois, un môme a commencé à chercher des embrouilles à Fish, à cause de la teinture noire qu'on avait foutue partout ; Fish l'a transpercé du regard et lui a dit : « J'ai pas envie de retourner à Quentin. » À partir de là, personne ne nous a plus jamais emmerdés. En retournant au Démon, on est passés devant les membres de la fanfare et j'ai aperçu le petit bandit à la face d'ange, assis sur les marches d'un stand, une imitation de magasin du Far West. Je me suis arrêté. Il avait même les yeux bleus. Je le détestais.

« C'est une trompette, hein ? » j'ai demandé.

Il m'a souri avec mépris.

« Une trompette *qui coûte cher*. Nuance.

– Je peux l'essayer ? »

Il m'a regardé comme si j'étais dingue. Je voyais bien qu'il scrutait mes mains toutes noires.

« S'il te plaît ? »

J'ai sorti un torchon blanc, propre, de mon casque.

« Je mettrai pas les doigts dessus. Je la protégerai avec ça. »

Les membres de la fanfare se sont rassemblés autour de nous. Il y avait un bon paquet de filles. Des garçons et des filles tout mignons, avec des papas blindés de fric et des mamans gaulées comme les mecs riches les aiment – les nanas bien gaulées sont dressées dès la naissance à l'affût du pognon, comme les chiens pour chier au doigt et à l'œil. Le genre de mômes qui prennent des boulots de merde au salaire minimum pour « l'expérience unique » qu'ils peuvent en tirer, et pas parce qu'ils en ont besoin ou qu'ils doivent refourguer leur salaire à leurs parents. Le genre d'enflures qui bossent parce qu'ils *aiment* ça – et s'ils *aiment* ça, c'est qu'ils ne travaillent pas pour de bon. Des petites pétasses qui aiment faire les boutiques dans les centres commerciaux et qui passent la journée à la clinique vétérinaire parce qu'elles *aiment les animaux*, jusqu'à ce qu'il y en ait un qui leur dégueule, leur chie, leur pisse ou leur saigne dessus, et alors elles n'aiment plus que les animaux en bonne santé, ou alors écrabouillés pour leur fourrure. Des gosses de riches qui font les caddies au golf, à qui on offre des bagnoles neuves pour leurs seize ans et qui passent leurs week-ends à en nettoyer le cuir à l'Armor All, à le frotter et à le lustrer avec une telle application, qu'ensuite ils peuvent plus s'engager sur une bretelle d'autoroute sans dinguer de leur siège. Le genre de mômes qui descendaient de leurs collines de rupins, quand on était au lycée, pour venir bousiller nos vieilles bagnoles pourries. Une ou deux fois par an, ils débarquaient au bahut avec leurs Porsche, leurs BMW, leurs Jaguar, et ils se payaient nos épaves qu'on avait juste assez retapées pour qu'elles roulent – ils éclataient nos pare-brise, nous crevaient les pneus et bombaient le logo de leur école sur la carrosserie pleine de trous rebouchés au Bondo et à peine repeinte de nos Rambler, Falcon, Galaxie et Polala vingt ans d'âge. Pour se venger, on les retrouvait là où ils traînaient, le soir, et on remettait les compteurs à zéro à coups de battes de base-ball et de démonte-pneus – on tapait pas sur leurs bagnoles, non, on leur foutait sur la gueule. Il n'arrivait jamais rien aux gosses de riches qui détruisaient nos caisses. On allait se plaindre à la police, les flics nous demandaient des preuves, on expliquait qu'on était des témoins oculaires, ils nous disaient que les yeux, ça comptait pour du beurre. Nous, par contre, on allait en maison de correction pour coups et blessures. Aux matchs de foot interurbains, à la mi-temps, pendant que nos petites pom-pom-girls grassouillettes transpiraient leur race avec leurs vieux pompons rapiécés, ils faisaient le tour du stade en Corvette et en Porsche, ou faisaient atterrir sur le terrain des hélicoptères d'où leurs papas, des conseillers municipaux, des représentants de l'État et des docteurs, descendaient pour saluer leurs gradins.

« Laisse-le essayer, Bucky, ils ont dit. On va l'écouter nous jouer un petit morceau. »

Ils avaient les dents blanches, bien droites, étincelantes dans les rayons du soleil.

Une brune plutôt sexy, limite vicieuse, malgré son uniforme en laine rouge, blanc et bleu, est venue s'asseoir à côté de Bucky et lui a murmuré un truc à l'oreille.

« D'accord », il a dit.

Il a posé la trompette dans mon mouchoir.

J'ai fait comme si j'avais jamais eu de cuivre entre les pattes, je l'ai attrapée comme un ballon de basket.

« Comme ça ? j'ai fait.

– Montre-lui comment on la tient, a dit la nana sexy. Donne-lui sa chance. »

Bucky s'est donc foutu à côté de moi, il m'a montré où on posait les doigts, j'ai placé l'embouchure sur mes lèvres et j'ai expulsé un truc qui sonnait comme un klaxon de poids lourd.

Bucky a eu un petit sourire dédaigneux et les autres se sont marrés.

Fish s'est reculé, il a secoué la tête et esquissé un petit sourire – pas le sourire du type qui prend son pied, non, un sourire plein de douleur et de tristesse. Et il a croisé les bras à la manière d'un gardien de prison.

L'embouchure de Bucky était un 7-C, le modèle standard des trompettes d'école, l'embouchure que t'utilises à cinq ou six ans, ou quand t'es un gros nul comme Bucky. Avec ça, tu joues du trombone, tu rates jamais une note mais tu peux pas aller au-delà du ré. J'allais pas pouvoir pousser mon cri primal, comme j'aurais pu le faire avec ma superbe Shilke 6A4A qui arrachait.

J'ai pensé à John Hunt, un des vieux qui jouaient chez Archibald. John Hunt n'avait plus que la moitié de sa lèvre supérieure et il devait jouer de côté, ce qui fait qu'il ne couvrait pas plus d'une octave et demie, quand la plupart des joueurs de cuivre en couvrent au moins trois. Alors il sautillait d'une note à une autre dans sa gamme disponible. Il ne jouait jamais deux notes trop rapprochées, mais se baladait du haut en bas et frappait des notes que personne n'aurait songé à associer.

« Pas mal », a dit Bucky, et il a tendu la main vers la trompette.

« Encore un coup », j'ai dit.

J'ai remis le cuivre à mes lèvres et j'ai soufflé. J'ai fait sortir une longue tonalité, un sol moyen, doux, léger, aussi délicat que de la dentelle, et tout le monde s'est tu, parce que ce n'était pas qu'une note, c'était une des notes de John Hunt, une de ces notes qui t'arrêtent pour que tu l'écoutes, parce qu'elle est d'une richesse inouïe, qu'il se passe quelque chose et qu'après, tu te sentiras soulagé. J'ai tenu la note aussi longtemps que j'ai pu et je l'ai laissée retomber, je l'ai étouffée en tapotant sur les valves, puis j'ai chopé une note plus grave, que j'ai tenue en appuyant sur les valves de manière feutrée, pour faire allusion aux notes encore plus graves. Là, j'ai fait une paire de petits sautillements à la John Hunt, ba-di, bou-wi, bou-di, je montais et je descendais, sautant d'un échelon à l'autre sur la gamme ; quand je suis arrivé à la note la plus aiguë que je pouvais atteindre avec ce 7-C, je me suis laissé voltiger en arrière et j'ai redescendu les échelons en tierces et en quartes, d'une frappe précise et douce, je faisais du be-bop decrescendo ; j'ai étouffé la note tout en bas du cuivre, je l'ai laissée se reposer sur un grésillement, presque un chuintement.

« Merci », j'ai dit.

Je n'ai pas regardé l'expression sur leurs visages, pas regardé Bucky. Je lui ai juste rendu son cuivre, j'ai dit « merci » et je suis reparti.

La coche super-sexy lui taillera pas la pipe qu'elle lui a promise, voilà ce que je me suis dit.

Je pensais que ça me ferait un bien fou de montrer à toutes ces enflures de riches qu'ils y connaissaient que dalle et qu'ils étaient encore moins capables que nous. Ben, non. Au contraire, je me suis senti complètement pourri. Ce que j'avais fait n'avait aucun sens. J'avais la sensation d'être le dernier des salopards. Je me sens comme ça, par moments.

Fish et moi, on n'en a pas parlé.

Après le boulot, on était au soleil, torse nu, en futal et pompes de travail, à s'envoyer de l'air avec le tuyau du compresseur, quand j'ai vu la brune et une de ses copines qui nous mataient, de l'autre côté de la zone de chantier – qui me mataient, *moi*.

Le lendemain matin, j'étais au coin d'une rue du centre de San Jose, rétamé et mal partout, en sueur et fébrile, avec l'impression que j'allais éclater en mille morceaux. J'étais encore bourré, mais j'étais aussi défoncé à autre chose, je savais pas quoi, sauf que ça rendait tout extrêmement limpide, clair et lumineux, et voilà que je distinguais parfaitement les reliefs des immeubles, les fissures, les toiles d'araignées sur le plâtre, avec les araignées qui s'esquivaient et ressortaient par de tout petits trous, une colonne de fourmis pressées comme des hommes d'affaires qui passait par la fissure d'un appui de fenêtre. Un caddie sur le trottoir, poussé par une vieille sorcière sans dents qui portait un T-shirt dans les cheveux, elle faisait plus de boucan que n'importe quel train traversant une ville, j'entendais les roulements à billes de ses roues métalliques, les grincements des ressorts à lames qui tiraient d'avant en arrière. Les immeubles me semblaient peints dans des teintes différentes, qu'ils soient marron ou blancs, ou tout simplement dégueulasses. Trois chats se battaient, là-bas, quelque part derrière les devantures de magasins pas encore ouverts, et un gros camion de pompiers mettait les gaz, à l'autre bout du monde.

Des éclairs de douleur me zébraient le dos, je sentais perler ma sueur salée, elle dégoulinait lentement en mare autour de la ceinture de mon futal. J'ai passé un bras dans mon dos et je me suis essuyé ; et là, j'ai vu que j'avais la main couverte de sang. J'ai enlevé ma chemise et je me suis retourné pour voir dans une vitrine à quoi ça ressemblait : j'avais le dos charcuté, de longues griffures sanglantes s'entrecroisaient, faisant des ronds, parfois des pointillés, comme les lignes discontinues sur l'autoroute. J'entendais le sang couler.

Un flic est passé devant moi au ralenti et m'a fait le signe « Dégage ou je t'embarque », alors j'ai remis ma chemise et j'ai bougé, en essayant de me rappeler ce qui s'était passé. Tout ce que je pouvais affirmer, c'était ça : j'avais suivi les filles jusqu'à un immeuble résidentiel à la sortie de la voie rapide du Capitol, à San Jose, et j'étais monté dans leur appart. C'était minuscule et sinistre, et les murs transpiraient la crasse en longues rigoles humides. Elles jouaient de la clarinette et des partitions étaient éparpillées un peu partout, comme des vieux journaux. Contre un mur de la pièce principale, il y avait un vieux piano droit ; il lui manquait certaines touches blanches, le clavier ressemblait à un sourire édenté.

« Connie t'aime beaucoup », a dit la blonde, quand la brune sexy est allée aux toilettes.

J'ai souri de toutes mes dents noires.

« Mais va falloir que tu prennes une douche. Tu peux utiliser la nôtre, elle a dit.

– Est-ce que vous avez de la poudre à lave-vaisselle ? »

Elle a rigolé.

« On a déjà fait la vaisselle.

– C'est le seul truc qui nettoie cette crasse », j'ai dit.

Elle est allée dans la cuisine, Connie est ressortie de la salle de bains et s'est assise à côté de moi. Elle a commencé à m'embrasser et à me passer les mains sous le sweat-shirt. L'autre nana nous matait, en douce, de la cuisine ; quand mon regard a croisé le sien, elle a détourné la tête et fait semblant de s'intéresser à son évier. Je l'ai entendue tousser une paire de fois et, quand j'ai rouvert les yeux, elle était là, plantée devant nous en culotte et en soutif, elle avait ce petit espace vide entre les cuisses qui m'excitait à fond. Elle tenait une carafe à décanter d'une main et trois verres de l'autre.

« On devrait boire un coup », elle a dit.

Et elle s'est assise à côté de nous sur le fauteuil poussiéreux, elle a rempli les verres et Connie s'est dessapée à son tour. J'ai bu mon verre, ça avait un goût de vodka et de poivre, et la blonde m'en a servi un autre. Pendant ce temps, Connie torchait les siens et la blonde la resservait. L'une des deux m'a enlevé mon sweat-shirt. Une main s'activait sur ma cuisse. Je me suis senti vraiment heureux et j'ai enlevé mes lunettes pour ne plus rien voir.

J'ai bu d'autres coups, puis Connie a perdu connaissance et s'est étalée par terre, comme ces contours à la craie sur une scène de crime. Le piano et les partitions disparaissent, me voilà en train d'embrasser quelqu'un et j'entends la blonde qui me hurle dessus : « Espèce de bâtard ! Comment tu peux faire un truc pareil à Connie ? C'est ma meilleure copine, espèce de sale bâtard ! Putain, t'es qu'un gros bâtard ! »

Et après, je me retrouve à un coin de rue, dans le centre-ville de San Jose.

J'avais toujours mon portefeuille, de la monnaie dans la poche et il ne me manquait rien, si ce n'est mon âme. Je ne savais pas où se trouvait l'immeuble, où se trouvait ma bagnole, où je me trouvais moi-même. Je suis tombé sur une cabine et j'ai passé un coup de fil à Blewer, mon cinglé de pote écrivain. Je lui ai dit que j'avais besoin d'aide. Il ne pouvait pas m'envoyer balader, vu que je lui avais payé ses cautions à deux reprises – la première fois, il s'était fait serrer au volant en état d'ivresse, la deuxième, il avait menacé le président de la fac où il bossait de s'immoler au milieu de son salon. Après, je me suis acheté une bière dans une épicerie Seven-Eleven, soixante-quinze centilitres, et je me suis assis sur le bord du trottoir, à côté d'autres types, des nègres aussi esquintés que moi.

Quand Blewer a rappliqué, je lui ai montré mes égratignures, je lui ai raconté ce dont je me souvenais et que j'avais peut-être tiré mon coup, mais pas sûr, et là, il s'est marré comme une baleine. Il m'a dit de lire des bouquins et que ça irait mieux.

J'en ai lu un paquet, de ces putains de bouquins. Ça m'a jamais aidé à me sentir mieux.

On entendait les sirènes de police du bout de la rue. Des camions-poubelles avançaient en file indienne vers le mariage de Pop, ils ont effectué un dérapage contrôlé avant de s'arrêter, avec leurs ordures qui valdinguaient, comme un troupeau d'éléphants obscènes se tenant par la queue. C'étaient les gars de Vieira, les gars qui faisaient les jaunes avec moi, des gars respectables qui louaient des maisons avec des voies de garage et des jardins où garer leur camion, le soir, des gars qui rentraient chez eux à la fin de la journée et retrouvaient leur gentille petite femme qui leur avait préparé un bon repas. Des baquets de flotte croupie se sont déversés des bennes et, si je n'avais pas eu le nez pris par l'odeur acide de la décharge, je suis sûr que j'aurais pu sentir les effluves de ce jus. Les flics se sont rapprochés, pas loin d'une douzaine de caisses, gyrophares allumés et sirènes à fond, et se sont garés en double file. Au milieu du cortège, il y avait la Ford Fairlane de Pop. Il l'avait fait repeindre en blanc éclatant, il avait mis des jantes chromées neuves et il était tombé sur quatre Goodyear série-60 dans un magazine – on savait tous où il les avait dénichés, *ceux-là*, et que s'il n'avait pas trafiqué les comptes, il aurait dû rembourser une petite fortune au patron, en début de semaine.

Le batteur du groupe changeait la peau de la grosse caisse. Sur la nouvelle, un logo disait : « Le Hot Five de Bud ».

Pop est descendu de la Fairlane et tout le monde s'est tu un court instant. On n'arrivait pas à en croire nos yeux.

Pop ressemblait à un truc sorti d'un film en noir et blanc, en smoking et chapeau haut de forme, la poitrine gonflée comme s'il portait un holster plein de chaque côté, sous sa veste. Ses chaussures blanches brillaient tellement qu'il ne devait pas y avoir la moindre éraflure dessus, et j'aurais parié que sa canne était le fourreau d'une épée. Il avait la classe du plus grand gentleman qu'ait jamais vu Oakland.

Quelqu'un a poussé un cri de guerre, un cri qu'on connaissait tous et que la plupart d'entre nous avaient déjà meuglé, le cri de guerre du quartier, celui qui résonnait des deux côtés du ruisseau quand une fusillade ou une grosse baston allait éclater, voix râpeuse, cri du ventre, veines qui ressortaient, un cri de joie et de haine qui stipulait « me-fais-pas-chier-ni-moi-ni-les-miens » et qui était généralement suivi d'actes on ne peut plus sincères et honnêtes, sans la moindre censure ni la moindre restriction.

Les gens se dirigeaient vers le camion des Boissons Markstein pour se prendre des bières, ils avaient commencé à faire le petit train en chantant « Bud, Bud, Bud ! Bud, Bud, Bud ! », et le jeu de mots les faisait bien marrer[1]. Deux bonnes grosses – maquées l'une comme l'autre avec des bouseux maigrichons – ont baissé le haut de leur robe et se sont pris les nichons dans les mains en l'honneur de Pop, ce qui leur a valu une acclamation générale et en a fait marrer plus d'un. Leurs nichons n'étaient pas mal du tout, ils auraient même fait des nichons de première sur d'autres femmes. C'est comme ça, parfois, les nichons.

« Mes tantes, a expliqué Rhonda. Lura et Tura, les sœurs de ma mère, elle a dit. Des jumelles.

– Quadruplées, j'ai dit.

– Oui, elles ont vraiment des nibards énormes !

– Elles ont tendance à être plutôt grosses, c'est vrai.

– Quand même », Rhonda a dit.

Elle avait l'air triste. Elle regardait ses loches.

« T'as pas à t'en faire », j'ai dit.

Elle m'a regardé avec des yeux qui m'ont donné envie de l'emmener quelque part où il n'y aurait ni usines, ni entrepôts, ni décharges, ni mouettes trimballant dans les airs les entrailles d'une bestiole tout juste clamsée, rien qui empuantisse le ciel autant que la terre à ses pieds, un coin qui sentirait le sapin, la réglisse, l'eucalyptus, le Pacifique ou les champs de coquelicots, un coin qui rassemblerait tout ce qu'il y avait de bon et de juste en Californie, le coin de paradis que les Espagnols avaient découvert en approchant de la côte dans leurs galions, eux qui pensaient avoir trouvé le Jardin d'Éden, cet endroit que Dieu et les anges avaient protégé du mal dont les hommes sont capables. Je voulais lui dire qu'elle était la plus belle femme que la terre avait jamais portée et que, si elle voulait bien m'épouser, là, sur-le-champ, je m'occu-

1. Bud est le prénom de Pop et le nom de la bière.

perais d'elle le restant de ses jours, je caresserais ses rides lorsqu'elle serait vieille, je boirais du vin à ses côtés en regardant les braises se consumer alors que le soleil se lèverait sur le monde, et que, le jour où la mort viendrait nous chercher, tous les deux, nous rendrions ensemble notre dernier souffle.

Je voulais le pick-up, les gosses aux pieds nus, la petite caravane, les cannes à pêche, le garage, je me voyais retaper une bagnole en hiver, mes articulations en sang à force de frapper contre des tubes et des cylindres, et ma femme, ma Rhonda, qui m'apportait du café, du cognac et des chiffons rouges pour m'essuyer le front. Je me voyais avec un enfant, un *fils*, *mon fils*, la trompette à la main, les lèvres sur l'embouchure, les pistons trop gros pour ses petits doigts, bien concentré pour appuyer en même temps qu'il souffle et se rappeler le nom des notes, et moi, debout à ses côtés près du pupitre, avec la partition de la transcription d'« Ornithology » de Charlie Parker, la seule étude qu'il aurait jamais à connaître, mon fils, le fils qui rachèterait tout ce qu'il y avait de déglingué dans ma famille de déglingués, lui, mon fils, la lumière qui brillerait à travers des générations de suie, de graisse, d'huile, de poussière de ciment, de vapeurs de bitume et de bruit de marteaux-piqueurs, lui, mon fils, la récompense d'un travail honnête et bien fait. Mon enfant, Rhonda. Fais-moi un enfant. Tes nichons ? Je les adore. Je les aime, avec ou sans toi, mais, avec toi, ils pourraient allaiter mon fils, et toi, mère de mon enfant, tu pourrais être le salut de siècles de labeur, d'angoisse, de larmes imprégnées d'alcool, de terre, de fausses joies des Murphy, ces hommes qui s'agitent devant les flammes vacillantes de l'espoir vain. Tes nichons, Rhonda ? Personnellement, je les trouve parfaits.

« Non, vraiment pas », j'ai dit.

J'ai descendu ma bière. Rhonda aussi. Et on n'était pas les seuls. Lura et Tura n'avaient pas remonté leurs robes. Pop se dirigeait vers le camion Markstein et, tous les trois ou quatre pas, chopait la binouze qu'on lui fourrait dans les pattes. Ça promettait d'être un bon mariage.

Une Cadillac blanche s'est garée, vitres teintées, flambant neuve, insignes dorés, écrous de jantes plaqués or. La portière s'est ouverte et un type vêtu d'un costume de soie chatoyant est descendu. Ses cheveux gris brillaient au soleil, il était grand et maigre malgré son âge, maigre comme s'il n'avait jamais bouffé de chips ou descendu de pack de douze de sa vie. Il nous a scrutés un bref instant, même si, pour lui, ça a dû paraître aussi long qu'une heure, de ses yeux devenus clairs et incertains tandis qu'il nous photographiait, nous les chauffeurs, les ouvriers de chantier, les flics, les jumelles aux nichons, de toute l'assistance, il n'y en avait pas un qui n'eût une couche de crasse indélébile profondément incrustée dans la peau, pas un qui n'eût les biceps plus gros que son crâne. Il a fait le tour de la Caddy pour ouvrir la portière côté passager. Une femme lui a pris la main et il l'a aidée à descendre. Il a sorti des lunettes de soleil de la poche de sa veste et d'un geste vif se les est collées sur le nez, histoire de ne plus avoir à nous voir aussi clairement.

Sa coche portait une robe blanche et courte, fendue sur les côtés pour mettre ses jambes en valeur. Ses nichons se sont presque fait la malle lorsqu'elle s'est redressée, elle a dû arranger sa robe pour les remettre à l'intérieur. Le diamant qu'elle portait au doigt était gros comme un enjoliveur.

C'était ma mère.

Pop a fait comme s'il n'en avait rien à foutre, planté là avec une binouze dans chaque main, la cravate de travers et ses pompes Florsheim couvertes de mousse.

Il faisait comme si ça ne le touchait pas, aucune émotion sur son visage, mais on savait tous que c'était du bluff. Maman, c'est à cause d'elle qu'il s'était retrouvé dans une caravane, derrière une station-service. Il l'avait épousée alors que j'étais déjà né, vu que je suis le fils d'un autre, mais ça ne l'a pas empêché de m'élever, moi, le fils bâtard, avec les deux fils qu'elle lui avait pondus, dont l'un était indéniablement le sien, et pendant qu'il assurait quatre jobs en même temps et qu'il essayait de lui procurer tout ce qu'elle désirait – une Chevy Impala neuve, une nouvelle maison, une nouvelle garde-robe, sa machine à laver, son sèche-linge et une superbe console télé-stéréo –, pendant que Pop conduisait sa dépanneuse et qu'il servait l'essence, pendant qu'il travaillait comme gardien de nuit à la casse et qu'il faisait des remplacements dans l'orchestre symphonique d'Oakland, où il jouait de la trompette, Maman, elle, baisait la bande des Hell's Angels.

La nuit où il lui a foutu une raclée, elle s'est barrée pour aller tout raconter aux motards. Quand ils ont débarqué sur leurs choppers, avec Maman assise comme une chienne derrière un des gars de Barger, Pop les attendait de pied ferme. Il avait installé une chaise pliante dans l'allée du garage, il s'était ouvert une binouze et attendait tranquillos. Il descendait sa bière quand la première chaîne a sifflé, lui a déchiré la poitrine et lui a explosé les os. Moi et mes frères, Kent et Clyde, on regardait les Angels régler le compte de Pop depuis la fenêtre du salon ; chaque fois qu'ils le renversaient, il remettait sa chaise sur ses pattes, se refoutait dessus tant bien que mal et se reprenait une gorgée de bière. Quand ils ont eu fini le boulot, il se tenait droit sur sa chaise, couvert de sang. Et c'est comme ça que les flics l'ont trouvé quand ils ont débarqué. Maman est sortie de la voiture et ils ont foutu Pop en taule, sous prétexte qu'il lui avait tapé dessus.

Quand il est sorti de taule, elle avait donné ou vendu tous les trucs qu'il n'avait pas fini de rembourser, elle a demandé le divorce et lui a foutu sur le dos une pension alimentaire pour les mômes et pour elle. Trouver du boulot, ça devenait chaud, maintenant qu'il était un ex-taulard, mais Joe Fernandez, le proprio des Pneus Joe implanté à la station Mohawk, lui a rendu service parce qu'il lui devait quelque chose, un truc que tout le monde tenait sous silence, et c'est comme ça que Joe a embauché Pop. Pop vivait dans le bureau de la Mohawk, il dormait sur un fauteuil tournant, les pieds sur le comptoir, et au bout d'un certain temps il a réussi à économiser assez pour s'acheter une Airstream de six mètres. Joe l'a laissé s'installer à côté de la station-service, derrière les piles de pneus de camions.

Nous, les gosses, on a vécu un moment avec Maman, on n'arrêtait pas de déménager, on squattait chez des Hell's Angels, chez des fumeurs, des cinglés de hippies ou des pédales, on a vécu quelque temps dans un HLM, on était toujours les seuls et uniques Blancs et on se faisait trimbaler comme des chiens. Encore aujourd'hui, quand je vois ou sens un quartier black, j'ai une réaction viscérale, je transpire et je me mets à trembler comme si je redevenais môme et qu'une bande de nègres s'apprêtait à me foutre sur la gueule. C'est plus fort que moi, pourtant c'est pas faute de bonne volonté, mais voilà, c'est comme ça, j'y arrive pas. Si ça avait été une armée de putains de barbares de

Schleus, je ressentirais la même chose. Mais c'étaient des nègres. Et ils prenaient vraiment plaisir à taper sur la gueule aux petits gros de Blancs. Leurs parents leur avaient bien expliqué que c'était à cause de *nous* – les petits Blancs pauvres, les bouseux et les nases – qu'ils étaient des nègres, et y avait carrément pas moyen de leur faire changer d'avis.

Je n'arrive même pas à écrire sur tout ce qu'on a vu ou qui nous est arrivé, et je n'en éprouve pas le moindre désir, non, je ne le ferai sans doute jamais, parce que tu irais croire que je cherche à attirer ta sympathie et à susciter ta compassion. Ce qu'on a vécu, c'était pas si terrible – les gamins ne se rendent pas compte de la gravité de ce qu'ils vivent, parce qu'ils supposent que leur vie est normale, qu'il n'existe pas d'autre réalité –, mais quand même assez pourri pour qu'on se dise que c'était barré, qu'il y avait un truc qui tournait *pas rond*.

Au bout d'un moment, Maman en a eu marre de nous, parce que notre présence l'empêchait de baiser tranquille, donc elle a bazardé mes frères dans des familles d'accueil et moi, elle m'a foutu chez Pop. Puis Pop nous a repris tous les trois et on a grandi ensemble dans cette caravane. Et, tout ce temps, Pop a continué à payer sa pension alimentaire à ma mère, celle qu'il lui devait pour nous et pour elle.

Les seules fois où Pop parlait d'elle, c'était lorsqu'on faisait une connerie et qu'on se faisait choper. Il disait : « Tu veux aller vivre avec ta mère ? Tu crois que l'herbe est plus verte de l'autre côté ? Si tu veux retourner chez ta mère, continue tes conneries. Continue, et t'iras vivre avec cette salope. Compris ? » Là, on se mettait à chialer, à trembler, on suppliait Pop de nous pardonner. On lui disait qu'on ne se ferait plus jamais choper.

Je ne l'avais pas revue depuis des années, pas depuis qu'elle avait ramené son nouveau mari en ville pour l'exhiber. Celui d'avant, il était plus jeune que moi et il travaillait dans les trains – il se baladait dans le wagon de queue, un boulot bien payé, facile et syndiqué. On s'est bourré la gueule ensemble, lui, moi et Maman, et la dernière image qu'il me reste de lui, c'est Maman qui lui colle des baffes parce qu'il a oublié de lui ramener à picoler.

Elle était donc là, Maman, fringuée comme une salope, elle descendait d'une Cadillac avec un mec super-top qui n'était pas maquereau mais qui avait de la caillasse et les apparences d'un type qui gagne bien sans trop se fatiguer, qui se tenait et se comportait comme le citoyen d'un monde qu'aucun d'entre nous n'avait jamais connu et ne connaîtrait jamais. Il avait l'air *gentil* et il dégageait une dignité que je trouvais désarmante – et même si l'instinct me commandait de lui foutre une paire de petites gifles de pédale et de lui piquer son argent, je savais bien que je le ferais pas, parce que cette paire de petites gifles de pédale, il ne la méritait pas. Ce qu'il méritait, plutôt, c'était qu'on le félicite, qu'on lui cède la place. C'était le genre de gars qui te fait culpabiliser de haïr les riches et qui te laisse imaginer qu'ils sont pas tous des enculés prêts à te virer et à te faire crever la dalle pour se fendre la poire. On avait envie de le haïr, on savait qu'on *aurait dû* le haïr, mais on n'y arrivait pas. Ce qui fait qu'on le haïssait encore plus. Parce que ça nous aurait obligés, sinon, à nous haïr nous-mêmes.

« Elles ont toutes des plus beaux nichons que moi, a dit Rhonda.

– Des faux.

– Comment tu sais ?

– Ma mère.

– Ben, merde », elle a fait.

Et elle a craché sur la pelouse. Un glaviot substantiel. Elle s'est essuyé la bouche avec l'avant-bras. Je l'adorais.

L'assemblée des fidèles était tellement silencieuse qu'on entendait la chaîne claquer contre le mât et le drapeau imprégné de suie s'agiter comme la serviette imbibée de graisse au garage.

Quand Brewer a déboulé, sa Rambler pétaradait tellement qu'on aurait dit des coups de flingue. Ma mère et son mec ont instinctivement baissé la tête – pas nous.

« C'est une belle petite fête que vous avez là », il a dit.

Il a sorti une flasque et il a bu un coup. Je l'ai imité – l'Everclear[1] de Blewer, mélangé à du jus de citron. Rhonda m'a pris la flasque des mains.

« Cul sec », elle a dit, avec un petit sourire vicieux qui aurait tué n'importe quel mec normal et l'aurait renvoyé direct chez lui, pour se branler à n'en plus finir, comme un chimpanzé.

Le visage de Pop s'est allongé et il a fait un grand sourire, mais je voyais bien que ça lui faisait mal à la tronche. C'était le genre de sourire désagréable à voir sur le visage d'un homme, un immonde spectacle de dents qui t'enfonce le tien, de sourire, tout au fond de la gorge, le genre qui laisse entendre qu'un truc de merde va se produire, et que, si c'est pas pour tout de suite, ça va pas tarder, mais que, même quand ça se sera produit, il sera toujours là, à faire mal à la tronche, le genre de sourire qui prend pas tout le visage, non, qui rentre dans l'os.

1. Liqueur de maïs titrant entre soixante-quinze et quatre-vingt degrés d'alcool.

« On n'est pas *trop en retard*, j'espère », a dit ma mère.

Pop ne disait rien, il continuait à sourire.

« T-Bird ? C'est toi ? C'est vraiment toi ? elle a demandé. T'es beau mec, dis donc ! Beau mec, beau mec, beau mec ! Je te reconnais à peine. Est-ce que t'aimes ma nouvelle robe ? Qu'est-ce tu penses de ta vieilloche de mama, maintenant ? »

Et elle est venue direct sur moi, avec son mec sur les talons derrière ses lunettes de soleil, comme une sorte de garde du corps pour homme politique.

Les gens ont repris leurs petites discussions, et Lura et Tura ont remballé leurs nichons. Les gars du groupe ont foutu le jus et testé leurs micros, fait chauffer leurs cuivres avec des gammes tranquilles et des notes tenues. On avait déjà bu presque toutes les bières, alors les gars de chez Markstein sont passés aux fûts.

« Je pouvais *quand même pas* rater le mariage de ton père ! C'est un gars de la vieille équipe qui m'en a parlé, et comme je viens *moi aussi* de me remarier et de trouver l'homme de ma vie, je me suis dit : "Si Bud se marie, je suis sûre que ça lui plairait que je sois là pour témoigner de son bonheur et de sa joie, parce que *c'est moi*, la mère de ses enfants ! Mes enfants voudraient que je sois là !"

– Kent est mort, j'ai dit. Clyde aussi.

– "Bud se marie, il doit être aussi heureux que moi. Et je suis sûre qu'il serait heureux pour moi, lui aussi."

– Ils sont morts et je suis pas de lui.

– Gail, c'est l'homme parfait. Il est gentil, il est beau, comme vous pouvez tous le voir, et il a les moyens de *subvenir aux besoins d'une grande dame*. Et Kent et Clyde, mes deux garçons chéris, ils sont où ?

– Morts », j'ai dit.

J'ai passé le bras autour de la taille de Rhonda, je me suis tourné vers les fûts, mais là, impossible de marcher. Je ne pouvais plus bouger. Ma mère était toujours plantée derrière moi, elle répétait : « Quoi ? Quoi ? », et le bruit de la fête a absorbé sa voix, Rich Kuam a ramené son 4 × 4 sur la pelouse et foutu son autoradio à fond, il a ouvert les portières et le sol s'est mis à trembler sur Creedence Clearwater Revival, et moi, je n'avais rien connu d'aussi fort que d'avoir le bras autour de la taille de Rhonda. Elle avait la taille fine, douce, tout simplement sublime, mon bras en faisait quasiment le tour, je pouvais presque toucher mes côtes du bout des doigts. Mon avant-bras lui frôlait le dessous des loches et je ne voyais plus rien, pourtant j'avais les yeux ouverts. Je ne sentais plus que ses loches, sa taille, ses cheveux sur mon épaule, la chaleur de son corps, la basse et la batterie de l'autoradio de Kuam, les coups du batteur du groupe sur sa caisse claire pour en tendre la peau, le grondement d'un train et les tremblements gélatineux de la décharge enfouie sous mes pieds. Quand Rhonda a posé la tête sur mon épaule, sa mère, celle qui serait bientôt ma belle-mère, l'a regardée et lui a fait un petit clin d'œil. Une volée de mouettes est descendue en piqué sur les barriques de *linguiça*, de vieux chiens difformes attendaient à l'écart, en bavant.

La fête était en place, le groupe était prêt, le pasteur – le Père Camozzi – a posé sa bière et la cérémonie a commencé, Mary avec Lura et Tura à ses côtés, Pop avec Louie le barman et Joe Fernandez, son patron, le proprio des Pneus Joe, comme témoins. Le Père Camozzi a ouvert son missel, et Lura et Tura se sont tournées en même temps vers l'assistance, elles ont sorti leurs nichons, on les a acclamées comme des malades, et Pop et Mary ont eu l'air de se détendre un peu. Les nichons, ça compte, même ceux d'un thon. Te voile pas la face, va.

Pop tirait sur son manteau et sur sa cravate. Je ne l'avais vu qu'une seule fois sapé comme ça, sur son trente et un, pourtant ça semblait naturel : dans une autre vie il aurait pu être un gars comme il faut, dans l'immobilier ou la vente, un gars qui ne se laverait pas les mains et les avant-bras au détergent en rentrant du boulot, un gars qui passerait des coups de fil, bouffe-rait des sandwichs de luxe et boirait des bières avec ses *clients*, et qui appellerait ça *bosser*.

Ma mère avait réussi à se faufiler jusqu'à nous, moi et Rhonda, et elle se tenait serrée contre moi comme si j'étais son mec.

« Un bon bain ne te ferait pas de mal, T-Bird, elle a dit.

– Je bosse à la décharge. Je pue.

– Morts », elle a dit.

Le Père Camozzi faisait monter la sauce.

« Morts », elle continuait à répéter ça : « Morts, morts, morts, morts. Morts. Morts. »

« Cul-de-sac et Mexicains égale morts, j'ai expli-qué. Morts depuis un moment, maintenant. Mais t'en fais pas, ils ont morflé. »

Je ne sais pas pourquoi j'ai dit ça comme ça, de manière aussi violente que ça s'est passé – parce qu'ils ont quand même eu une mort extrêmement pourrie. Je voulais blesser ma mère, je voulais que cette salope ressente à nouveau l'atmosphère du quartier, ce qu'elle avait de toute évidence esquivé. Je voulais lui rappe-ler d'où elle venait, lui rappeler ses racines, qu'elle se souvienne de nous. Je voulais qu'elle comprenne que c'était pas parce qu'elle avait épousé un bâtard de riche que le monde où elle avait mis ses enfants n'existait plus, qu'il se rongeait toujours les entrailles et celles de tout ce qui vivait à proximité, comme ça, pour le plaisir. Je voulais la démolir. Je la haïssais, parce qu'elle m'avait mis au monde sur un monstre qui tournait sur lui-même, cette saloperie qu'on appelait la Terre.

Je lui ai tout raconté. Tout, pendant que Pop se tenait là, bien droit, propre sur lui, fier comme un coq, enfin aux côtés d'une femme qui resterait avec lui, une femme qui se montrerait même gentille parfois, qui lui préparerait son putain de café le matin et lui réchaufferait une boîte de chili à la casserole quand il rentrerait du boulot, avec des crackers, du fromage râpé dans un bol et une bière glacée sortie du frigo.

J'ai commencé par Clyde. Je lui ai raconté que Clyde était mort un soir, après s'être bourré la gueule avec moi, qu'il avait essayé de rentrer chez Pop mais qu'il avait plié sa caisse sur la rambarde au bout de l'impasse où je vivais. Personne signale ce genre d'emmerdes dans le quartier, parce que ça implique que les flics vont venir te parler et que tu vas devoir faire le tour de ton barda pour éviter qu'ils tombent sur un truc compromettant – n'importe quoi, ça dépend de la couleur de ta peau ou de la longueur de tes cheveux. Ce qui fait que Clyde a croupi dans sa caisse jusqu'à midi, le lendemain – pendant huit heures, à peu près –, avec le volant qui lui taillait des demi-cercles dans la gorge et dans le bide. Mort sur le brancard.

Je lui ai pas dit que j'avais toujours haï cette petite merde, que chaque fois qu'il venait je le faisais picoler, et que, chaque fois que je le faisais picoler, j'espérais qu'il remonterait dans sa superbe Camaro et se cartonnerait un semi-remorque. Je lui ai pas dit que j'avais toujours su que j'étais pas le gosse de Bud, à cause de la façon dont Pop traitait Clyde, de toute l'affection et de tout l'amour qu'il lui donnait – quand Clyde ramenait un bulletin de notes médiocre, Pop lui filait un billet de cent parce qu'il avait réussi à avoir la moyenne, mais quand je ramenais des vingt sur vingt, il me disait : « T'as peut-être des vingt sur vingt à l'école, mais dans la vraie vie, t'es complètement à côté de la plaque. » Je lui ai pas raconté que, chaque fois que je voyais le fils de Pop, je le faisais picoler pour qu'il se chope de l'hyperventilation et des convulsions, qu'il tremble comme un dingue et s'étouffe dans sa bile et son vomi. Je lui ai rien dit de tout ça, parce que je sais me tenir. Je sais rester calme quand il le faut.

Quant à Kent, ben, j'ai pas pu le raconter dans mon dernier bouquin, parce qu'un éditeur a trouvé ça trop gore. Les éditeurs ne viennent jamais de quartiers comme le mien. Quand tu racontes la vérité, ils disent que c'est « excessif », et tu dois mitiger ton propos et couper ce qui s'est vraiment passé. Voilà la vérité.

Il est mort comment, Kent ? Je vais te le dire, Maman. En sortant d'une épicerie Seven-Eleven, il a aperçu une bagnole customisée pleine de Mexicains, la même bande qui avait coupé l'oreille de Clyde avant de lui foutre sur la gueule parce qu'il avait baisé avec leur sœur ; quand Kent les a vus, il a dit : « Mexicains ! » Les mecs ont sauté de la caisse, et boum ! ils lui ont écrasé la gueule par terre, ils lui ont écrabouillé la poitrine et la gorge avec leurs pompes de Mexicains, celles qui ont des talons. Kent était par terre ; moi, j'avais un couteau sur le bide. Une de ces petites merdes lui a passé une chaîne sous les bras et ils s'y sont mis à trois pour le tirer jusqu'à l'attacheremorque soudée au cul de leur Chevy Impala customisée. Là, ils sont remontés à bord, ils ont fait marche arrière et je sais pas s'ils l'ont écrasé ou quoi, parce que je l'ai pas entendu hurler et qu'une de ces enflures m'avait tailladé le bras – c'est ça, là, la cicatrice que j'ai sur le bras, tu la vois ? –, ils sont partis, partis sur leurs petits pneus customisés série-78, le cul était encore plus bas que d'habitude, à cause du poids de Kent qu'ils trimballaient derrière eux, sur le bitume.

Je me suis enroulé mon T-shirt autour du bras, il faisait noir, les lampadaires étaient nimbés de brouillard, on aurait dit des halos d'anges à deux balles – je porte des lunettes, tu sais, elles étaient humides et couvertes de buée, mais je distinguais bien le rouge des feux arrière voilés par la brume, et j'entendais Kent se faire charcuter et découper en morceaux comme il faut, sur le bitume. Je me suis relevé et j'ai couru comme un malade, j'ai couru sur le bitume, et le bitume brillait devant moi parce qu'il était couvert du sang de Kent, sa vie se reflétait dans la brume des feux arrière, des flammes catholiques et de la trouille aux fenêtres qui donnaient sur la baie. Je courais, mon bras dégoulinait, et c'est là que j'ai aperçu un gros morceau, lourd et foncé ; quand je me suis rapproché, ce morceau, c'était la jambe de Kent, son jean déchiré, un os gris qui ressortait comme un bout de tuyau en PVC, couvert de grumeaux rouges. J'ai donné un petit coup de pied dedans, Maman, et la jambe a roulé – et là, j'ai hurlé tout ce que j'ai pu ; enfin, je crois, parce qu'on n'est jamais sûr d'avoir hurlé quand on hurle à la mort. Et toi, ça t'est déjà arrivé ? T'as déjà hurlé à la mort ? Si c'est le cas, tu ne peux pas le certifier. Si tu peux l'affirmer, c'est que tu n'as pas hurlé à la mort.

J'ai continué à leur courir après. Je sais pas pourquoi,

parce que Kent devait être mort, ou alors ça n'allait pas tarder ; en plus, si je les rattrapais, ils me massacreraient, moi aussi, ils sont comme ça, c'est la coutume.

J'ai trouvé d'autres parties du corps de Kent, mais plus j'en trouvais, moins j'arrivais à les reconnaître. Plus j'en trouvais, plus elles ressemblaient à des pièces détachées trempées dans du liquide de transmission, des ressorts, des câbles, des gros tas de graisse, des tuyaux en caoutchouc.

Quand j'ai trouvé Kent, ce que j'ai vu, je vais pas te le décrire. J'ai pas envie que tu gerbes sur mon bouquin.

Tout ce que je peux te dire, c'est que pendant la cérémonie funéraire, son cercueil n'était pas ouvert.

Je savais très bien ce qui allait se passer, tandis que je parlais de Clyde et de Kent à ma mère. Elle allait se mettre à flipper et se donner en spectacle. Des années plus tôt, à l'époque elle était mariée à un autre – un pilote de ligne qui se faisait des tonnes de fric et qui avait une assurance-maladie –, elle nous avait concocté une arnaque super-bien ficelée impliquant un psy. Ça ne m'avait pas surpris. Les enculés de riches vont tous chez le psy, ça leur permet de foutre toutes leurs merdes perso sur le compte de quelqu'un d'autre, n'importe qui, à partir du moment où c'est plus eux, les responsables. « Mon papa m'a donné trop de fessées, c'est pour ça que je suis devenu un pédo adultère et que j'ai un gros cul. » « Ma maman me laissait jamais jouer avec les autres, c'est pour ça que je frappe mon mari avec une poêle à frire et que je baise comme une malade avec ses potes dès que l'occasion se présente. » Les psys.

Dans les librairies, la section Développement personnel est plus importante que la section Littérature. T'as déjà ouvert un ouvrage de ce genre ? De la merde en barre, voilà ce que c'est. Je le sais, parce que la plupart des pétasses que j'ai tronchées se sont mis en tête de m'en filer un, d'un air extrêmement grave, avec un regard débile qui, d'après elles, devait ressembler à quelque chose de philosophique, elles le tenaient comme si c'était une Bible des Gidéons[1] couverte de dorures. Ce fourre-tout de conneries se lit comme un horoscope, il s'applique à tous les gentils petits couillons qui tournent les pages.

Vous êtes seul ? Vous êtes triste ? Vous avez l'impression que vos parents ne vous ont pas donné assez d'amour ?

Voilà, c'est pas difficile : t'es une personne à charge dont l'Enfant Intérieur n'a pas été suffisamment nourri !

La grosse blague. Mon Enfant Intérieur veut faire cramer des insectes avec une loupe. Mon Enfant Intérieur veut faire péter un gros Mammouth dans les chiottes de l'école. Mon Enfant Intérieur veut faire tourner le vieux chat de la famille au-dessus de sa tête comme un lasso. Mon Enfant Intérieur est un tueur en série que je dois museler. Il n'a pas besoin d'être nourri : il a besoin d'être enfermé à vie au pénitencier de Quentin, ou alors qu'on lui foute la fessée du siècle.

J'ai rencontré une fille, une fois, une accro du développement personnel, une inconditionnelle des programmes en douze étapes, une petite salope de fille de bourges qui n'avait jamais eu à s'en faire pour quoi que ce soit dans son petit monde bien protégé, connecté à toutes les chaînes de télé, si ce n'est choisir l'université privée que ses parents dentistes allaient lui payer,

1. Église évangélique qui s'est donné pour mission de distribuer des Bibles dans près de cent pays, notamment dans les hôtels et les lieux de résidence.

quelles fringues elle allait porter la saison suivante, quelle putain de robe elle allait bien pouvoir se mettre pour accompagner ses parents à dîner chez les voisins. Le jour où ils ne lui ont pas acheté la bagnole qu'elle voulait, cette petite pétasse était tellement dégoûtée qu'elle a carrément *chialé*. Ils lui avaient acheté une Honda à la place d'une BMW.

« Les riches aussi, ils ont des problèmes, elle a dit.

– Aussi ? j'ai fait. J'ai pas de problèmes, moi. T'as l'impression que j'ai des problèmes ?

– J'essaie de régler les problèmes liés à mon enfance.

– Faut t'en remettre.

– Tu te voiles la face, elle a dit. Tu fais comme si tes problèmes n'existaient pas, tous ces trucs qu'il faudrait que tu règles. Le simple fait que tu ne le reconnaisses pas prouve bien qu'il y a un problème.

– Faut t'en remettre », j'ai dit.

C'est ce que je disais à l'époque, et c'est toujours ce que je dis. Faut s'en remettre, bordel.

Et toi, qui es en pleine crise existentielle, j'ai un petit conseil à te donner : trouve-toi un putain de boulot.

Les pauvres vont pas chez le psy.

Ils vont bosser.

Et c'est exactement ce que tu devrais faire, espèce de nase. Va construire une putain de pyramide. T'auras pas besoin d'un psy pour t'aider à surmonter tes angoisses et tes appréhensions. Le seul truc dont t'auras besoin, ce sera un bon bain, de la bouffe et une putain de bière.

Ma mère m'a appelé, le jour où elle et son psy se sont mis à lui tricoter des excuses.

« *T-Bird*, elle a dit, *T-Bird, c'est pas* pour rien *que j'ai été une mauvaise mère et que je vous ai tapé dessus, les garçons. En fait,* c'était pas vraiment moi *qui faisais tous ces trucs immondes !*

– Bien sûr que non.

– *C'était pas vraiment moi ! C'étaient mes mauvais alters. Je suis atteinte d'un TPM. Ça veut dire Trouble de la Personnalité Multiple. Mes mauvaises personnalités, c'est elles qui font tous ces trucs malsains, pas ma personnalité* profonde. *En tout, j'ai quatre-vingt-quinze personnalités ! »*

La plupart des personnalités qui traînaient avec ma mère étaient de vraies saloperies. Quand on était gosses, moi et mes frères, et qu'on avait le malheur de la réveiller, elle hurlait comme si elle était en train de brûler vive et elle nous courait après dans toute la maison, avec sa robe de chambre qui volait, elle clignait des yeux nerveusement en nous traitant de petits enculés, de petits connards, de petits enculés de fils de pute. Quand elle nous avait attrapés, elle nous tirait par le bras, la jambe ou les cheveux jusque dans sa chambre, où elle rangeait sa ceinture spéciale corrections – une ceinture cloutée, avec une boucle de la taille du Texas. Elle nous frappait jusqu'au sang, jusqu'à ce que nos jambes, nos bras et nos culs se déchirent – une fois, elle a cassé le bras de mon frère Kent. Un jour, j'ai crevé à vélo en passant dans un champ où il y avait des ronces, et quand je suis rentré, un des maris de ma mère m'a infligé sa punition : il m'a coincé sous un lit et m'a tiré dessus à coups de carabine à plombs.

Elle avait aussi un gentil alter, qui surgissait une fois sur deux à peu près – il nous apportait des bonbons à Noël, ou nous prenait dans ses bras quand on l'avait réveillée, il nous emmenait faire les courses. Mais les gentils alters, ils ne traînaient jamais longtemps dans les parages.

Quand les alters de ma mère ont commencé à faire surface, son psy lui a demandé d'appeler toutes les personnes avec qui elle avait eu des soucis par le passé. Elle a sorti le clairon et s'en est d'abord prise à ses ex-maris, à son père, à son beau-père, à ses demi-frères et sœurs, à ses anciens patrons. Son psy lui a conseillé de dire tout ce qu'elle pensait à ses fils. Elle m'a appelé, elle voulait me rendre visite pour qu'on parle à cœur ouvert et que je lui raconte tout ce que je me rappelais de mon enfance.

« Pas une bonne idée, j'ai dit. Je préfère pas. »

Elle a insisté et m'a prévenu qu'elle débarquait en ville.

Elle est arrivée avec son mari – impossible de me souvenir de son nom, à celui-là – et à peu près huit bouteilles de vin et deux bouteilles de scotch. Elle était prête pour la discussion.

J'ai pas refusé, tu penses bien. Je lui ai raconté deux, trois conneries, et pas que des conneries larmoyantes remontant à l'époque où elle nous lattait la tronche, à moi et à mes frères – les brûlures, les os brisés, les nez en sang, le dos, le torse et la figure marqués de coups de tuyau d'arrosage spécial raclée ; les semaines de surdité à cause des baffes qu'elle nous collait sur les oreilles ; la fois où elle avait arraché tous les cheveux de Kent, comment il avait l'air d'avoir été scalpé et comment il a été obligé de mettre des chapeaux et de s'enduire le crâne de Vaseline pendant des mois et des mois, avec du pus tout vert qui lui coulait des croûtes et qui lui dégoulinait sur le front, dans les oreilles et le long du cou, quand il était assis à pleurnicher dans le bus de l'école, parce que les autres gamins le traitaient de créature du lagon noir ; la fois où elle m'a foutu un coup sur la tête avec un marteau anglais et m'a allongé raide par terre –, non. *Hé, Maman, touche voir, là, juste à côté du menton, j'ai encore un plomb incrusté, là. Tu le sens ? Allez, touche, Maman. T'étais là, tu le regardais faire, Maman, tu gueulais : « Donne-lui une bonne leçon, à ce petit enculé. Apprends-lui, à ce petit enculé, que ses affaires, il faut les respecter. » Hé, Maman, tu te souviens de la fois où j'avais pas fait mes devoirs avant le dîner ? Pour me punir, tu m'as planté un crayon à papier dans le dos de la main, tu l'as fait tourner sur le côté et t'as cassé le bout, tu te rappelles ? La mine est toujours là, Maman. Hé, Maman, tu te rappelles le jour où je suis rentré de l'école et où je t'ai dit que j'avais une dent qui me faisait mal, j'étais en cours préparatoire, t'as sorti une tenaille et tu me l'as arrachée, après quoi j'ai pissé le sang pendant plusieurs jours. Hé, Maman, tu te rappelles que, la nuit, je tombais toujours de mon lit superposé et qu'une fois, je me suis ouvert le crâne et je saignais, pendant que toi, tu baisais un tas de mecs dans le salon ; t'as déboulé à poil dans la chambre, avec un gars qui était à poil, lui aussi, et tu m'as foutu une grosse raclée, sous prétexte que je faisais des histoires, tu m'as foutu des coups de ceinture sur les cuisses, jusqu'au sang, en répétant : « Ça t'apprendra à venir déranger les adultes quand ils sont occupés. » Tu te rappelles que tu m'as dit que, si je tombais encore une fois de mon lit, tu me ferais chialer jusqu'à la fin de mes jours ? Tu me disais que t'aurais préféré ne jamais me mettre au monde, tu te rappelles ? Hé, Maman, souviens-toi, tu répétais que c'était pour mon bien, que Jésus me sauverait, mais pas si j'avais le Diable en moi, qu'il fallait d'abord battre le Diable pour l'expulser, et tout ça parce que je prenais ma fourchette de la main gauche ?* Au fait,

Maman, j'ai pas besoin d'un psy pour régler ce genre de conneries. Ce qu'il me faut, c'est un fusil.

Son mari hochait la tête comme une assistante sociale, ou plutôt comme une grosse merde brimée par sa femme, un type qui n'avait pas de tripes, pas de couilles et pas l'idée qu'il était temps de larguer cette salope, ou au moins de lui foutre une bonne déculottée ; et plus je parlais, plus le visage de Maman se contorsionnait, se tordait et s'entortillait de douleur, ses lèvres se retroussaient, ses yeux brillants clignaient nerveusement, un peu comme du chrome au soleil.

Son mari est allé aux toilettes. Ma mère s'est mise à trembler, ses paupières à battre de plus en plus vite. Je me suis allumé une clope.

Je me suis servi à boire.

Et, d'un coup, son visage s'est tordu violemment, elle a ouvert la bouche et elle a poussé un hurlement de douleur, elle hurlait avec une voix d'homme. Elle s'est mise à taper et à agiter les bras dans tous les sens, elle s'est ratissé le visage avec les ongles en criant : « Mauvaise ! Mauvaise ! Mauvaise ! »

« Hé ! j'ai dit, en appelant son mari. Faut que tu rappliques et que tu règles ce bordel. »

Il est sorti des chiottes, l'a coincée sur le canapé et l'a empêchée de s'arracher les yeux. Je me suis rappelé que, le matin, j'avais oublié de sortir les poubelles.

« C'est George, il a dit. Un de ses mauvais alters. »

Son mari a commencé sa petite routine : il a dit à ma mère qu'il avait enfermé George dans un cercueil hermétique. Il parlait et, en même temps, il faisait semblant d'attraper George et d'ouvrir le cercueil pour le fourguer dedans. Il a même tourné les vis à fond. Mais il devait constamment interrompre la manœuvre, parce que chaque fois qu'il lâchait les poignets de ma mère, elle se griffait les yeux, alors il devait lui attraper les poignets et l'obliger à se tenir tranquille. Au bout d'un moment, il a réussi à fermer le cercueil, à le cadenasser et à le faire décoller dans le cosmos. Il a même installé des systèmes de propulsion à réaction, parce que ma mère a demandé comment il pouvait continuer sa course pour l'éternité, comme ça, sans moteur. Le mari de ma mère disait qu'une fois dans le cosmos, George ne pourrait plus faire de mal à Molly ni à aucun de ses autres bons alters. Ça a marché et ma mère a arrêté de s'arracher les yeux. Le truc marrant, c'est qu'elle avait trouvé le moyen de ne pas se faire la moindre égratignure. À croire qu'elle était carrément plus douée pour balafrer ses fils que pour se labourer la gueule.

Autant te dire que des « alters », j'en ai vu un paquet. Parfois, ils m'appellent, la nuit, quand ma mère a fichu le camp et qu'elle est sur l'autoroute avec un de ses mauvais alters au volant, ou un autre encore môme qui a peur de conduire. D'autres fois, ils m'appellent pour m'insulter.

Donc, je savais que ma mère allait se mettre à flipper et péter les plombs, histoire de faire son petit numéro devant les invités, de détourner l'attention sur elle, d'être la reine du spectacle au mariage de Pop et de se faire gentiment consoler par tous les gentils spectateurs qui lui diraient que tout finirait bien.

Le Père Camozzi s'apprêtait à torcher l'affaire et à déclarer Pop et Mary mari et femme. Ils ont enfilé leurs alliances. Pop en avait fait repolir une de ses anciennes et il en avait acheté une pour Mary chez Franco Flores, le spécialiste des montres, des bagues et des chaînes stéréo. Elle avait un diamant gros comme une poignée de porte, mais ça lui avait à peine coûté trois cents boules.

Flores avait dit à Pop que Mary pourrait la porter n'importe où, tant qu'elle resterait de ce côté de la 14e Rue. Ils se sont embrassés, Pop a chopé le cul de Mary et il a soulevé sa jupe de mariée. Mary a chopé la bite à Pop. Là, on a applaudi et gueulé comme des cinglés. Le groupe a enchaîné avec la marche finale, Lura et Tura ont baissé le haut de leur robe et fait remuer leurs nichons comme des ballons pleins de flotte. Pop et Mary sont passés au milieu de l'assistance, la main de Pop toujours sur son cul et Mary qui le remorquait. On leur a balancé du riz. Pop était vraiment content.

Le groupe a envoyé la sauce en commençant par un morceau de disco, avec un des Noirs qui imitait une voix de tarlouze. Les gens se sont mis à danser. Les gosses ont balancé leurs ballons de foot et leurs frisbees. Les fûts de bière ont coulé à flots, répandant leur bave dans l'herbe. Rhonda m'a plongé la langue dans l'oreille. Ça m'a foutu la trique.

Ma mère s'est appuyée contre moi et m'a pressé ses faux seins dans le dos. Ça faisait comme des chambres à air trop gonflées. Elle répétait : « Mauvaise. Mauvaise. Mauvaise. Mauvaise. » Et Gail avait l'air du mec qui a bouffé un truc dégueulasse et qui va pas tarder à loufer, mais qui fait son possible pour pas lâcher son vent devant tout le monde. Lura, ou bien Tura, était à côté de Blewer et lui cognait les nichons contre la poitrine, pendant que son mari, Leroy, le fixait du regard. La femme de Papy Murphy s'est levée et s'est mise à danser comme si elle avait été stripteaseuse un million d'années plus tôt, quand elle n'était pas encore grosse, vieille et aveugle.

Pop a rejoint le groupe et ils ont arrêté leur connerie de disco au milieu d'un riff. Les amplis bourdonnaient, personne ne mouftait. Pop a sorti son cuivre de son étui, on voyait le métal briller à travers la couche de suie. Pop avait les mains incrustées de graisse, pourtant il avait dû se les frotter pendant des heures. Il a pris le micro, annoncé : « Ce morceau est dédié à ma salope préférée ! », et le groupe a foutu le paquet sur un blues lent, « As Time Goes By », bien cradingue et sexy, qui dégageait toute la tristesse, la joie, la douleur et la patate de notre coin, notre Oakland, ses quais, ses jetées, ses usines, ses voies ferrées, les fumées de l'abattoir et la puanteur âcre de l'usine Hershey qui devenait on ne sait comment du chocolat, l'usine General Mills qui te retournait l'estomac quand tu passais à côté, la tristesse des survivants chinois, nègres et japonais qui avaient été enfermés dans les camps, et celle des Okies de notre espèce, ces malheureux qui avaient débarqué en Californie comme des crevards, en quête désespérée de quelques arpents de vigne et de terre qui donneraient un peu de vin et de grain, et le rythme de la musique, les montées de la basse, les accords lents, étouffés, de l'orgue Hammond coulaient comme le jus visqueux, à la fin de la nuit, après une longue journée de baise. Mon pote, ces gars, ils te couchaient ça comme s'il ne restait plus, de tout l'univers, que cette chanson qu'ils étaient en train de jouer, le chant sublime, tout-puissant de la baise, la baise, la baise.

Pop a pris son cuivre, la vieille trompette de la famille qui avait appartenu à son père et qui, un jour, quand je pourrais à nouveau jouer et que Pop me jugerait digne du cuivre de ses ancêtres, m'appartiendrait. Il a pris son cuivre et l'a posé sur ses lèvres craquelées par dix siècles d'air propulsé par les radiateurs du garage, ridées par des vallées d'huile et de graisse qui ne s'effaceraient jamais, il l'a soulevé, il a pressé ses lèvres sur l'embouchure et soufflé, soufflé sa force et ses angoisses, son amour, son désir et sa volonté de faire face, cette force qui faisait de lui ce qu'il était, ce qu'il avait été et ce qu'il serait à l'avenir, la force d'un homme qui ne s'enracine nulle part, mais au contraire se dissémine dans le bitume du monde comme les vestiges d'une société si extraordinaire que personne ne devrait même en soupçonner l'existence – une force immense mais refoulée, soumise par un million d'années passées à trimer pour des brutes, des types plus balaises, plus malins et moins sensibles, donc plus puissants, la soumission de l'homme qui travaille pour subvenir aux besoins de sa famille, qui doit lui procurer du pain, de l'eau, du feu et des peaux de bêtes ; l'humilité et la rage bouillonnante d'un homme qui, à la prochaine humiliation, pourrait bien devenir un serial killer, aux premiers signes de désespoir se laisser traverser par son désir, sa vocation, sa mission, tout ce qui viendra racheter cette vie de douleur, de silence, de ferme-ta-gueule-gros-loser. Être un Américain, un Américain et un homme, un homme américain et un travailleur, c'est être le sultan de la modération – de somptueuses esclaves qui agitent leur chatte sous ton nez, alors que t'es plus capable de bander. S'il n'y avait pas de lois et si elles ne nous foutaient pas autant les foies, chacun de nous, chaque jour de l'année, on se mettrait à tuer, et pas en secret, non, avec une impunité pleine d'assurance, de force et de satisfaction. Trouve-moi un Américain qui affirme ne pas avoir le désir de tuer au moins une fois par jour, chaque jour de l'année, et t'auras mis la main sur un gros menteur, du genre dont tu ferais mieux de te méfier, parce qu'il pourrait bien avoir envie de te buter. Tu peux me faire confiance. Je mens jamais.

J'ai ressenti un grand frisson à voir Pop bomber le torse avec une telle fierté, mais j'aurais voulu le voir autrement. J'avais quelques petites questions à lui poser.

J'aurais voulu lui demander pourquoi il avait arrêté de jouer. Il m'avait déjà sorti pas mal de prétextes et foutu ça sur le dos de la salope, la pute, la pétasse, la poufiasse – ma mère ; la cause de la merde dans sa vie, et pas que dans la sienne, mais dans celle de tous les hommes – ma mère, la destructrice d'Oakland, la responsable de la chute des syndicats, la raison pour laquelle les bridés nous avaient foutu leur pied au cul en Corée *et* au Vietnam, pour laquelle les Noirs envahissaient les beaux quartiers d'antan, pour laquelle les pièces de rechange des bagnoles passaient maintenant au système métrique et que les mécaniciens américains, qui travaillaient tellement dur, étaient obligés de s'équiper de nouveaux jeux de douilles – ma mère, cette salope qui se trouvait derrière le complot visant à se débarrasser de l'homme blanc hétéro, afin de le remplacer par une armée de pédales vêtus de costumes trois-pièces et de Florsheim – voilà pourquoi Pop ne pouvait plus jouer de sa putain de trompette, parce que, s'il le faisait, les dieux du divorce redescendraient sur terre et le dépouilleraient de tout ce qui lui restait, sa caravane, sa nouvelle nana et ses outils.

Mais ça, je connaissais, par cœur et à la lettre, et je voulais demander à Pop s'il entendait toujours la musique du monde bien qu'il ait renoncé à la trompette, s'il y avait de la musique dans les claquements du marteau-piqueur, dans le rugissement de la pelleteuse hydraulique et les gémissements des élévateurs, si des notes s'échappaient des boulets de démolition ; si, maintenant qu'il passait son temps à démonter des pneus de camions, à ressentir dans ses paumes les vibrations du marteau-piqueur plutôt que celles de la trompette, ses viscères vibrant au rythme du compresseur plutôt que de la contrebasse, du piano et de ses doigts caressant les pistons de la trompette, si maintenant qu'il battait des trucs au niveau du sol au lieu de monter là-haut avec les muses et les anges, il avait atteint un but sinistre et secret, un acte de vengeance contre lui-même, contre sa famille, son peuple et ses dieux mystérieux. Je voulais demander à Pop si la musique de son passé, la musique qu'il avait dans le sang, les voix des pères et des mères d'avant son époque hantaient ses rêves. Je voulais lui demander s'il était comme un vieux piano sur lequel personne n'a posé les doigts de toute une génération, la moelle à l'intérieur des touches noires et blanches desséchée à force de n'être pas assez touchée, les os blanchis de n'être pas suffisamment entrés en contact avec la peau.

Quand j'étais petit, j'allais écouter Pop jouer de la trompette à l'église baptiste avec les vieux jazzmen, des hommes aux cheveux blancs, le visage noirci par le travail, qui portaient des bleus du chantier naval et des salopettes de machinistes avec leurs noms cousus dessus en rouge ; l'étui de leur cuivre était aussi défoncé qu'une boîte à outils. Assis sur un banc, j'écoutais Pop, je regardais la croix dans l'ombre, l'église fermée à cette heure avancée sentait le cigare, le gin et le menthol. Le pasteur, au piano, chantait ses accords en même temps qu'il les plaquait et son chant devenait un chœur de voix superposées, comme si Babel, au lieu d'une grosse cacophonie, était une langue chorale, une chorale muée en messe jazz par la magie de la fugue qu'il jouait au piano, un chœur aussi puissant qu'une section de trombones en harmonie parfaite.

Les batteurs qui jouaient avec mon père étaient plus que des batteurs – des musiciens : ils avaient compris que la batterie ne ponctuait pas plus le rythme que la basse, les cuivres ou le piano, mais qu'elle était un instrument de musique à part entière et que chaque coup de baguette contre la peau de veau ou de mouton contenait, dans son impact même, la possibilité d'une ponctuation percussive, certes, mais l'évidence des notes jouées toutes ensemble ; chaque coup sur les toms, le tom basse, la grosse caisse, les cymbales et le Charley, contenait en soi toute l'étendue de la gamme sonore de la nature – on ne tape pas sur une batterie, on en joue, on ne la martèle pas, non, on en sort de la musique. Les trompettes et les trombones, minerais sortis de terre et travaillés pour être le prolongement de cuivre ou d'argent de nos veines, de nos artères, de nos poumons, brillaient si fort, éclats d'étoiles réfléchissant les flammes des cierges et la lumière du dehors, que j'en plissais les paupières ; ces cuivres nés des flammes de la terre, même lorsqu'ils jouaient pianissimo, semblables à des bêtes féroces prêtes à bondir, dégageaient quelque chose de primordial, fait de luxure, de passion, de sexe, la création perpétuelle de la terre, hérauts primaires des troubadours de la guerre, satyres aux sabots de chèvre des cités passées et futures, appelées à renaître, tel le Phénix, dans les cieux noirs et toujours plus sombres du jazz. La contrebasse et ses courbes féminines, les bassistes toujours debout, et pas simplement debout, d'ailleurs, mais entrelacés avec le bois et les cordes en boyaux, pressés contre leur instrument comme des amoureux pendant l'amour, tâchant de se contrôler, dans des préliminaires à n'en plus finir – on doigte la corde avec délicatesse, là, on la pince comme pour la punir, et le son de la basse se répand tranquillement dans l'église. Mais aucun de ces instruments, aucun de ces sons, issus de la transformation de la nature en appendices de l'homme, ne me frappait autant que ceux qui sortaient du cuivre de Pop. J'étais capable de reconnaître sa trompette parmi une quinzaine d'autres instruments. Je savais reconnaître le son des lèvres de Pop sur l'embouchure, la vieille Conn argentée que Papy Murphy avait consciencieusement soudée et limée – quand Pop jouait, le son qu'elle produisait roulait en cascade sur les autres musiciens, comme les cordes galopent dans l'ouverture d'une symphonie de Mahler ; je ne m'en rendais pas compte alors, je l'ai compris bien plus tard, à la fac, la première fois que j'ai entendu Mahler ; pour impressionner une fille, je l'avais invitée à un concert, et c'est là, juste après l'ouverture de la *Symphonie de la Résurrection*, que j'ai dit : « Pop », et j'ai pleuré, et la fille à mes côtés n'en revenait pas, elle disait : « Oui, c'est magnifique », et moi, la tête dans les mains, je répétais tout doucement : « Tu ne comprends pas, tu ne peux pas comprendre. » Ce son qui ressortait de la trompette de mon père, c'était le vent qui fait des pirouettes dans les tulles, le souffle brutal de l'orage dans les tuyaux d'une cage à poules sur un terrain de jeu, les gémissements de la cheminée dans l'ouragan. À ce moment-là, pour moi, Pop n'était pas simplement mon père, ni le fils d'un homme, mais un être absolument inhumain, en accord parfait avec les éléments de sa trompette, ces éléments mêlés les uns aux autres de sorte que la trompette faisait vibrer l'essence même de la vie. Et moi – je me rappelle que j'étais trop petit pour me balader seul et encore incapable de faire entendre les voix qui résonnaient en moi –, assis sur un banc de l'église, j'avais compris que je me trouvais dans un lieu saint.

Pop, Pop – pourquoi as-tu laissé tomber ?

Je voulais savoir. Savoir si le manque de courage est un truc qui t'est venu, ou si c'est ton sang pourri d'Okie qui te l'a légué, un trait transmis depuis des centaines d'années, depuis l'époque où nos ancêtres étaient des désespérés prostrés, humbles et battus, le courage étant alors un vice et synonyme d'une condamnation à mort. J'aimerais savoir si le manque de courage est une invention de ton cru et propre aux gars de ta génération, ou s'il est mon destin, un destin auquel, pour mon bien, je ferais mieux de ne pas tenter d'échapper, un héritage qu'il me faut comprendre, et par conséquent accepter et dorloter comme un enfant débile, le mien.

Pop soufflait, et pas moyen de savoir si le groupe connaissait ou non cet air, mais ce qui est certain, c'est qu'ils *connaissaient la chanson*, ces sacrés négros, ils connaissaient la chanson pour l'avoir chantée et pour la chanter encore – en Amérique, elle leur collera toujours à la peau, cette putain de chanson. Ils connaissaient la chanson de Pop, parce que Pop était aussi nègre que cette bande de nègres, et pareil pour moi : j'étais un nègre, moi aussi, et tant qu'on pisserait et chierait dans des cabanons en plastique sur les chantiers, on serait des nègres, tous ensemble, notre merde se mélangerait dans les entrailles de tous les trous du cul urbains de cette terre. Ces petits Noirs jouaient un accord qui faisait si bien résonner l'attaque de Pop, qu'il n'y en avait pas un sur la pelouse de la centrale électrique qui n'ait compris, du fond du cœur et de ses gonades, que cette note, cette note qui faisait une chanson, c'était une note de Pop, notre père à tous, à tous sauf à moi, une chanson qu'on connaissait, une chanson qui racontait notre histoire, nos histoires individuelles et collectives, les histoires de nos baises et de nos frustrations, les histoires de nos divorces et de nos enfants, ceux qu'on ne pourrait pas ou qu'on ne voulait jamais revoir, ceux qu'on avait élevés ou qu'on n'avait pas eu le droit d'élever, ceux qu'on aurait préféré savoir noyés dans le San Leandro, le canal qui sépare les nègres des non-nègres, à Oakland, ceux dont on avait tué les mères pour pouvoir les élever *comme il le faut*, *Oakland style*, sur l'air du *Déconne pas* et du *Cogite pas toutes ces conneries, mon grand*, du *Fais gaffe à ton cul, espèce de bâtard d'Oakland, fais bien gaffe à ton cul de petite salope d'Oakland*. La chanson de Bud, la chanson de mon père Pop serpentait, et tout le monde ressentait un mélange de fierté et de culpabilité, de culpabilité, de fierté et de *Va te faire mettre, va te faire enculer, vieille salope, je vais te buter, je vais gravement te baiser*. C'est comme ça que ça marche, la bonne musique. Viens me chercher des poux, pour voir.

Il soufflait. Et toutes les notes que je l'avais entendu jouer me sont revenues, les fois où il se tenait devant l'aquarium de poissons tropicaux, dans le salon de notre minuscule baraque, sur la 62e Rue, à Oakland, avec les poissons qui dansaient – sérieux, ils dansaient sur la trompette, ils remuaient la tête et se tortillaient sur l'écho plein de douceur et de haine des sons étranges qui émanaient du métal de ce cuivre familial, je m'en souviens avec une clarté qui n'est accordée qu'aux êtres maudits ou bénis des dieux, et ces poissons, en un sens, prenaient part à cette danse universelle que j'étais et suis toujours le seul à comprendre, parce que je suis un enfant, et que je le serai à jamais.

Pop soufflait, son cuivre brillait. Sa posture exprimait une dignité et une décence bien supérieures à la station-service et la caravane où il vivait, plus puissantes que la décharge, la voie ferrée, les entrepôts et les chiens de la casse, mais qui pourtant incluaient tout cela, et plus encore : elles *embrassaient* tout, elles couvraient toute la richesse et le spectre de l'existence, s'étendaient des docks aux soirées chics, des bières à deux balles au champagne de luxe, des putes à pipes tout usées aux somptueuses bimbos spécialisées dans le divorce, de *nous* à *eux* – quand Pop jouait, il ne semblait plus y avoir la moindre différence entre nous et eux. Quand Pop jouait, quand il soufflait son âme dans le tuyau, de ses lèvres fendues à l'extérieur du cuivre de la famille, on aurait dit, et c'était certainement vrai, que dans cette vie, l'unique dénominateur commun, c'était la musique. L'air de Pop était tellement pâle, incandescent et éthéré à la fois, qu'il semblait que plus il soufflait fort, plus ce qui sortait de son cuivre était silencieux, comme si son existence en ce monde, plus qu'une intrusion ou une interjection, était au contraire absorbée, incarnée. Pop se dirigeait vers le silence. Ça se comprenait, c'était la seule solution : quand l'homme fait de la musique pour des dieux morts ou depuis peu oubliés, il cherche à réduire au silence tout le bruit qu'il a pu faire, le bruit qui les a chassés vers des espaces plus silencieux. Ce n'est que dans le silence qu'on distingue les murmures des dieux, ils sont tellement subtils, tellement calmes.

Un barbu marchait sur la pelouse de la centrale électrique. Sa barbe était jaune et il n'avait plus de dents, sa bouche rentrée à l'intérieur, ses lèvres comme aspirées. Ses mâchoires bougeaient comme s'il était en train de parler, sauf que ce n'était pas le cas.

Un clébard hurlait je ne sais trop où.

Le type à la barbe jaune a sorti son zgègue et s'est mis à pisser. Puis, sur la musique et les bruits de la foule, il a lancé : « Ça va se refroidir. » Il s'est marré et la peau de son visage a ondulé en vagues obscènes, toute cette peau inutile qui lui pendait de la tronche, il psalmodiait d'étranges conneries incompréhensibles. Une chanson.

La mission d'un musicien consiste à supprimer le bruit des hommes. À faire oublier le bruit des hommes en le remplaçant par un autre plus éloquent.

Pop jouait, et les vieux du groupe l'accompagnaient comme s'il avait été Miles Davis, Chet Baker, Clifford Brown, et vas-y que Pop se baladait entre les accords, ces accords résonnaient comme l'écho de tout ce qu'il ne nous avait jamais dit, les gémissements et les supplications confiés, aux petites heures de la nuit, à des hommes et des femmes dans des bars et des boîtes qu'aucun d'entre nous, ouvriers, maçons, gars de chantiers et ouvriers de la gunite, porteurs de briques et chauffeurs de camions-poubelles d'Oakland, ne connaîtrait jamais. Pop était tellement différent, à ce moment-là, Pop vêtu de son costume, la trompette familiale sur ses lèvres et son air de musique qui passait du chatoiement au sifflement perçant – il était tellement différent de nous, Pop, pour la première fois de sa vie. J'avais l'impression de tout savoir sur lui, toutes les nuances, toutes ses douleurs, toutes les femmes qu'il avait aimées, et pourtant, c'était comme si je n'avais jamais rien su de lui, jamais une phrase honnête et vraie. Je me suis dit alors que les *mots* n'effleurent qu'à peine la vérité. Les seules vérités, dans la vie, c'est l'amour, la stupeur et la musique.

Rhonda s'est appuyée contre moi, elle a posé la tête sur ma poitrine. Ma mère chuchotait en tremblant : « Mauvaise, mauvaise, mauvaise, mauvaise », Lura et Tura encadraient Blewer comme ces sacs à puces qui se frottent contre les grilles de sécurité, Blewer tenait une bière dans une main et une flasque dans l'autre, et Leroy le matait avec des yeux pleins de haine.

À la fin du morceau, personne n'a applaudi, personne n'a gueulé ni rien. On a tous bu un coup, trinqué en frappant nos bières, nos flasques, nos demis, et on a picolé, une communion sacrée, pleine de révérence et de solennité.

Pop s'est approché du micro et il a redit : « Pour ma salope chérie ! » et on s'est tous mis à gueuler, il a fait une révérence et s'est dirigé vers Mary. Mary s'est pressée tout contre lui et ils se sont embrassés. Si j'avais été du genre à chialer, je l'aurais peut-être fait. Mais c'est pas mon genre.

Pop et Mary se sont déshabillés sur la pelouse, les boutons de la blouse de Mary ont sauté, Pop a perdu sa chemise, et voilà son torse luisant, en forme de tonneau couvert de bière. Il avait des taches d'huile sur les bras et dans le dos, aux endroits qu'il n'avait pas vus en se décrassant avant le mariage. Un des nichons de Mary est sorti de son soutif noir et ça ne l'a pas dérangée, mais Pop s'est penché vers elle et il a gentiment fait rentrer cette belle loche à la maison, comme s'il prenait soin d'une chambre à air qu'il venait de réparer. Papy Murphy et sa grosse dondon aveugle ont dansé une sorte de gigue irlandaise que je ne connaissais pas, un truc inédit que je n'aurais jamais imaginé, aussi branlant que sublime, les os de Papy Murphy claquaient comme des poussoirs en mauvais état.

Le mari de ma mère a tracé son chemin dans la foule et les gars des Bétons Sawing l'ont arrosé de bière. Il s'est contenté de sourire et, plus ils l'aspergeaient, plus il semblait tranquille. Impossible de savoir quoi penser de ce type et de son air revenu de tout, de son allure de mec susceptible, si l'envie l'en prenait, de foutre la raclée à quiconque la ramenait, mais trop gentil ou alors trop pervers pour faire un truc pareil – et le fait de pas savoir si c'était soit l'un, soit l'autre, un type sympa ou un pur assassin, voilà ce qui foutait vraiment mal à l'aise. On commençait à être tous bien torchés. Chuck Santos, un des gars de chez Markstein, a gerbé un truc jaune fluo à l'arrière de son pick-up, puis il s'est relevé et s'est tapé sur le torse, une bière dans chaque main, et les a descendues. Chuck Santos, il avait une sacrée descente.

Trempé, avec un sourire flippant qui dévoilait ses dents blanches et droites, le mari de ma mère s'est dirigé vers Pop.

Blewer s'est extirpé d'entre les jumelles et il a dit :

« Au boulot ? »

J'ai hoché la tête :

« Au boulot. »

Je me suis levé et ma mère, accrochée à mon bras comme une serveuse bourrée, continuait ses « mauvaise, mauvaise ». Rhonda me l'a décrochée, puis elle a pété sa bouteille de bière contre la jante d'un dix-huit-roues de chez Yandell et m'a refilé le goulot éclaté. Elle m'a souri, m'a passé le bras sur l'épaule et autour du cou, et elle m'a embrassé – avec la langue. Ça m'a foutu la trique. Je l'ai serrée contre moi, histoire de bien lui faire comprendre. Elle s'est frottée contre ma bite. J'ai serré le goulot que j'avais dans la main. J'étais prêt pour la baston.

Leroy a chopé le bras de Blewer.

« Qu'est-ce tu fous à mater ma femme ? »

Blewer a explosé de rire.

« T'arrêtes pas de mater ma femme », a répété Leroy.

Blewer le regardait droit dans les yeux. D'autres

membres de la famille de Mary ont déboulé, sept ou huit mecs avec les dents tordues et des femmes carrément moches, ils zigzaguaient et leurs yeux tournaient dans tous les sens, à cause des litres de gnôle qu'ils s'étaient descendus. Le Père Camozzi a posé son missel et sa Bible sur l'aile d'un camion de chez Yandell, il s'est remonté les manches et s'est dirigé vers Pop, Mary, ma mère et son nouveau mari. Le Père Camozzi était un expert en mariages. J'avais joué dans des mariages mexicains qui avaient tourné en guerres de gangs ; une fois, je l'avais vu ouvrir le crâne de six gars avec la matraque qu'il cachait dans sa soutane. Au moment où il avait réglé leur compte à ces lascars, les gens avaient arrêté de se battre et s'étaient remis à picoler, pour bien souder les liens de la famille, cette famille qui venait de se former et qui ne pourrait plus se défaire.

Le Père Camozzi a enfilé un bras dans sa soutane et il a sorti sa matraque – mon pote, je peux te dire qu'on a déblayé le passage, déblayé, déblayé, déblayé. Mais pas le clan de Mary. Ils devaient venir d'un quartier où il n'y avait pas de prêtres, sinon, ils auraient compris qu'il fallait laisser tomber.

Leroy a foutu une torgnole à sa femme, Lura ou Tura, et il a dit :

« Range tes sales nichons, grosse truie.

– Grouic, a fait Blewer.

– Tu traites ma femme de truie ? »

Ma mère a traversé la foule pour rejoindre son mari et Pop, et les gars se sont mis à siffler et à gueuler, ma mère a fait monter la sauce en montrant ses jambes, elle faisait ressortir la personnalité que je lui avais toujours connue quand elle était entourée d'hommes, et quand Franco Melendrez lui a passé le bras autour de la taille, elle s'est penchée et lui a attrapé la bite à travers son Ben Davis, Melendrez lui a posé les mains sur les épaules et il a tiré sur sa robe, qui ne tenait plus que par ses faux nibards. Son mari était presque arrivé près de Pop ; quand Mary l'a vu, elle lui a balancé une bouteille de bière dessus. Leroy a craché sur Blewer et Rhonda m'a regardée – on aurait dit que rien de ce qui se passait autour d'elle ne la touchait, comme si, dans ce monde de merde, dans ce trou infernal qui puait la mort et qu'on appelait Oakland, rien ne pouvait la toucher, la déstabiliser ou l'obliger à prendre parti, comme si rien ne pouvait la rendre moins belle et bandante, comme si elle était le genre de nana pour qui un homme était prêt à sacrifier sa vie et à accepter de faire le pire boulot du monde, pour l'éternité, à condition de la retrouver le soir, à la maison, avec une bière ouverte et un poulet rôti dans une assiette ; comme si, pendant qu'on se battait tous, qu'on se démenait et qu'on s'éventrait comme des zonards de première, elle, Rhonda, elle planait au-dessus de nous comme un ange, comme une déesse de la guerre qui choisirait son camp et déterminerait nos destins respectifs. Rhonda m'a regardé avec des étincelles dans les yeux, et son sourire en coin disait Je-vais-baiser-avec-toi-t'aimer-et-jamais-te-quitter – et j'ai compris qu'il pouvait se passer n'importe quoi, je pouvais me faire vraiment amocher, un paquet des membres de sa famille m'exploser la tronche et m'ouvrir le bide, ça ne l'empêcherait pas de m'apporter une bière pendant que je marinerais dans du sel d'Epsom en faisant comme si je n'avais pas envie de chialer.

À ce stade, tout le monde se tapait dessus. La mêlée s'est mise à tourbillonner, les bras volaient dans tous les sens, il y en avait qui pétaient des bouteilles de bière sur leur camion, qui sortaient les crans d'arrêt de leur ceinture et faisaient flasher leur lame, et vas-y que Blewer balançait Leroy et le trimbalait par le cou, pendant que Lura et Tura lui foutaient des torgnoles comme elles pouvaient, Mary tenait ma mère par les cheveux et lui écrasait la gueule par terre, puis elle la tirait méchamment par les cheveux et la refoutait par terre. Les membres de la famille de Mary cherchaient à prendre la tangente, mais les gars de chez Portes de Garage les refoutaient dans la bagarre, plus personne ne savait qui se battait contre qui, et le gros Bob des Bétons Sawing, le plus balaise de tous les joueurs de marteau-piqueur de la Baie de l'Est, se tenait au milieu de ce bordel, il se marrait comme une baleine et se tapait sur le torse comme un gorille. Papy Murphy était assis juste au bord du ring, la tête posée contre un fût, sa femme sautait en l'air en tournant, comme si elle exécutait une danse du chapeau, une danse obscène de grosse aveugle.

Ma mère disait : « Oui, oui, oui », quelqu'un a tiré sur sa robe, son mari s'est tourné pour voir quand il l'a entendue crier et Pop en a profité pour lui ouvrir le crâne d'un bon coup de trompette de la famille – et pendant ce temps, moi, de mon côté, j'ai dégueulé sur un type.

Lura, ou Tura, saignait. Blewer et le gros Bob des Bétons Sawing se marraient et foutaient un gros coup de matraque à tous ceux qui les approchaient. La femme de Papy Murphy s'était transformée en grosse chaudasse sans personne sous la main à baiser. Papy Murphy était mort.

J'ai tracé ma route à travers la foule et, à mi-chemin, j'ai vu Pop qui s'apprêtait à éclater un des nouveaux membres de la famille. Mary dansait et faisait tourner une bière au-dessus de sa tête comme un lasso. Elle avait l'air vraiment heureuse, Mary.

J'ai tiré Pop vers moi et je l'ai embrassé sur le front.

« T'es pédé, ou quoi ? il a dit.

– Je t'aime.

– Ouais. Mais va pas tourner pédé.

– On y va. »

Je lui ai passé le bras sur l'épaule et je l'ai accompagné jusqu'à sa nouvelle épouse, puis je l'ai prise par l'épaule, elle aussi, elle faisait toujours tourner sa bière. Je les ai accompagnés jusqu'à leur caisse de lune de miel, une grosse Caddy de 1958 prêtée pour l'occasion, bleu layette, bien astiquée et tout simplement sublime, avec une glacière pleine de bières sur la banquette arrière et la tête d'un joueur des Raiders, Ben Davidson, qui gigotait sur la plage arrière. J'ai ouvert la portière. La nouvelle épouse est montée côté passager.

« T'es pas mon fils, a dit Pop, mais t'es un bon fils.

– Et toi, t'es pas mon père, mais t'es un fils de pute. »

Pop a souri.

La bagarre commençait à mal tourner. La femme de Papy Murphy lui avait foutu un coup de coude, il avait basculé et elle avait essayé de le remettre en position assise, mais il avait encore une fois basculé. Je ne l'entendais pas, mais je l'ai vue qui l'appelait, d'abord doucement et avec amour, puis de façon frénétique, désespérée, pleine de terreur. Si ses yeux n'avaient pas été tout collés, on aurait pu y lire une expression sauvage. Il y avait plein de monde à terre, même des gamins. On avait accroché des boîtes de conserve au pare-chocs de la Caddy, et quand Pop a démarré, ça a fait un boucan du tonnerre, des étincelles aussi.

Je me suis ouvert un passage dans la foule pour rejoindre Rhonda qui se tenait toujours là, immaculée, souriante. J'ai intercepté le regard du Père Camozzi, je lui ai fait signe et il est venu nous voir. Le temps qu'il arrive, je me suis tourné vers Rhonda et je lui ai dit :

« Épouse-moi. »

Elle a souri et m'a pris la main.

Le Père Camozzi a foutu un coup de matraque à un gars et tracé sa route dans cette foule qui se chamaillait, cette foule qu'il venait de déclarer parente par mariage.

« Épouse-moi », j'ai dit, et je ne sais pas ce que j'ai dit après ça, mais ce que j'aurais dû dire, et ce que je raconte, quand j'explique ce que j'ai dit, c'est ça :

Rhonda, épouse-moi. Épouse-moi sur-le-champ, là, parmi et devant les miens, les tiens, ces enfoirés de guerriers de la honte, du courage, du désespoir et de l'endurance – de l'endurance, Rhonda, voilà ce qu'on fait : on endure. Épouse-moi sur-le-champ, devant leurs yeux, avec ou sans leur accord, même s'ils ne le comprennent pas, Rhonda, ici et maintenant. Et je veux que tu saches, Rhonda, que, même si je fais partie de leur bande et qu'Oakland ne me quittera jamais – mon sang et ma chair se sont répandus sur un nombre incalculable de chantiers et de terrains de jeu, du sang mêlé au béton, au mortier, au bitume, ma peau est devenue poussière et mes compatriotes d'Oakland l'ont inhalée –, je veux que tu saches, Rhonda, que même si l'odeur de la décharge disparaîtra peut-être un jour, elle ne s'effacera jamais de ma mémoire, que même si mes cicatrices forment sur mon corps une carte qui représente mes adversaires, mes amis, les barres d'armatures, les fils électriques et les câbles qu'on voit dans les égouts, dans les caves et par les fenêtres de la prison – oui, Rhonda, j'ai traîné en taule, j'y ai vu des hommes morts de trouille, pleurer et se pisser dessus, un truc abject, et ça m'a dégoûté, pas à cause de ce que j'avais pu faire ni du sort qu'on me réservait, mais parce qu'ils étaient lâches et qu'ils n'avaient pas compris qu'on peut tout perdre en un instant, tout ce qu'on possède, tout sauf son âme, qui reste intacte et trace sa route dans les égouts, les décharges et les cellules –, je veux que tu saches, Rhonda, que, même si je fais partie de leur bande et de cet endroit, Rhonda, même si, moi non plus, je ne foutrai jamais les voiles, je ne l'abandonnerai jamais, même si c'était possible ; eh bien, malgré tout ça, Rhonda, je ne suis pas comme eux. Je ne suis pas comme eux, Rhonda. Pas comme eux. Non. Épouse-moi, Rhonda. Je ne suis pas comme eux. Vraiment pas.

COMPOSITION : NORD COMPO À VILLENEUVE-D'ASCQ
IMPRESSION : CPI BRODARD ET TAUPIN À LA FLÈCHE
DÉPÔT LÉGAL MAI 2012. N° 108251. (68048)
IMPRIMÉ EN FRANCE

Éditions Points

Le catalogue complet de nos collections est sur Le Cercle Points, ainsi que des interviews de vos auteurs préférés, des jeux-concours, des conseils de lecture, des extraits en avant-première…

www.lecerclepoints.com

Collection Points Roman noir

P237. Un nom de torero, *Luis Sepúlveda*
P266. Sombre Sentier, *Dominique Manotti*
P461. La Vérité sur l'affaire Savolta, Eduardo Mendoza
P611. Un enfant de Dieu, *Cormac McCarthy*
P667. Pleine lune, *Antonio Muñoz Molina*
P949. 1 280 âmes, *Jean-Bernard Pouy*
P1522. Train, *Pete Dexter*
P1814. Ils sont votre épouvante, et vous êtes leur crainte *Thierry Jonquet*
P1815. Paperboy, *Pete Dexter*
P1816. Bad city blues, *Tim Willocks*
P1817. Le Vautour, *Gil Scott Heron*
P1818. La Peur des bêtes, *Enrique Serna*
P1836. Un doux parfum de mort, *Guillermo Arriaga*
P1837. Bienvenue en enfer, *Clarence L. Cooper*
P1838. Le Roi des fourmis, *Charles Higson*
P1897. Train perdu, wagon mort, *Jean-Bernard Pouy*
P1898. Cantique des gisants, *Laurent Martin*
P1937. L'Immense Obscurité de la mort, *Massimo Carlotto*
P1938. Hackman blues, *Ken Bruen*
P2014. Les Exagérés, *Jean-François Vilar*
P2050. Pimp, *Iceberg Slim*
P2051. Graine de violence, *Evan Hunter (alias Ed McBain)*
P2065. Commis d'office, *Hannelore Cayre*
P2066. American Gangster, *Max Allan Collins*
P2067. Le Cadavre dans la voiture rouge *Ólafur Haukur Símonarson*
P2093. Retour au noir, *Patrick Raynal*
P2094. L'Escadron Guillotine, *Guillermo Arriaga*
P2123. Les Rois écarlates, *Tim Willocks*
P2124. Arrivederci amore, *Massimo Carlotto*

P2218. Déjanté, *Hugo Hamilton*
P2219. La Récup, *Jean-Bernard Pouy*
P2252. God's pocket, *Pete Dexter*
P2253. En effeuillant Baudelaire, *Ken Bruen*
P2280. Trick Baby, *Iceberg Slim*
P2281. Perdre est une question de méthode, *Santiago Gamboa*
P2293. Le Bal des débris, *Thierry Jonquet*
P2294. Beltenebros, *Antonio Muñoz Molina*
P2295. Le Bison de la nuit, *Guillermo Arriaga*
P2359. Julius Winsome, *Gerard Donovan*
P2360. Speed Queen, *Stewart O'Nan*
P2361. Dope, *Sara Gran*
P2409. La Route de tous les dangers, *Kriss Nelscott*
P2410. Quand je serai roi, *Enrique Serna*
P2462. Triste Flic, *Hugo Hamilton*
P2463. Last exit to Brest, *Claude Bathany*
P2514. Mama Black Widow, *Iceberg Slim*
P2515. Un amour fraternel, *Pete Dexter*
P2516. À couper au couteau, *Kriss Nelscott*
P2534. Padana City, *Massimo Carlotto, Marco Videtta*
P2535. Mexico, quartier Sud, *Guillermo Arriaga*
P2536. Petits Crimes italiens
Ammaniti, Camilleri, Carlotto, Dazieri, De Cataldo, De Silva, Faletti, Fois, Lucarelli, Manzini
P2557. Cotton Point, *Pete Dexter*
P2558. Viens plus près, *Sara Gran*
P2580. Angle obscur, *Reed Farrel Coleman*
P2581. Le Tailleur gris, *Andrea Camilleri*
P2624. London Boulevard, *Ken Bruen*
P2631. Lune captive dans un œil mort, *Pascal Garnier*
P2641. Blanc sur noir, *Kriss Nelscott*
P2697. Country blues, *Claude Bathany*
P2698. Le Vrai Monde, *Natsuo Kirino*
P2727. La Bête de miséricorde, *Fredric Brown*
P2728. Le Cul des anges, *Benjamin Legrand*
P2733. Cinq femmes et demie, *Francisco González Ledesma*
P2743. La Théorie du panda, *Pascal Garnier*
P2746. Vampires, *Thierry Jonquet*
P2752. Mortelles voyelles, *Gilles Schlesser*
P2790. Les anges s'habillent en caillera, *Rachid Santaki*

Collection Points

DERNIERS TITRES PARUS

P2591. Sévère, *Régis Jauffret*
P2592. La Joyeuse Complainte de l'idiot, *Michel Layaz*
P2593. Origine, *Diana Abu-Jaber*
P2594. La Face B, *Akhenaton*
P2595. Paquebot, *Hervé Hamon*
P2596. L'Agfa Box, *Günter Grass*
P2597. La Ville insoumise, *Jon Fasman*
P2598. Je résiste aux personnalités toxiques (et autres casse-pieds), *Christophe André & Muzo*
P2599. Le soleil me trace la route. Conversations avec Tiffy Morgue et Jean-Yves Gaillac, *Sandrine Bonnaire*
P2600. Mort de Bunny Munro, *Nick Cave*
P2601. La Reine et moi, *Sue Townsend*
P2602. Orages ordinaires, *William Boyd*
P2603. Guide farfelu mais nécessaire de conversation anglaise *Jean-Loup Chiflet*
P2604. Nuit et Jour, *Virginia Woolf*
P2605. Trois hommes dans un bateau (sans oublier le chien !) *Jerome K. Jerome*
P2606. Ode au vent d'Ouest. Adonaïs et autres poèmes *Percy Bysshe Shelley*
P2607. Les Courants fourbes du lac Tai, *Qiu Xiaolong*
P2608. Le Poisson mouillé, *Volker Kutscher*
P2609. Faux et usage de faux, *Elvin Post*
P2610. L'Angoisse de la première phrase, *Bernard Quiriny*
P2611. Absolument dé-bor-dée !, *Zoe Shepard*
P2612. Meurtre et Obsession, *Jonathan Kellerman*
P2613. Sahara, *Luis Leante*
P2614. La Passerelle, *Lorrie Moore*
P2615. Le Territoire des barbares, *Rosa Montero*
P2616. Petits Meurtres entre camarades. Enquête secrète au cœur du PS, *David Revault d'Allonnes*
P2617. Une année avec mon père, *Geneviève Brisac*
P2618. La Traversée des fleuves. Autobiographie *Georges-Arthur Goldschmidt*
P2619. L'Histoire très ordinaire de Rachel Dupree *Ann Weisgarber*
P2620. À la queue leu leu. Origines d'une ribambelle d'expressions populaires, *Gilles Guilleron*
P2621. Poèmes anglais, *Fernando Pessoa*
P2622. Danse avec le siècle, *Stéphane Hessel*
P2623. L'Épouvantail, *Michael Connelly*

P2624. London Boulevard, *Ken Bruen*
P2625. Pourquoi moi ?, *Omar Raddad*
P2626. Mes étoiles noires, *Lilian Thuram*
P2627. La Ronde des innocents, *Valentin Musso*
P2628. Ô ma mémoire. La poésie, ma nécessité, *Stéphane Hessel*
P2629. Une vie à brûler, *James Salter*
P2630. Léger, humain, pardonnable, *Martin Provost*
P2631. Lune captive dans un œil mort, *Pascal Garnier*
P2632. Hypothermie, *Arnaldur Indridason*
P2633. La Nuit de Tomahawk, *Michael Koryta*
P2634. Les Raisons du doute, *Gianrico Carofiglio*
P2635. Les Hommes-couleurs, *Cloé Korman*
P2636. Le Cuisinier, *Martin Suter*
P2637. N'exagérons rien !, *David Sedaris*
P2638. Château-l'Arnaque, *Peter Mayle*
P2639. Le Roman de Bergen. 1900 L'aube, tome I
Gunnar Staalesen
P2640. Aurora, Kentucky, *Carolyn D. Wall*
P2641. Blanc sur noir, *Kriss Nelscott*
P2642. Via Vaticana, *Igal Shamir*
P2643. Le Ruban rouge, *Carmen Posadas*
P2644. My First Sony, *Benny Barbash*
P2645. « On m'a demandé de vous virer », *Stéphane Guillon*
P2646. Les Rillettes de Proust. Ou 50 conseils pour devenir écrivain, *Thierry Maugenest*
P2647. 200 expressions inventées en famille, *Cookie Allez*
P2648. Au plaisir des mots, *Claude Duneton*
P2649. La Lune et moi. Les meilleures chroniques, Haïkus d'aujourd'hui
P2650. Le marchand de sable va passer, *Andrew Pyper*
P2651. Lutte et aime, là où tu es !, *Guy Gilbert*
P2652. Le Sari rose, *Javier Moro*
P2653. Le Roman de Bergen. 1900 L'aube, tome II
Gunnar Staalesen
P2654. Jaune de Naples, *Jean-Paul Desprat*
P2655. Mère Russie, *Robert Littell*
P2656. Qui a tué Arlozoroff ?, *Tobie Nathan*
P2657. Les Enfants de Las Vegas, *Charles Bock*
P2658. Le Prédateur, *C.J. Box*
P2659. Keller en cavale, *Lawrence Block*
P2660. Les Murmures des morts, *Simon Beckett*
P2661. Les Veuves d'Eastwick, *John Updike*
P2662. L'Incertain, *Virginie Ollagnier*
P2663. La Banque. Comment Goldman Sachs dirige le monde
Marc Roche
P2664. La Plus Belle Histoire de la liberté, *collectif*

P2665. Le Cœur régulier, *Olivier Adam*
P2666. Le Jour du Roi, *Abdellah Taïa*
P2667. L'Été de la vie, *J.M. Coetzee*
P2668. Tâche de ne pas devenir folle, *Vanessa Schneider*
P2669. Le Cerveau de mon père, *Jonathan Franzen*
P2670. Le Chantier, *Mo Yan*
P2671. La Fille de son père, *Anne Berest*
P2672. Au pays des hommes, *Hisham Matar*
P2673. Le Livre de Dave, *Will Self*
P2674. Le Testament d'Olympe, *Chantal Thomas*
P2675. Antoine et Isabelle, *Vincent Borel*
P2676. Le Crépuscule des superhéros, *Deborah Eisenberg*
P2677. Le Mercredi des Cendres, *Percy Kemp*
P2678. Journal. 1955-1962, *Mouloud Feraoun*
P2679. Le Quai de Ouistreham, *Florence Aubenas*
P2680. Hiver, *Mons Kallentoft*
P2681. Habillé pour tuer, *Jonathan Kellerman*
P2682. Un festin de hyènes, *Michael Stanley*
P2683. Vice caché, *Thomas Pynchon*
P2684. Traverses, *Jean Rolin*
P2685. Le Baiser de la pieuvre, *Patrick Grainville*
P2686. Dans la nuit brune, *Agnès Desarthe*
P2687. Une soirée au Caire, *Robert Solé*
P2688. Les Oreilles du loup, *Antonio Ungar*
P2689. L'Homme de compagnie, *Jonathan Ames*
P2690. Le Dico de la contrepèterie.
Des milliers de contrepèteries pour s'entraîner et s'amuser
Joël Martin
P2691. L'Art du mot juste.
275 propositions pour enrichir son vocabulaire
Valérie Mandera
P2692. Guide de survie d'un juge en Chine, *Frédéric Lenormand*
P2693. Doublez votre mémoire. Journal graphique
Philippe Katerine
P2694. Comme un oiseau dans la tête.
Poèmes choisis, *René Guy Cadou*
P2696. La Dernière Frontière, *Philip Le Roy*
P2697. Country blues, *Claude Bathany*
P2698. Le Vrai Monde, *Natsuo Kirino*
P2699. L'Art et la manière d'aborder son chef de service pour lui demander une augmentation, *Georges Perec*
P2700. Dessins refusés par le *New Yorker*, *Matthew Diffee*
P2701. Life, *Keith Richards*
P2702. John Lennon, une vie, *Philip Norman*
P2703. Le Dernier Paradis de Manolo, *Alan Warner*
P2704. L'Or du Maniéma, *Jean Ziegler*

P2705. Le Cosmonaute, *Philippe Jaenada*
P2706. Donne-moi tes yeux, *Torsten Pettersson*
P2707. Premiers Romans, *Katherine Pancol*
P2708. Off. Ce que Nicolas Sarkozy n'aurait jamais dû nous dire *Nicolas Domenach, Maurice Szafran*
P2709. Le Meurtrier de l'Avent, *Thomas Kastura*
P2710. Le Club, *Leonard Michaels*
P2711. Le Vérificateur, *Donald Antrim*
P2712. Mon patient Sigmund Freud, *Tobie Nathan*
P2713. Trois explications du monde, *Tom Keve*
P2714. Petite sœur, mon amour, *Joyce Carol Oates*
P2715. Shim Chong, fille vendue, *Hwang Sok Yong*
P2716. La Princesse effacée, *Alexandra de Broca*
P2717. Un nommé Peter Karras, *George P. Pelecanos*
P2718. Haine, *Anne Holt*
P2719. Les jours s'en vont comme des chevaux sauvages dans les collines, *Charles Bukowski*
P2720. Ma grand-mère avait les mêmes. Les dessous affriolants des petites phrases *Philippe Delerm*
P2721. Mots en toc et formules en tic. Petites maladies du parler d'aujourd'hui, *Frédéric Pommier*
P2722. Les 100 plus belles récitations de notre enfance
P2723. Chansons. L'Intégrale, *Charles Aznavour*
P2724. Vie et opinions de Maf le chien et de son amie Marilyn Monroe, *Andrew O'Hagan*
P2725. Sois près de moi, *Andrew O'Hagan*
P2726. Le Septième Fils, *Arni Thorarinsson*
P2727. La Bête de miséricorde, *Fredric Brown*
P2728. Le Cul des anges, *Benjamin Legrand*
P2729. Cent seize Chinois et quelque, *Thomas Heams-Ogus*
P2730. Conversations avec moi-même. Lettres de prison, notes et carnets intimes *Nelson Mandela*
P2731. L'Inspecteur Ali et la CIA, *Driss Chraïbi*
P2732. Ce délicieux Dexter, *Jeff Lindsay*
P2733. Cinq femmes et demie, *Francisco González Ledesma*
P2734. Ils sont devenus français, *Doan Bui, Isabelle Monnin*
P2735. D'une Allemagne à l'autre. Journal de l'année 1990 *Günter Grass*
P2736. Le Château, *Franz Kafka*
P2737. La Jeunesse mélancolique et très désabusée d'Adolf Hitler *Michel Folco*
P2738. L'Enfant des livres, *François Foll*
P2739. Karitas, l'esquisse d'un rêve, *Kristín Marja Baldursdóttir*
P2740. Un espion d'hier et de demain, *Robert Littell*

P2741. L'Homme inquiet, *Henning Mankell*
P2742. La Petite Fille de ses rêves, *Donna Leon*
P2743. La Théorie du panda, *Pascal Garnier*
P2744. La Nuit sauvage, *Terri Jentz*
P2745. Les Lieux infidèles, *Tana French*
P2746. Vampires, *Thierry Jonquet*
P2747. Eva Moreno, *Håkan Nesser*
P2748. La 7e victime, *Alexandra Marinina*
P2749. Mauvais fils, *George P. Pelecanos*
P2750. L'espoir fait vivre, *Lee Child*
P2751. La Femme congelée, *Jon Michelet*
P2752. Mortelles Voyelles, *Gilles Schlesser*
P2753. Brunetti passe à table. Recettes et récits
Roberta Pianaro et Donna Leon
P2754. Les Leçons du Mal, *Thomas Cook*
P2755. Joseph sous la pluie. Roman, poèmes, dessins
Mano Solo
P2756. Le Vent de la Lune, *Antonio Muñoz Molina*
P2757. Ouvrière, *Franck Magloire*
P2758. Moi aussi un jour, j'irai loin, *Dominique Fabre*
P2759. Cartographie des nuages, *David Mitchell*
P2760. Papa et maman sont morts, *Gilles Paris*
P2761. Caravansérail, *Charif Majdalani*
P2762. Les Confessions de Constanze Mozart
Isabelle Duquesnoy
P2763. Esther Mésopotamie, *Catherine Lépront*
P2764. L'École des Absents, *Patrick Besson*
P2765. Le Livre des brèves amours éternelles, *Andreï Makine*
P2766. Un long silence, *Mikal Gilmore*
P2767. Les Jardins de Kensington, *Rodrigo Fresán*
P2768. Samba pour la France, *Delphine Coulin*
P2769. Danbé, *Aya Cissoko et Marie Desplechin*
P2770. Wiera Gran, l'accusée, *Agata Tuszyńska*
P2771. Qui a tué l'écologie ?, *Fabrice Nicolino*
P2772. Rosa Candida, *Audur Ava Olafsdóttir*
P2773. Otage, *Elie Wiesel*
P2774. Absurdistan, *Gary Shteyngart*
P2775. La Geste des Sanada, *Yasushi Inoué*
P2776. En censurant un roman d'amour iranien
Shahriar Mandanipour
P2777. Un café sur la Lune, *Jean-Marie Gourio*
P2778. Caïn, *José Saramago*
P2779. Le Triomphe du singe-araignée, *Joyce Carol Oates*
P2780. Faut-il manger les animaux ?, *Jonathan Safran Foer*
P2781. Les Enfants du nouveau monde, *Assia Djebar*
P2782. L'Opium et le Bâton, *Mouloud Mammeri*

P2783. Cahiers de poèmes, *Emily Brontë*
P2784. Quand la nuit se brise. Anthologie de poésie algérienne
P2785. Tibère et Marjorie, *Régis Jauffret*
P2786. L'Obscure Histoire de la cousine Montsé, *Juan Marsé*
P2787. L'Amant bilingue, *Juan Marsé*
P2788. Jeux de vilains, *Jonathan Kellerman*
P2789. Les Assoiffées, *Bernard Quiriny*
P2790. Les anges s'habillent en caillera, *Rachid Santaki*
P2791. Yum Yum Book, *Robert Crumb*
P2792. Le Casse du siècle, *Michael Lewis*
P2793. Comment Attila Vavavoom remporta la présidentielle avec une seule voix d'avance, *Jacques Lederer*
P2794. Le Nazi et le Barbier, *Edgar Hilsenrath*
P2795. Chants berbères de Kabylie, *Jean Amrouche*
P2796. Une place au soleil, *Driss Chraïbi*
P2797. Le Rouge du tarbouche, *Abdellah Taïa*
P2799. Le Mécano du vendredi (illustrations de Jacques Ferrandez), *Fellag*
P2800. Le Voyageur à la mallette *suivi de* Le Vieux Quartier *Naguib Mahfouz*
P2801. Le Marquis des Éperviers, *Jean-Paul Desprat*
P2802. Spooner, *Pete Dexter*
P2803. « Merci d'avoir survécu », *Henri Borlant*
P2804. Secondes noires, *Karin Fossum*
P2805. Ultimes Rituels, *Yrsa Sigurdardottir*
P2806. Le Sourire de l'agneau, *David Grossman*
P2807. Le garçon qui voulait dormir, *Aharon Appelfeld*
P2808. Frontière mouvante, *Knut Faldbakken*
P2809. Je ne porte pas mon nom, *Anna Grue*
P2810. Tueurs, *Stéphane Bourgoin*
P2811. La Nuit de Geronimo, *Dominique Sylvain*
P2812. Mauvais Genre, *Naomi Alderman*
P2813. Et l'âne vit l'ange, *Nick Cave*
P2814. Les Yeux au ciel, *Karine Reysset*
P2815. Un traître à notre goût, *John le Carré*
P2816. Les Larmes de mon père, *John Updike*
P2817. Minuit dans une vie parfaite, *Michael Collins*
P2818. Aux malheurs des dames, *Lalie Walker*
P2819. Psychologie du pingouin et autres considérations scientifiques, *Robert Benchley*
P2820. Petit traité de l'injure. Dictionnaire humoristique *Pierre Merle*
P2821. L'Iliade, *Homère*
P2822. Le Roman de Bergen. 1950 Le Zénith, tome III *Gunnar Staalesen*
P2823. Les Enquêtes de Brunetti, *Donna Leon*